Amélie Duval

Liebe am Abgrund

New Orleans Blues 4

W0351430

Montlake

Das Buch

Die temperamentvolle Janet, genannt Jet, hat zwei große Leidenschaften: ihr Motorrad und die Malerei. Und dann wäre da noch ihre Jugendliebe Eric, dessen Anblick ihr immer noch weiche Knie beschert, obwohl sie mittlerweile mit einem anderen Mann verlobt ist.

Als ihr Eric an Karneval über den Weg läuft, brechen die unterdrückten Gefühle hervor, und die beiden verbringen eine leidenschaftliche Nacht miteinander. Doch ihr neu gefundenes Glück ist nur von kurzer Dauer. Denn als erfolgreicher Anwalt hat sich Eric in der Stadt nicht nur Freunde gemacht. Plötzlich gerät das Paar ins Visier eines Feindes, der auch vor Mord nicht zurückschreckt …

Die Autorin

Amélie Duval ist gebürtige Französin. Sie studierte in Deutschland Sprach- und Literaturwissenschaften und arbeitete in einem Frankfurter Verlag sowie in der Werbebranche.

Seit 2008 ist sie als Autorin tätig und schreibt hauptsächlich im romantischen Genre. In ihren Liebesromanen erzählt sie gefühlvolle, spannende und prickelnde Geschichten. Mit ihrer Bestsellerreihe »L.A. Guards« begeisterte sie bereits über hunderttausend Leser.

Amélie Duval

LIEBE AM ABGRUND

New Orleans Blues

Roman

Montlake

Deutsche Erstveröffentlichung bei
Montlake, Amazon Media EU S.à r.l.
38, avenue John F. Kennedy, L-1855 Luxembourg
Februar 2020
Copyright © der deutschsprachigen Ausgabe 2020
By Amélie Duval
All rights reserved.

Umschlaggestaltung: zero-media.net, München
Umschlagmotiv: © Jozef Polc / Alamy Stock Photo
Lektorat und Korrektorat: VLG Verlag & Agentur, Haar bei München,
www.vlg.de
Gedruckt durch:
Amazon Distribution GmbH, Amazonstraße 1, 04347 Leipzig /
Canon Deutschland Business Services GmbH, Ferdinand-Jühlke-Straße 7,
99095 Erfurt /
CPI books GmbH, Birkstraße 10, 25917 Leck

ISBN 978-2-49670-357-3

www.montlake.de

Für meine maman, die mir in schweren Zeiten eine große Stütze ist. Et surtout, ne te fais pas trop de mouron!

Prolog

»O mein Gott!« Das hübsche brünette Mädchen, das mit dem Schnecken-Dutt und dem rotbraunen Lippenstift deutlich älter aussieht als dreizehn, deutet zuerst auf die Auslage im Schaufenster, bevor es sich mit einer theatralischen Geste ans Herz fasst. »Diese Manolo Blahniks muss ich haben!«

Währenddessen lässt ihre Klassenkameradin den Blick sehnsüchtig in Richtung Ausgang schweifen. Seit zwei quälenden Stunden geht es kreuz und quer durch die Acadiana Mall, ein Shoppingcenter in Lafayette. Unter anderen Umständen hätte es ihr vielleicht gefallen, durch das prunkvoll dekorierte Atrium zu schlendern, das in den klassischen Farben des Karnevals, Violett, Grün und Gold, erstrahlt, und sich zwischendurch einen Hotdog oder einen Cheeseburger zu genehmigen. Stattdessen besteht das Mädchen an ihrer Seite darauf, jede Luxusboutique abzuklappern, was sie gähnend langweilig findet. Obwohl sie sich eingestehen muss, dass der Name Manolo lustig klingt.

Dass Markenklamotten und alles, was damit zusammenhängt, in ihrem Leben eine untergeordnete Rolle spielen, ist unschwer zu erkennen. Im Gegensatz zu ihrer gestylten Begleiterin ist ihr sommersprossiges Gesicht ungeschminkt, und ihre dichten roten Locken fallen ihr unprätentiös auf die Schultern. Ihre drahtige, jungenhafte Figur steckt in Jeans und einem schwarzen Nirvana-T-Shirt, dazu trägt sie weiße Turnschuhe, die ihre Mom im Outlet-Center günstig ergattert hat. Schlüssel und Geldbörse führt sie in einem kleinen roten Rucksack mit sich.

»Sind die nicht schrecklich teuer, Angéline?«, fragt sie ein wenig schüchtern, während sie angestrengt auf die Vierhundert-Dollar-Schuhe in der Vitrine blickt.

Ihre neue Freundin zuckt mit den Schultern. »Und wenn schon! Ich habe bald Geburtstag.«

Angéline genießt in ihrer Schule schon fast Starstatus, und dass sie das Mädchen mit den roten Locken dazu auserkoren hat, sie beim Shoppen zu begleiten, ist eine besondere Ehre. Zumal diese eher zu den Außenseitern zählt, was sie bis vor Kurzem nicht sonderlich gestört hat. Doch seit ihre besten Freunde auf die Highschool gewechselt sind, während sie ein weiteres Jahr auf der Middleschool ausharren muss, fühlt sie sich ein wenig verloren. Vor allem wenn sie auf dem Pausenhof allein in der Ecke steht und versucht, cool und unbeteiligt dreinzublicken. Und dann ist da noch ihre Mom, die ihr dauernd in den Ohren liegt, sich endlich mit Mädchen ihres Alters anzufreunden.

»Janet, Schatz«, sagt sie dann in sanftem, aber eindringlichem Ton, wie es ihre Art ist. »Eric und die anderen sind nette Jungs, wirklich, und ich finde es toll, dass ihr so viel miteinander unternehmt. Aber du wirst dieses Jahr vierzehn, und ehe du dich versiehst, bist du eine Frau. Wäre es nicht schön, eine Freundin zu haben, mit der du diese Erfahrungen teilen kannst?«

In solchen Momenten zieht das Mädchen es vor, nichts zu erwidern. Ihre Mutter wird niemals verstehen, dass es außerhalb der Schule für sie das Größte ist, mit ihren Freunden durch den Bayou zu streifen oder »Dungeons & Dragons« zu spielen.

Trotz allem hat sie sich über Angélines Einladung aufrichtig gefreut, auch wenn sie nicht recht weiß, wie sie sich verhalten soll. Anders als Jungs sind Mädchen schwer zu durchschauen.

Nachdem ihre neue Freundin eine Einwegkamera aus ihrer Tasche gefischt hat, um ein Foto der Schuhe zu knipsen, das sie ihrem Vater präsentieren will, schlendern die beiden weiter.

»Ich bin voll neidisch auf deine Haare, Jet. Echt wahr!«, ruft diese unvermittelt. »Du solltest dir einen Bob schneiden lassen.«

Errötend streicht die Angesprochene über ihre rote Mähne. »Ach, ich weiß nicht. Meine doofen Locken machen immer, was sie wollen.«

Als sich Angéline bei ihr unterhakt und etwas von Lockenstab und Puder zum Abdecken ihrer Sommersprossen plappert, vollführt ihr Herz einen Hüpfer. Vielleicht würden sie mit der Zeit andere Themen streifen, wie Filme oder angesagte Bands. Sie selbst hört für ihr Leben gern Oasis und ist sich sicher, dass es ihrer neuen Freundin genauso geht. Denn mal ehrlich, Liam Gallagher ist ja wohl der coolste Typ auf dem Planeten! Als sie eine Eisdiele ansteuern und ihr Angéline ohne viel Aufhebens einen Riesenbecher Mint Chocolate Chip mit Rum Raisin spendiert, der ihr wöchentliches Taschengeld locker sprengen würde, schnürt es ihr vor Freude die Kehle zu. Mit ihren Eisbechern in den Händen nehmen die beiden an einem kleinen, runden Tisch Platz, von dem aus sie den Menschenstrom beobachten und dabei herrlich lästern können.

Für das Mädchen mit den roten Locken steht fest, dass Angéline viel netter ist, als allgemein behauptet wird. Im Gegensatz zu ihr stammt sie aus einer wohlhabenden Familie, aber dafür kann sie ja nichts. Genauso wenig wie …

»Eric!«, ruft sie erfreut, als sie den hoch aufgeschossenen Jungen erblickt, der in diesem Moment ihren Tisch ansteuert.

Er ist etwas älter als sie, hat blonde Haare, ein Gesicht mit feinen aristokratischen Zügen und blaugraue Augen, die von dichten Wimpern umrahmt sind. Ein gut aussehender, wenn auch schlaksiger Junge, der mit seinem zu schnell wachsenden Körper zu hadern scheint. Als würde er sich fragen, *Wohin damit, zum Teufel?*, starrt er auf seine langen Arme, bevor er seufzend die Hände tief in die Hosentaschen steckt.

»Jet!«, sagt er mit einer für sein Alter überraschend sonoren Stimme. »Was machst du denn hier?«

»Shoppen«, antwortet diese mit einem Lächeln, das er prompt erwidert. »Ich …«

»Willst du uns nicht vorstellen?«, unterbricht Angéline sie, die binnen weniger Sekunden gecheckt hat, dass T-Shirt und Jeans des Neuankömmlings von einem exklusiven italienischen Label stammen, während die Uhr an seinem Handgelenk unverkennbar von Hublot ist.

Die vermeintlich lasziv vorgebrachte Frage erinnert den Jungen zwar an eine zischelnde Echse, dennoch verbietet ihm seine gute Erziehung, sich etwas anmerken zu lassen.

»Das ist Eric. Wir kennen uns schon ewig«, beeilt sich das Mädchen mit den roten Locken zu sagen. »Eric, das ist Angéline. Sie ist in meiner Klasse.«

»Hi, wie geht's?«, entgegnet der Junge freundlich, ohne der hübschen Brünetten mehr als einen flüchtigen Blick zu schenken. Seine Aufmerksamkeit gilt allein seiner Freundin aus Kindheitstagen, die ihn erwartungsvoll anschaut.

»Willst du dich zu uns setzen?«, fragt diese in der Hoffnung, das Gespräch werde sich von nun an nicht ausschließlich um Jungs und Klamotten drehen.

Ein entschuldigendes Lächeln legt sich auf das Gesicht des Jungen. »Ich würde gern, aber ich kann nicht. Ich treffe mich gleich mit meinem Dad zum Lunch.«

»Oh! Okay.« Sie macht eine bedauernde Geste. »Sag ihm einen schönen Gruß!«

»Mache ich.« Unerwartet steigt eine zarte Röte in seine Wangen. »Du, Jet, darf ich dich was fragen?«

»Klar!«, antwortet sie. Ihre Miene hat einen neugierigen Ausdruck angenommen.

»In zwei Wochen findet der Maskenball des Krewe of Oberon statt, und ich wollte dich fragen, ob du mich dorthin begleiten willst.« Seiner frischen Gesichtsfarbe zum Trotz ist seine Stimme fest und sein Blick unverwandt.

Ihr Herzschlag beschleunigt sich. In ihren Augen erwacht ein strahlender Glanz, doch bevor sie etwas erwidern kann, stößt Angéline ein verächtliches Schnauben aus.

»Echt jetzt? Ein Maskenball für Kinder?«, höhnt diese.

»Bis sechzehn Jahre«, ergänzt der Junge unbeeindruckt, ohne die Augen von seiner rothaarigen Freundin abzuwenden.

»Jet geht mit mir zum großen Maskenball im Cajundome Convention Center«, verkündet Angéline. »Nicht wahr, Jet?«

Das Mädchen, das die Neuigkeit zum ersten Mal hört, blinzelt verwirrt. Die Vorstellung, mit Angéline den wichtigsten Ball der Karnevalssaison zu besuchen, ist aufregend, aber …

»Ich gehe als Hercules«, erklärt der Junge, der den Einwurf geflissentlich ignoriert. Seine Freundin weiß, dass er den gleichnamigen Trickfilm aus den Disney-Studios bereits fünfmal im Kino gesehen hat. Sie selbst hat ihn dabei zweimal begleitet. »Es wäre toll, wenn du …« Kurz zögert er, und erstmals vernimmt sie einen Hauch Unsicherheit in seiner Stimme. »Vielleicht könntest du als Meg gehen, du weißt schon …«

Megara, Hercules' Gefährtin.

Eine Gefühlslawine stürzt auf das rothaarige Mädchen herab, verzweifelt sucht es nach den richtigen Worten, aber Angéline kommt ihm prustend zuvor. »Du? Als Hercules?«, ruft sie hörbar verächtlich. Wie ein Raubtier, das eine Schwäche ausgemacht hat, wirft sie sich auf ihre Beute. »Braucht man dazu nicht Muckis?« Die Röte im Gesicht des Jungen vertieft sich, dennoch bleibt seine Miene regungslos. »Geh lieber als Jack Skellington!«, setzt sie noch einen drauf. »Du weißt schon, der Typ aus ›Nightmare Before Christmas‹. Klapper, klapper, klapper!«, fügt sie hinzu und biegt sich vor Lachen.

Indessen fürchtet das Mädchen mit den roten Locken, keine Luft mehr zu bekommen, erst recht, als Angéline vertrauensvoll einen Arm um ihre Schultern legt. *Reiß dich los, und sag was! Irgendetwas!* Aber ihr Verstand ist blockiert. Als sie letzten Sommer Achterbahn gefahren ist und der Wagen auf dem Gipfel kurz innehielt, hat sie sich genauso gefühlt. Vor Entsetzen wie gelähmt. Nur einen Sekundenbruchteil später raste der Wagen in halsbrecherischem Tempo in die Tiefe, und sie verlor die Kontrolle über ihre Lachmuskeln. Das Gleiche geschieht jetzt wieder. Das hässliche Prusten, das sich ohne ihr Zutun einen Weg nach oben bahnt, um ungefiltert über ihre Lippen zu purzeln, trifft den blonden Jungen vor ihr wie ein Dolch mitten ins Herz. Trotzdem lässt er keinerlei Regung erkennen, lediglich die Hände in seinen Hosentaschen ballen sich zu Fäusten.

»Also, wie sieht's aus?«, fragt er mit verdächtig ruhiger Stimme.

Seine Freundin verstummt schlagartig, Übelkeit steigt in ihr hoch. »Ich … ich …«

Ihre Blicke begegnen sich.

»Dann eben nicht«, sagt er achselzuckend, bevor er sich abwendet. »Viel Spaß beim großen Maskenball!«

Die eisige Kälte im Blick des Jungen, etwas, das sie bis zu diesem Moment bei ihm noch nie gesehen hat, legt sich wie eine eiserne Klammer um ihr Herz.

»Vergiss den Loser!«, flüstert ihr Angéline ins Ohr. »Der ist voll peinlich.«

Das Mädchen mit den roten Locken will sie zum Teufel wünschen, doch sie weiß, dass sie losheulen wird, sobald sie den Mund aufmacht. Wie hat sie sich nur so dämlich verhalten können? Eric ist ihr bester Freund, und niemals ist ein einziges böses Wort gegen sie über seine Lippen gekommen. Im Gegenteil. Er hat sie immer beschützt, als wäre sie seine kleine Schwester. Was der Grund ist, warum seine Frage sie so aus dem Konzept gebracht hat. Seine kleine Schwester lädt man nicht zum Kostümball ein und bittet sie auch nicht, in die Rolle der Gefährtin zu schlüpfen, oder doch? Während sie dem schlaksigen Jungen nachstarrt, der kurz darauf mit der Menge verschmilzt, brennen ihre Augen. Aber dann gewinnt ihre Entschlossenheit die Oberhand. Ich biege das wieder hin, sagt sie sich. Gleich morgen rufe ich ihn an, nein, noch besser, ich besuche ihn heute noch, um mich zu entschuldigen.

Unvermittelt springt sie auf. »Ich muss los!«, sagt sie zu Angéline, die sie perplex anglotzt. »Danke fürs Eis«, fügt sie hinzu, bevor sie davonstürmt, ohne eine Antwort abzuwarten.

Obwohl sie wenig Hoffnung hegt, sucht sie die Mall nach dem Jungen ab, der zu ihrem Leidwesen unauffindbar bleibt. Hätte sie ihn doch nur gefragt, wo er sich mit seinem Dad trifft! Hinterher fährt sie mit dem Bus nach Hause, wo sie auf ihr Zimmer eilt und ihre Zeichenstifte hervorkramt, um Megs Kostüm aufs Papier zu bringen. In ihrem Kopf formen sich bereits erste Ideen, ihre Mom, die eine fähige Näherin ist, wird daraus einen Traum aus Satin und Chiffon zaubern. Bei der Vorstellung, was für ein tolles Paar Hercules und sie auf dem Maskenball abgeben werden, summt das Mädchen fröhlich vor sich hin. Mittlerweile ist sie davon überzeugt, dass sich alles zum Guten wenden wird, denn Eric ist der klügste Junge, den sie kennt. Nachdem sie sich bei ihm entschuldigt hat, wird er sie necken und ihr auf die Nase binden, wie kindisch sie sich verhalten hat. Anschließend werden sie sich gemeinsam über Angélines Schneckendutt kaputtlachen.

Ganz sicher.

Die verlorene Frau

Jet

Für mich entfaltet der frühe Sonntagmorgen seine wahre Magie beim Geräusch von Kreide auf Papier, eines Autos, das gelegentlich vorbeifährt, und dem raschelnden Blätterwerk vor dem Fenster. In diesem Augenblick arbeite ich an der Skizze zu einem neuen Bild. Dafür benutze ich Pastellkreide, weil sie sich auflösen wird, sobald ich sie mit Ölfarbe übermale. Schließlich soll die gezeichnete Vorlage später nicht mehr zu sehen sein. Die obere Hälfte füllt ein wolkenverhangener Himmel aus, dessen Schattierungen von Weiß bis Dunkelgrau reichen, darunter erstreckt sich das gischtaufgepeitschte grünliche Wasser des Lake Pontchartrain. Am unteren Bildrand verläuft das grasüberwucherte Ufer wie ein schmaler Bogen. Mit wenigen kräftigen Strichen zeichne ich einen weit entfernten Steg, der rechts in die Szenerie hineinragt. An dessen Ende nimmt eine Frau Gestalt an, nicht mehr als eine Kontur in Blassblau. Ich beschränke mich auf die Schulterlinie, das Profil und den Hals. Der durchscheinende Körper wirkt, als verschmelze er mit den Elementen um ihn herum. Den Blick hält die Frau auf den tobenden See gerichtet.

Mit einem zufriedenen Laut lasse ich den Kopf vorsichtig kreisen, um meinen verspannten Nacken zu lockern. Unwillkürlich schaue ich aus dem offenen Fenster. Als ich das letzte Mal hinausgesehen habe, war die Luft von kitschigem Rosa erfüllt, nun aber setzt sich der gelbe Feuerball, der zwischen den Baumwipfeln aufsteigt, immer mehr durch. Vor uns liegt ein milder Wintertag. Ein leises Geräusch in meinem Rücken reißt mich aus meiner Betrachtung, und ich blinzele. Schon legen sich warme Hände auf meine Schultern.

»Entschuldige«, sage ich, ohne mich umzudrehen. »Habe ich dich geweckt?«

»Nein«, murmelt die heisere Männerstimme an meinem Ohr. »Seit wann bist du auf?«

Als sich heiße Lippen auf meinen Hals pressen, schließe ich die Augen und lasse mich gegen einen festen Oberkörper sinken. Dass dieser nackt ist, entlockt mir ein Lächeln.

»Seit halb sechs«, antworte ich leise.

»Wirklich?« In der Bemerkung schwingt ein Hauch von Entrüstung mit. »Dabei habe ich mir alle Mühe gegeben, dich heute Nacht richtig auszupowern.«

Lachend streiche ich mit meinem Hinterkopf über seine weiche Haut. »Sobald ich mit einem neuen Projekt starte, komme ich kaum mehr zum Schlafen, das weißt du doch.«

Als er nichts darauf erwidert, drehe ich mich um, um ihm ins Gesicht zu sehen. Seine braunen Augen mit den grünen Einsprengseln schauen mich warm an. Ich bezeichne diesen Ausdruck gern als Charlie-Winston-Blick, und tatsächlich besitzt Joseph Gobert eine frappierende Ähnlichkeit mit dem Sänger und Songwriter. Er hat kurzes, welliges braunes Haar, volle Lippen und einen gepflegten Fünftagebart. Fehlt nur der Hut.

»Komm zurück ins Bett«, haucht er an meine Schläfe.

»Eigentlich wollte ich noch …«, setze ich an, bekomme aber nicht mehr die Gelegenheit, meinen Satz zu beenden, denn sein Mund presst sich leidenschaftlich auf meinen.

»Du wirst auch nicht zum Schlafen kommen, versprochen«, murmelt er, während er seine Hände unter mein viel zu weites Männerhemd gleiten lässt.

Er soll recht behalten.

Eine Stunde später liebkose ich seine schönen Lippen mit dem Daumen, um den schmollenden Ausdruck davon zu vertreiben. »Tut mir leid, Joe, wirklich, aber ich muss in die Werkstatt.«

»Aber heute ist Sonntag«, versetzt er hörbar enttäuscht. »Ich hatte gehofft, wir würden im Café du Monde frühstücken.«

Wie tausend andere auch, will ich entgegnen, verkneife mir jedoch die Bemerkung. Stattdessen verziehe ich voller Bedauern das Gesicht und fühle mich dabei wie eine falsche Schlange. »Du weißt doch, wie Bruno ist«, sage ich und meine damit meinen Boss bei Bruno's Bikerstore. »Mittwoch haben wir eine BMW R 100 CS aus dem Jahr 1983 reinbekommen, an der einiges gemacht werden muss. Unter anderem müssen die Bremsschläuche, der Lenkungsdämpfer und die Reifen ausgetauscht werden. Bruno hat darauf bestanden, dass ich sie bis heute Abend fertig mache.«

Seufzend knöpft Joe sein Hemd zu. »Soll ich dich fahren?«

Ich schüttele den Kopf. »Ich nehme die Honda.«

»Okay.« Sanft umfasst er mein Gesicht mit beiden Händen. »Wir sollten endlich den Hochzeitstermin festlegen, Schatz.«

Da ich mit der Anmerkung gerechnet habe, bekomme ich weder feuchte Hände, noch verkrampft sich mein Magen.

»Natürlich.« Ich versuche mich an einem strahlenden Lächeln. »Aber nicht jetzt, okay? Ich muss los, sonst komme ich zu spät.«

So goldecht scheint mein Lächeln nicht ausgefallen zu sein, denn Joes Miene verdüstert sich. »Ich werde das Gefühl nicht los, dass du mich hinhalten willst, Janet.« Außer meinen Eltern ist er der einzige Mensch auf der Welt, der mich mit meinem Taufnamen anredet, weil dieser so wundervoll auf der Zunge zergehe, so seine Worte.

»Nichts liegt mir ferner«, entgegne ich eindringlich »Aber ein solches Ereignis will gut geplant sein.«

»Schön! Dann lass uns im Juli heiraten.« Joe zwinkert mir schelmisch zu. »Es sind sechs Monate bis dahin, genug Zeit, um alle Vorbereitungen zu treffen.«

»Nur sechs Monate?«, gebe ich zu bedenken und verziehe skeptisch das Gesicht.

Wem willst du hier etwas vormachen?, höhnt meine innere Stimme. *Leroy und Jewel haben vier Monate nach ihrer ersten Begegnung geheiratet, und es war eine wundervolle Hochzeit.*

»Ach komm«, sagt Joe gut gelaunt. »Mit meinem Engagement und deinem Talent schaffen wir das locker. Im Juli sind wir eineinhalb Jahre zusammen. Der perfekte Zeitpunkt! Was sagst du dazu?«

»Lass es uns heute Abend noch mal in Ruhe bequatschen, okay?«, antworte ich und bemühe mich, Begeisterung in meine Stimme zu legen. »Nach der Arbeit komme ich direkt zu dir.« Ich drücke ihm hastig einen Kuss auf die Lippen. »Aber nur, wenn ich unter die Dusche darf.«

Joes Lächeln wird breiter. »Ich kann's kaum erwarten.«

Nachdem wir uns ein letztes Mal geküsst haben, begleite ich ihn zur Tür. Während seine Schritte auf der Treppe verhallen, nagt das schlechte Gewissen an mir wie ein ausgehungerter Hund an einem Knochen. Joe ist aufregend, fürsorglich und sexy, und er liebt mich von ganzem Herzen. Außerdem interessiert er sich für meine Kunst, was nicht selbstverständlich ist.

Und wie vergelte ich es ihm? Ich lüge ihn an! Mein unsteter Blick schwenkt zu der schemenhaften Frau auf dem Steg. Mich trifft fast der Schlag, als ich jetzt, mit Abstand, das Ergebnis meiner Arbeit betrachte. Die ursprüngliche Idee hat darin bestanden, innerliche Stärke darzustellen: eine furchtlose Frau, die offenen Auges einer unbekannten Zukunft entgegentritt. Stattdessen wirkt sie klein und verloren, wie ein Schatten ihrer selbst!

Bevor der Gedanke, welcher Beweggrund meine Hand geführt haben mag, einen unschönen Weg einschlägt, decke ich schnell die Zeichnung ab und räume die Pastellkreiden in den Holzkoffer. Dann steige ich unter die kalte Dusche, was meine Hirnaktivität praktisch auf null reduziert. Hinterher schlüpfe ich in eine Skinny-Jeans, dazu ziehe ich eine cremefarbene Tunika mit winzigen blauen Blumen und knöchelhohe Boots an. Meine langen Locken binde ich zu einem buschigen Pferdeschwanz zusammen, zu guter Letzt trage ich dunkle Wimperntusche und einen lachsfarbenen Lippenstift auf. Jetzt noch das Geschenk! Meine Augen schweifen über die Einrichtung: die Stühle, den Tisch, das Sofa, die Regale. Verdammt! Wo habe ich es nur hingetan? Da ich dazu neige, jeden Zentimeter meines Apartments mit Bildern und Skizzen zu besetzen, kann es vorkommen, dass im Zuge dessen, *Abrakadabra!*, der eine oder andere Gegenstand verschwindet. Ein Schuh, meine Zahnbürste, ein Buch, die Fernbedienung … Nahezu jedes Objekt kommt infrage, außer es handelt sich um mein Werkzeug oder Malutensilien. Ganz gleich, wie ausgeprägt mein zauberisches Talent ansonsten sein mag: Ich weiß immer, wo sich jeder Pinsel, jede Farbtube oder jeder noch so kleine Inbusschlüssel befindet.

Ein kurzer Blick auf die Wanduhr über der Espressomaschine lässt mich leise fluchen. Ich komme zu spät! Zum Glück hilft mir der Anblick der Kaffeedose neben der Maschine auf die

Sprünge, und keine zehn Sekunden später halte ich das eingepackte Geschenk in den Händen. Es lag in der Vorratskammer zwischen einem Glas mit Spaghetti und einer Dose Erbsen. Vorsichtig stecke ich es in meinen Rucksack. Bevor ich gehe, fülle ich einen Edelstahlnapf mit Trockenfutter und wedele damit hörbar vor dem offenen Küchenfenster herum. Nach wenigen Augenblicken huscht ein weicher, pelziger Körper unter meinem ausgestreckten Arm hindurch und schlüpft ins Innere. Nach einer durchzechten Nacht hat der kleine Racker erwartungsgemäß Hunger. Als er mir vor drei Jahren buchstäblich auf den Schoß gesprungen ist – ich saß am See und versuchte, einen fischenden Pelikan aufs Papier zu bannen –, habe ich mich Knall auf Fall in seine goldenen Augen verliebt. Er war herrenlos, ich ebenfalls. Der Rest ist Geschichte.

»Ruh dich schön aus, Süßer«, flüstere ich noch in dem Wissen, dass er es sich auf dem Sofakissen gemütlich machen wird, sobald er sich den Magen vollgeschlagen hat.

Nachdem ich einen letzten Blick auf seinen grauschwarz getigerten Hintern geworfen habe, schnappe ich mir Schlüssel, Rucksack und Motorradjacke und verlasse die Dachgeschosswohnung über eine knarzende Holztreppe. Das graue, mehrstöckige Haus am Fontainebleau Drive, in dem ich seit nunmehr fünf Jahren lebe, hat zwar schon ein halbes Jahrhundert auf dem Buckel und liegt nicht gerade im Zentrum, trotzdem fühle ich mich hier pudelwohl. Für hiesige Verhältnisse ist es angenehm ruhig und die Miete erschwinglich. Außerdem ist der Zubringer zur Route 90, die mich in Nullkommanichts überallhin führt, nur einen Steinwurf entfernt. Wenn's mich packt, steige ich einfach in den Sattel und cruise gemächlich am Ufer des Lake Pontchartrain entlang. Wenn am Abend die untergehende Sonne das Wasser in Brand setzt, lässt mich die Schönheit des Augenblicks alle Alltagssorgen vergessen.

Ein weiterer Vorteil, hier zu wohnen, ist der Schuppen auf dem Grundstück, in dem ich mein Motorrad unterstelle: eine Honda CBX 400F, die ich liebevoll restauriert und auf den neuesten Stand der Technik gebracht habe. Ein echtes Schmuckstück in Rot-Weiß mit blitzendem Chrom und mein ganzer Stolz. Malen und Bikes sind meine großen Leidenschaften, und weil ich vom Verkauf meiner Kunst nicht leben kann, arbeite ich stundenweise in Brunos Werkstatt. Ich kann mich also glücklich schätzen! Nachdem ich mit der Fußspitze den Ständer eingeklappt habe, schiebe ich die Maschine auf die Straße, setze den schwarzen Helm auf, der am Lenker hing, und schwinge mich in den Sattel. Als ich den Motor anwerfe, dringt das tiefe Dröhnen bis zu meinen Eingeweiden vor. Zufrieden drehe ich am Gashahn, die Honda macht einen Satz, und ich brause die breite Straße hinunter Richtung Süden. Mein Ziel befindet sich in der Governor Nicholls Street am nördlichen Rand des French Quarter. Bei dem morgendlichen Sonntagsverkehr werde ich höchstens zwanzig Minuten benötigen.

Am Ende schaffe ich es in rekordverdächtigen vierzehn Minuten, was nichts daran ändert, dass ich mit einer halbstündigen Verspätung eintreffe. Vor einem pfirsichfarbenen Haus mit weißen Holzverzierungen und zwei Treppenaufgängen stoppe ich die Honda und schalte den Motor aus. Während ich die Maschine die Einfahrt hinaufschiebe, wird die Eingangstür geöffnet. Auf der Türschwelle erscheint eine junge Frau in einem Trägerkleid über einem blau-weiß gestreiften Marinepullover. Dazu trägt sie blaue Cowboy-Stiefeletten. Ihre ausdrucksvollen braunen Augen unter dem kinnlangen Haar funkeln belustigt.

»Es sind schon alle da«, begrüßt sie mich grinsend. »Du bist die Letzte.«

Seufzend nehme ich meinen Helm ab und hänge ihn an den Lenker, bevor ich meinen Pferdeschwanz löse und mir durch die platt gedrückten Haare fahre, um sie aufzulockern.

»Was hast du erwartet? Ich habe schließlich einen Ruf zu verlieren«, versuche ich es mit einem Scherz.

»Hat es sich wenigstens gelohnt?«

»Hm«, erwidere ich mit einem koketten Gesichtsausdruck.

Cheyenne Willoz, meine beste Freundin und Herzensdame eines meiner engsten Freunde, bricht in Lachen aus. Wir umarmen uns, dann betreten wir gemeinsam das Haus, das im hellen Landhausstil eingerichtet ist. Die Feier findet im geräumigen Wohnzimmer statt, eine breite Fensterfront gibt den Blick auf einen Garten frei, in dem eine Doppelschaukel, ein Klettergerüst und ein leeres aufblasbares Planschbecken stehen. Den Arm immer noch um meine Schultern gelegt, ruft Cheyenne »Schaut mal, wer da ist!«, und alle Anwesenden wenden sich uns zu.

Beau Lamare, seines Zeichens Detective bei der Mordkommission und Cheyennes große Liebe, hält seine lachenden bernsteinfarbenen Augen auf mich gerichtet. Kane Deveraux, hochgewachsen, schwarzhaarig und halb so Furcht einflößend, wie er es gern hätte, mustert mich mit einer hochgezogenen Augenbraue, die wohl sein Missfallen ausdrücken soll. Im Arm hält er eine zierliche Blondine im weißen Kleid, deren gewölbter Bauch keinen Zweifel daran lässt, dass ein zweites Kind unterwegs ist. Eli wirkt so glücklich, dass es mir einen Stich versetzt. Ihre knapp dreijährige Tochter Rosalie entdecke ich auf der Terrasse, gemeinsam mit zwei älteren Mädchen, deren braune Krauselocken zu lustigen Dutts zusammengebunden sind: Nelly und Denise.

Leroy Masters, Hausherr, Onkel und Vormund der beiden und – was noch wichtiger ist – das Geburtstagkind, kommt mir lächelnd entgegen. Wie immer sieht er aus, als wäre er direkt aus einem Katalog für Männermode entsprungen. Groß, elegant, eine Haut wie Milchkaffee und grüne Augen, die um einige Nuancen heller sind als meine.

»Hast du schließlich doch noch hergefunden, Jet?«, zieht er mich auf.

Mit einem gemurmelten »Haha« und einem hinterhergeworfenen »Tut mir leid« werfe ich mich in seine Arme und drücke ihn fest. »Happy Birthday, Leroy! Und alles Gute!« Ich hebe den Kopf, um ihm ins Gesicht zu sehen. »Entdecke ich da etwa eine neue Falte unter dem rechten Auge?«, merke ich mit Bestürzung in der Stimme an.

»Setz ihm bloß nicht diesen Floh ins Ohr, sonst darf ich mir die nächsten zwölf Monate was anhören!«, ruft eine Frauenstimme, woraufhin alle in Lachen ausbrechen.

»Sehr witzig«, entgegnet Leroy mit einem knurrigen Unterton, der so gar nicht zu seinen lachenden Augen passen will.

Jewel, seine dunkelhaarige, apart aussehende Ehefrau, hakt sich bei ihm ein und zwinkert mir verschwörerisch zu. »Er ist furchtbar eitel.« Sie wendet den Kopf, als würde sie nach jemandem Ausschau halten. »Wenn auch nicht so eitel wie Eric, natürlich!«

Erneut falle ich ins allgemeine Gelächter ein, kann jedoch nicht verhindern, dass bei der bloßen Erwähnung von Erics Namen mein Herz einen Takt schneller schlägt. Bevor jemand das Gespräch auf den breitschultrigen blonden Mann lenken kann, der hinter Eli steht und mich über ihren Kopf hinweg mustert, ziehe ich meinen Rucksack von den Schultern, um Leroy mein Geschenk zu überreichen. Schon blicken die Umstehenden neugierig auf seine langen Finger, die das grüne Seidenpapier behutsam lösen. Ich hingegen betrachte seine Miene. Sein heftig auf und ab hüpfender Adamsapfel, als er des

Geschenks ansichtig wird, beweist mir, dass ich einen Volltreffer gelandet habe.

»Wow«, haucht er und blickt mich an. »Danke, Jet, ehrlich … Es ist der Hammer!«

Er hält, für alle gut sichtbar, das kleine Ölgemälde hoch, auf dem Jewel, Nelly und Denise beim Picknick am Seeufer zu sehen sind. Die Szenerie ist in strahlend gelbes Licht getaucht. Das blaue Wasser im Hintergrund kräuselt sich leicht im Wind, als wäre es mit einer Gänsehaut überzogen. Es herrscht eine heitere Nachmittagsstimmung, die durch die lachenden Gesichter noch betont wird, wobei die Sommerkleider bunte Akzente setzen. Wie Wildblumen auf einer Wiese. Die Ohs und Ahs meiner Freunde, die mich daraufhin umwehen, treiben mir die Röte ins Gesicht. Als die von Natur aus zurückhaltende Jewel mich barsch in ihre Arme zieht, ist es nun an mir, die aufsteigenden Tränen zu unterdrücken.

»So schön«, murmelt sie hörbar gerührt, bevor sie die Stimme hebt und Richtung Terrasse ruft: »Denise! Nelly! Seht mal, was Jet eurem Onkel geschenkt hat!«

Sie hat den Satz noch nicht beendet, als die acht und zehn Jahre alten Mädchen in den Raum stürzen. Während die beiden sich darüber streiten, wer auf dem Bild das schönere Kleid trägt, zieht mich Leroy zur Seite, um mir einen Kuss auf die Wange zu drücken.

»Ich dachte, du bringst Joe mit«, sagt er anschließend.

»Er lässt sich entschuldigen«, antworte ich, froh darüber, dass meine Wangen bereits glühen. »Ihm ist etwas dazwischengekommen.«

»Schade.«

Ich nicke, als mein Blick auf eine schick gekleidete, gertenschlanke Frau mit kurzem hellblondem Haar fällt, die etwas abseits steht und deren Schwanenhals durch sündhaft teuer aussehende Hängeohrringe unterstrichen wird.

»Wer ist das?«, frage ich leichthin, obwohl ich es mir denken kann.

»Gloria Fergusson. Erics Freundin. Sie ist Prozessanwältin.«

Wäre ich doch nur mit Joe gekommen!

Der Grund für den ganzen Schwindel ist schwer in Worte zu fassen. Ich weiß nur, dass mich die Anwesenheit von Joe und Eric im gleichen Raum überfordert, vor allem seit Joe und ich verlobt sind. Er war Erics Tennispartner, und Eric selbst war es, der uns miteinander bekannt gemacht hat. Es ist und bleibt eine seltsame Situation. Als junges Mädchen habe ich wegen Eric Bäche von Tränen vergossen, und seinen ersten Liebeskummer vergisst man nie. Ich hätte damit rechnen müssen, dass er in Begleitung erscheint, zumal er mit dieser Frau bereits seit drei Monaten liiert ist. Ein Rekord! Gottlob bin ich erfolgreich um eine Begegnung herumgekommen – bis heute. Es ist nichts Persönliches. Ich kann mit Anwältinnen einfach nichts anfangen!

»Sie ist nett«, sagt Leroy. »Komm, ich stell sie dir vor.«

Darf ich vorher eine Flasche Wodka killen?

»Gern«, entgegne ich mit einem getackerten Lächeln, während ich meine Lederjacke ausziehe, die ich zusammen mit dem Rucksack an die Garderobe hänge.

Die Entfernung zu Eric und Gloria beträgt nicht mehr als zehn Schritte, trotzdem mutet der Weg dorthin wie der Gang nach Canossa an. Nur dass nicht Papst Gregor der VII. Audienz hält, sondern ein blendend aussehendes Königspaar, bei dessen Anblick sich mir der Magen umdreht. Ich habe Eric seit mehreren Wochen nicht gesehen, und mir fällt auf, dass er eine neue Frisur hat. Zwar trägt er die Haare immer noch kurz, doch das längere Deckhaar hat er mit etwas Gel nach hinten gekämmt, was seine scharf geschnittenen Züge unterstreicht. Sein athletischer Körper füllt den maßgeschneiderten grauen Anzug perfekt aus, dazu trägt er ein hellblaues Hemd und dunkelblaue Slipper. Den Arm hat er um seine Freundin gelegt, die sich für ein eng anliegendes Etuikleid mit Raffung und seitlichem Schlitz entschieden hat, und zwar in der gleichen Farbe wie sein Hemd.

Igitt, Partnerlook!

Als Leroy uns vorstellt und ich ihr die Hand entgegenstrecke, bedenkt sie mich mit der verkürzten Version eines Lächelns, worauf ich beschließe, sie noch weniger zu mögen.

»Wo hast du deinen Verlobten gelassen?«, fragt Eric, nachdem er mir einen Kuss auf die linke Wange gehaucht hat, so schnell, dass ich nicht einmal reagieren konnte.

»Ihm ist etwas dazwischengekommen«, leiere ich meine Standarderklärung herunter, wobei ich mir alle Mühe gebe, nicht wie ein Walross zu schnaufen, um meine Nase von seinem Duft nach Seife und warmer Männerhaut zu befreien. Obwohl Eric Wert auf ein gepflegtes Äußeres legt, verzichtet er in der Regel auf Parfums oder penetrante Aftershaves.

Ich habe seinen Duft schon immer geliebt.

Der Gedanke genügt, damit sich von einer Sekunde auf die andere mein Verstand verabschiedet, als hätte jemand einen unsichtbaren Schalter umgelegt.

»Und was?«, will Eric wissen.

Vergeblich durchforste ich mein Hirn nach einer cleveren Antwort, gleichzeitig könnte ich mir in den Hintern beißen, mir vorab keine Ausrede überlegt zu haben. Schließlich kenne ich Eric nur zu gut. Mir hätte klar sein müssen, dass er die Ungeniertheit besitzt, nachzuhaken.

»Wie geht's Manolo?«, rettet mich Leroy unerwartet aus der Situation, wofür ich ihn knutschen könnte.

»Prächtig!«, stoße ich dankbar hervor. »Er wächst und gedeiht.«

»Wer ist Manolo?«, fragt Gloria mit einem Hauch Affektiertheit in der Stimme.

»Mein Kater«, antworte ich und lache ein wenig gezwungen. »Aber streng genommen bin ich sein Eigentum und nicht umgekehrt.«

»Er war ein Streuner«, fügt Eric an Gloria gewandt hinzu. »Jet hat eine Schwäche für Herumtreiber, musst du wissen.«

Blöder Idiot!

Unsere Blicke prallen hart aufeinander. Natürlich weiß ich, worauf er anspielt. Ich öffne den Mund, um ihm ordentlich die Meinung zu sagen, als mir Cheyenne die Tour vermasselt. »Kommt!«, platzt sie in die Runde hinein. »Jewel eröffnet das Büfett.«

»Klasse!«, rufe ich, kaum dass sie den Satz beendet hat. »Ich sterbe vor Hunger.«

Weil Joe und ich wie die Karnickel gevögelt haben!, würde ich am liebsten hinzufügen, beiße mir aber auf die Lippen. Auf Leroys Geburtstag gehört sich das nicht. »Ich bin heute Morgen nicht zum Frühstücken gekommen«, sage ich stattdessen mit bedeutungsschwerem Tonfall, *das muss reichen!*, und wende mich von dem Königspaar ab. Bedauerlicherweise zu langsam, denn ich komme nicht umhin zu bemerken, wie sich die royalen Turteltäubchen mit gespitzten Lippen küssen. Der Anblick lässt mich kalt, schließlich habe ich Eric schon viele Frauen küssen sehen, trotzdem kann ich nicht verhehlen, dass es mir in den Fingern juckt, ihm eine zu knallen. Ich hasse dieses gezierte Gehabe!

»Und wie findest du sie?«, flüstert mir Cheyenne, die sich bei mir eingehakt hat, ins Ohr.

»Reizend.«

»Echt jetzt?«, fragt Cheyenne überrascht.

»Ja, wenn man eine Schaufensterpuppe ist«, entgegne ich trocken. »Oder ein Roboter. Sollten die beiden heiraten, kann ich mir ihre Sprösslinge gut vorstellen. Mit Wachsgesichtern und Designerklamotten, wie uniformierte Spielzeuge.« Ich vollführe übertrieben abgehackte Bewegungen und verstelle meine Stimme, sodass sie emotionslos und blechern klingt. »Mutter. Kannst. Du. Den. Schlüssel. In. Meinem. Hintern. Aufziehen? Ich. Möchte. Hinausgehen. Zum. Spielen.«

»Die armen Kinder«, sagt Cheyenne, die sich jedoch ein Kichern nicht verkneifen kann. »Hat Joe heute wirklich etwas vor?«, fragt sie nach kurzem Schweigen. »Oder ist der Grund seiner Abwesenheit ein anderer?«

Wortlos zucke ich mit den Achseln.

Unerwartet drückt sie mir einen Kuss auf die Wange, worauf ich sie verblüfft anstarre. »Huch? Wofür war der?«

»Du hast eben so traurig ausgesehen.«

Na toll!

»Unsinn!«, antworte ich barsch. »Ich habe nicht gefrühstückt, das ist alles. Kane hat Jambalaya mitgebracht. Ich glaube, so was gesehen zu haben.«

Cheyenne verzieht das Gesicht. »Jambalaya um zehn Uhr morgens?«

»Genau richtig!«, erkläre ich. »Ich brauche jetzt etwas Deftiges.«

»Ich halte mich da lieber an Jewels Beignets.«

»Die kommen hinterher dran!«

Cheyenne grinst, dann zeigt sie unauffällig auf Gloria, die gerade dabei ist, ihren Teller mit einem Klecks Fruchtsalat zu garnieren.

»Ein Glück, dass Roboterkinder nichts benötigen außer Schmiermittel und Politur, sonst würden sie den Hungertod sterben«, bemerke ich.

Diesmal bricht Cheyenne in lautes Lachen aus. Als ich grinsend den Kopf hebe, trifft mich Erics zorniger Blick mit solcher Wucht, dass ich knallrot anlaufe. Er steht keine zwei Meter von mir entfernt und hat jedes Wort mit angehört.

»Entschuldige«, murmele ich Cheyenne zu und schiebe mich an ihr vorbei.

Ihre braunen Augen weiten sich überrascht. »Wo willst du hin?«

Ich zeige Richtung Toilette. »Mich ein wenig frisch machen.«

»Ich dachte, du stirbst vor Hunger.«

»So schlimm ist es auch wieder nicht«, antworte ich mit einem gequälten Lächeln und flüchte aus dem Raum.

Dass ich heute in den Genuss von Kanes Jambalaya komme, bezweifle ich. Mir ist soeben der Appetit vergangen. Ich werde mich im Badezimmer einschließen und erst wieder herauskommen, wenn Eric gegangen ist!

Der weisse Ritter

Eric

»Jetzt gib endlich Gas, du Idiot!«, übertöne ich Annie Lennox im Radio, die in ihrem Song »Missionary Man« davor warnt, sich mit einem Mann Gottes anzulegen.

Der Typ vor mir, der meint, von seinem Nissan aus einen Schaufensterbummel machen zu müssen, und das während des morgendlichen Berufsverkehrs, ist indessen auf dem besten Weg, sich mit mir anzulegen! Mein nervöser Blick fliegt zu der Digitalanzeige. In zwanzig Minuten habe ich einen Termin mit einer Mandantin, und ich hasse es, auf den letzten Drücker im Büro aufzuschlagen. Das kommt davon, wenn ich mich überreden lasse, die Nacht in Algiers Point zu verbringen – auch wenn es mir Gloria großzügig gedankt hat. Als sich der Nissanfahrer endlich durchringt, in eine Parklücke zu fahren – natürlich vorwärts, schließlich habe ich von dem Warmduscher nichts anderes erwartet –, schere ich nach links aus, um seinem Heck auszuweichen, und drücke aufs Gaspedal. Begleitet wird mein riskantes Manöver von blökendem Hupen, was mich nicht im Mindesten tangiert. Heute Morgen bin ich auf Krawall gebürstet, wie Kane es so treffend formulieren würde.

Der Grund für meine miese Laune beginnt mit einem J und endet mit einem T – nicht zu vergessen das E in der Mitte für »Elende Heuchlerin«! Sie, die kurz davor steht, einen Einfaltspinsel zu heiraten, fühlt sich genötigt, über die Frau an meiner Seite herzuziehen. Mit welchem Recht? Dass Gloria nicht das Zeug dazu hat, Jets Busenfreundin zu werden, ist keine Überraschung. Unterschiedlicher könnten zwei Frauen nicht sein. Trotzdem hätte sich Jet zusammenreißen müssen, schließlich tue ich es in Bezug auf ihren Verlobten auch. Zum Glück hat Gloria nichts mitbekommen, was mir eine unangenehme Diskussion erspart hat. Könnte ich doch nur Jets unberechenbares Temperament ignorieren! Dann wäre mein Leben viel einfacher.

Zehn Minuten nach dem Vorfall mit dem Nissanfahrer halte ich vor einem dreistöckigen Backsteingebäude mit weißen, bodentiefen Sprossenfenstern und einem filigranen gusseisernen Balkon, der den ersten Stock komplett umfasst. In den beiden oberen Etagen lebe und arbeite ich, das Erdgeschoss habe ich an einen Antiquitätenhändler verpachtet. Vor dem Haupteingang steige ich aus – ein Privatparkplatz in New Orleans ist Gold wert –, verriegele den Wagen und betrete durch einen gewölbten Torweg einen üppig bepflanzten Innenhof, in dem unter anderem Efeu, Glyzinien und kürzlich zurückgeschnittene Kletterrosen die Mauern zieren. Eine Stahltreppe führt in anmutigem Bogen zu einer arkadengesäumten Galerie. Links geht es zu meinen Privaträumen, rechts zu meiner Kanzlei, wie die Messingtafel mit der Aufschrift »Eric Vincent. Anwalt für Strafrecht, Wirtschaftsrecht und Zivilrecht« verrät. In dem Wissen, dass die aufrechte Mrs Kaufmann bereits da ist, krame ich nicht nach dem Schlüssel, sondern trete einfach durch die Tür. Der intensive Kaffeeduft, der mich empfängt, hebt augenblicklich meine Stimmung, auch weil ich noch ein paar Minuten Zeit habe, bevor meine Mandantin eintrifft.

Wie immer ist das Vorzimmer mit Wärme und Heiterkeit erfüllt, was nicht zuletzt am hellen Parkettboden, den bunten Bildern an den Wänden und dem Blumenarrangement auf dem Tresen liegt. Die unangefochtene Herrscherin dieses kleinen Reichs glänzt in diesem Moment allerdings durch Abwesenheit.

»Guten Morgen, Evelyn!«, rufe ich in den leeren Raum hinein und betrachte neugierig das blaue Hyazinthen-Bouquet am Empfang.

»Morgen, Chef!«, ertönt es fröhlich aus dem Hinterzimmer. Und dann: »Ich habe am Wochenende Bienenstich gebacken, und weil ich weiß, wie sehr Sie den mögen, habe ich Ihnen etwas davon mitgebracht.«

»Sie werden noch mein Untergang sein!«, erwidere ich mit gespielter Empörung. »Ich kenne nämlich Ihre Definition von ›etwas‹.«

Ein wieherndes Lachen ist die Antwort. »Stellen Sie sich nicht so an, Chef! Sie gehen dreimal die Woche rudern, das reicht locker, um die Kalorien abzubauen.«

»Vielleicht, vielleicht auch nicht«, brumme ich zurück.

Evelyn Kaufmann, die gute Seele der Kanzlei und eine gebürtige Frankfurterin, die schon seit mehr als zwanzig Jahren in New Orleans lebt, backt für ihr Leben gern. Dabei geht sie mit dem Zucker nicht gerade sparsam um. Auch nicht mit Mandeln, Sahne, Butter, Honig und anderen fiesen Arterienkillern, was es so verflucht schwer macht, ihrem diabolischen Naschwerk zu widerstehen.

»Und kommen Sie bloß nicht auf die Idee, Saliana ein Stück davon anzubieten«, ermahne ich sie, als sie einen Augenblick später mit meinem frisch gebrühten Kaffee erscheint. »Sonst verklagt uns ihr Manager womöglich auf Schadensersatz in Millionenhöhe, nur weil sie ein halbes Pfund zugelegt hat.«

»Ich dachte, Sie würden die Klagewut Ihrer Landsleute gutheißen, Chef«, erwidert Evelyn mit ihrem typisch dreckigen

Lachen, das sie gegenüber unseren Mandanten gut zu verbergen weiß.

»Nicht, wenn sie sich gegen uns richtet, Evelyn«, antworte ich mild lächelnd.

Mit einem breiten Grinsen stolziert sie an mir vorbei, um das Tablett mit dem Kaffee auf dem Schreibtisch in meinem Büro abzustellen. Ich folge ihr. Heute trägt sie eine blassgelbe Bluse zu einem dunkelgrauen Rock. Evelyn ist eine große, etwas stämmige Frau mit unzähligen Lachfältchen um die blauen Augen. Ihre kurzen hellblond gefärbten Haare rahmen ein Gesicht, das durch eine gesunde Bräune besticht. Sie ist eine patente, zupackende Frau, der man die zweiundsechzig Jahre ansieht, was sie nicht im Mindesten schert. Ganz im Gegenteil.

»Wie war der Geburtstagsbrunch?«, fragt sie.

»Gut.«

Ich setze mich an den Schreibtisch vor dem bodentiefen Fenster und schalte meinen iMac Pro ein. Im Gegensatz zum Vorzimmer ist mein Büro schlicht, aber elegant eingerichtet. Ein Ledersessel, zwei Designerstühle von Naoto Fukasawa, ein Bücherregal, einige gerahmte Auszeichnungen sowie ein Kunstdruck von Jackson Pollocks »Mural« an den Wänden. Mehr braucht es nicht, um Exklusivität auszustrahlen, ohne verschwenderisch zu wirken.

»So kurz angebunden, Chef?«, bemerkt Evelyn mit einem Glitzern in den Augen, das nichts Gutes verheißt.

»Ja«, antworte ich in einem Tonfall, der signalisieren soll, dass das Thema beendet ist.

»War Miss Stenton auch da?«, fragt Evelyn dennoch.

Entweder ist die Botschaft nicht angekommen, oder Evelyn stellt sich dumm. Ich tippe auf Letzteres. Ihre Frage reicht jedenfalls aus, um meine Stimmung erneut zu trüben.

»Ja, war sie«, entgegne ich kühl.

»Und?« Evelyn schaut mich vielsagend an.

»Nichts und.«

»Kam sie mit ihrem Verlobten?«

»Nein, Evelyn, sie kam allein.«

»Das ist doch gut, oder nicht?« Als ich nicht antworte, seufzt Evelyn hörbar. »Sie ist so ein nettes Mädchen.«

Mir reißt der Geduldsfaden. »Sie verletzt Menschen, okay?« Als Evelyn zum Protest ansetzt, schneide ich ihr mit einer unwirschen Geste das Wort ab. »Ich will jetzt nicht über Jet reden. Ende der Diskussion! Tun Sie das, wofür ich Sie bezahle, und sagen Sie Bescheid, sobald …« In diesem Moment ist ein Poltern draußen auf der Treppe zu hören. »Die Mandantin ist da«, verkünde ich überflüssigerweise. »Geben Sie mir einen Moment, damit ich so tun kann, als würde ich seit Stunden über irgendwelchen Akten brüten. In der Zwischenzeit bieten Sie ihr eine Tasse Ihres Lieblingstees an. Was war das noch mal?«

»Japanischer Gyokuro.«

»Genau.« Ich setze ein dünnes Lächeln auf. »Danke.«

»Kein Problem«, antwortet Evelyn nüchtern, dennoch kann ich an ihrem verkniffenen Mund sehen, dass sie gekränkt ist.

Sie beruhigt sich schon wieder. Evelyn und ich sind seit acht Jahren ein Team, was ihre Einmischung in mein Privatleben jedoch nicht rechtfertigt. Natürlich ist ihr Interesse gut gemeint, aber es gibt Grenzen, und eine dieser Grenzen heißt Jet. Die loyalste und zugleich furchtbarste Freundin, die man sich vorstellen kann. Unwirsch haue ich auf die Tastatur, um die Spamflut, die sich übers Wochenende angesammelt hat, aus meinem E-Mail-Eingang zu löschen, was mir nur begrenzt Befriedigung verschafft. In Gedanken bin ich erneut bei Jet. Jet, die deinen Tag erhellt, sobald sie den Raum betritt – und ihn gleich darauf verdunkelt, weil sie auf deinen Gefühlen herumtrampelt wie ein übermütiges Kind in einer Traubenbütte!

»Miss Saliana ist jetzt da, Chef!«, ertönt in dieser Sekunde Evelyns Stimme durch die Sprechanlage.

»Nur Saliana«, höre ich postwendend den Protest meiner Mandantin.

Ich atme tief durch. »Soll reinkommen.«

Als ich mich von meinem Sessel erhebe, stelle ich sicher, dass mein Sakko richtig sitzt und meine Krawatte keine Falten wirft. Die Tür zu meinem Büro schwingt auf. Das feenartige Wesen, das barfuß über die Schwelle tänzelt, ist keine siebzehn Jahre alt, von zierlichem Wuchs und in ein buntes Chiffonkleid gewandet. Seine mandelförmigen Augen sind himmelblau, die kinnlangen Haare fliederfarben. Eine zu Fleisch gewordene Mangafigur, die allerdings über eine außergewöhnliche Sopranstimme verfügt und dem etwas angestaubten Genre des Operatic Pop, einer Mischung aus Pop und opernhafter Darbietung, neues Leben einhaucht und derzeit sensationelle Erfolge feiert.

»Hi!«, begrüßt sie mich mit unerwartet kindlicher Stimme und wirft sich in einen der beiden Stühle.

Der Mann im dunkelblauen Zwirn hinter ihr, ein Mittfünfziger mit Bart und zu viel Hüftgold, streckt mir die Hand entgegen. Während ich Burt Myers begrüße, Salianas Manager, legt die junge Künstlerin ihre nackten Füße auf meinen Schreibtisch. Wortlos taxiere ich sie mit meinem Schwitzkasten-Blick, den ich immer dann aufsetze, wenn ich Zeugen der Gegenseite in die Mangel nehme, worauf sie mit einem theatralischen Schnauben die Füße wieder herunternimmt.

Nachdem Burt ebenfalls Platz genommen hat, setze ich mich und schenke den beiden ein nonchalantes Lächeln. »Wie kann ich Ihnen diesmal behilflich sein?«

»Die Intendantin des Theaters am Broadway, wo meine neue Show Premiere feiern wird, ist eine Bitch! Sie weigert sich, mich barfuß auftreten zu lassen!«, platzt es aus der jungen Frau heraus, bevor ihr Manager auch nur den Mund aufmachen kann. »Dabei weiß alle Welt, dass meine Stimme ihre Kraft aus Mutter Erde zieht. Ich will sie verklagen!«

Bud räuspert sich hörbar. »Also zunächst einmal wollen wir ihr mit einer Klage drohen«, erklärt er sanft, woraufhin Saliana schmollend die Arme verschränkt. »Danach sehen wir weiter.«

In einer feierlichen Geste greife ich nach meinem Montblanc-Füller, schraube die Kappe ab, nehme ein Blatt Papier aus einer ledergebundenen Mappe und setze die goldene Feder an. Dann blicke ich auf. »Von welchem Theater sprechen wir?«

Eine Stunde später bringe ich die beiden zur Tür und verspreche ihnen, mich um ihren Fall zu kümmern. Anschließend wende ich mich Evelyn zu, die hinter der Empfangstheke etwas in ihren Rechner tippt.

»Bevor der nächste Mandant eintrifft, ist noch Zeit. Gilt das Angebot mit dem Bienenstich noch?«, frage ich und setze mein charmantestes Lächeln auf. Erst da fällt mir ihre ungewohnte Blässe auf. »Was ist?« Ich räuspere mich. »Tut mir leid, wenn ich vorhin etwas forsch war, Evelyn, aber …«

»Das ist es nicht!«, fällt sie mir ins Wort und nimmt die Hände von der Tastatur.

»Sondern?«

Erst richtet sie den Blick auf mich, dann zeigt sie auf den Stapel Post neben sich. »Wir haben einen Brief bekommen«, flüstert sie unheilvoll.

»Was für einen Brief?«

»Einen Drohbrief.«

»Aber Evelyn, die erhalten wir doch ständig. Legen Sie den einfach zu den anderen!«, entgegne ich und weise auf die Tür zum Archiv, wo wir diesen Dreck in einer runden Pralinendose aus Metall aufbewahren, auf der geschrieben steht: »Was aus Schokolade ist, kann nicht böse sein«.

»Der hier ist aber anders als die bisherigen«, widerspricht sie leise.

»Inwiefern?«

»Ich finde … Sehen Sie selbst!«

Sie kramt einen neutralen Briefumschlag aus dem Stapel, den sie mir mit zwei Fingern reicht, als wäre er verseucht. Vorsichtig öffne ich ihn und falte das darin befindliche Blatt auseinander. Darauf steht in roter Schönschrift, die an mittelalterliche Kalligrafie erinnert:

> *Sie haben mir alles genommen, Mister Vincent! Meine Liebe. Meine Freiheit. Mein Leben. Darf ich fragen, wie es Ihnen dabei geht? Was fühlen Sie? Hat es sich für Sie gelohnt, als vermeintlich weißer Ritter im Vorbeireiten ein Menschenleben zu vernichten? Was für ein armseliger Wicht Sie doch sind! Aber nicht mit mir, Mister Vincent, nicht mit mir. Gott, wird Sie dafür strafen oder aber ich.*
>
> *Rando*

Nur mit Mühe verkneife ich mir ein Augenrollen. Das übliche Gesülze, wobei der Verfasser wenigstens über ein gewisses Maß an Fantasie verfügt. Als weißen Ritter hat mich noch niemand bezeichnet.

»Haben Sie eine Idee, wer dieser Rando sein könnte?«, flüstert Evelyn.

Ich zucke mit den Achseln. »Nein. Dafür gibt es zu viele Möglichkeiten. Ein prügelnder Ehemann, der eine einstweilige Verfügung kassiert hat, ein Paparazzo, der es mit der Privatsphäre Dritter nicht so genau nimmt, ein Blogger mit einer Unterlassungsklage am Hals. Jedenfalls ist es jemand mit einem überdimensionalen Ego, der sich auf den Schlips getreten fühlt, so viel ist sicher.«

Stirnrunzelnd schaut Evelyn auf das Blatt Papier in meiner Hand. »Sie wirken nicht gerade beunruhigt.«

»Wieso sollte ich? Ich setze mich dafür ein, dass Menschen, die in der Öffentlichkeit stehen, ihr Recht bekommen. Dass ich mir damit nicht nur Freunde mache, versteht sich von selbst.« Als ich Evelyns Blick begegne, stutze ich. »Warum bereitet Ihnen der Brief solche Angst? Der höfliche Umgangston kann es wohl nicht sein«, versuche ich es mit einem Witz, der sein Ziel verfehlt.

Evelyn beißt sich auf die Unterlippe. »Die rote Schrift.«

»Sie glauben, er ist mit Blut geschrieben?«, frage ich belustigt.

Sie nickt.

»Unsinn!«, sage ich und schnüffle an der Schrift. »Es ist Tomatensaft.«

Als ich ihr das Blatt hinhalte, rollt sie mit ihrem Stuhl ruckartig ein Stück zurück. »Bitte fragen Sie Ihren Polizistenfreund, was er davon hält«, sagt sie eindringlich »Ich habe bei der Sache ein mieses Gefühl.«

»Aber Evelyn …«

»Chef, bitte!«

Ich stoße einen resignierten Seufzer aus. »Also gut, ich werde ihm von dem Brief erzählen«, antworte ich wider besseres Wissen, worauf sich ihre Züge sichtlich entspannen.

Seit einigen Wochen hält eine Raubserie die Stadt in Atem, bei der die Täter mit extremer Brutalität vorgehen. Aufgrund ihrer Plastikmasken haben die Medien sie die Bugs-Bunny-Gang getauft. Der Fall spannt Beau rund um die Uhr ein, sodass Cheyenne ihn nur selten zu Gesicht bekommt. Ich werde ihn ganz sicher nicht mit einem infantilen Drohbrief behelligen! Deshalb landet dieser nach Feierabend in der Pralinendose, wie all die anderen Briefe vor ihm. Nachdem das erledigt ist, gehe ich hinüber zu meinem Apartment. Gerade zücke ich den Schlüssel, um die Tür aufzusperren, als das Handy in meiner Tasche klingelt. Es ist Gloria. Sie hat heute bereits fünfmal versucht, mich zu erreichen.

»Hi!«, melde ich mich und gehe sofort in die Offensive. »Sorry, dass ich nicht zurückgerufen habe. Heute war wieder einer dieser höllischen Tage, an denen ich keine freie Minute hatte.«

»Eric, Darling!«, flötet sie in den Hörer. »Du musst dich doch nicht rechtfertigen. Ich weiß, was für ein schwer beschäftigter Mann du bist.« Kurze Pause. »Sehen wir uns nachher? Ich dachte, wir könnten zunächst bei Luigi's essen und dann …«

Den Rest lässt sie ungesagt, dennoch besteht kein Zweifel, worauf sie anspielt. Gloria liebt Sex in jeder erdenklichen Spielart. Egal wo, egal wann. Je ausgefallener das Ambiente, desto besser.

»Tut mir leid«, antworte ich, während ich mein Sakko auf einen Kleiderbügel streife, den ich in den Garderobenschrank hänge. »Aber da ist noch ein wichtiger Fall, den ich durchgehen muss.«

Beinahe muss ich lachen. Nicht zu fassen, dass ich mich gerade vor einer heißen Nummer drücke! Doch die Wahrheit ist: Es ist mir schlichtweg zu anstrengend. Im Moment erscheint mir nichts reizvoller, als mir Gumbo mit geräucherten Würstchen zu bestellen und anschließend bei einem Glas Bourbon eine Folge von »Mad Men« auf Blu-Ray anzusehen.

Ich werde wohl alt.

»Ich könnte vorbeikommen und dir moralische Unterstützung leisten«, versucht es Gloria weiter.

»Das ist keine gute Idee.«

»Hast du Angst vor zu viel Nähe? Ist es das?«

Insgeheim stöhne ich auf. »Ich habe lediglich zu tun, Gloria, das ist alles.«

Ich streife die Schuhe ab und stelle sie in das eigens dafür ausziehbare Fach unter der Garderobenstange.

»Dass du bei mir übernachtet hast, heißt doch nicht, dass wir gleich zusammenziehen müssen«, sagt sie mit einem nervösen Lachen.

Während der Sekunden des Schweigens, die nun folgen, verspüre ich dieses charakteristische Kribbeln, das immer dann auftritt, wenn ich einer Frau überdrüssig bin. Als stünde meine Haut kurz davor, sich um meine Muskeln und Sehnen zu straffen, wie ein enger werdendes Korsett, bis ich mich nicht mehr regen kann. Unwillkürlich lockere ich meine Krawatte. Gloria weiß es noch nicht, aber unsere Affäre ist gerade dabei, den Weg einzuschlagen, den meine bisherigen Beziehungen ausnahmslos gegangen sind. Leise und unspektakulär. Dass wir es auf zwölf Wochen gebracht haben, kommt einer kleinen Sensation gleich, die ich auf meine Trägheit zurückführe. An einer festen Beziehung mit Gloria bin ich nie interessiert gewesen, zumal uns außer dem Sex nicht viel verbindet. Zu Beginn war es recht unterhaltsam, uns bei Rotwein und Kerzenlicht unsere Lebensgeschichten zu erzählen oder zumindest das, was wir gegenseitig zu offenbaren bereit waren. Was danach folgte, war eine Zweckgemeinschaft. Ich war ihr Trostpflaster nach dem Ende einer langjährigen Beziehung, und was mich betrifft … Nun, eine hinreißend schöne und intelligente Frau mit einer starken Libido wollte mich. Hätte ich etwa Nein sagen sollen?

»Also sehen wir uns heute nicht mehr?«, fragt Gloria ein wenig schnippisch.

Sie wird schnell darüber hinwegkommen.

»Nein«, antworte ich, während ich den Flyer vom Lieferservice aus der Küchenschublade fische, um ihn zu studieren, obwohl ich genau weiß, was ich essen will.

»Rufst du mich morgen an?«

»Ja.«

»Versprochen?«

»Versprochen«, antworte ich und meine es auch so.

Morgen sage ich es ihr.

»Bis dann«, haucht sie zum Abschied, aber in Gedanken bin ich bereits bei Don Drapers großem Geheimnis und meinem Gumbo. Ich werde nicht enttäuscht. Weder von dem einen noch von dem anderen.

Während ich wenig später Don dabei zusehe, wie er auf eine Bar und damit auf ein neues Verhängnis zusteuert, kommt mir eine Idee. Ich drücke auf die Pausentaste und greife nach dem Telefon.

»P&W Investigations!«, ertönt es nach zweimaligem Klingeln durch den Hörer. »Steve Perkins am Apparat. Was kann ich für Sie tun?«

»Steve, ich bin's! Eric Vincent.«

»Eric!«, ruft die Stimme. »Ich habe Ihre Nummer gar nicht erkannt.«

»Ich rufe von meinem privaten Festnetz aus an.«

»Ah, ich verstehe. Geht es um diese Sache? Also, ich wollte eigentlich …«

»Nein, nein«, unterbreche ich ihn. »Darum geht es nicht. Ich habe einen neuen Auftrag für Sie«, erkläre ich dem Privatermittler, der mir, und damit auch meinen Mandanten, seit Jahren gute Dienste leistet.

»Freut mich zu hören! Worum geht's?«

»Ich möchte, dass Sie einen Kerl unter die Lupe nehmen. Sollte er ein schmutziges Geheimnis haben, will ich es wissen.«

»Kein Problem«, lautet die fröhliche Antwort. »Wie heißt der Typ?«

»Joseph Gobert.«

»Der jüngste Spross von Edouard Gobert Beauty Salons?« Nicht die Spur von Überraschung ist zu hören, nur professionelles Interesse.

»Genau der. Und ich will, dass Sie ihn beschatten. Mich interessiert vor allem, mit welchen Frauen er sich trifft.«

»Okay.« Die Geschäftigkeit ist aus Steves Stimme deutlich herauszuhören. »Allerdings habe ich da noch den anderen Auftrag auf meinem Tisch …«

»Legen Sie den erst einmal auf Eis. Die Sache hier hat Priorität.«

»In Ordnung. Wann soll ich loslegen?«

»Am besten gestern«, antworte ich. »Und Steve?«

»Ja?«

»Seien Sie gründlich.«

Der Privatermittler lacht. »Bin ich das nicht immer?«

Lächelnd lege ich auf. Wenn jemand einen Fleck auf Joes blütenreiner Weste findet, dann Steve Perkins. Nicht umsonst lautet sein Spitzname »die Wühlmaus«. Guter Dinge schenke ich mir einen weiteren Bourbon ein, bevor ich die Playtaste drücke. Don Drapers Miene nach zu urteilen, spielt er mit dem Gedanken, die heiße Brünette an der Bar abzuschleppen. Eine nachvollziehbare, wenn auch nicht besonders weise Entscheidung.

Nur eine Hochzeit

Jet

Wortlos starre ich die fremde Frau im Spiegel an. Das elfenbeinfarbene Oberteil aus französischer Spitze, das sich wie eine zweite Haut an ihren Körper schmiegt; das herzförmige Dekolleté, das den Ansatz ihrer Brüste erahnen lässt; der glatte, weit geschnittene Rock aus Satin mit auslaufender Schleppe, der im grellen Licht der Deckenlampe wie Perlmutt schimmert … Eine elegante Braut, ganz ohne Zweifel. Nachdem die Verkäuferin einen kurzen Schleier aus weich fallendem Tüll in ihr rotes Haar gesteckt hat, tritt sie einen Schritt zurück, um ihre Kundin in Augenschein zu nehmen.

»Wunderschön!«, sagt sie schließlich mit einem zufriedenen Lächeln und rückt ihre Brille zurecht. »Das Kleid ist wie für Sie gemacht.«

Wohl eher für die Frau im Spiegel, kommt mir unwillkürlich in den Sinn.

»Ich hätte irgendwie gedacht, du würdest dein Hochzeitskleid selbst entwerfen«, bemerkt Cheyenne, die hinter mir in einem beigefarbenen Sessel lümmelt und einen halb vollen Champagnerkelch schwenkt – eine Aufmerksamkeit des Hauses, um die Kundinnen in die richtige Stimmung zu versetzen.

Überrascht wende ich den Blick von meinem Spiegelbild ab und drehe mich zu ihr um. In ihrem geblümten Hippiekleid, den kniehohen Stiefeln und der grob gestrickten lila Wollmütze wirkt sie in dem Brautladen herrlich deplatziert. Ich setze zu einer Antwort an, als sich ein kleiner Rülpser dazwischenschiebt, den ich hastig zurückdränge. Es wäre besser gewesen, meinen Schampus nicht gleich zu Beginn hinunterzukippen, als gäbe es kein Morgen, denn jetzt spüre ich, wie sich förmlich jedes einzelne säuerliche Bläschen in meine Magenwand frisst. Champagner gehört nicht unbedingt zu meinen Lieblingsgetränken.

»Wirklich?«, entgegne ich, nachdem ich dezent in die hohle Hand gehüstelt habe. »Wie kommst du darauf?«

Sie zuckt mit den Achseln. »Ich weiß auch nicht, das würde zu dir passen.«

»Witzig, dass du das sagst. Als kleines Mädchen habe ich es mir tatsächlich vorgestellt. Würde ich eines Tages heiraten, wäre es in einem Kleid, das meiner Fantasie entsprungen wäre.« Ich lächele. »Kinder! Du weißt ja, wie sie sind.«

»Ich finde, es ist eine schöne Idee«, sagt Cheyenne, den giftigen Blick der Verkäuferin ignorierend.

»Bis zur Hochzeit sind es nur fünf Monate«, widerspreche ich und fahre mir unbewusst über den glatten Rock. »Die Zeit wäre zu knapp.«

»Hm«, kommentiert meine Freundin ohne die Spur einer Überzeugung.

Entschlossen wende ich mich an die Verkäuferin. »Ich nehme es.«

»Wunderbar!«, ruft sie und klatscht in die Hände. Ich schätze, Kundinnen, die sich innerhalb einer halben Stunde entscheiden, sind in ihrer Branche eher eine Rarität. »Und es muss nur ein wenig gekürzt werden. Jetzt brauchen wir die passenden Schuhe. Welche Größe haben Sie?«

»Sechs.«

Während die Verkäuferin zu der Auslage mit den Brautschuhen eilt, fange ich Cheyennes mürrischen Blick im Spiegel auf.

»Was ist?«, frage ich. »Gefällt dir das Kleid nicht?«

»Es ist okay, aber es haut mich nicht gerade vom Hocker«, antwortet sie in ihrer unverblümten Art. »Ich hätte mir bei dir etwas Ausgefalleneres vorgestellt.«

»Es ist doch nur eine Hochzeit«, entgegne ich achselzuckend.

In der kurzen Stille, die folgt, wird mir schmerzlich bewusst, wie bizarr dieser Satz klingt.

»Ich liebe das Kleid!«, schiebe ich eifrig hinterher und zeige auf die Verkäuferin, die mit strahlendem Gesicht und drei Paar Schuhen zurückkommt. »Und ich habe damit jemanden sehr glücklich gemacht.«

Cheyenne quittiert mein Zwinkern mit ausdrucksloser Miene.

»Ach komm, sei nicht so!«, sage ich und stupse sie spielerisch mit dem Fuß an. »Hiermit gelobe ich feierlich, dass ich dir dein ganz persönliches Hochzeitskleid entwerfe, solltest du dich eines Tages durchringen, deinen groben Klotz von Freund zu heiraten.«

»Echt?!« Cheyennes schriller Ausruf lässt die Verkäuferin sichtlich zusammenzucken. »Oh wow, danke, Jet! Das wäre wirklich der Hammer!« Flugs ist sie von ihrem Sessel aufgesprungen und umarmt mich fest, wobei ihr das Kunststück gelingt, weder auf das Kleid zu treten, noch den Champagner zu verschütten. »Und Beau ist kein grober Klotz!«, faucht sie mir ins Ohr.

Zum ersten Mal an diesem Tag muss ich aus tiefstem Herzen lachen. »Nein, ist er nicht. Er ist ein toller Kerl.«

Cheyennes Augen funkeln. »Der Beste.« Doch dann erlischt ihr Strahlen jäh, als hätte jemand das Licht ausgemacht.

»Was ist?«, frage ich erschrocken.

»Nichts Wildes … nur sehe ich Beau in letzter Zeit fast überhaupt nicht mehr.« Sie streicht sich eine Strähne hinters Ohr, eine sehr mädchenhafte Geste. »Wenn er nicht gerade nachts Dienst hat, kommt er spät nach Hause. Und die Wochenenden kannst du vergessen! Die Bugs-Bunny-Gang hält ihn ganz schön auf Trab.«

»Davon habe ich gehört.« Ich ergreife ihre Hand. »Das tut mir wirklich leid, Süße.«

Sie ringt sich ein tapferes Lächeln ab. »Ich darf mich eigentlich nicht beschweren. Ich wusste ja, was mich erwartet, wenn ich mich mit einem Cop wie ihm einlasse.« Sie seufzt. »Hoffentlich dauert es nicht mehr lang, bis er die Typen schnappt.«

»Bestimmt nicht!«, antworte ich, bestrebt, alles zu tun, um den Schatten aus Cheyennes dunklen Augen zu vertreiben. »Bekommen wir noch etwas Champagner?«, frage ich deshalb die Verkäuferin, die sich anschickt, satinbezogene Pumps aus dem Karton zu nehmen.

Ihr Mund verzieht sich zu einem gefälligen Lächeln. »Aber natürlich.«

Zwanzig Minuten später verlassen wir in beschwingtem Zustand den Brautladen, nachdem die Verkäuferin versprochen hat, das gekürzte Kleid samt Schleier und Schuhen an meine Adresse zu schicken. Mit sechshundertachtzig Dollar bin ich günstig davongekommen, obwohl die Summe auf meinem Konto eine gewaltige Lücke hinterlassen wird. Ursprünglich hat Joe die Kosten übernehmen wollen, was ich rundweg abgelehnt habe. Er und Dad bezahlen eh das Gros der Hochzeit, die größer ausfallen wird, als ich mir je hätte vorstellen können. Die Familie Gobert besitzt eine erfolgreiche Beauty-Salon-Kette mit landesweiten Filialen. Ein wirtschaftliches Schwergewicht mit gesellschaftlichen Verpflichtungen. Joes Gästeliste zählt hundertsechzig Namen, darunter ein paar Lokalpolitiker und eine dreifache Goldmedaillengewinnerin im Springreiten, die von den Goberts gesponsert wird. Ich für meinen Teil steuere etwa zwei Dutzend Freunde und Familienmitglieder bei. Abgesehen von meinen Eltern und meiner Großmutter kommen eine Tante und zwei Cousinen sowie mein Halbbruder Mike mit seiner Frau und ihrem kleinen Sohn. Meine drei Jahre jüngere Schwester Zoe, ein überzeugter Single, kommt allein. Und dann sind da selbstverständlich noch Kane, Beau, Eric und Leroy mit Anhang sowie Erics Dad, zu dem ich seit meiner Kindheit ein inniges Verhältnis pflege, außerdem mein Boss Bruno und drei Mechanikerkollegen mit ihren Familien.

Angesichts des zu erwartenden Aufwands konnte ich Joe gegenüber meinen Schrecken nicht gänzlich verbergen, wobei er spontan anbot, mit mir durchzubrennen, um auf einer Pazifikinsel zu heiraten. Mir gefiel die Vorstellung, ihm an einem einsamen Strand das Jawort zu geben, die Füße im Wasser und mit einem duftenden Blumenkranz um den Hals. Ein schöner Traum, obwohl mir klar war, dass Joe es nicht durchziehen würde. Er mag mit seiner Eventmanagement-Firma gutes Geld verdienen, doch den luxuriösen Lebensstil verdankt er seiner Familie. Edouard Gobert, ein Selfmademann mit despotischen Zügen, würde seinem jüngsten Sohn niemals verzeihen, sollte sich dieser vor seinen Verpflichtungen drücken. Schlimm genug, dass er eine abgebrannte Künstlerin Querstrich Bikerin als Gattin auserkoren hat! Ich nehme es Joe nicht übel, denn wie ich Cheyenne bereits sagte: Es ist nur eine Hochzeit. Viel wichtiger als eine minutiös durchgeplante Feier wird unser Zusammenleben sein, und ich hege keinen Zweifel, dass Joe einen wunderbaren Ehemann abgeben wird.

Ich bin so in Gedanken versunken, dass ich die weißen, spitz zulaufenden Türme der St. Louis Cathedral erst bemerke, als ich beinahe mit der Nase darauf stoße. Cheyenne hat mich zum Jackson Square gelotst.

»Nanu?«, frage ich überrascht. »Was wollen wir denn hier?«

Meine beste Freundin und erste Brautjungfer schenkt mir ein geheimnisvolles Lächeln, bevor sie mich vom berühmtesten Platz von New Orleans in die abzweigende Chartres Street zerrt, wo mich ein Duftgemisch aus gemahlenem Kaffee und getrockneten Pflaumen empfängt. Wir passieren kleine Lebensmittelläden und schlendern eine verschnörkelte Kolonnade entlang, wo immerwährender Schatten herrscht. Nicht, dass heute Bedarf bestünde angesichts der Februartemperaturen und der schweren Wolken, die sich über den Nachmittagshimmel schleppen. Uns kommen nur wenige Menschen entgegen, doch in der Mardi-Gras-Woche in knapp einem Monat, wenn eine Parade nach der anderen durch die Straßen zieht, wird hier die Hölle ausbrechen. Dann wandelt sich das French Quarter zu einer riesigen Partyzone.

Erst als Cheyenne unvermittelt die vom Regenwasser schartige Straße überquert und auf ein Ziegelhaus mit verwitterter Fassade und moosgrüner Holztür zusteuert, wird mir klar, wohin uns unser Ausflug führt. In der Vitrine werden Vampirkaffee, getrocknete Zombiehaut und Voodoo-Puppen feilgeboten, und auf dem Ladenschild über dem Eingang steht in Gothic-Schrift »Cabinet of Darkness«. Der Kuriositätenladen von Mister Dunn ist Cheyennes zweites Zuhause, könnte man sagen. Seit vielen Jahren arbeitet sie hier, und zwar mit Leib und Seele. Obwohl der Laden winzig ist, bietet er wirksame Mittel gegen Dämonen und Vampire und natürlich alles, was auch nur entfernt mit Voodoo zusammenhängt.

Der Inhaber höchstpersönlich kommt uns aus dem Halbdunkel entgegen, kaum dass wir den Laden betreten haben. Mister Dunn läuft schwer auf einen Stock gestützt, was seiner beeindruckenden Ausstrahlung keinen Abbruch tut. Er trägt eine dunkelgraue Stoffhose, dazu ein weißes Hemd, der Silberohrring in seinem linken Ohr verleiht ihm einen verwegenen Touch. Sein dunkles, zerfurchtes Gesicht leuchtet auf, als er uns erblickt. Mir zuckt es schon seit Langem in den Fingern, ihn zu malen, aber bisher habe ich nicht den Mut aufgebracht, ihn zu fragen. Schließlich bin ich ihm erst dreimal begegnet, heute eingeschlossen.

»Cheyenne!«, begrüßt er meine Freundin herzlich. »Was tust du hier? Du hast doch heute deinen freien Tag!«

»Meine Freundin wird bald heiraten und benötigt Beistand«, antwortet diese.

Verdattert starre ich sie an.

Beistand? Wieso Beistand?

»Jet, richtig?«, fragt Mister Dunn und reicht mir die Hand.

»Ja«, antworte ich erfreut darüber, dass er sich meinen Namen gemerkt hat. Schließlich ist ein halbes Jahr vergangen, seit wir uns anlässlich eines Straßenfestes gesehen haben.

»Sie benötigen also Beistand?«, fragt er und mustert mich nachdenklich.

»Meine Freundin vertritt offenbar diese Meinung«, antworte ich spitz und werfe Cheyenne einen vorwurfsvollen Blick zu, der komplett an ihr abprallt.

»Hey!«, ruft sie grinsend. »Als deine Brautjungfer ist es meine Pflicht, dich nach Kräften zu unterstützen.«

»Wenn das so ist, habe ich etwas für Sie«, sagt Mister Dunn, ehe ich Widerspruch einlegen kann.

Mit diesen Worten dreht er sich um und schlurft zu einer Holztruhe neben der Treppe, deren Scharniere laut quietschen, als er den Deckel öffnet. Mich würde es nicht wundern, käme das Geräusch aus einem Lautsprecher. Eine schaurige Stimmung erzeugt es allemal. Mister Dunn kramt leise murmelnd darin herum, bis er ein Kartenspiel hervorholt, auf dessen Rückseite ein schwarzes Kreuz auf gelbem Fond prangt.

»Dieses Tarot gehörte einmal Marie Laveau«, erklärt er feierlich.

»*Der* Marie Laveau?«, frage ich ungläubig. »Die hat doch vor zweihundert Jahren gelebt. Das Spiel sieht so neu aus!«

Statt einer Antwort teilt der alte Mann den Stapel in zwei Hälften und beginnt, die Karten zu mischen. Elegant gleiten sie ihm durch die Finger, fliegen durch die Luft, als wäre die Gravitation außer Kraft gesetzt. Während ich ihm fasziniert zusehe, schiebt er die Karten wieder zusammen, dreht das Handgelenk und spreizt sie mit dem Daumen zu einem perfekten Fächer.

»Stellen Sie sich eine Frage«, weist er mich an. »Am besten eine, die mit einem W-Wort anfängt, also was, warum, wo, wie und so weiter, dann ziehen Sie eine Karte mit der linken Hand«, schließt er mit einem kleinen Lächeln. »Damit sie vom Herzen kommt.«

Ich zögere. Um Marie Laveau, die Königin des Voodoo, ranken sich wilde Legenden. Sie soll sich mithilfe schwarzer Magie ihres gewalttätigen Gemahls entledigt und anschließend fünfzehn uneheliche Kinder in die Welt gesetzt haben. Ihr Haus teilte sie angeblich mit einer schwarzen Katze, einem Hahn mit goldenem Gefieder und einer drei Meter langen Schlange namens Grand Zombi. Fakt ist, dass sie weiße Frauen aus der Oberschicht in Liebesdingen beriet und mit dem einen oder anderen Zaubertrank aushalf. Auch hat sie unschuldig Verurteilte vor dem Galgen bewahrt. Ihr Ansehen reichte weit über Louisiana hinaus, und noch heute wird sie ebenso gefürchtet wie verehrt. Ihr Grab auf dem Saint Louis Cemetery ist eine Pilgerstätte für Voodoo-Anhänger.

»Trau dich«, treibt mich Cheyenne sanft an. »Die Karte wird dir den Weg weisen. Ich spüre es.«

Meine Augen fliegen zwischen den verdeckten Karten in Mister Dunns Hand hin und her. Klobige schwarze Kreuze wirken auf mich nicht sonderlich verlockend. *Und wenn schon!* Ich glaube eh nicht an diesen Unsinn und spiele nur mit, um Cheyenne eine Freude zu machen. Kaum habe ich die Augen geschlossen, springt mich die Frage auch schon an, als hätte sie nur auf eine günstige Gelegenheit gewartet.

Warum bin ich nicht glücklich, obwohl ich allen Grund dazu hätte?

Als ich die Augen wieder öffne, verspüre ich einen Anflug von Anspannung, was an den zwei Gläsern Champagner liegen mag, die ich in viel zu kurzer Zeit hinuntergestürzt habe. Zögernd strecke ich die rechte Hand aus.

»Die linke«, mahnt Cheyenne leise. Ich kann den ehrfürchtigen Unterton in ihrer Stimme hören, was meine Nervosität noch steigert.

»Ja, natürlich«, entgegne ich und wechsele rasch die Hand, bevor ein Unglück geschieht.

Für einige Sekunden verharren meine Fingerspitzen über dem Fächer, bevor ich nach der zweiten Karte von rechts greife. Inzwischen klopft mir das Herz bis zum Hals. Was verrückt ist, denn eigentlich habe ich mit Esoterik nichts am Hut. Trotzdem kann ich mich der eigentümlichen Atmosphäre des Cabinet of Darkness nicht entziehen. Und warum hat sich, seit wir den Laden betreten haben, kein einziger Kunde blicken lassen? Ist es nur Zufall, oder hat Mister Dunn die Zeit eingefroren? *Es ist Nebensaison, du dumme Nuss!*, höhnt die Stimme der Vernunft in meinem Kopf, vermag es jedoch nicht, meinen rasenden Puls zu beruhigen. Wie in Zeitlupe drehe ich die Karte um, Zentimeter um Zentimeter. Als ich das Motiv erblicke, entfährt mir ein gequältes Stöhnen. Vor einem schwarzen Fond ragt ein klobiger, wolkenverhangener Turm auf, der von einem Lichtblitz getroffen wird. Das Dach, das als Krone dargestellt ist, bricht auseinander, und aus den Fenstern schlagen Flammen. Und als ob das nicht reichen würde, stürzen zwei Gestalten schreiend in den Abgrund.

»Bitte sag mir, dass du keine Frage zu deiner Zukunft gestellt hast«, krächzt Cheyenne neben mir.

»Habe ich nicht«, antworte ich leichthin, obwohl mich der Anblick der Karte doch ein wenig entsetzt.

Meine beste Freundin seufzt erleichtert. »Gott sei Dank!«

»Das ist ›Der Turm‹«, erklärt Mister Dunn ernst. »Eine der berüchtigtsten Karten im Tarotdeck.«

»Lassen Sie mich raten«, erwidere ich höhnisch. »Mein Leben geht ab sofort den Bach runter?«

»Nicht zwangsläufig.« Die Augen des alten Mannes blicken freundlich. »Der Blitz kann eine jähe Erschütterung symbolisieren, einen plötzlichen Umbruch in Ihrem Leben, bei dem Althergebrachtes vom reinigenden Feuer verschlungen wird. Er kann genauso als blitzartige Erkenntnis interpretiert werden, als ein Befreiungsschlag, der gemessen an den Gesetzen des Lebens unweigerlich kommen muss.«

»Na super«, versetze ich alles andere als begeistert.

Cheyenne, die sich offenbar schnell wieder gefasst hat, zwinkert. »In deinem Leben wird es turbulent, so viel ist sicher!«

Ich kann ihrer Fröhlichkeit nichts, aber auch gar nichts abgewinnen. »Ich will aber nicht, dass es turbulent zugeht!«, blaffe ich sie an.

»Ich gebe Ihnen einen guten Rat, Jet. Nein, zwei gute Ratschläge«, sagt Mister Dunn an mich gewandt. »Nehmen Sie die Botschaft ernst, und akzeptieren Sie, was von nun an geschehen wird, als eine notwendige Veränderung in Ihrem Leben.«

»Soll das etwa bedeuten, dass ich die andere Wange hinhalten soll, wenn mir das Schicksal eine scheuert?«, frage ich ungehalten.

Mister Dunn zuckt lächelnd mit den Achseln. »Ganz gleich, was Sie tun, Sie werden nichts daran ändern können. Marie Laveaus Karten lügen nicht.«

Kurz starre ich ihn an, bevor ich mich Cheyenne zuwende. »Gleich morgen suche ich mir eine neue Brautjungfer!«

Zu meiner Überraschung brechen Mister Dunn und sie gleichzeitig in Lachen aus.

Die bittere Wahrheit

Jet

Seit ich die Tarotkarte gezogen habe, sind zwei Wochen vergangen, und Cheyenne ist nach wie vor meine Brautjungfer. Die Hochzeitsvorbereitungen schreiten fleißig voran. Reservierung der Location, Menüauswahl, Blumenarrangements, die Band … Joe ist die treibende Kraft, während ich seine Vorschläge brav abnicke. Warum auch nicht? Als Eventmanager besitzt er die nötige Erfahrung und das richtige Gespür. Auch wenn ich persönlich einiges anders machen würde, wird es eine perfekte Feier, so viel ist sicher. Trotzdem erscheint sie mir wie ein nebulöses Gebilde, eine Fata Morgana, etwas, das jemand anderem widerfahren wird. Das Gefühl währt bis zu dem Moment, als ich die gedruckten Einladungen in den Händen halte. Nämlich heute. Ein Paketbote hat die knapp zweihundert goldgeprägten Umschläge mit Seidenschleife vorbeigebracht, die keine Zweifel aufkommen lassen.

Janet Theodora Stenton und Joseph Gobert schließen den Bund fürs Leben.

Wir laden Sie herzlichst ein, mit uns am 7. Juni
um 2 p.m.
in der St. Louis Cathedral Gottes Segen zu erbitten.
Im Anschluss fahren wir gemeinsam zur Houmas House Plantation,
wo wir im großen Kreis feiern werden.
Das Brautpaar freut sich auf Ihr Kommen.

In der St. Louis Cathedral kurzfristig einen Termin zu bekommen, grenzt an ein Wunder, aber die Goberts verfügen über die nötigen Beziehungen, was auch für die ehemalige Plantage mit ihrem Sternerestaurant gilt. Das letzte Stück des Weges zum imposanten Houmas-Herrenhaus werden wir mit unseren Familien in Pferdekutschen zurücklegen. Südstaatenromantik pur! Eine Hochzeit, die märchenhafter nicht sein könnte … Plötzlich verschwimmen die Buchstaben vor meinen Augen, und ich blinzele die Tränen weg. Erst mit einiger Verzögerung wird mir bewusst, dass ich nicht vor Glück weine. Meine Brust wird von etwas zusammengequetscht, das sich am ehesten als Verzweiflung bezeichnen lässt. Obgleich die cremefarbene Karte in meiner Hand eine glanzvolle Zukunft verspricht, habe ich mich noch nie so allein gefühlt wie in diesem Augenblick. Seit wir ein Paar sind, hat mich Joe stets mit Liebe und Respekt behandelt. Nie ist zwischen uns ein böses Wort gefallen. Hinzu kommt, dass ich nach unserer Eheschließung finanziell abgesichert sein werde. Rein theoretisch könnte ich meinen Job bei Bruno aufgeben, um mich gänzlich der Malerei zu widmen. Der Traum eines jeden Künstlers!

Wie in Trance lege ich die Einladung zurück auf den Tisch. Was stimmt bloß nicht mit mir? Gequält schließe ich die Lider, als ein Männergesicht unaufgefordert vor meinem inneren Auge auftaucht. Gut aussehend, mit einem klassischen Kinn, festen, sinnlichen Lippen und blaugrauen Augen, die bis tief in deine Seele hineinblicken können. Ein heftiger Stich durchfährt mich.

Nein!

Vor langer Zeit ist Eric nett und anständig gewesen, etwas ganz Besonderes. Doch aus dem liebenswerten Jungen wurde ein Aufreißer, der seine Karriere früh startete und seine Trophäensammlung Jahr für Jahr erweiterte. Soweit ich richtig informiert bin, hat er die Anwältin, die ich auf Leroys Geburtstag kennengelernt habe, inzwischen abserviert. Wobei, laut Cheyenne, Gloria die Abfuhr nicht ganz so huldvoll angenommen hat, wie es sich Eric wohl erhofft hatte. Offenbar hat sie in einem schicken Restaurant in Marigny eine filmreife Szene hingelegt samt Wein in Erics Gesicht, begleitet von einem unüberhörbaren »Hurensohn!« Die Vorstellung lässt mich grinsen, wenn auch nicht lang. Nachdenklich starre ich auf meine Hände. Steckt Eric in der Klemme, bin ich die Erste, die ihm zu Hilfe eilt. Ich würde, ohne zu zögern, mein Leben für ihn riskieren. Trotzdem wird er für mich niemals etwas anderes sein als ein guter Freund. Alles, was darüber hinausginge, könnte wie eine Urgewalt über mich hinwegfegen. Unwillkürlich kommt mir »Der Turm« mit seinem apokalyptisch anmutenden Motiv in den Sinn, gefolgt von Mister Dunns Rat: »Akzeptieren Sie, was von nun an geschehen wird, als eine notwendige Veränderung in Ihrem Leben.«

Feuer, Zerstörung, Verzweiflung? Sorry, alter Mann, aber ich passe!

Mit nur einem Fingerschnippen könnte Eric mich zermalmen, und ich wäre nicht einmal mehr fähig, ihm ein Glas Leitungswasser ins Gesicht zu schütten. So lautet die bittere Wahrheit. Keine Ahnung, was mich trotzdem dazu bringt, zwei Einladungen aus dem Stapel zu nehmen, meine Lederjacke anzuziehen und aus dem Haus zu eilen. Kurze Zeit später cruise ich bei winterlich kühlen Temperaturen durch die verschlungenen Wege des Warehouse District, des Künstlerviertels von New Orleans, wo in umgebauten Lagerhäusern hinter dem Hafengelände teure Apartments, Galerien, Museen und Restaurants untergebracht sind. Warum Eric vor drei Jahren ausgerechnet in dieser Gegend ein Haus gekauft hat, wird mir immer ein Rätsel bleiben. Von Zeit zu Zeit hege ich den Verdacht, dass er mich damit nur quälen wollte, weil ich mir eine solche Location nicht leisten kann. Doch dann weise ich mich innerlich zurecht. Eric mag vieles sein, aber niederträchtig ist er nicht, schon gar nicht gegenüber seinen Freunden.

Zu meinem Ärger schlägt mein Herz wie eine Basstrommel, als ich seinen Wagen vor dem Haus erblicke. Langsam, fast zögerlich betrete ich den Innenhof und nehme die gewundene Treppe nach oben. Warum ich hierhergekommen bin, weiß ich selbst nicht genau. Vielleicht um mir etwas zu beweisen. Hinter dem Empfang sitzt wie immer Mrs Kaufmann, heute in einem lachsfarbenen Kostüm und halb hinter einem herrlichen Strauß Magnolien verborgen.

Bei meinem Anblick verzieht sie das Gesicht zu einem breiten Lächeln. »Miss Stenton, wie schön, Sie zu sehen!« Schon springt sie auf und kommt hinter ihrem Schreibtisch hervor. »Man darf gratulieren, habe ich gehört?«

»Man darf«, antworte ich, worauf sie mich herzlich drückt. »Deshalb bin ich hier«, erkläre ich, als ich wieder zu Atem komme, und ziehe die beiden Umschläge aus meinem Rucksack, in der Absicht, die Sache schnell hinter mich zu bringen. »Ist Eric da? Ich möchte ihm die Hochzeitseinladung überreichen, per Post wäre es doch sehr unpersönlich. Die Einladung für seinen Vater habe ich gleich mitgebracht.«

Mrs Kaufmann seufzt voller Bedauern. »Tut mir leid, er ist im Gericht. In ungefähr eineinhalb Stunden kommt er zurück.«

Was erklärt, warum sein Wagen vor dem Haus steht. Wenn Eric einen Gerichtstermin hat, zieht er es vor, ein Taxi zu nehmen, weil er nicht nur entspannter ankommt, sondern auch die kurze Fahrzeit nutzen kann, um einen letzten Blick in seine Akten zu werfen.

»Schade«, antworte ich insgeheim erleichtert. *Feigling!* »Ich hätte vorher anrufen sollen, aber es war eine spontane Aktion.«

»Soso.«

»Ja.« Ich straffe mich. »Können Sie so lieb sein und sie ihm geben?«

»Aber natürlich.« Schmunzelnd nimmt sie mir die Einladungen aus der Hand.

»Vielen Dank. Na dann …«, sage ich und will mich abwenden, als mich die ältere Frau zurückhält.

»Miss Stenton? Darf ich Sie um einen Gefallen bitten?«

»Selbstverständlich. Worum geht es?«

»Ich möchte Sie aber nicht beunruhigen.«

Stirnrunzelnd schaue ich sie an. »Sie wissen aber schon, dass eine solche Bemerkung die Menschen erst recht in Unruhe versetzt, oder?«, frage ich halb im Scherz.

»Ich weiß, entschuldigen Sie«, entgegnet Mrs Kaufmann sichtlich verlegen, bevor sie fortfährt. »Also, es ist so … Bitte nehmen Sie es mir nicht übel, wenn ich das sage, aber… Mister Vincent ist derart unvernünftig. Und zu stolz. Auf Sie hört er vielleicht. Ganz bestimmt sogar.«

Als ich sie verständnislos anstarre, stößt sie ein kleines zittriges Lachen aus. »Ich fange am besten noch einmal von vorn an. Vor ein paar Wochen bekamen wir einen Drohbrief mit der Post und …«

»Einen Drohbrief?«, unterbreche ich sie erschrocken.

»Ja. Einer dieser Briefe beziehungsweise Hassmails, in denen Mister Vincent grob beleidigt wird und worin man ihm den Tod wünscht, Sie wissen schon.«

Was?

»Nein! Ich weiß nicht!« Mein Herzschlag hämmert hart und viel zu schnell gegen meine Rippen. »Seit wann bekommt Eric solche Nachrichten?«

»Schon immer.« Mrs Kaufmann sieht mich etwas überrascht an. »Das bringt sein Beruf mit sich. Hat er niemals darüber gesprochen?«

»Nein.« Meine Stimme klingt mit einem Mal sehr dünn.

»Nun ja.« Erics Empfangsdame entfernt einen imaginären Fussel von ihrem Ärmel. »Jedenfalls ist da dieser Mann, zumindest nehme ich an, dass es sich um einen Mann handelt. Er nennt sich selbst Rando. Obwohl er sich gewählter ausdrückt als die meisten anderen Verfasser solcher Botschaften, sagt mir etwas, dass er gefährlicher ist als die üblichen Spinner. Keine Ahnung, nennen Sie es Intuition. Also habe ich Mister Vincent gebeten, seinen Freund Beau Lamare darauf anzusprechen, weil der bei der Polizei ist.«

»Und? Hat er?«

»Nein.«

Warum nicht, verdammt?

»Haben Sie den Brief noch?«, frage ich.

Mrs Kaufmann nickt. »Er liegt mit den anderen in einer Pralinendose, aber ich habe mir den Wortlaut eingeprägt.«

»Wie lautet er?«

Ein düsterer Ausdruck tritt in ihre Augen. »Das wollen Sie nicht wissen, Miss Stenton.«

Ich atme tief durch. »Bitte sagen Sie es mir.«

»Also gut.« Nun ist es an ihr, kurz innezuhalten, um sich zu fassen, oder aber auch, um ihrer Erinnerung auf die Sprünge zu helfen, bevor sie herunterleiert:

»Sie haben mir alles genommen, Mister Vincent! Meine Liebe. Meine Freiheit. Mein Leben. Darf ich fragen, wie es Ihnen dabei geht? Was fühlen Sie? Hat es sich für Sie gelohnt, als vermeintlich weißer Ritter im Vorbeireiten ein Menschenleben zu vernichten? Was für ein armseliger Wicht Sie doch sind! Aber nicht mit mir, Mister Vincent, nicht mit mir. Gott, wird Sie dafür strafen oder aber ich. Rando.«

»Okay«, sage ich ein wenig verwirrt. »Ich habe, ehrlich gesagt, etwas anderes erwartet.«

»Sie meinen, solche Dinge wie ›Ich mache dich kalt und schlitz dich auf‹?«

»So ähnlich, ja.«

»Hatten wir auch schon«, antwortet Mrs Kaufmann, und diesmal gelingt es mir nicht, mein Entsetzen zu verbergen. »Aber verstehen Sie, die Briefe von diesem Rando sind irgendwie subtiler, und das macht mir Angst.«

»Briefe?«, frage ich erschrocken nach und muss mich gegen die Empfangstheke lehnen.

Mrs Kaufmann nickt. »Seit dem ersten Brief hat sich die Sache hochgeschaukelt. Es kamen zwei weitere, aber Mister Vincent ignorierte sie ebenso wie den ersten. Und dann …« Mrs Kaufmann beißt sich auf die Unterlippe, und mein Magen krampft sich zusammen. *Himmel, was kommt jetzt?* »Gestern lag eine verweste Ratte auf der Schwelle der Kanzlei und dazu die Botschaft:

Es wird Zeit, Ihnen Ihre scheinheilige Rüstung und Ihre Maske wegzureißen, damit alle sehen können, was für eine dreckige, miese Ratte Sie sind! Rando.«

»Ach du Scheiße!«, entfährt es mir. Gleichzeitig komme ich nicht umhin, Mrs Kaufmanns Supergedächtnis zu bewundern.

»Allerdings«, kommentiert die mit bitterernster Miene.

»Wer ist dieser Kerl?«, murmele ich mehr zu mir selbst.

Die ältere Frau zuckt mit den Achseln. »Ich habe den Namen gegoogelt und bin auf einen Blog gestoßen. Rando's Revision …« Sie hält unvermittelt inne.

»Und?«, frage ich ungeduldig.

»Er ist es!«

»Wie können Sie da so sicher sein?«

Mrs Kaufmann dreht nervös an ihrem Ring. »Es ist eine Hetzseite gegen Anwälte im Allgemeinen und gegen Mister Vincent im Speziellen. Zwar nennt er ihn nicht namentlich, um nicht juristisch belangt werden zu können, doch die Hinweise sind eindeutig.«

»Und was sagt Eric zu alldem?«, frage ich etwas kurzatmig. Die Vorstellung, dass sein Leben möglicherweise in Gefahr ist, schnürt mir die Kehle zu.

»Er redet das Ganze klein.«

»Das verstehe ich nicht!« Aufgebracht löse ich mich von der Theke und beginne, auf und ab zu laufen. »Er ist kein dummer Mensch, solche Dinge würde er doch nicht auf die leichte Schulter nehmen!«

Mrs Kaufmann zuckt hilflos mit den Achseln. »Nun ja, wenn Sie ehrlich sind, müssen Sie zugeben, dass er dazu neigt, Probleme mit einem Lachen abzutun, in der festen Überzeugung, dass sich alles von selbst wieder einrenkt.«

Ich nicke zustimmend.

»Außerdem«, setzt sie fort, »scheint ihn seit geraumer Zeit etwas zu beschäftigen, was alles andere überlagert.«

Ich horche auf. »Wirklich? Was?«

Mrs Kaufmann kämpft sichtlich mit sich, bevor sie bedauernd den Kopf schüttelt. »Das muss er Ihnen schon selbst erzählen, Miss Stenton.«

Etwas glimmt schwach in meiner Brust auf, das ich sofort im Keim ersticke.

»Es muss doch möglich sein, diesen Rando über seine IP-Adresse zu kriegen«, greife ich den Faden wieder auf. »Selbst wenn er sich geschickt anstellt, gibt es bei der Polizei Spezialisten, die ihn aufspüren können. Sie wollen, dass ich Eric überrede, zu handeln, richtig?«

»Ja.« Die ältere Frau wirkt erleichtert. »Und wenn das nichts bringt, können Sie vielleicht Ihren Freund Beau darauf ansprechen.«

Unfassbar, dass ich einen Anwalt dazu überreden muss, Anzeige gegen unbekannt zu erstatten. Es verhält sich wie bei Ärzten, die sich weigern, zum Doktor zu gehen.

Ich nicke. »Mache ich, auch wenn Eric darüber nicht begeistert sein wird.«

»Aber es wäre für einen guten Zweck.«

»Das wäre es.« Kurz drücke ich ihren Arm. »Danke für Ihr Vertrauen, Mrs Kaufmann. Ich verspreche Ihnen, mein Möglichstes zu tun, damit Eric zur Vernunft kommt.«

»Danke! Auf Sie wird er hören.« Als ich das Gesicht skeptisch verziehe, fügt sie hinzu. »Er hat viel für Sie übrig, das wissen Sie.«

So viel nun auch wieder nicht, will ich antworten, belasse es aber lieber bei einem Lächeln. Einem Lächeln, das auf meinen Lippen erlischt, sobald ich die Tür der Kanzlei hinter mir zugezogen habe. Übelkeit steigt in mir hoch. Meine Beine zittern so sehr, dass ich mich unten auf der Straße für einige Sekunden gegen die Fassade lehnen muss, bevor ich aufs Motorrad steigen kann. Die Vorstellung, dass Eric seit Jahren mit solchem Dreck beworfen wird, macht mich fassungslos und traurig. Nie hat er ein Wort darüber verloren. Trotzdem glaube ich nicht, dass es ihn kaltlässt, oder aber er hat sich einen dicken Panzer zugelegt. Ob Beau davon weiß? Oder Kane? Soll ich die beiden darauf ansprechen? Eric würde mir diesen Vertrauensbruch ziemlich übel nehmen, dessen bin ich sicher. Vielleicht hat er einen triftigen Grund, stillzuhalten, obwohl ich mir kaum vorstellen kann, welcher das sein soll. Auf der Fahrt zu Brunos Werkstatt, schließlich muss ich zwischendurch meine Brötchen verdienen, rotieren meine Gedanken unablässig, ohne dass ich einer Entscheidung auch nur ein Stück näher komme. Dass ich etwas unternehmen muss, steht außer Zweifel. Nur was?

Als in der Ferne The Dome wie ein riesiger Bagel vor mir aufragt, entschließe ich mich zu einem spontanen Abstecher in den Business District. Mein Boss erwartet mich eh nicht vor elf Uhr. Ich biege nach rechts in die dämmrige Gravier Street ein, die wie eine Furche zwischen bräunlich-grauen Bürohäusern aus Stahl und Beton verläuft. Joes Eventagentur befindet sich in einem dieser Gebäude, wenn auch in unmittelbarer Nachbarschaft zum Sheraton, wo alles ein wenig eleganter anmutet. Ich parke die Honda neben einem kümmerlichen Bäumchen am Straßenrand, schnappe mir meinen Helm und betrete das Innere durch eine zweiflügelige Glastür. 267 Events, Joes Agentur, verzichtet auf eine Lobby oder einen Empfang. Stattdessen finde ich mich in einem luftigen Loft mit gelben Loungemöbeln und Vogelkäfigen wieder, die von der Decke herabhängen und auf deren Stangen selbstverständlich nur Attrappen sitzen. Am offenen Barbereich, wo eine riesige Lavalampe steht, wird nach erfolgreichem Vertragsabschluss gediegen gefeiert. Der ganze Raum versprüht eine lockere Start-up-Atmosphäre.

Timothy, Joes aktueller Praktikant, blickt bei meinem Eintreten auf. Weil er sich in einem Kundengespräch befindet, gebe ich ihm mit einer Geste zu verstehen, dass er sitzen bleiben kann. Er lächelt dankbar und widmet sich erneut der Frau vor sich. In dem Gespräch geht es offenbar darum, die Details für eine Wohltätigkeitsveranstaltung zu klären, sofern ich die Wortfetzen richtig deute, die beim Vorbeigehen an mein Ohr gelangen. Ich steuere Joes Büro im hinteren Teil an. Durch die Glaswand kann ich sehen, dass er im Stehen telefoniert. Er trägt eine dunkle Lederhose, ein schwarzes Hemd, darüber eine bunt karierte Weste und eine rote Krawatte, die zu seinen Schuhen passt. Hip und auch ein wenig exzentrisch, wie man es von einem Eventspezialisten in einer Stadt wie New Orleans erwartet.

Bei meinem Anblick lächelt er und winkt mich hinein. »Klar, kein Problem«, sagt er ins Telefon, als ich sein Büro betrete. »Das kriegen wir hin. Danke. Ciao!« Er legt auf und sieht mich freudestrahlend an. »Ich habe eben diesen Magier aus Las Vegas für unsere Hochzeit klargemacht! Monty Alpage. Du weißt schon, der Kerl, der eine ganze Schafherde verschwinden lassen kann«, fügt er hinzu, als ich ihn verständnislos anstarre.

»Äh, okay«, sage ich. Mir sagt der Name nichts. »Und wieso brauchen wir so jemanden auf unserer Hochzeit?«

Joe runzelt die Stirn. »Aber Schatz, wir wollen doch nicht, dass sich unsere Gäste langweilen!«

»Warum sollten sie?«, frage ich nun meinerseits irritiert. »Es sind unsere Freunde und Familien. Sie kommen, um sich mit uns zu freuen, und müssen nicht zusätzlich bespaßt werden.«

Joes Blick flackert kurz, dann lacht er auf. »Ah, jetzt verstehe ich deine Verwirrung.« Er kommt eiligen Schrittes auf mich zu und küsst mich.

»Tust du das?«, frage ich.

»Aber natürlich. Schatz, hier geht es nicht nur um die Freunde oder die Familie«, erklärt er langsam, als wäre ich ein Kind. »Es kommen wichtige Leute zu unserer Hochzeit, und die wollen wir doch nicht enttäuschen.«

Fremde sind also wichtiger als die Freunde oder die Familie?

Weil ich nicht streiten will, schlucke ich die Bemerkung hinunter. »Du willst sie beeindrucken«, sage ich stattdessen mit einem kleinen Lächeln.

»Klar will ich das!«, entgegnet Joe sichtlich begeistert. »Du etwa nicht?«

Ich zucke mit den Achseln. »Die Meinung fremder Menschen ist mir egal.«

Unmut huscht über Joes Gesicht. »Weißt du, wie schwer es war, Monty so kurzfristig zu buchen? Er ist zurzeit schwer angesagt! Erst kürzlich hat er einen Zweijahresvertrag im MGM Grand unterschrieben.«

»Entschuldige«, sage ich seltsam gleichgültig. »Ich wollte dich nicht verärgern.«

Joes Züge glätten sich. »Hast du nicht. Aber im Ernst, Schatz. Wenn du als Künstlerin Erfolg haben willst, ist es unabdinglich, sich um die Gunst anderer zu bemühen«, sagt er in beschwichtigendem Tonfall.

»Ich soll mich also einschleimen?«, frage ich ein wenig gereizt, obwohl ich weiß, dass seine Worte leider der Wahrheit entsprechen.

»Wenn du es so ausdrücken willst«, entgegnet Joe, der seine gute Laune offenbar wiedergefunden hat. »Wie sieht's aus? Wollen wir brunchen?«

»Was?«, frage ich, irritiert über den abrupten Themenwechsel.

»Brunchen.«

»Ist es dafür nicht etwas früh?«, frage ich, warte die Antwort aber nicht ab. »Außerdem kann ich nicht. Ich muss um elf bei der Arbeit sein.«

Joe seufzt. »Ich hätte nie gedacht, dass ich es einmal sagen würde, aber langsam werde ich auf Bruno eifersüchtig.«

Ich muss lachen. »Das musst du nicht. Er ist zu alt für mich, außerdem wachsen ihm Haare aus der Nase.« Ich zwinkere. »Nicht mein Typ.«

Joe grinst mich schief an. »Da fällt mir ein Stein vom Herzen. Was verschafft mir also die Ehre? Oder hat dich einfach nur die Sehnsucht hierhergeführt?«

»Auch das«, antworte ich ein wenig zu mechanisch. »Aber vor allem brauche ich deinen Rat.«

»Okay.« Sanft ergreift er meine Hand und bugsiert mich zu einer schwarzen Couch, die von einer Kentia-Palme verdeckt wird, was etwas Privatsphäre schafft.

»Geht es um die Hochzeit?«

Ich schüttele den Kopf. »Es geht um Eric.«

Verblüfft blickt mich Joe an. »Eric?«

»Ja, er erhält Morddrohungen.«

Joe zuckt mit den Achseln. »Er ist Anwalt.«

»Mehr hast du dazu nicht zu sagen?«, frage ich pikiert.

Wieder zuckt Joe mit den Achseln. »Was meint Eric denn dazu?«

»Er spielt es herunter, deshalb hat Mrs Kaufmann mich gebeten, ihm ins Gewissen zu reden. Mrs Kaufmann ist seine Mitarbeiterin«, füge ich hinzu, als ich Joes fragenden Blick auffange. »Es geht vor allem um die Drohungen eines gewissen Rando. Unter anderem betreibt er einen Blog, in dem er gegen Anwälte hetzt. Rando's Revision. Sollte Eric uneinsichtig bleiben, spiele ich mit dem Gedanken, Beau oder Kane davon zu unterrichten, allerdings wäre Eric deswegen ziemlich angepisst. Meinst du, ich soll es trotzdem machen?«

Joe lehnt sich zurück, die Beine lässig übereinandergeschlagen. »Du kannst natürlich machen, was du willst, aber ich an deiner Stelle würde mich aus der Sache raushalten.«

Erstaunt starre ich ihn an. »Wieso?«

»Eric hat recht, seine wertvolle Zeit nicht mit solchem Mist zu verplempern«, antwortet Joe und legt seine Hand auf meine. »Das Beste ist, solche Spinner zu ignorieren.«

»Das war nicht unbedingt das, was ich hören wollte.«

Joe dreht meine Hand und haucht einen Kuss auf meine Handfläche. »Hey, du hast mich um einen Rat gebeten. Das ist er.«

»Okay, danke«, sage ich und stehe auf. Plötzlich habe ich es furchtbar eilig, wegzukommen.

»Immer wieder gern, Schatz«, entgegnet Joe, der sitzen geblieben ist. »Und? Was wirst du tun?«

Cheyenne um Rat fragen, natürlich unter dem Mantel der Verschwiegenheit. Sollte sie Beau dennoch davon erzählen, und das wird sie, trifft mich keine Schuld.

Ich zucke mit den Schultern. »Weiß ich noch nicht.«

»Halte mich auf dem Laufenden, ja?«, ruft mir Joe nach, als ich sein Büro verlasse.

Ich nicke ihm zu und begebe mich zum Ausgang. Beim Verlassen des Gebäudes winke ich Timothy zu, der nach wie vor ins Gespräch vertieft ist. Dabei übersehe ich einen Mann auf dem Bürgersteig und laufe seitlich in ihn hinein. Doch statt sich zu beschweren, hastet er, meine Entschuldigung ignorierend, an mir vorbei. Eine Erinnerung flackert in meinem Hinterkopf auf, ausgelöst durch den Anblick der kurzen, schwarz gefärbten Haare und des breiten Gesichts mit der auffälligen Brille. Nachdenklich blicke ich dem Mann hinterher, versuche, nach der Erinnerung zu fischen, aber sie lässt sich nicht greifen. Wer oder was immer durch meinen Kopf gespukt hat, hat sich eben verflüchtigt. Ich gehe zu meinem Bike, setze den Helm auf und düse los. Weil mir nach wenigen Metern plötzlich etwas einfällt, fahre ich rechts ran. Ich hebe das Visier meines Helms, hole mein Handy heraus und tippe eilig eine Nachricht an Joe.

Die Sache mit Eric bleibt aber unter uns. Smiley

Aber natürlich, Schatz!, kommt es fast augenblicklich zurück. Küssender Smiley.

Danke.

Beruhigt stecke ich das Handy wieder ein, ziehe das Visier herunter und blicke in den Rückspiegel, um zurück auf die Straße zu fahren, als eine Bewegung auf dem Bürgersteig meine Aufmerksamkeit erregt. Der Mann mit den schwarzen Haaren und der Brille tritt in diesem Moment aus einer Seitengasse und überquert die Straße. Neugierig beobachte ich, wie er sich gegenüber von Joes Agentur in einen Hauseingang postiert und sein Handy zückt, um etwas einzutippen. Nichts daran ist verdächtig, dennoch läuten meine Alarmglocken. Eine Zeit lang starre ich ihn an, dann schüttele ich den Kopf. Der Mann führt lediglich eine langwierige Textunterhaltung.

Ich sehe schon Gespenster!

Gerade will ich mich abwenden, als er den Kopf hebt und mir sein Gesicht offenbart. Die Erkenntnis trifft mich wie eine Keule. Ich kenne den Mann! Fluchend stelle ich die Maschine ab und gehe eiligen Schrittes auf ihn zu, meinen Helm halte ich in der Hand. Als er meiner gewahr wird, verrät nichts in seinen blauen Augen, dass wir uns schon einmal begegnet sind. Seelenruhig steckt er das Handy in die Tasche, macht auf dem Absatz kehrt und setzt sich in Bewegung. Im Laufschritt nehme ich die Verfolgung auf, überhole ihn und zwinge ihn, stehen zu bleiben, indem ich mich breitbeinig vor ihm postiere. Zum Glück misst er kaum mehr als eins siebzig, und obwohl er gut das Doppelte von mir auf die Waage bringt, wirkt er träge und untrainiert.

»Mister Perkins«, sage ich und halte mich nicht mit langen Vorreden auf. »Was tun Sie hier?«

»Kennen wir uns?«, fragt er mit gerunzelter Stirn.

»Für einen Privatdetektiv haben Sie aber ein schlechtes Personengedächtnis«, erwidere ich spöttisch.

Sein Gesicht verzieht sich zu einem verschmitzten Lächeln. »Tut mir leid, aber selbst ich werde nicht jünger. Vielleicht können Sie mir auf die Sprünge helfen, Miss …«

Steve Perkins ist ein Meister seines Fachs, wie mir Eric bereits mehrmals versichert hat, deshalb nehme ich ihm seine Unwissenheit keine Sekunde lang ab.

»Hat Eric Vincent Sie engagiert, meinen Verlobten auszuspionieren?«, frage ich rundheraus.

»Ihren Verlobten?« Die blauen Augen schauen groß und unschuldig.

»Joseph Gobert, vor dessen Firma Sie vorhin gestanden haben.«

»Ich habe keine Ahnung, was Sie von mir wollen, tut mir leid«, antwortet Perkins und will sich an mir vorbeischieben, doch ich durchkreuze sein Vorhaben, indem ich einen seitlichen Ausfallschritt mache.

»Sie bleiben gefälligst stehen, bis ich eine Antwort habe!«, sage ich ein wenig zu laut. In meinem Innern herrscht das pure Chaos.

»Hören Sie, Miss Unbekannt, wenn Sie mich nicht in Ruhe lassen, zeige ich Sie wegen Nötigung an«, entgegnet der Privatdetektiv kühl und zeigt auf einen näher kommenden Streifenwagen.

Tun Sie, was Sie nicht lassen können!, würde ich liebend gern dagegenhalten, aber natürlich weiß ich, wie unsinnig und zeitraubend es wäre, die Cops einzubeziehen. Es stünde Aussage gegen Aussage, und am Ende würde ich als paranoid abgestempelt werden. So bleibt mir nichts anderes übrig, als zähneknirschend Steve Perkins seiner Wege gehen zu lassen. Also gut, begebe ich mich eben direkt zum Übeltäter, um ihn zur Rede zu stellen! Der Blick auf die Uhr verrät mir, dass Eric in ungefähr zwanzig Minuten in der Kanzlei erwartet wird. So lange will ich nicht warten, deshalb beschließe ich, ihn vor dem Gerichtsgebäude in der Loyola Avenue abzupassen, wo seine Fälle gewöhnlich verhandelt werden. Es sind von hier aus nur vier Minuten Fahrzeit.

Ich bin dermaßen aufgebracht, dass ich mit Wonne auf den nächsten Hydranten oder Briefkasten eindreschen könnte. Entsprechend laut heult die Honda auf, als ich kurz darauf Gas gebe und die Gravier Street hinunterbrause. Nachdem ich zweimal abgebogen bin, gelange ich auf die sechsspurige Loyola Avenue. Am Duncan Plaza stelle ich das Motorrad ab, setze mich auf eine Holzbank unweit des Gerichtsgebäudes und warte. Keine fünf Minuten später tritt Eric durch die Glastür. Im akkuraten grauen Zwirn und mit einer triumphierenden Miene, die ich am liebsten mit meinen Fingernägeln bearbeiten würde. Neben ihm steht der Mandant, dessen Gesicht freudig glänzt. Beide reichen sich die Hände, ehe der Mann in eine wartende schwarze Limousine steigt. Bevor sich Eric zum Taxistand aufmachen kann, rufe ich seinen Namen.

»Jet!« Er dreht sich um, unsere Blicke treffen sich. »Das ist aber eine nette Überraschung.«

Nicht annähernd so nett, wie du glaubst, Kumpel!, pariere ich gedanklich, während wir aufeinander zugehen.

»Ich …«, beginne ich, als das Handy in seiner Tasche vibriert. »Willst du nicht rangehen?«, frage ich, weil er nicht reagiert.

»Das kann warten«, antwortet Eric mit dem Anflug eines Lächelns.

»Bitte geh ran«, sage ich zuckersüß. »Es könnte wichtig sein.«

»Okay.«

Aufmerksam beobachte ich, wie er sein Handy aus der Tasche zieht und aufs Display blickt, während sich die Furche zwischen seinen Augenbrauen immer mehr vertieft.

»Nichts Schlimmes, hoffe ich«, sage ich.

»Aber nein«, entgegnet er betont lässig und steckt das Handy in die Tasche zurück.

Als er aufblickt, hat sich der Ausdruck in seinen Augen verändert. Wo eben nichtssagende Freundlichkeit war, herrscht nun Reserviertheit. Mein Versuch, seinen Blick zu bannen, misslingt. Er weicht mir aus! Ich schlucke den Kloß in meinem Hals hinunter und beschließe, alles auf eine Karte zu setzen.

»Lass mich raten«, sage ich mit ruhiger Stimme. »Steve Perkins hat versucht, dich zu erreichen. Wie oft? Dreimal, viermal, fünfmal? Der muss ganz schön Panik schieben.«

Erics Blick ist kühl, beinahe desinteressiert. »Wovon redest du, Jet?«

Ich atme tief durch. »Hast du oder hast du ihn nicht damit beauftragt, Joe auszuspähen?«

Eric verzieht keine Miene, doch das Flackern in seinen Augen versetzt mir einen Schlag, der mich schwanken lässt. Ich kenne ihn lang genug, um zu wissen, was dieser Ausdruck bedeutet.

»Wie konntest du nur?«, flüstere ich und trete einen Schritt auf ihn zu.

Zu nah, wie sich herausstellt, denn sein heimtückischer Duft kriecht mir unter die Haut, was meine Empörung noch weiter anheizt.

»Reg dich ab, Jet«, sagt Eric mit einem lässigen Achselzucken. »Ich wollte nur sichergehen, dass du …«

Unvermittelt hält er inne.

»Dass ich was?«, zische ich, während die Wut wie ein eisiger Finger meinen Nacken hochkriecht, um sich jeden Moment in meinen Schädel zu bohren. »Komm, hau's raus!«

Erics Züge verhärten sich. »Dass du nicht wieder so einen Loser heiratest!«

Obwohl ich wusste, was folgen würde, brennt mir die Sicherung durch. Ich hole aus und verpasse ihm eine Ohrfeige, in die ich die Wut und Trauer der vergangenen beiden Jahrzehnte hineinpacke. Entsprechend kräftig fällt sie aus. Ein peitschender Knall, der von den Mauern der umliegenden Gebäude widerzuhallen scheint. Beim Anblick meines hellen Handabdrucks auf seiner Wange empfinde ich jedoch keine Genugtuung, sondern Entsetzen. Erics einzige Regung ist kalter Zorn, der aus seinen Augen blitzt. Sekundenlang starren wir uns an, während ich Mühe habe, die Tränen zurückzuhalten.

»Hast du etwa schon vergessen, dass dein Arschloch von Ehemann dich beklaut hat, bevor er abgehauen ist?«, bricht Eric schließlich das Schweigen. Seine Stimme klingt heiser.

»Nichts habe ich vergessen!«, versetze ich.

»Als dein Freund … Ja, Freund!«, betont er, inzwischen genauso aufgebracht wie ich, »ist es meine Aufgabe, dich vor Fehlern zu bewahren.«

»Bullshit!«, fahre ich ihn an, froh darüber, dass seine lügnerischen Worte meinen Groll neu entfachen. »Dir passt Joe nur nicht, das ist der Grund. Du willst ihn schlecht machen.«

»Du hast recht, er passt mir nicht«, knurrt Eric mit einer Stimme, die ich bis jetzt noch nie bei ihm gehört habe. »Er ist ein verzogenes Muttersöhnchen, reich und verweichlicht, dem alles in den Arsch geschoben wurde!«

»Oh, na klar!«, poltere ich. »Während du dir, armes Würstchen, alles erkämpfen musstest! Muss hart gewesen sein, bei einem Vater aufzuwachsen, der dich vergöttert und dir jeden Wunsch erfüllt hat. Nicht zu vergessen die kümmerliche Villa mit vierzehn Zimmern, drei Bädern, einem Tennisplatz, dem riesigen Swimmingpool und den vielen Angestellten!«

Ein Muskel zuckt in seiner Wange, so fest presst er die Kiefer zusammen. »Für meine Herkunft kann ich nichts, okay? Aber im Unterschied zu deinem Lover habe ich es ohne fremde Hilfe geschafft. Ich habe von meinem Vater nichts angenommen und mein Jurastudium selbst finanziert.«

»Wow! Willst du dafür vielleicht noch einen Orden?«, höhne ich.

Unsere Blicke krallen sich fest und brutal ineinander, während das Herz in meiner Brust davonzujagen droht. Erics nackte Wut erzeugt ein elektrisierendes Prickeln auf meiner Haut. Niemals zuvor habe ich ihn derart unbeherrscht erlebt. Als wir unwillkürlich einen Schritt aufeinander zu machen, bis uns nur noch eine Handbreit voneinander trennt, weicht meine Wut einem verwirrenden Mix aus Verbitterung, Schmerz, Verzweiflung und Verlangen. Er steht so nah bei mir, dass ich seinen schnellen Herzschlag zu spüren glaube. Ich schaue zu ihm hoch, mustere sein Kinn und den wohlgeformten Mund. Zum gefühlten tausendsten Mal frage ich mich, wie seine Lippen schmecken …

Im selben Augenblick prallt der Helm in meiner linken Hand gegen seine Aktentasche, ein leises Geräusch, das ausreicht, um die Blase, die sich um uns gebildet hat, platzen zu lassen. Hastig trete ich einen Schritt zurück und atme tief durch.

»Ich liebe Joe und werde ihn heiraten«, sage ich ruhig. »Ob es dir passt oder nicht.«

Mit diesen Worten wende ich mich ab.

»Willst du wissen, was Steve Perkins bisher herausgefunden hat?«, fragt Eric in meinem Rücken.

Ich stocke, drehe mich aber nicht um. »Nein«, sage ich nach kurzem Zögern und will weitergehen.

»Nichts«, ertönt es leise hinter mir.

»Was?« Wie betäubt wende ich mich Eric zu.

»Perkins hat nichts herausgefunden«, antwortet er. »Dein Goldjunge ist unbeleckt wie ein Neugeborener. Herzlichen Glückwunsch!«, fügt er mit unverhohlenem Sarkasmus hinzu.

Plötzlich fühlt sich mein Herz bleischwer an, und ich bekomme kaum Luft.

»Fick dich, Eric«, murmele ich.

Als ich aufs Motorrad steige, hält er mich nicht auf. Erst viel später fällt mir ein, dass ich vergessen habe, ihn auf Randos Drohbriefe anzusprechen.

Eric

Wütend schaue ich Jet nach. Das Herz in meiner Brust rast, und noch immer juckt es mir in den Fingern, sie zu schütteln, bis sie endlich Vernunft annimmt. Oder zu küssen. Herrgott! Beim Anblick ihrer blitzenden grünen Augen und des rosa Schimmers, der sich über ihre zarte Haut gelegt hat, sind meine Hormone Amok gelaufen. Etwas, das in ihrer Gegenwart leider häufig geschieht. Diese Frau bringt mich noch ins Grab! In meiner Jackentasche vibriert das Handy erneut, aber ich ignoriere es. Erst als ich im Taxi sitze, habe ich mich so weit wieder im Griff, dass ich Steve Perkins zurückrufen kann.

»Was ist passiert?«, melde ich mich.

»Ich hab's verbockt«, antwortet Steve hörbar zerknirscht. »Ihre Freundin, die hübsche Rothaarige, hat mich vor Goberts Agentur gesehen und sich ihren Reim darauf gemacht. Sie hat 'n Mordstemperament, ich dachte schon, sie geht auf mich los.«

Unwillkürlich fasse ich mir an die Wange. *Ja, Temperament hat sie!*

»Okay«, sage ich. »Das lässt sich jetzt nicht mehr ändern. Brechen Sie die Beschattung ab, aber graben Sie weiter. Sie haben bis Ende der Woche Zeit, etwas zu finden. Enttäuschen Sie mich nicht, Steve!«, füge ich mit fester Stimme hinzu.

Ich warte seine Antwort erst gar nicht ab, sondern beende das Gespräch. Frustriert werfe ich das Handy neben mich auf den Sitz und stoße ein bitteres Lachen aus. Jet bringt mal wieder meine besten Seiten zum Vorschein! Die kurze Fahrt zur Kanzlei nutze ich, um sie aus meinem Kopf zu verbannen, was bis zu dem Augenblick gelingt, als ich den Empfangsbereich betrete und mich Mrs Kaufmann mit einem fröhlichen »Miss Stenton war hier!« begrüßt. Mit vielsagendem Blick reicht sie mir zwei wattierte, cremefarbene Umschläge, deren goldene Prägung keine Zweifel aufkommen lässt, was ich in den Händen halte. Nur mit Mühe unterdrücke ich den Impuls, sie auf der Stelle in den Schredder zu stecken. Nachdem ich Mrs Kaufmanns Zusammenfassung der vergangenen Stunden mit halbem Ohr gelauscht habe, verschanze ich mich in meinem Büro.

Fünf geschlagene Minuten starre ich auf die Umschläge, die ich angewidert auf meinen Schreibtisch habe fallen lassen, dann erst greife ich nach einem, um die darin befindliche Einladung zu lesen. Meine Augen schweifen über die kitschige Schrift.

> *Janet Theodora Stenton und Joseph Gobert schließen den Bund fürs Leben. Wir laden Sie herzlichst ein, mit uns am 7. Juni um 2 p.m. in der St. Louis Cathedral Gottes Segen zu erbitten …*

Große Worte. »Bund fürs Leben« und »Gottes Segen«. Letzteren werden sie bitter nötig haben. »Ich liebe Joe«, hat Jet vorhin vollmundig behauptet, aber ich glaube ihr kein Wort. Die beiden sind nicht füreinander geschaffen, Punkt! Joe kennt sie nicht so gut wie ich. Ob er weiß, dass sie beim Kuchenessen immer zuerst den Rand isst? Sie sich aus jeder Stadt, die sie zum ersten Mal besucht, eine Postkarte nach Hause schickt?

Weiß er, dass sie als Kind ihre Sommersprossen gehasst hat und wie Gwyneth Paltrow aussehen wollte wegen der glatten Haare und der Alabasterhaut? Dass sie manchmal meint, das ganze Leid der Menschheit auf ihren schmalen Schultern stemmen zu müssen? Und doch ist sie stark, die stärkste Frau, die ich kenne, außerdem noch hitzköpfig und hoffnungslos romantisch. Joe dagegen ist schwach. Ein leeres Gefäß, das sich mithilfe seines Geldes und seines Welpencharmes durchs Leben mogelt. Er wird sie unglücklich machen, ich weiß es.

Seufzend lasse ich mich in den Sessel fallen. Warum sieht sie nicht, wie armselig er ist? Ist es die Torschlusspanik? Die biologische Uhr? Sie ist doch erst Anfang dreißig, verflixt! Ist es vielleicht der Sex? Ist Joe eine solche Granate im Bett? Unwillkürlich knirsche ich mit den Zähnen, gleichzeitig gebe ich mir ein Versprechen. Ich werde nicht zulassen, dass diese Hochzeit stattfindet. Unter keinen Umständen! Und wenn ich im Vorfeld die St. Louis Cathedral in Brand setzen muss – idealerweise mit Joe darin.

»Staatsanwalt Martin ist jetzt da!«, unterbricht Mrs Kaufmanns Stimme meinen bittersüßen Tagtraum.

»Geben Sie mir noch zwei Minuten!«, antworte ich über die Sprechanlage.

Dann begebe ich mich in das angrenzende Bad und stelle vor dem Spiegel sicher, dass nüchterne Professionalität das böse Grinsen aus meinem Gesicht verdrängt hat.

Ein feuchtfröhlicher Abend

Jet

Mit gerunzelter Stirn starre ich auf das unfertige Bild. Der Himmel ist eine einzige Katastrophe. Er wirkt trist, eindimensional und kraftlos, als hätte jemand einen Eimer grauer Farbe darüber geschüttet! Fahrig streiche ich mit dem Pinsel über die Leinwand, trage hier etwas Purpur und Blau auf, dort etwas Gelb, danach ein paar Lichtpunkte, die sich in den Wellen darunter reflektieren. Anschließend trete ich einen Schritt zurück – und fluche laut. Jetzt erweckt die Szene den Anschein, als würde sich hinter der aufbrechenden Wolkendecke jeden Moment das Tor zur Hölle auftun. Frustriert lege ich den Pinsel beiseite. Seit geschlagenen drei Stunden mühe ich mich vergeblich mit dem Bild ab. Noch immer hallt der Streit mit Eric in mir nach, und statt mich beim Malen zu beruhigen, projiziere ich meine Gefühle direkt auf die Leinwand. Zeit, aufzuhören! Heute hat es keinen Sinn mehr.

Nachdem ich erst die Pinsel und danach mich einer gründlichen Reinigung unterzogen habe, schnappe ich mir das Telefon und wähle Cheyennes Nummer.

»Hey! Hast du heute Abend schon etwas vor?«, beginne ich ohne Umschweife.

Sie lacht. »Eigentlich nicht, nein.«

»Ist Beau nicht da?«, frage ich vorsichtshalber nach.

»Nein. Er feiert mit Kollegen die Festnahme der Bugs-Bunny-Gang in seiner Lieblingskneipe, dem Sue's Corner an der Ecke Harmony/Constance. Kennst du die? Da geht es ziemlich urig zu«, ergänzt sie hörbar belustigt.

Ich verneine. »Warum feierst du nicht mit?«

»Ich wäre da fehl am Platz«, antwortet Cheyenne ohne Groll. »Anscheinend ist Beau dank seines Ermittlungserfolgs in der Beliebtheitsskala wieder aufgestiegen. Es ist sein Moment, und er soll nicht durch mich abgelenkt werden.« Sie lacht keck auf. »Wir werden schon eine Gelegenheit finden, gemeinsam darauf anzustoßen!«

Vor gut drei Jahren hat Beau fünf Kollegen aus seinem Revier wegen Korruption und einiger weiterer Verfehlungen entlarvt, entsprechend verhasst ist er bei vielen seiner Kollegen. Nach außen hin hat sich Beau nichts anmerken lassen, aber ich kenne ihn gut genug, um zu wissen, dass ihn die offene Feindseligkeit getroffen hat.

»Das ist eine wunderbare Nachricht! Ich werde ihn gleich morgen anrufen, um ihm zu gratulieren«, sage ich. »Dann bist du also zu jeder Schandtat bereit. Wie wär's mit einem Mädelsabend? Wir bestellen Pizza, quatschen und gucken irgendwas Kitschiges im Fernsehen, am besten mit viel Pink. Das brauche ich heute!«

»Klingt super!«, antwortet Cheyenne, ohne zu zögern. »Ich bringe eine Flasche Wein mit.«

»Lieber zwei.«

In Windeseile schaffe ich Ordnung im Wohnzimmer und reiße die Fenster auf, um frische Luft hereinzulassen.

Terpentingeruch verträgt sich nicht gut mit Wein und Pizza. Eineinhalb Stunden später haben Cheyenne und ich bereits die erste Flasche gekillt, und die Peperonipizza mit Käserand ist auch schon verputzt. Wir haben es uns auf der Couch gemütlich gemacht, die Schuhe ausgezogen und die Füße unter den Hintern geschoben. Manolo, der sich zwischen uns gequetscht hat, schnarcht zu Green Day, die im Hintergrund laufen.

»Komm, lass uns die zweite Flasche köpfen!«, rufe ich ausgelassen und lehne mich umständlich nach vorn, um nach dem Wein auf dem Tisch zu greifen, ohne Manolo zu wecken. Dabei erwische ich die Flasche ungünstig mit den Fingerspitzen. Diese schwankt gefährlich, und nur Cheyennes beherztem Eingreifen ist es zu verdanken, dass der gute Tropfen nicht auf dem Parkett landet.

»Ups!«, sage ich und kichere. Offenbar habe ich einen kleinen Schwips.

Cheyenne grinst. »Ich mache das.«

»Klasse!«, rufe ich, gefolgt von einem genuschelten »Danke«, als sie mir etwas Wein einschenkt.

Cheyenne zwinkert mir zu. »Gern geschehen.«

»Stell dir vor, er bekommt Morddrohungen«, verkünde ich, nachdem ich einen Schluck genommen habe.

»Wer?«, fragt Cheyenne irritiert und erschrocken zugleich.

»Na, Eric«, antworte ich.

»Was?«

Ich nicke eifrig. »Ja! So ein Verrückter namens Rando hat ihm Drohbriefe geschickt und erst vor Kurzem ein verwestes Tier vor die Tür seiner Kanzlei gelegt.«

Cheyenne starrt mich wortlos an, dann huscht ihr entsetzter Blick zu Manolo, bevor sie ein erneutes »Was?« ausstößt.

»Du darfst es Beau ruhig erzählen!«, rege ich an und nehme einen weiteren Schluck.

Ein energischer Zug legt sich auf Cheyennes Gesicht. »Da kannst du einen drauf lassen!«, erwidert sie, worauf ich in Gelächter ausbreche.

»Wie geht Eric damit um?«, fragt sie, und mir bleibt das Lachen im Hals stecken.

»Er benimmt sich wie ein Idiot, was sonst?«, antworte ich mit einem grimmigen Unterton.

Mit gerunzelter Stirn nippt Cheyenne an ihrem Wein. Irgendwie werde ich das Gefühl nicht los, dass mein Glas einen durchlässigeren Boden hat als ihres. »Das musst du näher erklären, Jet.«

»Er ignoriert die ganze Sache.«

»Wirklich? Das ist aber sehr leichtfertig.«

»Finde ich auch!«, pflichte ich ihr mit einem Nicken bei. »Total leichtfertig! Außerdem hat er einen Privatdetektiv auf Joe angesetzt, um ihn anzuschwärzen, weil er mir mein Glück nicht gönnt«, platzt es aus mir heraus.

Cheyenne setzt ihr Glas ab und blickt mich ernst an. »Was meinst du damit?«

»Wie ich es gesagt habe. Er lässt in Joes Leben wühlen, weil er denkt, dass Joe der Falsche für mich ist! Mit welchem Recht, kannst du mir das sagen?«, ereifere ich mich. Ich spüre, wie die Wut erneut in mir aufsteigt. »Ich quatsche ihm bei der Wahl seiner Freundinnen auch nicht rein, obwohl sein Geschmack mehr als zweifelhaft ist. Ich kann mich gut erinnern, diese eine Freundin auf der Highschool. Charlotte Benning, so ’ne dämliche Schnepfe mit Kuhaugen und einem IQ von siebzig …«

»Theoretisch könnte dir egal sein, was Eric denkt«, wirft Cheyenne sanft ein. »Du liebst Joe, und darauf kommt es an.«

»Ja, genau!« Ich stelle mein leeres Glas ein wenig zu fest auf den Tisch, was Manolo veranlasst, zu zucken. »Ich liebe Joe!«

Cheyenne sucht meinen Blick, sie wirkt besorgt. »Darf ich dich was fragen, Jet?«

»Was immer du willst«, entgegne ich mit schwerer Zunge. Offensichtlich habe ich zu viel Wein in zu kurzer Zeit getrunken.

»Hast du Torschlusspanik?«

»Hä?« Verdutzt schaue ich sie an. »Wieso sollte ich? Joe ist ein netter Kerl, deshalb heirate ich ihn.«

Cheyenne zieht die Augenbrauen zusammen. »Nett?«

»Klar!«

»Aber macht er dich auch glücklich?«

»Natürlich! Wirke ich vielleicht nicht glücklich?« Das letzte Wort bringe ich nur undeutlich heraus, denn zu meinem Entsetzen breche ich in Tränen aus. Einfach so. Als wäre ein Damm gebrochen, schluchze ich hemmungslos wie ein kleines Kind, woraufhin Cheyenne mich in die Arme nimmt.

Scheißalkohol!

»Es ist Eric, nicht wahr?«, flüstert sie nach einer ganzen Weile.

Zu benommen, um zu widersprechen, nicke ich schwach.

»Seit wann?«, fragt sie weiter.

»Schon immer«, sage ich unter Tränen.

»Was ist schiefgelaufen?«

Ich zucke mit den Schultern und schweige.

Sie tätschelt meinen Arm. »Komm, Jet, erzähl.«

Schniefend wische ich mir übers Gesicht und hole tief Luft. »Ich war damals dreizehn, er knapp fünfzehn«, beginne ich mit zittriger Stimme. »Wir waren Freunde, haben uns super verstanden. Ich meine, ich habe mich mit dem ganzen Fünfköpfigen Drachen verstanden, aber zwischen Eric und mir war es immer etwas Besonderes. Wie Bruder und Schwester. Dann, eines Tages, hat er mich an Karneval zum Maskenball eingeladen, und ich habe mich gemein verhalten.«

»Inwiefern?«

Ich erzähle es ihr. »Ich wollte mich am darauffolgenden Tag entschuldigen«, erkläre ich abschließend. »Aber Eric hatte schon ein Mädchen aus seiner Klasse gefragt, ob sie ihn begleitet. Ich glaube, die hieß Arielle oder so. Danach ging er ein paar Wochen mit Brittney, dann kamen Emily, Mia und wie sie alle hießen. Ich habe die Namen vergessen … Erst da habe ich kapiert, dass ich bis über beide Ohren in ihn verknallt war. Und ich dumme Kuh hatte es vermasselt! Später wurde Eric Quarterback auf unserer Schule.« Ich verdrehe die Augen. »Bei ihm ging's zu wie in einem Taubenschlag!«

Cheyenne schaut mich verständnislos an »Ich kapier's nicht. Habt ihr euch nie ausgesprochen?«

Ich schüttele den Kopf. »Es hat sich irgendwie nicht ergeben.«

»Aber ihr seid doch nach wie vor Freunde.«

»Klar, aber alles, was in Richtung Gefühle geht, vermeiden wir erfolgreich. Außerdem, welchen Sinn würde es haben, diese alte Geschichte aufzuwärmen? Wahrscheinlich hat Eric sie schon längst vergessen. Wir haben den richtigen Moment verpasst, so einfach ist das. Davon einmal abgesehen sind wir in letzter Zeit nur noch am Streiten«, schließe ich unglücklich.

Cheyenne schaut mich mit großen Augen an. »Sei mir bitte nicht böse, wenn ich das sage, Jet, aber Eric und du seid die größten Feiglinge, die ich kenne!«

In nüchternem Zustand hätte ich sicher empört nach Luft geschnappt, um anschließend vehement zu widersprechen. Nun aber spüre ich, wie in mir erneut die Tränen aufsteigen.

»Und deine Heirat damals?«, fragt Cheyenne eilig, die es zu bemerken scheint.

Ich zucke mit den Achseln. »War wahrscheinlich der erbärmliche Versuch, über Eric hinwegzukommen.«

»Lass mich raten: Es hat nicht funktioniert.«

Ich schüttele den Kopf.

Cheyenne blickt mich lange und eindringlich an. »Und was willst du jetzt machen?«

Ich zucke erneut mit den Achseln.

»Sag Eric, was du fühlst.«

»Das sagt sich so leicht«, murmele ich. »Ich hab's schon mal versucht, und es war ein Desaster.«

»Wirklich?«

»Ja. Mit neunzehn. Es war auf einer Party. Ich habe die obersten Knöpfe meiner Bluse geöffnet, meinen ganzen Mut zusammengenommen und mich ihm sprichwörtlich an den Hals geworfen.«

Cheyenne beugt sich vor. »Wie hat er reagiert?«

»Was glaubst du denn?« Die Erinnerung daran lässt mich erschauern. »Er hat mich zurückgewiesen.«

»Wieso?«

»Er meinte, ich sei betrunken und wüsste nicht, was ich tue.«

»Und? Warst du betrunken?«

Ich nicke traurig. »Ja. Aber ich wusste verdammt genau, was ich tat.«

Cheyenne seufzt. »O Mann.« Dann leuchten ihre Augen auf. »Ihr müsst euch aussprechen und einen Neustart wagen.«

»Das sagt sich so leicht«, leiere ich erneut meinen Spruch herunter.

Cheyenne schenkt mir ein entschuldigendes Grinsen. »Du hast recht. Ich muss mir da selbst an die Nase fassen. Ich war am Anfang Beau gegenüber auch nicht ehrlich.« Sie drückt lange meine Hand. »Als ich dir zum ersten Mal begegnet bin, hast du mich zutiefst beeindruckt, weißt du das? Ich hätte weiß Gott was darum gegeben, so zu sein wie du.«

Überrascht schaue ich sie ihn. »Wieso?«

»Du warst so cool und tough, so voller Energie, und dann warst du auch noch eine begnadete Künstlerin, hast dein Ding durchgezogen«, antwortet Cheyenne. »Du hast den Eindruck gemacht, als könnte dich nichts und niemand kleinkriegen. Eine echte Powerfrau!«

Hitze steigt mir in die Wangen, was sie glucksen lässt. »Ich habe dich auf ein Podest gestellt«, sagt sie. »Aber jetzt kenne ich dich besser …«

»Was soll das denn heißen?«, entgegne ich mit gespielter Empörung. »Ich bin immer noch cool und tough!«

»Eben«, antwortet Cheyenne lächelnd.

Ich seufze. »Botschaft angekommen.«

Eine Weile hängen wir unseren Gedanken nach, streicheln Manolo, der es uns mit einem tiefen Schnurren dankt, bis ich die Stille breche. »Wollen wir ›The Bold Type‹ gucken?«

Cheyenne setzt sich ruckartig auf. »Ich liebe die Serie!«

»Ich auch«, entgegne ich. »Die drei Mädels sind der Hammer! Egal, wie viele Probleme sie haben, sie fallen immer wieder auf die Füße. Und ihre Kerle sind immer so verständnisvoll.«

»So verständnisvoll«, wiederholt Cheyenne lachend.

»Meine Lieblingsfigur ist Sutton«, sage ich. »Welche ist deine?«

»Kat!«, antwortet Cheyenne wie aus der Pistole geschossen.

»Habe ich mir fast gedacht«, stoße ich triumphierend hervor. »Sie ist die Unangepasstere von den dreien.«

Cheyenne grinst. »Stimmt! Möchtest du noch etwas Wein?«

Nach kurzer Überlegung entscheide ich mich dagegen, aus Furcht, ich könnte wieder rührselig werden. »Ich mache mir einen Kaffee. Willst du auch?«

»Gern.«

Nachdem ich zwei dampfende Tassen auf den Tisch gestellt habe, greife ich nach der Fernbedienung. Wenige Augenblicke später starren wir gebannt auf den Vorspann, in dem eine weibliche Off-Stimme die vorangegangene Episode Revue passieren lässt. Als in der Anfangsszene ein gut aussehender Kerl mit nacktem Hintern durchs Bild läuft, seufze ich vernehmlich.

»Pinstripe ist so sexy«, hauche ich.

»O ja«, pflichtet mir Cheyenne im gleichen Tonfall bei.

Als wir in Lachen ausbrechen, springt Manolo von der Couch und streckt sich ausgiebig. Sein eindringlicher Blick gibt mir zu verstehen, dass es für ihn Zeit wird, das Viertel aufzumischen, also stehe ich auf, um das Küchenfenster zu öffnen. Ohne uns niedere Kreaturen eines zweiten Blickes zu würdigen, springt er auf die Fensterbank und ist in der nächsten Sekunde auch schon in der Nacht verschwunden. Danach setze ich mich zurück zu Cheyenne, um weiter den Fernseher anzuschmachten. Auf Eric oder Joe kommen wir an diesem Abend zum Glück nicht mehr zu sprechen.

Eric

Heute ist wieder ein Brief angekommen. Diesmal droht mir dieses Rando-Arschloch mit Vergeltung, weil ich angeblich sein Leben zerstört habe. Solcher Mist eben! Wie die anderen habe ich das Schreiben Steve Perkins zukommen lassen und ihn damit beauftragt, sich der Sache anzunehmen. Rando greift mich auf seinem Blog nicht namentlich an, also kann ich ihn deswegen nicht juristisch belangen, aber sobald Steve dessen Identität aufgedeckt hat, leite ich sie an Beau weiter. Ich musste es ihm versprechen, als er mich letzte Woche diesbezüglich angerufen hat. Er war ziemlich angepisst. Unwillkürlich muss ich schmunzeln. Innerhalb des Fünfköpfigen Drachen bleiben Geheimnisse nicht lange verborgen. Mein Lächeln verblasst wieder. Inzwischen ist mir natürlich klar geworden, dass Evelyns Gefühl sie nicht getrogen hat. Hinter diesen kranken Botschaften steckt mehr als die üblichen Drohungen. Ich werde das Gefühl nicht los, dass der Kerl mir immer näher kommt. Beinahe glaube ich, seinen fauligen Atem in meinem Nacken zu spüren. Ungeduldig, fast trotzig schüttele ich den eisigen Schauer ab, der sich anschickt, über mein Rückgrat zu kriechen.

Ich lasse mich nicht einschüchtern!

Heute Abend werde ich meine Lieblingsbar aufsuchen, einen schicken Schuppen am Lafayette Square, in dem Leute aus dem Anwaltsmilieu verkehren – selbst auf die Gefahr hin, dass mir Gloria über den Weg läuft, schließlich haben wir uns dort kennengelernt. Mir steht zwar nicht der Sinn nach einer weiteren hässlichen Szene, aber ich habe mir meinen Whiskey Sour redlich verdient. Und wer weiß, mit etwas Glück ist eine heiße Nummer mit einer gestressten Staatsanwältin drin, die Dampf ablassen will. Ohne viel Blabla und Verpflichtungen. Die Vorstellung lässt meinen Schwanz zucken. Genau das Richtige nach einem harten Arbeitstag!

Also schlüpfe ich rasch unter die Dusche, tausche meinen Businessanzug gegen eine helle Leinenhose und ein langärmeliges Shirt, das zwei Nuancen dunkler ist und unter dem sich meine Muskeln abzeichnen, wenn auch dezent. Ich halte nichts davon, die Keule auszupacken, um Frauen ins Bett zu kriegen. Meine Haare habe ich mit ein wenig Gel in Form gebracht, um mein Kinn zeigt sich ein Bartschatten. Perfekt. Keine halbe Stunde später betrete ich die Bar durch eine schlichte Metalltür, die nicht ahnen lässt, welches noble Interieur sich dahinter verbirgt. Der Laden ist wie ein umgedrehtes L angelegt. Die rechte Hälfte mit den niedrigen Loungemöbeln wirkt, als sei sie in Cognac getaucht worden. Die andere Hälfte wird von einer langen Theke in glänzendem Grünmetallic dominiert, hinter der eine eindrucksvolle Flaschenwand aus Hochprozentigem aufragt. Die Gäste, in der Masse Anzugträger und Frauen im Kostüm, unterhalten sich in gedämpftem Ton miteinander, wobei entweder geflirtet wird oder juristische Sachverhalte diskutiert werden. In beiden Fällen soll nichts an fremde Ohren gelangen. Aus den Lautsprechern tönt Charlie Hadens

Kontrabass, was darauf schließen lässt, dass Clive heute Abend hinter der Bar eingeteilt ist.

Ich nehme auf einem der Hocker Platz, und nur wenige Augenblicke später stellt der bärtige Mann mit dem Augenbrauenpiercing den langersehnten Drink vor mir auf die Theke. Neben seinem Talent, einen erstklassigen Whiskey Sour zu mixen, schätze ich Clives untrügliches Gespür für Stimmungen. Dass mir heute Abend weder nach Small Talk noch nach einem philosophischen Diskurs der Sinn steht, merkt er mir auf den ersten Blick an. Beim Servieren nickt er mir lediglich freundlich zu, bevor er sich dem nächsten Gast widmet. Ich werde es ihm mit einem großzügigen Trinkgeld vergelten. Während ich an meinem Drink nippe, lasse ich meinen Blick schweifen. Die meisten der Anwesenden kenne ich vom Sehen her, mit einigen habe ich bereits das eine oder andere Wort gewechselt. Eine Frau sticht mir ins Auge, die ich bisher hier noch nie wahrgenommen habe. Sie sitzt mit zwei anderen Frauen im cognacgetauchten Bereich an einem der niedrigen Tische. Den verstohlenen Blicken anderer Männer nach zu urteilen, bin nicht nur ich interessiert. Wie Wildtiere am Wasserloch, die eine nahende Gazelle erspähen, denke ich amüsiert, und nehme mich dabei nicht aus. Sie ist hübsch, hat ein feines Gesicht mit großen blauen Augen und trägt ihre kupferroten Haare schulterlang. *Nicht echt,* fährt es mir unwillkürlich durch den Kopf. *Und wenn schon,* kontere ich unmittelbar dagegen. *Es steht ihr.* Das Kostüm betont ihre weibliche Figur, die wohlgeformten Beine hat sie lässig übereinandergeschlagen. Ihre Kleidung spiegelt Distanz wider, ihre offene Haltung und das kleine Lächeln auf ihren Lippen vermitteln das genaue Gegenteil. Eine Herausforderung für jeden Mann!

Ich suche ihren Blick, den sie abwendet, um ihn gleich darauf erneut auf mich zu richten. Ohne meine Augen von ihr zu lassen, greife ich nach meinem Drink und nehme einen

Schluck, dann verziehen sich meine Lippen zu einem schiefen, und wie ich wohl weiß, schelmischen Lächeln. Ihre Wangen erröten leicht, sie schlägt die Augen nieder, behält ihr Lächeln aber bei. Nur mit Mühe unterdrücke ich ein triumphierendes Grinsen. Der Erfolg ist zum Greifen nah. Meine Augen wandern von ihrem Gesicht über ihr züchtiges Dekolleté, wo sie kurz verharren, danach weiter über ihre Brüste, ihren Bauch und ihre Beine. Genau die Ablenkung, die ich gesucht habe. Immer noch lächelnd lehne ich mich ein Stück zurück, um ihr wiederum die Möglichkeit zu geben, mich abzuchecken. Gleiches Recht für alle. Daraufhin lächelt sie mich offen an und wirft ihr Haar zurück. Jackpot!

Gerade will ich von meinem Hocker gleiten, um hinüberzugehen, als mein Handy klingelt. Die Titelmusik von »Crocodile Dundee« verrät mir, dass es sich um einen meiner besten Freunde handelt.

Kane »The Gator« Deveraux.

»Ich hoffe, es ist ein privater Anruf«, begrüße ich ihn halb im Scherz, ohne die Frau aus den Augen zu lassen. »Ich habe Feierabend.«

»Es *ist* privat«, entgegnet Kane.

»Das höre ich gern. Was ist los?«

»Ich habe einen Anschlag auf dich vor.«

»Oho! Deine Anschläge kenne ich«, sage ich und nehme wieder einen Schluck, diesmal einen großen. »Erzähl mir nicht, dass wir wieder irgendeinen Konvoi überfallen müssen.«

Kane lacht. »Nein, nein! Es geht um die Wohltätigkeitsfeier, die der Bürgermeister am 5. März im Hyatt Regency veranstaltet. Ich habe dafür zwei Plätze erstanden«, erklärt er. »Jedes Gedeck hat fünftausend Dollar gekostet, aber wie es aussieht, wird Eli nicht mitkommen können. Der Arzt meinte, sie müsste sich in nächster Zeit schonen.«

»Wirklich?«, entgegne ich erstaunt und wende mich wieder der Theke zu. »Sie hat die letzten Male, die ich sie gesehen habe, einen putzmunteren Eindruck gemacht.«

»Schon, aber vor zwei Wochen hat sich ihr Zustand unerwartet verschlechtert. Heute musste sie den ganzen Tag liegen.«

»Oh!« Mir sackt das Herz in die Hose. Ich mag Eli. »Tut mir leid zu hören, Kumpel.«

»Danke. Das wird schon wieder, sagt der Arzt.« Kurze Pause. »Jedenfalls wollte ich dich fragen, ob du mich zu dieser Feier begleiten willst.«

»Ich?« Ich muss fast lachen. »Solltest du nicht lieber mit weiblicher Begleitung dort auftauchen?«

»Eli wäre darüber nicht gerade begeis…«

Weiter kommt er nicht.

»Warte mal!«, unterbreche ich ihn und richte mich abrupt auf. »Der 5. März ist Mardi Gras. Erzähl mir nicht, dass es sich um ein Karnevalsevent handelt!«

»Ein Maskenball, ja.«

Hastig leere ich mein Glas, bevor ich zum Angriff übergehe. »Was soll das, Kane? Du weißt doch, dass ich damit nichts am Hut habe.«

»Schon klar! Aber hey, du tust es ja für mich«, versucht er es mit einem Witz.

»Nein!«, entgegne ich scharf. »Frag Beau!«

»Beau? Wirklich? Kannst du ihn dir in einem Pulk von Promis und Senatoren vorstellen?«

»Dann frag Leroy! Er ist perfekt«, sage ich und gebe Clive das Zeichen, mir einen zweiten Whiskey Sour zu mixen.

»Leroy hat schon etwas vor.«

»Wie jetzt? Bedeutet es etwa, dass ich deine zweite Wahl bin?«

»Klar! Ich weiß doch, dass du mit Karneval nichts am Hut hast«, äfft mich Kane nach, sodass ich widerwillig grinsen muss. »Komm schon! Vielleicht triffst du ein paar wichtige Leute und kannst Connections aufbauen.«

»Meinst du Typen im Batman-Kostüm oder als Meerjungfrau verkleidet?«, spotte ich. »Hör zu, Kane. Schön, dass du an mich gedacht hast, aber ich werde, wie jedes Jahr um diese Zeit, nach Barbados fliegen. Sonne tanken und Margaritas schlürfen.«

Ein tiefer Seufzer erklingt aus dem Hörer. »Okay, also gut …«

»Was?«, frage ich alarmiert.

»Ich war nicht ehrlich zu dir.« Kurze Pause. »Eli geht es gut, aber …«

»Aber was?«, frage ich, inzwischen ziemlich angepisst.

Nicht nur, dass einer meiner besten Freunde mich zu einem beschissenen Maskenball schleppen will, er hat mich auch eiskalt belogen.

»Zwischen ihr und mir läuft es zurzeit nicht so gut.«

Ich stutze. »Was meinst du damit?«

»Nun, unter uns gesagt: Mir wird das alles zu viel. Du weißt, wie sehr ich Rosalie vergöttere, aber wenn ich mir vorstelle, dass noch ein Kleines unterwegs ist.« Kanes schwerer Atem ist zu hören, als er erneut eine Pause einlegt. »Eli freut sich auf das Baby, während ich …«

»Mein Gott, Kane!«, platzt es aus mir heraus. »Hast du deinen Verstand verloren? Eli und du seid das perfekte Paar. Du hast das Riesenglück, deine Seelenverwandte gefunden und geheiratet zu haben. Bau jetzt bloß keinen Scheiß!«

»Das werde ich nicht, nur …«

»Vögelst du eine andere Frau?«

»Was?«, kommt es so empört zurück, dass ich aufatme. »Nein! Das würde ich Eli niemals antun! Ich brauche nur etwas

Ablenkung, ein wenig Abstand vom Familienleben, und wenn es nur für ein paar Stunden ist. Das ist auch der Grund, warum ich dich bitte, mit mir zu dieser Veranstaltung zu gehen. Wie in den alten Zeiten, verstehst du?«

Mit Ende dreißig kann Kane unmöglich schon in der Midlife-Crisis stecken, oder doch?

»Ich will auf andere Gedanken kommen, das ist alles«, fügt Kane mit einem resignierten Unterton hinzu.

O Mann!

»Mir wäre der Überfall auf einen Konvoi lieber«, murre ich. »Inklusive muffiger Sturmhaube auf dem Kopf.«

»Na komm«, entgegnet Kane ein wenig fröhlicher. »So schlimm ist der Karneval auch wieder nicht!«

»Du hast keine Vorstellung«, murmele ich mehr zu mir selbst.

»Sag ja! Bitte«, fleht Kane in einem Tonfall, den man bei ihm nur einmal alle zehn Jahre erlebt. Wenn's hoch kommt.

»Also gut, von mir aus«, höre ich mich schließlich antworten.

»Klasse!« Die Erleichterung ist ihm deutlich anzuhören. »Ich weiß das sehr zu schätzen, Kumpel. Wir werden Spaß haben, du wirst sehen.«

»Ganz bestimmt«, antworte ich matt.

Nachdem wir das Gespräch beendet haben, stürzen die Erinnerungen auf mich ein. Das hämische Kichern, die Demütigung, der Schmerz.

Komm endlich darüber hinweg!, schärft mir mein Verstand ein. *Sie war noch ein Teenager, und Teenager tun nun mal dumme Sachen.*

Sicher. Trotzdem ändert es nichts an der Tatsache, dass mir dieses rot gelockte Mädchen mit den schönsten grünen Augen, die ich bis dato gesehen hatte, einen Schlag verpasst hat, der immer noch nachhallt.

Einen wüsten Fluch ausstoßend, schnappe ich mir den Drink, den mir Clive soeben vor die Nase gestellt hat, und proste mir im Spiegel zu. »Auf dein Wohl, du Weichei!«, murmele ich und nehme einen tiefen Zug.

Als ich mich auf meinem Hocker drehe, stelle ich fest, dass die hübsche Rothaarige von einem Kerl im schlecht sitzenden Anzug belagert wird. Ich tippe auf einen stellvertretenden Staatsanwalt, aber es ist mir egal. Meine Gedanken kreisen um den bevorstehenden Mardi Gras. Hätte ich mich doch nur nicht breitschlagen lassen!

Die Nacht der Nächte

Jet

Der burgunderfarbene Teppich unter meinen Füßen erstickt jegliches Geräusch, als ich über die Schwelle trete. Überwältigt halte ich den Atem an. Du lieber Himmel! Die Veranstalter haben sich das Fest einiges kosten lassen. Der blauviolett angeleuchtete Saal ist mit einem Dutzend prachtvoll dekorierter Tische gefüllt, alle mit langen Damastdecken, die bis zum Boden reichen. Teller, Besteck und Gläser funkeln mit den Kostümen der illustren Gäste um die Wette. Seidene Stoffbahnen, die wellenartig unter der Kassettendecke hängen, treffen sich im Zentrum, wo ein Kristalllüster wie ein gigantischer Diamant das Licht tausendfach widerspiegelt. Besonders originell sind die lebensgroßen Harlekine aus Buntglas, die in der Mitte jedes Tisches thronen.

Ein wenig befangen angesichts solchen Prunks und der Menschen um mich herum, deren Schuhe vermutlich mehr kosten als meine Monatsmiete, nestle ich an der schmalen Schärpe um meine Hüften. Warum nur habe ich mich von Eli überreden lassen? Hoffentlich falle ich mit meinem selbst geschneiderten Kleid nicht unangenehm auf. Wenigstens passe ich farblich zur Dekoration, denke ich mit einem Anflug von

Galgenhumor. Wenn alle Stricke reißen, kann ich behaupten, ich würde den Champagner servieren! Verstohlen blicke ich auf die Karte in meiner Hand – Tisch 6, Platz 8. Natürlich sind die Tische nicht mit drögen Schildchen versehen, Orientierung bieten Ziffernarrangements aus LED-Leuchten und pinkfarbenem Tüll. Entgegen meiner Gewohnheit bin ich etwas zu früh dran. Nicht, weil ich es kaum erwarten kann, sondern weil ich nervös bin. Nach all den Jahren trage ich dieses Kostüm zum ersten Mal. Eine dumme Sentimentalität, gegen die ich nichts ausrichten konnte oder vielmehr wollte.

Ah! Hier ist es. Tisch 6.

Mit einem entschuldigenden Lächeln schiebe ich mich an einem Mann mit Vogelschnabel vorbei und steuere einen der Tische in der Saalmitte an. Beim Näherkommen stelle ich fest, dass dieser bis auf einen Platz unbesetzt ist. Ein einzelner Mann sitzt dort, der auf jemanden zu warten scheint. Er trägt die Maske eines grinsenden Teufels mit lila Hörnern und gelben Reißzähnen, dazu eng anliegende schwarze Hosen und ein schwarzes Hemd, das seine athletische Figur zur Geltung bringt. Ein langes rotes Cape rundet das Bild ab. Als der Mann neugierig den Kopf hebt und sich unsere Blicke begegnen, hört die Welt schlagartig auf, sich zu drehen. Diese blaugrauen Augen würde ich überall wiedererkennen! Trotz der Maske ist er mir schmerzlich vertraut. Die Art, wie er den Kopf leicht schief hält, während er mich ansicht, die Anspannung in seinen Schultern, seine wohlgeformten Hände …

»Eric«, flüstere ich.

»Megara«, kommt es ebenso leise zurück, und ich fahre mir unwillkürlich über die kunstvoll hochgesteckten Haare, die in einem langen Zopf münden, wie es die Disneyfigur vorsieht.

Ein beklemmendes Schweigen breitet sich zwischen uns aus, das ich schließlich breche. »Was tust du hier?«

»Ich bin mit Kane verabredet«, antwortet der Teufel. Seine Stimme klingt unter der Maske gedämpft und auch ein wenig rau.

»Und ich mit Eli.«

Mit einem hörbaren Seufzer lehnt er sich in seinem Stuhl zurück. »Dann ist alles klar.«

»Was meinst du damit?«, frage ich, immer noch etwas benommen, und setze mich neben ihn. »Und könntest du bitte die Maske abnehmen, Eric? Die Reißzähne sind zwar nur aus Plastik, sehen aber trotzdem ziemlich Furcht einflößend aus«, versuche ich es mit einem lahmen Witz.

Er folgt meiner Bitte. Das Gesicht, das unter der Teufelsmaske zum Vorschein kommt, wirkt ein wenig erhitzt, die Haare sind verwuschelt. *Wie nach dem Sex,* fährt es mir unwillkürlich durch den Kopf. Nun ist es an mir, zu erröten, was Eric zum Glück nicht bemerkt, weil er die Augen auf die Maske zwischen seinen Händen gerichtet hält.

»Die beiden haben uns übers Ohr gehauen«, sagt er mit finsterer Miene.

»Du glaubst, das hier ist ein abgekartetes Spiel?«

Er nickt und hebt den Kopf. Die Intensität seines Blicks lässt mich nach Atem ringen. »Was für eine Story hat dir Eli aufgetischt? Dass es in ihrer Ehe kriselt?«

»In ihrer Ehe kriselt es?«, keuche ich erschrocken.

Eric stößt ein freudloses Lachen aus. »Das ist das, was mir Kane weismachen wollte. Was hat Eli dir erzählt?«

»Dass Kane kurzfristig nach Südamerika reisen musste. Irgendwas mit der Werft. Und dass sie eine Karte übrig hätte.«

»Wie originell!«, entgegnet Eric offenkundig angepisst.

»Mach nicht so ein Gesicht!«, sage ich mit aufgesetzter Fröhlichkeit, obwohl mir das Herz bis zum Hals schlägt. »Ist es wirklich so furchtbar, mit mir hier zu sein statt mit Kane?«

Erics Blick flackert. »Nein«, stößt er fast grob hervor. »Natürlich nicht.«

»Sie haben's vermutlich nur gut gemeint«, plappere ich, um die peinliche Situation zu überspielen. »Du kennst sie doch. Sie haben diese fixe Idee, dass du und ich … Na ja, du weißt schon.«

Erics Gesicht verzieht sich zu einer Grimasse, die mir einen Magenschwinger verpasst. »Ja, ich weiß«, murmelt er, während sein Lächeln zu einer Maske gefriert.

Erneut breitet sich zwischen uns Schweigen aus, ein Schweigen, das die aufbrandende Musik und die immer lauter werdenden Menschen um uns herum übertönt.

»Möchtest du etwas trinken?«, fragt Eric schließlich und zeigt auf den offenen Champagner.

»Ich mag keinen Champagner.«

»Ja, richtig. Etwas anderes?« Er blickt sich nach einem Kellner um. »Wein? Oder einen Cocktail?«

»Eine Bloody Mary wäre nett«, antworte ich, einfach nur, um irgendwas zu sagen.

»Gut«, antwortet Eric sichtlich erleichtert, etwas tun zu können.

Nachdem er den Drink bestellt hat, mustert er mich. Offenbar hat er seine übliche Gelassenheit zurückgewonnen, denn seine Lippen haben sich zu einem kleinen Lächeln gekräuselt.

»Schönes Kostüm«, sagt er. »Hast du es selbst genäht?«

Ich nicke. »Ich hatte den Entwurf schon ewig in der Schublade liegen«, sage ich und muss mich räuspern. »Hör zu, Eric. Wegen damals …«

Er hebt eine Augenbraue. »Damals?«

»Du weißt schon, als wir Kinder waren, an Karneval.«

Er macht eine wegwerfende Geste. »Ist doch alles Schnee von vorgestern!«

»Trotzdem.« Meine Bloody Mary wird serviert, was mir ein paar Sekunden Galgenfrist gewährt. »Es tut mir leid. Ich wollte dich nicht verletzen. Du hast mich nur überrumpelt, das ist alles.«

»Das verstehe ich«, antwortet er. »Du warst noch ein Kind.«

»Ja«, entgegne ich erleichtert und stoße ein schwachbrüstiges Lachen aus. »Am gleichen Abend habe ich dieses Kleid entworfen, na ja, zumindest so was Ähnliches. Ich wollte es dir am nächsten Tag zeigen, bis ich erfuhr, dass du Arielle Sowieso zum Ball eingeladen hast. Damit hatte sich das erledigt«, schließe ich leichthin, bemüht, jeglichen Vorwurf aus meiner Stimme zu verbannen.

»Sie hieß Ariane Barnes, und ich habe sie versetzt.«

Ich blicke von meinem Drink auf. »Was?«

»Ich habe sie versetzt«, wiederholt Eric nüchtern. Seine Miene ist wie eingemeißelt, nicht eine Regung ist darin zu erkennen.

»Oh.« Mehr bringe ich nicht heraus. In meinem Hals hat sich ein Kloß, groß wie ein Straußenei, gebildet. So viele verlorene Jahre. So viele vergebene Chancen. Mit einem Klirren stelle ich mein Glas ab, *irgendwie scheint mir in letzter Zeit die Fähigkeit abhandengekommen zu sein, dies leise zu bewerkstelligen,* und springe auf. »Ich sollte gehen«, presse ich mühsam hervor.

So schnell, dass ich die Bewegung nicht habe kommen sehen, packt Eric meinen Arm und zieht mich zurück auf den Stuhl.

»Autsch!«, rufe ich eher der Form halber, denn das Prickeln, das seine Finger auf meiner nackten Haut hinterlassen haben, ist eher berauschend denn schmerzvoll.

»Entschuldige«, sagt Eric, und es klingt kein bisschen zerknirscht. »Die Plätze sind sündhaft teuer. Lass uns das Beste daraus machen.«

»Aber ...«

»Zick nicht rum, Jet!«, versetzt er mit einer Unnachgiebigkeit in der Stimme, die mir einen wohligen Schauer über den Rücken jagt.

»Ich bin Megara. Ich muss zicken«, kontere ich dennoch.

Seine Züge entspannen sich ein wenig. »Musst du nicht«, sagt er sanft.

»Also gut, von mir aus«, antworte ich mit piepsiger Stimme und nippe mit niedergeschlagenen Augenlidern an meiner Bloody Mary.

Daraufhin bricht Eric in Lachen aus, ein schönes dunkles, echtes Lachen, das mich pfeilgleich ins Herz trifft. »Ich nehme dir keine Sekunde die Unterwürfigkeit ab, Jet! Wie ich dich kenne, verschwindest du bei der ersten Gelegenheit.« Er lehnt sich vor, und ich halte unwillkürlich den Atem an. Wie gut er riecht, selbst für einen Teufel! »Im Ernst. Machen wir uns auf Kanes Kosten einen schönen Abend. Das ganze Theater hier war ihm letztlich zehn Riesen wert«, schließt er mit einem jungenhaften Grinsen.

Ich liebe dich, Eric. So sehr.

Die unausgesprochenen Worte sind halb so schockierend, wie sie vielleicht sein müssten, schließlich kommen sie nicht unerwartet. Nur habe ich sie bis zu diesem Moment noch nie klar formuliert. Als junges Mädchen war ich in Eric vernarrt. Mehr Gefühle habe ich mir selbst nicht zugestanden. Jetzt aber schon. Ich zucke gedanklich mit den Schultern. Was soll's? Möglicherweise bietet sich mir nie wieder die Chance, mit Eric ein paar Stunden bar jeglicher Vernunft zu verbringen. Scheiß auf die Moral! Heute ist Mardi Gras, die Nacht der Nächte, in der alles möglich ist. Ganz gleich, was geschieht: Nichts und niemand wird mir die Erinnerung daran rauben können.

»Du hast recht«, sage ich lächelnd. »Lass uns einen draufmachen!«

»Klasse!« Schon ist er von seinem Stuhl aufgesprungen. »Wollen wir tanzen?«

Ich verziehe das Gesicht. »Och nö! Du weißt doch, was für eine lausige Tänzerin ich bin.«

»Weiß ich«, entgegnet er unverhohlen. »Das macht nichts. Ich werde dich führen.«

»Super«, antworte ich mit einem gespielten Seufzer, was mich nicht daran hindert, ebenfalls aufzustehen. »Der Teufel wird mich führen. Das kann ja was werden!«

»Gut, dass du mich daran erinnerst!«, sagt er und setzt seine Maske wieder auf, bevor er eine elegante Verbeugung vollführt und die Hand ausstreckt, in die ich meine lege.

Seine Finger fühlen sich angenehm warm an, als er mich zur Tanzfläche führt, auf der sich bereits einige Paare drehen, darunter Barbie und Darth Vader sowie Mary Poppins und Jon Schnee. Noch ist der offizielle Teil des Abends nicht eingeläutet, daher erschallt die Musik nur aus Lautsprechern. Fetzige Sambamusik, die prompt endet, als wir auf Position gehen. Es gibt eine kurze Pause, dann ertönt Sades unverwechselbare Stimme. »No Ordinary Love« ist wie die meisten ihrer Songs ein langsamer Blues, bei dem es genügt, sich eng umschlungen hin und her zu wiegen.

»Du *bist* der Teufel«, murmele ich verdrießlich.

Ein leises männliches Lachen ist die Antwort.

Ob es an der Teufelsmaske liegt, weiß ich nicht, aber ich gleite in seine Arme, als wäre es das Natürlichste der Welt, und lehne meinen Kopf an seine Brust. Keine gewöhnliche Liebe. Passender könnte der Song kaum sein! Als er seine Arme um mich legt, schließe ich die Augen. Bis zu diesem Moment ist mir noch nie bewusst gewesen, wie groß Eric ist. Er überragt mich locker um eine Kopflänge, seine Kraft und die Härte seines Körpers umhüllen mich wie ein schützender Kokon. Ich weiß nicht, wann ich das letzte Mal dieses Gefühl vollkommenen

Glücks empfunden habe. In wohligem Schweigen bewegen wir uns im Rhythmus der Musik, und mit einem Mal wünsche ich mir, er hätte die Maske nicht wieder aufgesetzt und könnte sein wunderschönes Gesicht in meinem Haar vergraben. Ich spüre die Hitze seiner Haut durch die dünne Kleidung zwischen uns, und meine Brust ist plötzlich ein viel zu enges Korsett für mein Herz, das zu bersten droht. Dies alles fühlt sich so verflucht richtig an, dass mir die Tränen in die Augen steigen.

Als die seidenweichen Klänge der Musik verhallen, dringt die reale Welt nur langsam zu mir durch. Ich wünschte, Sade würde bis zum jüngsten Tag für uns singen. Die ernüchternde Stimme eines Mannes, der den baldigen Auftritt des Bürgermeisters ankündigt, führt dazu, dass sich die Paare ringsherum voneinander lösen. Nur Eric und ich bleiben aneinandergeschmiegt, als wären wir zu einem mystischen Wesen verschmolzen.

»Hast du Lust, dir eine politisch motivierte Rede anzuhören?«, murmele ich in seinem Hemd.

Erics Lachen lässt seinen Brustkorb an meiner Wange vibrieren. »Nicht die Spur. Lass uns verschwinden!«

»Armer Kane«, sage ich, begleitet von einem breiten Grinsen. »Wenn der wüsste!«

»Geschieht ihm ganz recht«, antwortet Eric hörbar beschwingt.

Ich blicke zu ihm auf, und wir lösen uns nur widerwillig voneinander. Zumindest gilt das für mich. »Das Essen hier ist bestimmt gut«, gebe ich zu bedenken.

»Garantiert nicht so gut wie auf der Straße.« Der Teufel beugt seinen Kopf zu mir herunter. »Lass uns im French Quarter weiterfeiern!«, flüstert er mit schmeichelnder Stimme. »Dem Sündenpfuhl von New Orleans, wo jeder Mensch mit etwas Grips den Mardi Gras feiern sollte.«

»Statt auf einem überkandidelten Wohltätigkeitsball, meinst du?«

»Genau.«

Ich nicke. »Du hast recht.«

»Natürlich habe ich recht.« Er richtet sich mit gewölbter Brust auf. »Ich bin der Teufel!«, bekennt er mit donnernder Stimme.

Lachend begeben wir uns zum Ausgang. Noch immer halten mich seine Finger umschlungen. Zum Glück ist mein Mantel, den ich an der Garderobe abhole, gefüttert, schließlich herrschen selbst in New Orleans an Märzabenden kühle Temperaturen. Während ich mich anziehe, gibt mich Eric frei, um gleich darauf erneut meine Hand zu ergreifen. Von uns ist jegliche Scheu abgefallen, die uns so lange Zeit gelähmt hat.

»Du bist nicht mit der Honda hergefahren, schätze ich?«, fragt Eric.

Ich schüttele den Kopf. »Ich bin mit dem Bus gekommen. Und du?«

»Mit dem Taxi.«

»Fatzke!«

»Schnepfe!«

Vom Hyatt Regency zum French Quarter ist es nur ein Katzensprung, und von einer Minute auf die andere gelangen wir mitten in eine Explosion aus Farben und Lärm. Von den bunt geschmückten Wagen, die an uns vorbeifahren, regnet es Perlenketten aus Plastik, die sich die Feiernden um den Hals legen, wie es Brauch ist. Überall ist Musik, als sei sie mit der Luft verbunden. Sie stammt von den Umzugswagen, den offenen Läden, den Häusern, den Menschen auf der Straße, die mit feurigen Soßen und Schnaps die feuchte Kälte abwehren. Eine fröhliche Dissonanz, die ins Herz und in die Beine trifft. Ich mag keine gute Tänzerin sein, doch hier kümmert es niemanden, und so geraten meine Füße unwillentlich in Bewegung.

Eric verstärkt seinen Griff. »Es wäre ein Jammer, dich zu verlieren«, sagt er mit einem Tonfall, der mir trotz der kühlen Temperaturen die Röte ins Gesicht treibt.

Gut gelaunt steuert er mich durch die Menge, schleust mich geschickt an einer Gruppe johlender junger Männer in glitzernden Kaftanen und mit zentimeterdickem Lidschatten und riesigen Kreolen vorbei. Einer hält ein Tambourin in den Händen, von dem er großzügig Gebrauch macht. Angefeuert wird er von einigen Feiernden, die sich über uns auf den Galerien drängen. Als sich ein kräftiger Wind erhebt und den Geruch von Regen mitbringt, ziehe ich mechanisch den Mantel fester um mich.

»Frierst du?«, fragt Eric prompt.

»Nein, nein, alles bestens«, antworte ich und wehre lachend einen tänzelnden Charlie Chaplin ab, der mir einen Schmatzer auf die Lippen zu drücken versucht.

»Hey, Kumpel!«, sagt Eric freundlich, aber bestimmt. »Mach, dass du Land gewinnst!«

Weil der Kerl keine Anstalten macht, mich loszulassen, drückt ihn Eric von mir weg. Daraufhin schnappt sich Charlie einen überdimensionalen Schmetterling mit Strapsen und falschen Wimpern, um ihn gründlich abzuknutschen.

Eine Schnute ziehend, blicke ich ihm nach. »Warum hast du ihn weggeschickt? Der war doch süß«, sage ich und quieke erschrocken, als mir Eric einen Klaps auf den Hintern verpasst.

»Benimm dich, Weib!«, droht er. »Sonst bekommst du es mit meinem diabolischen Zorn zu tun.«

»Uuuuuuh, jetzt habe ich aber Angst!«, ziehe ich ihn wild gestikulierend auf, worauf er ein fletschendes Geräusch macht, mich packt und schwungvoll herumwirbelt.

Aufgekratzt, als hätte ich mehr als nur einen Schluck Bloody Mary getrunken, schlinge ich meine Beine um ihn. Dass dabei mein Kleid bis zu meinen nackten Oberschenkeln rutscht, nehme ich nur am Rand wahr. Eric stoppt abrupt und beugt den Kopf, als wollte er mir seine Zähne in den Hals schlagen. Es kitzelt, was mich glucksen lässt.

»Verflucht«, höre ich ihn murmeln. »Diese Plastikteile sind zu nichts zu gebrauchen.«

Ein heftiges Lachen schüttelt mich, während er mich an sich drückt. Trotz des Lärms höre ich seinen plötzlichen, stoßweise gehenden Atem, und mir bleibt das Lachen im Hals stecken. Als sich unsere Blicke treffen, beginnt es in meinem Schoß dumpf zu pochen, genau auf Höhe seines harten Bauchs. Meine Lippen prickeln in Erwartung dessen, was gleich geschehen wird. Ich lasse meine Hand unter seine Maske gleiten, um sie ihm abzunehmen, doch im selben Augenblick werden wir angerempelt und geraten in einen munteren Schwarm, der sich zu einer Polonaise zusammengeschlossen hat. Nach wenigen Metern werden wir wieder in die Freiheit entlassen. Vorsichtig, als wäre ich aus Porzellan, setzt mich Eric ab. Weil mir meine Beine nicht gehorchen, kralle ich mich an ihm fest.

In seinen Augen tanzen lachende Funken. »Hunger?«

Ich nicke, fühle mich erneut befangen, was allerdings nicht für Eric zu gelten scheint. Er blickt sich um, dann weist er auf einen kleinen Laden, vor dem sich eine Schlange gebildet hat. »Wie wär's mit Shrimps Malacca und Reis?«

»Klasse Idee!«, antworte ich.

Shrimps Malacca gehört zu meinen Lieblingsgerichten. Im Grunde sind es Garnelen, die auf kreolische Art mit Pfeffer, Zwiebeln, Tomaten, Cayennepfeffer und Knoblauch zubereitet werden, nur dass zusätzlich zwei verschiedene Currys beigemischt werden. Genau das Richtige bei dem nasskalten Wetter und daher an Mardi Gras ein echter Renner. Zehn Minuten später sitzen wir auf einer Treppe mit jeweils einer dampfenden Schüssel und einer Gabel bewaffnet. Erics Teufelsmaske ruht zwischen uns. Wie zu erwarten, steht das Gaumenfeuerwerk dem Spektakel um uns herum in nichts nach. Zufrieden verputzen wir unser Essen, das wir hinterher mit einem Gläschen Rum krönen. Erics amüsierte Miene lenkt meine Aufmerksamkeit auf eine junge Frau in Nonnentracht, die ihre Brüste vor einem Mann mit Affenmaske entblößt und zur Belohnung mit Perlenketten behängt wird.

»Eine saublöde Tradition!«, bemerke ich mit Seitenblick auf Eric.

Als der mit den Achseln zuckt, boxe ich ihn kräftig in die Seite, was ihn dazu veranlasst, mich zu zwicken, wofür ich mich mit einem Tritt gegen sein Schienbein revanchiere. Schon packt er mich hart im Nacken und zieht mich dicht zu sich heran. Mein Unterleib krampft sich so heftig zusammen, dass es schmerzt.

»Leg dich nicht mit dem Teufel an, kleine Meg«, sagt er mit heiserer Stimme. »Du kannst nur verlieren.«

Obwohl mein Körper verrücktspielt, gelingt es mir, ihm ins Gesicht zu lachen. »Der Teufel ist auch nur ein Mann.«

»Ach wirklich?«, flüstert er.

Mein Blick fliegt zu seinen leicht geöffneten Lippen. Ich muss ihn jetzt einfach küssen, sonst sterbe ich.

Ich hole tief Luft.

»Sorry!«, mischt sich in diesem Moment eine Bassstimme ein. »Kann ich mal durch?«

Die zwei Meter hohe, bärtige Elfe, die aussieht, als hätte sie einen Oger verschluckt, zwängt sich zwischen uns, ohne die Antwort abzuwarten, und stapft die Treppe nach oben. Mehr braucht es nicht, damit mich mein Mut verlässt, zumal Eric keine Anstalten macht, die Initiative zu ergreifen. Habe ich die Signale falsch gedeutet? Stand ich eben kurz davor, mich erneut zu blamieren? Traurigkeit bemächtigt sich meiner.

Jetzt bloß nicht heulen!

»Lust auf eine Runde ›Dungeons & Dragons‹?«, fragt Eric, bevor ich ihm eröffnen kann, dass ich nach Hause gehen will.

Perplex starre ich ihn an. »Echt jetzt?«

»Warum nicht?«

»Du hast die olle Kamelle immer noch?«

Eric lacht. »Klar!«

Wer hätte gedacht, dass die Erwähnung eines Spiels aus meiner Kindheit die Melancholie von einem Moment auf den anderen fortwischen kann?

»Okay.« Ich lasse meine Finger hörbar knacken. »Aber ich werde dich plattmachen, so wie früher.«

»Träum weiter, Süße!« Eric lehnt sich auf den Ellbogen gestützt zurück, während ich versuche, die beunruhigende Wirkung seiner lässigen Pose zu ignorieren. »Außerdem war es umgekehrt. Ich habe *dich* plattgemacht.«

»Aber nur weil Beau und du in einem Team wart. Allein hättest du voll abgelost.«

Erics Augen blitzen. »Herausforderung angenommen!«

Schon bin ich auf den Füßen. »Also los!«

Grinsend strecke ich die Hand aus, um ihm aufzuhelfen, doch er bedenkt mich mit einem erzürnten Blick. Betont würdevoll setzt er sich die Teufelsmaske auf und erhebt sich. Nachdem wir das Geschirr zurückgebracht haben, machen wir uns auf den Weg Richtung Westen. Erics Apartment befindet sich gut zwei Meilen entfernt. Vergeblich halten wir nach einem Taxi Ausschau, und so bleibt uns keine andere Wahl, als zu Fuß zu gehen. Je weiter wir uns vom French Quarter entfernen, desto mehr versiegt der Menschenstrom, bis er nur noch vereinzelt tröpfelt. Was ein Pärchen in einer Seitengasse dazu animiert, sich intensiv miteinander zu beschäftigen. Während sie frontal an der Wand klebt, steht er hinter ihr mit heruntergelassener Hose, die Hände in ihre Schultern gekrallt, und bewegt die Hüften rhythmisch vor und zurück.

»Ich nehme nicht an, dass er ihr gerade den Nacken massiert, oder?«, scherze ich, um meine jähe Verlegenheit zu überspielen.

Erics dunkles Lachen bringt meine Haut zum Prickeln. »Ich tippe eher auf eine Unterleibsmassage«, flüstert er in mein Ohr.

Zu meiner Beschämung spüre ich, wie seine Worte einen Brand zwischen meinen Beinen erzeugen, der sich weitflächig ausbreitet, bis in meine hart werdenden Brustwarzen. Fieberhaft suche ich nach einer schlagfertigen Erwiderung, als ein Regentropfen auf meinem Gesicht landet, dann noch einer und noch einer.

»Das könnte knapp werden«, murmelt Eric.

Er hat den Satz kaum beendet, als blitzende Schlangen die Lüfte durchzucken, begleitet von heftigen Donnerschlägen. Es folgt ein Moment der Stille, dann öffnet der Nachthimmel seine Schleusen. Dicke Tropfen strömen auf uns herab, und im Nu haben sich auf dem Boden Pfützen gebildet. Stimmen und Gelächter branden aus der Ferne auf, die Marching-Bands übertreffen sich selbst, spielen laut gegen den trommelnden Regen an, als gebe es kein Morgen.

Gott, ich liebe diese Stadt!

Johlend reißt sich Eric die Maske vom Gesicht, das er kurz zum Himmel richtet, dann packt er meine Hand. Lachend laufen wir durch den Regen, weichen dem Wasser aus, das in Fontänen von den schrägen Dächern herabschießt, während die nassen Palmen im Wind Beifall klatschen. Schon nach wenigen Sekunden klebt der Mantel an meinem Körper, kurz darauf ist auch mein Kleid durchtränkt. Erics Sachen triefen ebenfalls vor Nässe, und ich komme nicht umhin, die Muskeln zu bewundern, die sich unter seinem Hemd abzeichnen. Wir rennen von Gasse zu Gasse und gelangen irgendwann zu dem gewölbten Torweg, durchqueren den Innenhof und stolpern die Stahltreppe nach oben. Ohne meine Hand loszulassen, fischt Eric den Hausschlüssel aus seiner Hosentasche und schließt die Tür zu seinem Apartment auf.

Drinnen schütteln wir uns lachend wie zwei Hunde. Die Teufelsmaske landet mit einem leisen Plumpsen auf dem Boden, dann begegnen sich unsere Blicke, und mein Herzschlag setzt einen Takt aus. Über sein Gesicht huscht ein undefinierbarer Ausdruck, als er seine Finger in meinem Haar vergräbt und mich an seine Brust zieht.

»Ich kenne jedes Detail deines Gesichts, Jet. Besäße ich auch nur den Hauch deines Talents, ich könnte es mit geschlossenen Augen zeichnen«, flüstert er mit heiserer Stimme, und ich bin froh, nur ein Minimum an Make-up aufgetragen zu haben. Andernfalls würde ich ihn jetzt wie ein Clown angrinsen.

»Das würde ich gern sehen«, murmele ich hingerissen, den Blick auf seinen Mund gerichtet, den er im selben Moment auf meine Lippen senkt.

So sanft und behutsam, dass ich fürchte, mein Herz könnte jede Sekunde explodieren. Ich kann gar nicht zählen, wie oft ich mir diesen Augenblick ausgemalt habe, doch meine Fantasie reicht nicht annähernd an die Realität heran. Eric legt sein gesamtes Können in diesen ersten Kuss, knabbert an meinen Lippen, presst mich fest an sich, um mich seine Kraft spüren zu lassen. Als ob daran Zweifel bestehen würde! Er vertieft seinen Kuss, und meine Finger krallen sich in sein Hemd. Ein Zittern geht durch meinen Körper, das ihm offenbar nicht entgeht, denn er lächelt, ohne seine Lippen von meinen zu lösen. Seine Zungenspitze neckt mich, fordert mich heraus, verlangt Einlass, trotzdem bleibt er ganz Gentleman.

»Eric«, murmele ich völlig zusammenhanglos.

Seine Augenlider senken sich träge, als er mit den Fingerspitzen den Schwung meines Nackens nachzeichnet, bevor er sich weiter nach unten wagt. Genüsslich streicht er mit dem Daumen über meinen rechten Nippel, der sich ihm durch den nassen Stoff meines Kleides hart und schamlos entgegenreckt.

Ich stelle mir vor, wie sich seine hungrigen Lippen dazugesellen, und kann ein leises Stöhnen nicht zurückhalten. Als hätte ich das Startzeichen gegeben, wandelt sich der Gentleman zum Bezwinger. Seine Zunge durchstößt meine Lippen, erforscht die feuchte Höhle meines Mundes. Schüchtern reibe ich meine Zunge an seiner, die er mit einem leichten Saugen ergreift. Wir bewegen uns in einem zunächst langsamen Tanz, der aber ähnlich dem Klopfen unseres Blutes immer schneller und härter wird. Unsere Münder verschmelzen miteinander, während ich seinen Kuss erwidere. Ich spüre seine Erektion an meinem Bauch, spüre seine Bartstoppeln, die über meine Wange kratzen und dränge mich ihm gierig entgegen, als seine Hand den Weg zwischen meine Innenschenkel findet. Japsend und mit wild galoppierendem Herzen spüre ich, wie seine Fingerspitzen den schmalen Stoffstreifen zwischen meinen Beinen berühren.

»Du bist feucht, Jet«, murmelt er in meinem Mund. »Aber nicht vom Regen.«

Als ich den Arm heben will, um ihn für seine frechen Worte zu bestrafen, fällt der Versuch kläglich aus. Sämtliche Knochen in meinem Körper scheinen sich in Gelee verwandelt zu haben, also beschränke ich mich darauf, meine Hüfte an ihm zu reiben.

»Ein Glück, dass du das vorhin auf der Tanzfläche nicht gemacht hast, kleine rothaarige Hexe«, sagt er mit rauer Stimme. »Es hätte ziemlich peinlich werden können.«

»Was meinst du?«, frage ich mit unschuldigem Augenaufschlag.

»Was glaubst du wohl? Ich stand kurz davor, einen Ständer zu bekommen.«

»Ist das so?« Albernerweise muss ich kichern wie ein Teenager.

»Ja.« Unerwartet löst er sich von mir. »Und jetzt ab unter die Dusche!«

»Was? Jetzt? Aber ich dachte …«

Ein hinterhältiges Grinsen umspielt seine Lippen. »Was dachtest du? Dass ich dich hier und jetzt vögele?«

Mir fährt ein eisiger Schauer durchs Herz. Ist das hier alles nur ein Spiel? Die Retourkutsche für damals? Lässt er mich jetzt fallen, während er sich insgeheim ins Fäustchen lacht, weil ich mit feuchtem Höschen vor ihm stehe?

»Es ist Anfang März, Jet«, fügt er sanft hinzu. Allem Anschein nach ist mir die Unsicherheit anzusehen. »Der Regen ist kalt, selbst in New Orleans. Ich will nicht, dass du dich erkältest.« Er legt einen Arm um meine Taille und bugsiert mich über die offene Treppe nach oben ins Bad.

Dort angekommen beginnt er, sich ohne jede Scham auszuziehen. Erst das Hemd samt Cape, dann die Stiefel, die Socken und schließlich die Hose. Als er an seiner Unterhose nestelt, drehe ich ihm hastig den Rücken zu, obwohl ein Teil von mir, ein sehr großer Teil, danach giert, mehr zu sehen.

»Du willst, dass wir gemeinsam duschen?«, frage ich mit piepsiger Stimme, die diesmal nicht gespielt ist.

»Du nicht?«, kontert er mit einem hörbaren Lächeln.

Kaum hat er die Worte ausgesprochen, als seine Unterhose über meinen Kopf hinweg in die entgegengesetzte Ecke fliegt. Ich erstarre zur Salzsäule, während er lauthals lacht. Ich kann seinen warmen Atem in meinem Nacken spüren, so nah steht er nun hinter mir. Seine Hand gleitet unter mein nasses Haar, greift nach dem Reißverschluss, den er aufreizend langsam nach unten zieht.

»Hast du nicht gesagt, ich soll *schnell* unter die Dusche?«, frage ich scherzhaft nach, obwohl mir die Luft gerade auszugehen scheint.

»Auf die paar Sekunden kommt es nicht an«, antwortet Eric und haucht mir einen Kuss in den Nacken, der ein Prickeln auf meiner Kopfhaut erzeugt.

»Du bist wohl nie um eine Antwort verlegen, was?«

»Was erwartest du?«, fragt er, während er mir das Kleid von den Schultern zieht. »Ich bin Anwalt.«

Mit einem leisen Rascheln landet der Stoff zu meinen Füßen. Jetzt spüre ich seine Finger, die den Verschluss meines BHs öffnen und diesen von meiner Haut streifen. Ich beherrsche mich, die Arme nicht vor der nackten Brust zu verschränken, was in der Situation wirklich albern wäre. Seine Hände streichen über meine Hüften, gleiten unter den Saum meines Slips und ziehen ihn langsam nach unten, wo er sich schließlich zu dem seidenen Stoff meines Kleids gesellt. Innerlich bebend mache ich einen Schritt zur Seite, um aus der Kleidung zu steigen. Kaum habe ich meine halbhohen Pumps von den Füßen gekickt, als Eric seine Hände auf meine Schultern legt und mich umdreht. Mein Gesicht glüht, während ich ihn betrachte. Als wir noch Kinder waren, habe ich ihn beim Baden häufiger halb nackt gesehen, aber das hier ist etwas völlig anderes. Ich muss schlucken. Sein Körper ist sehnig und muskelbepackt, er hat breite Schultern und leichten Haarwuchs auf der Brust, einen harten Bauch und einen Schwanz, der in diesem Moment prall und fordernd von seinem Körper absteht.

»Du hast dich ganz schön gemausert«, krächze ich.

Er lächelt. »Du auch.« Seine Stimme klingt gelassen, dennoch kann ich sehen, dass sein Adamsapfel hüpft, während er mich mustert. Schön zu wissen, dass ich die gleiche Wirkung auf ihn habe wie er auf mich.

Unsere Blicke verschmelzen für einen Moment. Der warme Glanz in seinen Augen nimmt mir die Befangenheit, und ich trete einen Schritt vor.

»Komm«, sagt er leise, dann dreht er die Dusche auf, bis das Wasser die richtige Temperatur hat, und schiebt mich in die Kabine.

Als der breit gefächerte warme Strahl auf mich herunterprasselt, seufze ich wohlig. Mit beiden Händen fahre ich mir durch die Haare, genieße, wie das Wasser über meine Brüste und meinen Bauch rinnt. Eric, der hinter mich getreten ist, presst seine Lippen auf meine Halsbeuge, bevor er meine Schultern langsam und ausgiebig einseift. Ein süßer Schauer rinnt meine Wirbelsäule hinunter, als er mit kreisenden Bewegungen über meine Haut fährt, und ich lehne seufzend meinen Kopf gegen seine Brust. Eine Einladung, die er nur zu gern annimmt, denn seine Hände wandern nach vorn zu meinen Brüsten, um sie hingebungsvoll zu massieren.

»Ich habe mir häufig ausgemalt, wie es wäre, dich mit dem Mund zu verwöhnen«, murmele ich und schließe die Augen.

»Tatsächlich?«, fragt er gedehnt, ohne auch nur eine Sekunde mit seinen Fingerübungen innezuhalten. Irgendwie hatte ich mit einem Ausdruck freudiger Überraschung gerechnet.

»Ja.« Seine Arroganz zwingt mich förmlich, hinzuzufügen: »Wie auch Leroy, Beau und natürlich Kane.« Ich werfe ihm einen Blick über die Schulter zu, klimpere dabei mit den nassen Wimpern. »Ich bin schließlich nur ein Mädchen, und es sind alles heiße Kerle.«

Sein Griff um meine Brüste wird fester, beinahe schmerzhaft. »Aber nicht annähernd so heiß wie ich«, knurrt er in meinem Rücken. Jegliche Arroganz ist aus seinem Tonfall gewichen.

Zufrieden reibe ich mich an ihm, sein Schwanz drückt sich hart an meinen Po. »Du weißt doch, wie es heißt: Über Geschmack lässt sich nicht streiten«, ziehe ich ihn auf.

Mir entfährt ein leiser Schrei, als er mich packt und mit dem Gesicht nach vorn gegen die geflieste Wand drückt. *Halleluja!* Mein Herz verfällt in Galopp, und während ich darauf warte, was er tun wird, überschwemmt Nässe meinen Schoß, die garantiert nicht aus der Duschbrause stammt. Grob spreizt er meine Oberschenkel, während ich die Luft anhalte. Als sich seine Finger zwischen meine Schamlippen stehlen, schließe ich die Augen – und zucke zusammen, weil seine Zähne sich in meinen Po gegraben haben. Nicht zu fest, aber fest genug, um mir ein lustvolles Stöhnen zu entlocken. Einer seiner Finger findet den Weg zu meinem Kitzler, den er zu reiben beginnt. Ein heftiger Schauer erfasst meinen Körper.

Der Mistkerl weiß verdammt noch mal, was er tut! Kein Wunder bei der Expertise!

»Gefällt dir das?«, will er wissen, wobei er den Druck langsam erhöht.

»Ja«, keuche ich. Das Herz donnert in meiner Brust.

Welcher Frau nicht?

»Gut.«

Ohne von meinem Kitzler abzulassen, dringt er mit zwei gekrümmten Fingern in mich ein. Reflexartig gerät mein Becken in Bewegung, kommt seiner Hand entgegen, während er immer schneller vor und zurück stößt. Als er schließlich seine Finger aus mir herauszieht und seinen Mund gegen meine Schamlippen drückt, löst seine warme Zunge ein zuckendes Blitzgewitter in mir aus, das mich beinahe über die Kante schubst. Lustvoll leckt er mich, setzt die empfindliche Perle unter Strom.

»I… Ich habe gelogen«, gestehe ich stammelnd. »Ich habe immer nur deinen Schwanz gewollt.«

Und gerade jetzt würde ich alles tun, um ihn zu kriegen!

»Schön zu hören, Herzchen, trotzdem kommst du mir nicht so leicht davon«, ertönt es ungerührt hinter mir.

Prompt ziehen sich seine Finger zurück, was ich mit einem leisen Fluch quittiere.

»Ach komm schon, Eric …«

Doch er ist bereits wieder aufgestanden. Mit einer Hand greift er von hinten an meine rechte Brust, zwickt den Nippel, was meinen weiteren Protest im Keim erstickt, mit der anderen Hand streicht er zärtlich über meinen Rücken. Ich komme nicht gegen den Drang an, wie eine rollige Katze zu schnurren, gleichzeitig recke ich ihm wollüstig meinen Po entgegen.

Eric lässt sich nicht zweimal bitten. Mit der Hand zwischen den Schulterblättern drückt er mich nach unten, bevor er meine Hüften packt und zu sich zieht, sodass mir nichts anderes übrig bleibt, als mich an der Wand abzustützen. Nur einen Atemzug später versenkt er seinen Schwanz mit nur einem Stoß komplett in mir, so bretthart, dass ich nach Luft schnappe. Während er mich schnell und hart fickt, beiße ich mir fest auf die Unterlippe, um meine lustvollen Schreie zu dämpfen.

Eric mag es auf die harte Tour. Wer hätte das gedacht?

In meinem Hals bildet sich unerwartet ein Kloß, und das, obwohl ich erneut kurz davor stehe, zu kommen. Irgendwie hätte ich mir bei unserem ersten Mal mehr Nähe gewünscht, schließlich ist es Eric – der Mann, der seit jeher meine Träume beherrscht, und nicht irgendein Wildfremder, mit dem ich unter der Dusche eine schnelle Nummer schiebe. Als hätte er meine Gedanken gelesen, löst sich Eric von mir und dreht mich behutsam um. Zwar sind seine Augen vor Lust verschleiert, jedoch so voller Wärme, dass mein Kummer jäh verfliegt.

»Entschuldige, Jet«, sagt er kurzatmig. »Die Pferde sind mit mir durchgegangen.«

»Schon okay«, stammele ich.

Er senkt den Kopf und küsst mich. Es ist ein zärtlicher, hingebungsvoller Kuss, in den ich mich vollends fallen lasse. Als ich meine Arme um seinen Nacken lege, hebt er mich auf seine Hüften. Ich verhake meine Füße hinter seinem Rücken und seufze, als er sanft in mich eindringt. Unsere Augen lächeln sich an. Er gleitet aus mir und wieder hinein, umfasst mich mit einem Arm, um sich mit dem anderen an der Fliesenwand abzustützen. Seine Bewegungen sind sachte und zurückgenommen, in meinen Zehen beginnt es, angenehm zu kribbeln, aber eben nur angenehm.

»Eric?«, setze ich nach einer kleinen Weile an.

»Ja, Herzchen?«

»Erstens: Hör auf, mich Herzchen zu nennen« versetze ich. »Und zweitens: Ich bin nicht aus Zucker, verfickt noch mal!«

Ich habe das »verfickt noch mal« noch nicht ganz ausgesprochen, als er mich mit seinem gesamten Gewicht gegen die Wand presst und das Tempo anzieht.

Ein ersticktes Lachen bricht aus ihm heraus. »Besser?«

Ich grabe meine Fingernägel in seine Schultern. »V… V… Viel besser!«

Keuchend drücke ich mich gegen ihn, um ihn noch tiefer in mich zu ziehen, gleichzeitig packe ich seinen Kopf, um ihn leidenschaftlich zu küssen. Dass Wasser von oben in meinen Mund fließt, nehme ich dabei in Kauf. Als sein Schwanz in mir zuckt, zieht sich mein Schoß gierig um ihn zusammen. Was mich schließlich in die Tiefe stürzen lässt, ist der heftige Sturm in seinem Gesicht und das Wissen, dass ich diesen zu verantworten habe. Als ich schreiend komme, schießt die Nässe aus mir hervor und benetzt seinen Schwanz, der mich immer noch stößt. Mein heftig zuckender Unterleib massiert den letzten Rest Beherrschung aus ihm heraus.

»Jet! O, Jet!«, stöhnt er noch, dann schlägt die Welle auch über ihm zusammen.

Ein Beben läuft durch seine harten Muskeln, bevor er seinen Samen in mich hineinschießt. Schwall für Schwall, während es mich vor Glück zerreißt. Ein letztes Zucken, dann lehnt er sich keuchend gegen mich. Unsere Zungen finden den Weg zueinander, umgarnen sich in zärtlicher Vertrautheit, ohne je damit aufhören zu wollen. Irgendwann löst er sich dennoch von mir und stellt das Wasser ab.

»Ich habe dir doch nicht wehgetan, Rübenkopf?«, fragt er liebevoll. »Ich gebe zu, was dich angeht, hatte sich einiges aufgestaut.«

»Hast du nicht«, entgegne ich und berge den Kopf in seiner Halsbeuge.

Als wir noch Kinder waren, habe ich es gehasst, wenn er mich »Rübenkopf« genannt hat. Mehr als einmal hat er dafür einen Magenschwinger kassiert, jetzt rührt es mich irgendwie. Schon verblüffend, was schweißtreibender Sex im Oberstübchen anrichten kann! Abgesehen davon ist alles besser als »Herzchen«. Vorsichtig zieht mich Eric aus der Dusche, wofür ich ihm dankbar bin, denn meine Beine fühlen sich an, als hätten sich alle Knochen darin verflüssigt. Anschließend schlingt er ein großes Badetuch um mich und reibt mich trocken, als wäre ich ein Kind. Auch das gefällt mir. Während ich in einen flauschigen Bademantel schlüpfe, den er mir lächelnd reicht, lasse ich meinen Blick über seinen nackten Körper wandern. Mit dem Ergebnis, dass sich in meinem Schoß erneut feuchte Hitze sammelt.

»Du solltest dich ebenfalls abtrocknen und etwas überziehen.« Ich räuspere mich. »Sonst wirst du dich erkälten.«

Als könnte er meine wollüstigen Gedanken lesen, schenkt er mir ein schiefes, selbstgefälliges Grinsen, kommt dennoch meiner Aufforderung nach. Kurz darauf liegen wir eng umschlungen auf seinem Bett und lauschen dem Regen, der gegen die Fensterscheibe prasselt.

»Du nimmst doch immer noch die Pille, oder?«, fragt Eric nach einer kleinen Weile.

»Ein bisschen spät, das zu fragen«, antworte ich feixend und schmiege mich an ihn. »Aber ja, ich nehme sie immer noch.«

Statt einer Antwort haucht er mir einen Kuss auf die Schläfe, wofür ich ihm insgeheim dankbar bin. Ein überschwängliches »Puh! Gott sei Dank!« wäre mir bitter aufgestoßen, obwohl ich weiß, wie hirnverbrannt diese Reaktion wäre.

»Ich weiß noch, wie du dir die Narbe zugezogen hast«, sage ich lächelnd, während ich mit dem Zeigefinger über die lange verblasste Spur auf seiner Schulter fahre. »Beau ist über diesen rutschigen Baumstamm gelaufen, und du wolltest es toppen, indem du rückwärts drübergehst.« Ich lache leise. »Natürlich ging es schief. Du bist gestürzt und hast dir den Oberarmknochen gebrochen.«

»Ich wollte dich beeindrucken«, antwortet Eric mit einem kleinen Lächeln.

»Stattdessen hast du mich zu Tode erschreckt! Ein Stück des Knochens stand heraus …« Ich schüttele mich bei der Erinnerung.

Eric lacht. »Ich war ein dummer Junge.«

»Nein«, widerspreche ich vehement. »Warst du nicht!«

Die Dumme war ich.

Seltsamerweise scheint Eric meine Antwort zu gefallen, denn er stößt einen wohligen Seufzer aus und vergräbt sein Gesicht in meinem Haar. »Ich war schon immer in deine Locken vernarrt«, murmelt er.

»Und ich in deine«, entgegne ich, während ich über seine weichen Brusthaare streiche.

Sein Kopf ruckt in die Höhe. »Jetzt bist du fällig, du Früchtchen!«

Mit funkelnden Augen packt er meine Schultern und rollt mich auf den Rücken.

»Nein! O nein!«, rufe ich in gespieltem Entsetzen, aber da liegt er schon auf mir.

Mühelos, denn ich bin wieder für ihn bereit, dringt er in mich ein und beginnt sich in mir zu bewegen. Lüstern kralle ich mich mit einer Hand an ihm fest, während ich mit der anderen die Knoten unserer Bademäntel löse, damit nichts zwischen unseren nackten Körpern ist. Ich will seine warme Haut auf meiner spüren.

»Eric«, beginne ich, plötzlich von meinen Gefühlen überwältigt. »Ich …«

Halt! Brüllt meine innere Stimme, bevor ich »liebe dich« sagen kann. *Schalt mal einen Gang runter! Oder willst du ihn vielleicht noch fragen, wie eure Kinder später heißen sollen?*

»Ja?«, fragt Eric.

Ich atme tief durch. »Ich bin froh, dass wir es getan haben.«

Er stößt ein kehliges Lachen aus, das das lodernde Feuer in mir noch weiter anheizt. »Getan haben? Wir haben gerade erst angefangen.«

Seine Stöße nehmen an Kraft und Geschwindigkeit zu, und ich gerate erneut ins Stöhnen. Meine Augenlider flattern. Ich schließe sie, um mich ihm gänzlich hinzugeben, als sein warmer Atem mein Ohr streichelt.

»Ich bin auch froh«, flüstert er.

Happy End

Jet

Eric liebt eine gute Bohne. Ich würde sogar so weit gehen, zu behaupten, dass er sie anbetet. Oder wie lässt sich sonst erklären, dass er für ein Pfund hawaiianischen Kona bereit ist, siebzig Dollar hinzublättern? Aber ich will mich nicht beklagen, denn der Kaffeeduft, der mir kurz nach dem Aufwachen in die Nase steigt, ist unverwechselbar und zaubert mir ein Lächeln auf die Lippen. Das und die Tatsache, dass Eric unten in seiner geräumigen Küche lautstark herumwerkelt. Genüsslich strecke ich mich aus, augenscheinlich von einem geräuschvollen Seufzer begleitet, denn prompt hallt seine Stimme zu mir nach oben in die offene Galerie.

»Na, Rübenkopf? Endlich wach?«

»Wie lange brauchst du noch fürs Frühstück, du Winkeladvokat?«, blaffe ich zurück. »Ich warte schon seit einer Ewigkeit.«

»Schwindlerin!«, kontert Eric fröhlich. »Als ich vor zehn Minuten oben war, hast du tief und fest geschlafen. Niedlich hast du ausgesehen. So unschuldig«, fügt er mit einem anzüglichen Unterton hinzu, der mir die Röte ins Gesicht treibt.

Als ich mich aufrichte, bemerke ich, dass ich ein blau-weiß kariertes Pyjamaoberteil trage, das mir fast bis zu den Knien reicht. Ob Eric Angst hatte, ich könnte mich erkälten? Irgendwie süß. Ich gleite aus dem Bett, suche den Raum nach meinem Slip ab und werde tatsächlich fündig. Eric hat meine Kleidung aus dem Bad hierhergeschafft und alles säuberlich auf einen Stuhl gelegt. Davor hat er Schlappen gestellt, in Plastik eingepackt, wie es in Hotels üblich ist.

»Du wärst ein toller Hausmann«, murmele ich und schlüpfe in Slip und Schlappen, bevor ich das Oberteil zuknöpfe.

»Hast du was gesagt?«, erklingt es von unten.

»Nein«, antworte ich. »Ich komme gleich.«

»Lass dir Zeit! Die Pancakes sind eh noch nicht fertig.«

Als mir bei seinen Worten das Wasser im Mund zusammenläuft, wird mir bewusst, wie ausgehungert ich bin. Trotzdem gehe ich zunächst ins Bad, um die Toilette aufzusuchen und anschließend einen prüfenden Blick in den Spiegel zu werfen. Meine Augen funkeln, ich habe eine gesunde Gesichtsfarbe, und meine Haare erwecken den Eindruck, als hätte sich dort ein Dutzend Kätzchen gebalgt. Kurz gesagt: Ich sehe frisch gevögelt aus! Ich grinse mein Spiegelbild schelmisch an, dann begebe ich mich über die offene Treppe nach unten.

Erics Apartment ist im Grunde nichts anderes als ein riesiger Raum auf zwei Levels. Nachdem er das Haus gekauft hat, hat er die Wände herausreißen lassen und eine komplett neue Gestaltung vorgenommen, indem er hier und da halbhohe Trennwände einsetzen ließ. Durch die Fensterläden und den Stuck an der Decke verbinden sich Modernität und Tradition zu einer reizvollen Kombination. Die Einrichtung ist eher schlicht und elegant, wird jedoch von einzelnen antiken Möbeln durchbrochen, wie von dem Bett zum Beispiel, mit seinem Baldachin auf vier Säulen. Eine echte Spielwiese! *Mit wie vielen Frauen er sich da wohl schon gewälzt hat?*, frage ich mich unwillkürlich. *Schwitzend und stöhnend und sich Zärtlichkeiten zuflüsternd?* Die Vorstellung droht, meine Euphorie ganz gehörig zu trüben, also schiebe ich sie gewaltsam beiseite, bevor sie sich in meinem Kopf einnistet.

Wie erwartet finde ich Eric in der Küche. Er trägt nichts außer der zu meinem Oberteil passenden Pyjamahose, und sein blondes Haar leuchtet in der Morgensonne wie reifer Weizen. Sein Anblick lässt mich mitten im Schritt stocken.

»Alles klar?«, fragt er mich mit jugendlichem Übermut in den Augen.

Ich nicke. »Und du?«, krächze ich und muss mich räuspern.

»Alles bestens.«

»Musst du nicht arbeiten?«

»Am Aschermittwoch?« Er lacht, und ich falle in sein Lachen ein. Was für eine dumme Frage! »Sicher nicht vor Mittag.«

Ich lasse meinen prüfenden Blick über den reich gedeckten Frühstückstisch schweifen: gebratener Speck, Würstchen, Cornflakes, Bagels mit Frischkäse, frisch gepresster Ananassaft und eine Kanne dampfender Kaffee. Und dazu noch Pancakes mit geschmolzener Butter. Ein wahr gewordener Traum!

»Gibt's etwa keinen Fruchtsalat?«, frage ich mit hochgezogener Augenbraue, worauf sich Eric langsam umdreht und einen Pfannenwender schwingt, der in mir ein nervöses Kribbeln auslöst.

»Möchtest du, dass ich dich übers Knie lege, Rübenköpfchen?« Seine Augen funkeln belustigt, als er näher kommt, doch sein Tonfall ist streng. Eine Seite von ihm, die heute Nacht mehrmals durchgeblitzt ist. Die Erinnerung daran, wie sich seine Hand fest um meine Kehle gelegt hat, während er mich mit kurzen, harten Stößen genommen hat, jagt einen lustvollen Schauer durch meinen Körper.

»Können wir das vielleicht nach dem Frühstück klären?«, entgegne ich heiser und bewege mich seitwärts von ihm weg. »Ich könnte eine ganze Kuh vertilgen.«

Er setzt zu einer Erwiderung an, als auf dem Herd ein verdächtiges Zischen erklingt. »Fuck!«, stößt er hervor und wirbelt herum. »Ich schätze, wir müssen das verschieben. Die Pancakes brennen sonst an!«

Erleichtert lasse ich mich auf einen der Stühle am Tisch plumpsen und beobachte, wie er geschickt einen Pancake nach dem anderen aus der Pfanne fischt und auf einen Teller stapelt.

»Steht dir übrigens«, sagt er mit einem Blick über die Schulter und meint das Pyjamahemd.

»Dito.«

Kurz darauf sitzen wir übereck am Tisch und bedienen uns reichlich. Wie zu erwarten, schmeckt es köstlich! Eric ist kein großer Koch, aber beim Frühstück lässt er sich nicht lumpen, was der Grund dafür ist, dass die anderen und ich schon häufiger bei ihm gebruncht haben. Nachdem wir in einträchtigem und lächelndem Schweigen unseren Heißhunger gestillt haben, schenkt mir Eric etwas Kaffee nach und nutzt die Gelegenheit, um meinen Blick einzufangen und zu bannen.

»Du kannst Joe nicht heiraten«, sagt er ruhig.

Nein, kann ich nicht.

»Was?«, spiele ich die Empörte, obwohl sich eben eine Ruhe meiner bemächtigt hat, die ich lange nicht mehr verspürt habe. »Der ganze Aufriss, nur damit ich die Hochzeit platzen lasse?«

Ein selbstgefälliger Ausdruck huscht über sein Gesicht. »Hat sich doch gelohnt, oder etwa nicht?«

»Wusst ich's doch!«, seufze ich theatralisch. »Du steckst mit Kane und Eli unter einer Decke.«

Er wirft lachend den Kopf zurück, und ich muss an mich halten, um nicht über den Tisch zu springen und meine Nase in seine Halsbeuge zu drücken. »Schön wär's! Leider war es nicht meine Idee. Meine Einfälle sind eher …«

»Plump?«, helfe ich ihm auf die Sprünge.

Er wirft mir einen Luftkuss zu.

»Schwachsinnig?«

Noch ein Luftkuss.

»Pubertär?«

Schnell wie ein Blitz – schon verblüffend, wie schnell sich der Mann bewegen kann – packt er meinen Kopf, um mich zu küssen.

»Okay«, murmelt er hinterher an meinen Lippen. »Steve auf Joe anzusetzen, war eine peinliche Nummer, ich geb's zu. Ich bin ein Riesenidiot!«

»Schön, dass du es einsiehst«, entgegne ich lächelnd und lehne mich zurück. Dabei verschränke ich die Arme vor der Brust. Was als Geste der Überlegenheit gedacht war, lenkt allerdings seine Augen auf den Ansatz meiner Brüste. Kurz verharrt sein brennender Blick darauf, bevor dieser weiter nach unten schweift, um sich zwischen meine Beine zu heften.

»Ich bin bereit, Buße zu tun«, sagt er mit kehliger Stimme.

Mein Puls schießt in die Höhe. »Wir werden sehen«, antworte ich so herablassend wie nur möglich. »Es kommt darauf an, wie du …«

Weiter komme ich nicht, denn schon hat er mich vom Stuhl gehoben und mich wie einen Sack Kartoffeln über die Schulter geworfen.

»Hey! Lass mich runter, du Scheusal!«, protestiere ich und strample mit den Beinen, wie es von einer modernen, intelligenten Frau erwartet wird.

»Zum Teufel mit dir«, knurrt Eric, aber ich kann das Lachen in seiner Stimme hören.

»Vergiss den Pfannenwender nicht!«, scherze ich, als er die Treppe ansteuert.

Prompt macht er kehrt, um genau den aus der Küche zu holen.

Au Backe!

»Sehen wir uns heute Abend?«, frage ich Stunden später, während ich in den Mantel schlüpfe.

Eric verzieht bedauernd das Gesicht. »Tut mir leid, Jet, heute kann ich nicht. Ich fliege mit einer Mandantin und ihrem Agenten nach New York, bin aber am Freitag zurück. Lass uns dann am Abend essen gehen. Ich bestelle uns einen Tisch im Pêche für sieben Uhr. Wie klingt das?«

»Super! Das Pêche macht den besten Seewolf von New Orleans«, antworte ich begeistert. »Ich liebe den Laden!«

»Schön.« Erics Lächeln verwandelt sich zu einem Stirnrunzeln »Und du bist sicher, dass du das mit Joe allein durchziehen willst? Wenn du noch ein paar Tage wartest, stehe ich dir gern zur Seite.«

»Das ist süß von dir, wirklich«, sage ich und drücke ihm einen Kuss aufs frisch rasierte Kinn. »Aber ich möchte das nicht auf die lange Bank schieben. Je eher ich es hinter mich bringe, desto besser. Joe verdient es, die Wahrheit zu kennen.«

Eric nickt, wirkt jedoch nicht allzu glücklich. Mein unsteter Blick fällt auf die antike Wanduhr über der Kommode im Wohnzimmer – das Taxi müsste jeden Moment kommen – und gleitet weiter nach oben zu einer dunkelblauen Tür, die rechts von der Galerie abgeht, genau gegenüber vom Bad. Erics Geheimzimmer. Was sich darin verbirgt, weiß niemand, da keiner von uns es jemals betreten hat. Das Ankleidezimmer kann es nicht sein, denn Eric besitzt bereits eines.

»Jetzt, da wir es wie die Karnickel getrieben haben …«, beginne ich.

»Das haben wir«, unterbricht er mich sichtlich amüsiert.

»… könntest du mir doch verraten, was du dort versteckst«, sage ich und zeige über seine Schulter nach oben auf die Tür.

»Was meinst du?«, fragt er, ohne sich umzudrehen, obwohl ich an seiner Nasenspitze ablesen kann, dass er genau weiß, wovon ich rede.

»Das ominöse Geheimzimmer. Warum machst du so ein Mysterium daraus?«

Er zuckt mit den Achseln. »Darf nicht jeder seine schmutzigen kleinen Geheimnisse haben?«

»Ha!«, entgegne ich triumphierend. »Ich wusste es! Du bist ein moderner König Blaubart, natürlich ohne das ganze Gemetzel, und bewahrst dort die Trophäen deiner Verflossenen auf«, sage ich in dem Versuch, ihn aus der Reserve zu locken.

Er lacht. »Wie kommst du denn auf so einen Quatsch?«

»Ich weiß zwar nicht, wie groß der Raum ist, aber ich bin sicher, die Trophäen würden ihn problemlos füllen«, merke ich an. Leider gelingt es mir nicht, die Bitterkeit aus meiner Stimme zu verbannen.

Eric ergreift mein Gesicht mit beiden Händen und küsst mich zärtlich auf die Lippen. »Diese Frauen haben mir nichts bedeutet, Jet. Ich wollte immer nur dich.«

»Lenk nicht ab«, sage ich, obwohl mir das Herz vor Glück aus der Brust zu springen droht. Schließlich darf ich das Ziel nicht aus den Augen verlieren. »Ein Darkroom!« Eric hebt fragend eine Augenbraue. »Mit Peitschen, Fesseln, Lederklamotten …«, erkläre ich, während ich seine Miene genau studiere. »Eine Spankingbank?«

Erics schiefes Grinsen löst ein Kribbeln in meinem Bauch aus. »Du hast definitiv zu viel ›Fifty Shades of Grey‹ inhaliert! Und überhaupt: Höre ich da eine gewisse Erwartungshaltung heraus?« In gespielter Strenge schüttelt er den Kopf. »Da muss ich dich leider enttäuschen. Es ist nichts von alldem.«

»Ist es vielleicht ein Raum, in dem du anderen geheimen Lastern frönst?« Ich wackele vielsagend mit den Augenbrauen. »Töpfern zum Beispiel?«

Wortlos schaut er mich an.

»Häkeln?«

Immer noch keine Regung.

»Ich hab's! Du spielst dort mit deiner Modelleisenbahn«, sage ich. »Hast du auch eine Schaffnermütze?«

Nun geht ein Ruck durch seinen Körper. Mit einem Finger streicht er über meine Wange. »Du lässt nicht locker, oder?«

»Nein.«

Als er einen tiefen Seufzer ausstößt, weiß ich, dass ich gewonnen habe. Gedanklich recke ich die Faust in die Luft. Endlich werde ich die Wahrheit erfahren!

»Okay«, sagt Eric. »Aber überlege es dir gut, Jet.« Seine Augen verengen sich zu Schlitzen. »Für die Folgen übernehme ich keine Verantwortung.«

Jetzt ist meine Neugier erst recht entfacht, und mein Grinsen wird immer breiter. »Zeig her!«, fordere ich begierig.

Genau in dem Moment klingelt es an der Haustür. Das Taxi! Das gottverdammte Taxi ist da!

»O nein!« Nur mit viel Mühe gelingt es mir, einen wüsten Fluch zu unterdrücken. »Lass mich wenigstens einen kurzen Blick hineinwerfen, bitte!«, bettle ich, worauf Eric langsam den Kopf schüttelt.

»Tut mir leid«, sagt er grinsend.

Ich war so nah dran. So nah!

»Aufgeschoben ist nicht aufgehoben«, grolle ich, während er mich zur Tür begleitet. »Du hast es versprochen.«

»Habe ich nicht.« Er lacht. »Netter Versuch.«

Bevor ich die Treppe nach unten nehme, presst er mich fest an sich, wobei ich die Situation ausnutze, um mich noch einmal am wunderbaren Duft seiner Haut zu laben.

»Viel Glück mit Joe!« Er drückt mir zum Abschied einen Kuss auf die Lippen. »Bitte ruf an, sobald du es hinter dich gebracht hast.«

»Mache ich. Und dir viel Erfolg in New York.«

Er lächelt. »Danke.«

Nachdem ich hinten im Taxi Platz genommen und dem Fahrer meine Adresse genannt habe, krame ich mein Handy aus der Innentasche meines Mantels und wähle Cheyennes Nummer.

»Ich bin's!«, platze ich heraus, kaum dass sie sich gemeldet hat. »Wir haben es getan!«

»Was getan?« Ihre Stimme klingt ein wenig heiser, als wäre sie erst vor Kurzem aufgestanden. Beau und sie müssen den Mardi Gras ausgiebig gefeiert haben.

»Eric und ich«, antworte ich mit einem verträumten Lächeln, das sich zurzeit immer dann um meine Lippen legt, wenn ich seinen Namen laut oder auch nur in Gedanken ausspreche. »Wir haben die Nacht miteinander verbracht.«

Durchs Handy ertönt ein Wolfsgeheul, das mein Trommelfell fast zum Platzen bringt. Selbst der Taxifahrer vor mir zuckt leicht zusammen. »Ich wusste, dass es klappt!«, ruft Cheyenne anschließend.

»Dass was klappt?«

»Der Wohltätigkeitsball.«

»Du weißt davon?«

Sie lacht triumphierend. »Es war meine gottverdammte Idee! Aber die anderen waren sofort mit von der Partie.«

»Welche anderen?«, frage ich verwirrt.

»Also echt, Jet! Hat dir Eric den Verstand komplett rausgevögelt?«, versetzt Cheyenne, ohne meine Antwort abzuwarten. »Der …«, sie zählt leise durch, »… inzwischen Achtköpfige Drache minus zwei.«

Ich muss lachen. »Ein groß angelegtes Komplott also?«

»Genau!« Sie senkt die Stimme. »Und wie war's?«

»Wundervoll«, hauche ich ehrfürchtig.

»Wow«, ertönt es leise zurück. »Wirst du es Joe sagen?«

»Ja. Ich bin auf dem Weg nach Hause. Sobald ich geduscht und mich umgezogen habe, fahre ich zu ihm rüber, um die Verlobung zu lösen«, erkläre ich entschlossen. Dabei fühle ich mich halb so mutig, wie ich klinge.

Was Cheyenne zu spüren scheint. »Soll ich dich begleiten?«

»Lieb von dir, aber nein«, antworte ich. »Da muss ich allein durch. Mir graut es davor, ihm wehzutun, aber davon abgesehen …« Ich seufze. »Gott, Cheyenne, ich fühle mich, als könnte ich die ganze Welt aus den Angeln heben!«

Sie lacht. »Du bist glücklich.«

Unvermittelt steigen mir die Tränen in die Augen. »Ich denke schon. Endlich habe ich das Gefühl, dort angekommen zu sein, wo ich hingehöre. Weißt du, was ich meine?«

»O ja, und ob! Ihr hättet das viel früher tun sollen.«

»Hätten wir.« Kurze Pause. »Danke.«

»Gern geschehen. Benennt ihr eure Erstgeborene nach mir?«

Ich breche in Lachen aus. »Hey, nicht so hastig!«, entgegne ich, obwohl mir die Vorstellung gefällt, wenn auch eher als zweiter Vorname.

Eric würde seine älteste Tochter vermutlich nach seiner verstorbenen Mutter benennen wollen. Jessica. Wie happy sein Vater darüber wäre, hat er seine über alles geliebte Frau doch niemals vergessen können! Was der Grund ist, warum er nie wieder geheiratet hat …

»Hey!«, drängt sich aus der Ferne Cheyennes Stimme in meine Gedanken. »Erde an Jet! Weilst du noch unter uns Sterblichen?«

»Ja«, antworte ich. »Ich habe nur ein wenig fantasiert.«

»O cool! Darf ich daran teilhaben?«

Ich lache. »Du musst nicht alles wissen. Übrigens war ich nah dran, Erics Geheimzimmer zu sehen, so nah …«

»Nein!«, haucht Cheyenne ehrfürchtig. »Erzähl!«

Eine Stunde später, es ist bereits Nachmittag, schwinge ich mich aufs Bike, um Joe aufzusuchen. Ich habe meine Kleidung mit Bedacht gewählt. Nicht zu düster, aber auch nicht zu verspielt. Zu einer Jeans trage ich ein königsblaues Sweatshirt mit V-Ausschnitt. Meine Haare habe ich, wie meistens, zu einem Pferdeschwanz zusammengebunden, und natürlich habe ich mich nicht geschminkt. Mein Glück muss ihn ja nicht gleich anspringen. Wieder und wieder habe ich mir die richtigen Worte zurechtgelegt, und als ich schließlich seine Agentur in der Gravier Street betrete, kann ich meine Rede auswendig. Trotzdem ist mein Hals staubtrocken, als ich Joe erblicke, der sich an der Bar mit Timothy unterhält. Plötzlich komme ich mir so schäbig vor, dass ich am liebsten kehrtmachen würde, aber Joe hat mich bereits entdeckt. Für einen Rückzug ist es zu spät. Ich nicke den beiden Männern von Weitem zu und begebe mich in ihre Richtung.

»Janet, Schatz!«, begrüßt mich Joe freudestrahlend und reißt mich in seine Arme, bevor ich auch nur einen Pieps sagen kann. »Wie nett, dass du vorbeikommst! Tut mir leid, dass wir den gestrigen Abend nicht gemeinsam verbringen konnten, aber in meiner Branche hat man an solchen Tagen viel zu tun.«

Joe sieht gut aus in seinem gelben Polohemd und der grauen Chinohose. Vor allem wirkt er glücklich und unbeschwert, und nun stehe ich kurz davor, seine heile Welt von einer Sekunde auf die andere zu zerstören. Der Knoten in meinem Bauch verfestigt sich. *Das kann ich nicht machen!* Während sich mein Verstand zu sperren beginnt, rebelliert mein Magen, und mir wird speiübel.

»Alles okay?«, fragt Joe, dem meine plötzliche Blässe offenbar nicht entgangen ist.

Ich nicke, um gleich darauf den Kopf zu schütteln. »Nein.« Ich hebe den Blick. »Wir müssen reden.«

Der beunruhigte Ausdruck in seinem Gesicht weicht echter Sorge.

Ich atme tief durch. »Können wir in dein Büro gehen?«, frage ich mit Blick auf Timothy, der unschlüssig danebensteht und uns beobachtet.

»Na klar.«

Sachte bugsiert mich Joe durch die Tür in den gläsernen Raum am Ende des Lofts, während ich mir wie ein Mantra immer wieder sage, dass es das Beste für uns beide ist und dass ich ihn, käme es zu der Hochzeit, unglücklich machen würde. Drinnen nehme ich auf dem Sofa Platz, wie beim letzten Mal, doch Joes Bauchgefühl sagt ihm zu Recht, dass es besser ist, sich ans andere Ende zu setzen. Ich schenke ihm ein dankbares Lächeln.

»Also, was ist los?«, fragt er mit ernstem Ausdruck.

Jetzt oder nie!

Das Herz schlägt mir bis zum Hals, und ich muss mich räuspern. »Joe, es tut mir leid, aber …« Ich hole tief Luft. »Es wird keine Hochzeit geben.«

Er verschränkt die Hände ineinander, ohne die Miene zu verziehen. »Was ist passiert?«

Ich widerstehe dem Drang, den Blick zu senken, und halte meine Augen weiter auf sein Gesicht gerichtet. »Mir ist klar geworden, dass ich … dass ich Eric liebe.«

Jetzt ist es raus! Beinahe wäre mir ein Seufzer der Erleichterung entschlüpft.

Joes erste Reaktion ist ein Blinzeln, nun ist es an ihm, sich zu räuspern. Er will etwas erwidern, aber ihm versagt die Stimme.

»Ich wollte dir nie wehtun, Joe! Bitte glaub mir! Ich wünschte, es wäre alles anders gekommen«, füge ich hinzu, eine glatte Lüge, wenn man es genau nimmt, aber in dieser Situation sicherlich gerechtfertigt.

»Wann ist dir das klar geworden?«, fragt Joe, und ich kann sehen, wie die Röte in seine Wangen steigt.

»Gestern«, antworte ich und beeile mich hinzuzufügen: »Aber ich denke, in meinem Innern wusste ich es schon viel länger. Ich hab's mir nur nicht eingestanden.«

Joe fährt sich durchs Gesicht. »Wie lange geht das schon mit dir und Eric?«, fragt er leise.

»Was meinst du?«, erwidere ich erschrocken. Glaubt er etwa, ich hätte ihn die ganze Zeit über mit Eric betrogen?

»Seit wann hast du Gefühle für ihn?«

Ich beiße mir auf die Lippen und kann diesmal nicht verhindern, dass meine Augenlider sich senken. »Schon immer, schätze ich.«

Stille breitet sich zwischen uns aus.

»Fuck«, murmelt Joe schließlich.

»Es tut mir so leid«, wiederhole ich hilflos. »Ganz ehrlich.«

»Und du bist dir hundertprozentig sicher, dass es keine Kurzschlussreaktion ist? Panik vor der Hochzeit oder so was?«

Ich nicke.

»Okay.« Ich höre, wie er die Luft einsaugt. »Danke, dass du nicht länger gewartet hast. Wäre ziemlich peinlich geworden, hättest du mich vor dem Altar stehen lassen wie einen Vollidioten.«

So etwas würde ich nie machen!, will ich einwerfen, behalte aber den Gedanken für mich, denn mein jetziges Verhalten ist kaum besser.

»Du kümmerst dich aber darum, die Leute auszuladen und alles zu canceln, ja?« Joe klingt zum ersten Mal ungehalten, was ich beinahe mit Erleichterung quittiere. Alles andere wäre schwer nachzuvollziehen. »Ich will damit so schnell wie möglich abschließen.«

»Natürlich«, murmele ich und kämpfe mich auf die Beine. »Danke, dass du so … verständnisvoll bist.«

»Dad wird's freuen«, murmelt er, ohne aufzublicken. Einen Hauch von Gehässigkeit sollte ich ihm in dieser Situation wohl zugestehen.

Einige Sekunden lang warte ich darauf, dass er noch mehr sagt, aber er schweigt. Als er dann doch den Blick hebt, lese ich darin Qual und auch Wut. Tut mir leid, forme ich wortlos mit den Lippen, ehe ich mich abwende und sein Büro verlasse.

Draußen auf der Straße lasse ich meinen Tränen freien Lauf. Ich mag Joe, und ihm einen derartigen Schmerz zu bereiten, ist etwas, das ich nie wollte. Ich blinzele heftig, um wieder klar zu sehen, erst danach schwinge ich mich aufs Motorrad. Statt den Heimweg anzutreten, beschließe ich, einen Kurztrip zum Lake Pontchartrain zu machen, um ins Gleichgewicht zu kommen. Danach ist immer noch Zeit, Eric anzurufen. Diese Bürde kann ich nur allein und auf zwei Rädern stemmen. Am Ende dehnt sich der Trip zu einer mehrstündigen Fahrt kreuz und quer durch das urwüchsige Bogue-Chitto-Gebiet nördlich des Sees, und als ich erschöpft und verschwitzt zu Hause ankomme, dämmert es bereits. Auf dem Anrufbeantworter wie auch auf der Mailbox meines Handys erwarten mich vier Nachrichten: Drei sind von Cheyenne, die wissen will, wie das Gespräch mit Joe verlaufen ist; die vierte ist von Bruno, der mich bittet, morgen einen halben Tag für einen kranken Kollegen einzuspringen.

Nachdem ich heute zum zweiten Mal unter die Dusche gesprungen bin, ziehe ich bequeme Joggingklamotten an und bringe Cheyenne auf den neuesten Stand. Am Ende sind wir uns einig, dass sich Joe wie ein vollendeter Gentleman verhalten hat. Hinterher rufe ich Eric auf dem Handy an, doch sofort springt die Mailbox an. Vermutlich sitzt er im Flieger und hat das Gerät ausgeschaltet. Im Lauf des Abends versuche ich es noch mehrmals, immer mit dem gleichen Ergebnis, daher gehe ich davon aus, dass er mit seinen Mandanten beim Dinner sitzt und dass sie sich anschließend in der Hotelbar einen Drink genehmigen. In solchen Fällen schaltet Eric sein Handy auf stumm. Natürlich bin ich enttäuscht, doch verglichen mit Joes momentaner Gefühlswelt habe ich keinen Grund zur Klage. Also hole ich mir ein Bier aus dem Kühlschrank, setze mich vor den Fernseher und erfreue mich an der Tatsache, dass Janet Theodora Stenton letztlich doch noch ihr Happy End bekommt!

Am anderen Morgen wache ich durch das charakteristische dumpfe Pling einer Textnachricht auf. Ich habe am Abend zuvor das Handy auf den Nachttisch gelegt, was ich sonst nie tue, aber ich wollte Erics Nachricht unter keinen Umständen verpassen, sollte er sich melden. Als ich schlaftrunken aufs Display schaue, fällt mir ein Stein vom Herzen, zugleich geht im Zimmer die Sonne auf. Die Nachricht ist von ihm. Endlich!

Entschuldige, Rübenköpfchen!, schreibt er. *Das Geschäftsessen mit meinen Mandanten hat sich bis tief in die Nacht gezogen. Ich wollte dich nicht wecken. Ich hoffe, du hast gut geschlafen. Wie hat es Joe aufgenommen?*

Ich setze mich auf und tippe mit zwei Fingern die Antwort.

Wow! Wirklich?, lautet Erics Erwiderung. *So viel Größe hätte ich ihm nicht zugetraut. Ich freue mich, dass er es dir nicht schwer gemacht hat.*

Ja. Er hat sich wirklich großartig verhalten.

Erics Reaktion abwartend, starre ich aufs Display, doch nichts geschieht.

Eric?

Wieder vergehen ein paar Sekunden, dann erst poppt seine Antwort auf.

Bedauerst du deine Entscheidung?

Ich benötige einen Moment, um die Bedeutung seiner Frage zu erfassen. *Nein!*, tippe ich eilig. *Natürlich nicht!*

Gut. Während ich noch überlege, was ich schreiben soll, erscheint seine nächste Nachricht.

Der Tag ist mit Terminen vollgepackt. Sei bitte nicht böse, falls ich mich heute nicht melde.

Sofort stellt sich das schlechte Gewissen ein. *Alles gut!*, antworte ich. *Nur weil wir die Nacht zusammen verbracht haben, musst du dich zu nichts verpflichtet fühlen.*

Wer sagt, dass dir zu schreiben eine Verpflichtung ist? Smiley.

Das Lächeln auf dem Display springt unmittelbar auf mein Gesicht über. *Ich freue mich auf morgen*, schreibe ich.

Ich auch. Wir treffen uns direkt im Pêche*, okay?*

O.k., tippe ich.

Und dir einen schönen Tag!

Danke, dir auch.

Kurz zögere ich. Soll ich ihm schreiben, dass ich ihn vermisse? Irgendwie käme es mir in diesem Moment doch sehr kitschig und gefühlsbetont vor. Männer sind manchmal komisch, wenn es um solche Dinge geht, und obwohl ich Eric viele Jahre kenne, kann ich ihn diesbezüglich schlecht einschätzen. Also schiebe ich lediglich einen küssenden Smiley hinterher.

Während ich auf seine Rückmeldung warte, schlägt mein Herz hart gegen die Rippen. Die Aufregung hätte ich mir sparen können, denn als Antwort bekomme ich eben jenen Smiley in fünffacher Ausfertigung zurückgesendet. Entsprechend schwungvoll starte ich in den Tag. Hätte ich die Wahl, würde ich die Arbeit an meinem Bild fortsetzen, das ich mittlerweile »Aufbruchsstimmung« tituliert habe, aber ich habe mich verpflichtet, den Vormittag in Brunos Werkstatt auszuhelfen. Auch gut! Dann stecke ich meine ganze Energie eben darein, den gebrochenen Rahmen einer Kawasaki ZX-10R zu schweißen. Für mich nach dem Malen und Cruisen die drittschönste Sache der Welt. *Die viertschönste!*, verbessere ich mich im Stillen und muss lachen.

Der Turm

Jet

Versonnen blicke ich auf den haarfeinen Mast, der sich weiß und strahlend vor dem Gewitterhimmel abhebt. Ein paar sorgfältig gesetzte Pinselstriche, schon flattert ein Segel im Wind. Durch die Wolken kämpft sich ein Lichtstrahl bis zu dem Bootsrumpf, der in dieser Sekunde nur eine Ahnung ist, aber schon einen Wimpernschlag später hinter den Wogen auftauchen wird. Nun wirkt die Frau am Ufer nicht mehr verloren, sondern voller Zuversicht. Fast scheint es, als würde sich ihre Silhouette aufbäumen, sich dem sich nähernden Boot am Horizont entgegenrecken. Meine Lippen verziehen sich zu einem Lächeln. Obwohl ich noch lange nicht am Ziel bin, wird das Bild endlich im Ansatz seinem Titel gerecht. Eine Weile stehe ich vor der Staffelei und sinniere, wie ich weiter verfahren werde, bevor ich mich endlich von dem Anblick löse. Es wird Zeit, mich fertig zu machen! In eineinhalb Stunden bin ich mit Eric im Pêche Seafood Grill in der Magazine Street verabredet. Da ich das Taxi bereits reserviert habe und schon weiß, was ich anziehen werde, bin ich recht entspannt. Ich dusche lang und ausgiebig, aber nicht zu heiß, schließlich will ich hinterher im Gesicht nicht wie eine reife Tomate aussehen. Danach schminke ich mich dezent, nur etwas Wimperntusche und aprikosenfarbenen Lippenstift, und bürste mir die Haare, bis sie in warmen, schimmernden Locken über meinen Rücken fallen. Wie meinte Eric? *Ich war schon immer in deine Locken vernarrt.*

Voller Vorfreude schlüpfe ich in das moosgrüne, figurbetonte Kleid, das ich für diesen Anlass aus der hintersten Ecke meines Schranks befördert habe. Das letzte Mal trug ich es bei der Hochzeit meiner Cousine vor sechs Jahren. Keine Ahnung, ob es der aktuellen Mode entspricht, und es ist mir auch gleich. Es steht mir, und darauf kommt es an. Es reicht mir bis zu den Knien, ist ärmellos mit breiten Trägern, einem runden Ausschnitt und einem tiefen Rückendekolleté. Dazu ziehe ich halbhohe schwarze Pumps an, von meinen Ohren baumeln lange goldene Ohrhänger. Zufrieden mustere ich mein Spiegelbild. Eric wird es von den Socken hauen! Als das Taxi auftaucht, stehe ich bereits unten vor der Tür, bewaffnet mit einem kurzen Jäckchen und einer Handtasche.

Ich treffe zehn Minuten vor der Zeit im Pêche ein. Das Fischrestaurant ist in einem ehemaligen, grau gestrichenen Lagerhaus untergebracht, über dem Eingang schwebt ein weißer Balkon, der von einem eigenartigen Gebilde gekrönt wird, das an eine Pagode erinnert. In Sachen Architektur waren die Einwohner von New Orleans schon immer sehr einfallsreich. Als ich den Laden betrete, schlägt mir Lärm entgegen. Wie stets geht es hier zwischen Backsteinwänden und Holzbalken laut und zünftig zu, was einen vergessen lässt, dass man sich in einem der besten Restaurants des Landes befindet. Ein Kellner im dunkelblauen Hemd begrüßt mich mit einem Lächeln.

»Guten Abend, Ma'am. Haben Sie reserviert?«

Da ich davon ausgehe, dass Eric so clever war, nenne ich seinen Namen. Der Kellner nickt und bittet mich, ihm zu folgen. Er führt mich an einen Zweiertisch, der in einer relativ ruhigen Ecke steht und für ein wenig Privatsphäre sorgt. *Gut gemacht!*, lobe ich Eric in Gedanken. Direkt hinter uns an der Wand hängt ein Triptychon mit einer stilisierten Unterwasserwelt in maritimen Farben. Wirklich hübsch!

»Möchten Sie etwas trinken?«, fragt mich der Kellner freundlich. Er ist schätzungsweise Mitte dreißig, hat dunkle Haare und trägt einen schmalen Schnurrbart.

Kurz überlege ich. »Gern«, antworte ich dann. »Ein Ginger Ale, bitte.«

Der Kellner nickt. »Kommt sofort.«

Fünf Minuten später nippe ich an meinem Drink und beobachte die Gäste unauffällig. Beim Anblick der servierten Speisen knurrt mein Magen vernehmlich, und ich bin froh, dass im Restaurant ein relativ hoher Geräuschpegel herrscht. Ich liebäugele mit dem Meeresfrüchteteller, den der Familienvater aus Kansas, wie unschwer aus den Gesprächen herauszuhören ist, am Nebentisch bestellt hat. Als die Eingangstür aufschwingt und ein hochgewachsener blonder Mann durch die Tür tritt, vollführt mein Herz einen freudigen Satz, um im nächsten Moment enttäuscht zu sinken. Es ist nicht Eric. Ein nervöser Blick aufs Handy verrät mir, dass es erst kurz nach sieben ist. Ich sollte mich wirklich ein wenig lockerer machen!

Fünfzig Minuten später sitze ich noch immer an dem kleinen Tisch unter dem Triptychon, nippe aber inzwischen an einem Hemingway mit einem Extraschuss Gin. Jede meiner Textnachrichten ist unbeantwortet geblieben. Begonnen habe ich mit einem augenzwinkernden »Wo bleibst du? Ich vergehe hier fast vor Hunger und natürlich auch vor Sehnsucht«, gefolgt von einem »Kreist dein Flieger noch über der Stadt? Die Geier jedenfalls kreisen schon über unserem Tisch. Wenn du nicht bald auftauchst, werden sie von mir nicht viel übriglassen.« Bis dahin war ich noch guter Dinge, doch seither hat sich meine Stimmung erheblich verdüstert. Meine anfängliche Fröhlichkeit ist in Ärger umgeschlagen. Die letzte Nachricht, die ich vor fünf Minuten gesendet habe, hat nicht mehr ganz so freundlich geklungen: »Langsam werde ich stinkig, Eric. Melde dich, verdammt!« Hinzu kommt, dass der Kellner inzwischen um den Tisch scharwenzelt. Bestelle ich nicht bald etwas, wird er mich wohl höflich, aber bestimmt zum Gehen auffordern. An der Bar warten bereits mehrere Pärchen auf einen freien Tisch. Gerade als ich beschließe, mich weitere fünf Minuten zu gedulden, klingelt das Handy. Mir fällt ein Stein vom Herzen.

»Eric, Gott sei Dank!«, melde ich mich. »Vor meinem Tisch steht ein Kerl wie Arnold Schwarzenegger. Ich glaube, der will mich rauswerfen. Höchste Zeit, dass du kommst!«

»Jet …«

»Wann kannst du hier sein?«, scherze ich weiter. »Eine Runde halte ich dagegen, aber kaum länger.«

»Jet!« Erics Stimme klingt so scharf, dass ich erschrocken nach Luft schnappe.

»Was ist passiert?«, keuche ich besorgt. »Geht es dir gut?«

»Ja.«

Erleichtert schließe ich die Augen. »Gut.«

»Ich werde nicht kommen.«

»Okay.« Ich schlucke mühsam meine Enttäuschung hinunter. Ihm ist etwas dazwischengekommen, solche Dinge geschehen. Wir werden das Essen einfach verschieben. »Soll ich für morgen Abend den gleichen Tisch reservieren?«

»Nein.«

»Nein?« Ich runzele die Stirn. »Bist du noch in New York?«

»Du verstehst nicht, Jet. Es ist vorbei.«

»Was ist vorbei?« Plötzlich bewegen sich meine Gedanken unendlich langsam.

»Das mit uns.«

Ein Gefühl der Übelkeit breitet sich in meinem Bauch aus, als würde sich ein Aal zwischen meinen Eingeweiden schlängeln.

»Du nimmst mich gerade auf den Arm, oder Eric?«, frage ich und stoße ein brüchiges Lachen aus. »Es ist nur ein Scherz. Gleich kommst du durch die Tür und lachst mich aus, richtig?«

Bitte sag ja!

»Nein«, klingt es klar und deutlich durch den Hörer. Das Fallbeil, das auf mich herabsaust. »Das ist mein Ernst. Tut mir leid«, fügt er mechanisch hinzu.

Die geliebte Stimme solche Worte sagen zu hören, lässt mich schwindelig werden. Vermutlich ist das der Grund, warum so viele Leute per SMS Schluss machen. Mein Herz pumpt so rasch, dass in meinen Ohren ein Ozean dröhnt.

»Was ist aus dem ›Ich wollte immer nur dich‹ von vor zwei Tagen geworden?«, presse ich mühsam heraus.

»Das war nicht gelogen.«

Ich schlucke die bittere Galle hinunter. »Aber jetzt, da du bekommen hast, was du wolltest, ist deine Neugier befriedigt. Ist es das?«

Schweigen, und dann: »Die Wahrheit ist …«

»Was?«

»Ich habe Gloria zufällig in New York getroffen, sie war dort auf einem Kongress. Wir haben beschlossen, es noch einmal zu versuchen.«

Wie glatt ihm die Worte von der Zunge gehen!

»Habt ihr miteinander geschlafen?«, frage ich mit dünner Stimme und hasse mich dafür.

Er seufzt. »Ist das wirklich wichtig?«

»Ich dachte, ich kenne dich, Eric«, entgegne ich ruhig, nachdem ich mehrmals tief Luft geholt habe. »Aber da habe ich mich wohl geirrt. Aus dem netten Jungen von damals ist ein eiskaltes, frauenverachtendes Arschloch geworden! Unsere Freundschaft …«, ich spucke das Wort förmlich heraus, »kannst du dir irgendwo hinschieben.« Mit rasendem Herzen warte ich, dass er auflacht und etwas wie »Reingefallen!« ruft, doch die

Stille im Hörer ist tödlich. »Fahr zur Hölle!«, zische ich noch, dann beende ich das Gespräch.

Gerade rechtzeitig, bevor mich der Schmerz überwältigt. Es kostet mich große Überwindung, meine Drinks zu bezahlen und mit durchgestrecktem Rücken und hoch erhobenen Hauptes aus dem Restaurant zu gehen. Zum Glück stehen draußen die Taxis Schlange, und schon nach kurzer Zeit sitze ich auf einer gepolsterten Rückbank, wo ich meiner Qual freien Lauf lasse. Ist das die jähe Erschütterung, von der Mister Dunn gesprochen hat? Der plötzliche Umbruch in meinem Leben? Während die Tränen über mein Gesicht strömen, um auf meinem schönen Kleid zu landen, wird mein Körper von unbeherrschbaren Schluchzern durchgeschüttelt. Vor meinem inneren Auge sehe ich die Tarotkarte wieder vor mir. Der hohe, wolkenverhangene Turm vor schwarzem Fond, der Lichtblitz, die Flammen. Die beiden Gestalten, die schreiend in den Abgrund stürzen. Verzweifelt presse ich die Faust auf den Mund. Treffender könnte das Bild nicht sein! Die Klinge in meinem Herzen bohrt und sticht und dreht sich immer wieder um die eigene Achse. Der Schmerz ist schier unerträglich! Soll das etwa das reinigende Feuer der Erkenntnis sein?

»Scheiß auf die Erkenntnis!«, stoße ich rau hervor. »Scheiß auf Eric!«

Dass der Taxifahrer mir im Rückspiegel besorgte Blicke zuwirft, ist mir egal. In einer Stadt wie New Orleans ist er Schrägeres gewohnt.

Eric

Wie schön sie ist!

Mein Herz pocht dumpf gegen meine Rippen, als sie mit kreidebleichem Gesicht vor das Restaurant tritt. Sie ringt sichtlich um Fassung, klammert sich an ihrer Handtasche fest, bevor sie auf das wartende Taxi zugeht und hinten einsteigt. Durch die Scheibe kann ich ihre Silhouette sehen, die hilflos in sich zusammenfällt, kaum dass sie die Tür geschlossen hat. Als hätte jemand die Fäden einer Puppe gekappt. Fast bin ich versucht, aus dem Auto zu stürzen und zu ihr zu laufen, sie in meine Arme zu reißen und ihr zu sagen, wie leid mir das alles tut. Aber ich darf nicht. Das Taxi fährt an mir vorbei, und ich schaue auf die kleiner werdenden Rücklichter, bis sie in der Nacht verschwunden sind. Noch lange danach halte ich den Blick ins Dunkle gerichtet, während sich mein Herz anfühlt, als wäre es von einer Granate zerfetzt worden. Anschließend atme ich mehrmals tief durch, schließe für einen Moment die Augen und verbanne alle Gedanken aus meinem Kopf, die Jet betreffen, in der Hoffnung, dass dadurch alles leichter wird.

Erst dann starte ich den Motor und fahre los.

Keine zwanzig Minuten später finde ich mich im Gewerbegebiet nördlich des Warehouse District wieder. Um diese Uhrzeit ist die Gegend wie ausgestorben. Das Gebäude, vor dem ich den Wagen abstelle, ist modern und clean, ohne futuristisch zu wirken, und nur spärlich beleuchtet. Ich steige aus und begebe mich zum überdachten Eingang. Die Tür ist nicht abgeschlossen. Der geschmackvoll eingerichtete Empfangsraum ist menschenleer – bis auf den großen Mann mit verwuscheltem dunklem Schopf und permanentem Dreitagebart, der am Tresen herumlungert.

»Danke, dass du so schnell gekommen bist«, begrüßt mich Beau mit einem verkniffenen Lächeln.

»Ich hatte wohl kaum eine andere Wahl«, antworte ich.

Er mustert mich von Kopf bis Fuß. »Hattest du heute Abend etwas vor?«

Ich mache eine wegwerfende Handbewegung. »Können wir es hinter uns bringen?«

»Klar.«

Mit diesen Worten dreht er sich um und geht den Gang hinunter, während ich ihm folge. Man hat sich alle Mühe gegeben, die Räumlichkeiten angenehm zu gestalten, inklusive Bildern und Pflanzen, um es den Hinterbliebenen leichter zu machen, einen letzten Blick auf den geliebten Menschen zu werfen. Trotzdem dringt der Geruch des Todes durch, ganz gleich, wie viel Desinfektionsmittel benutzt wird. Bereits nach wenigen Sekunden kommt es mir vor, als würde sich dieser Geruch wie ein Film über meine Haut und meinen Anzug legen. Ich bin schon des Öfteren hier gewesen, aber es ist ein Unterschied, ob man einen Mandanten begleitet oder selbst betroffen ist.

Außer unseren Schritten auf dem Linoleum ist das einzige hörbare Geräusch ein tiefes elektrisches Brummen, was nicht gerade zu einer entspannten Atmosphäre beiträgt. Einem Leichenschauhaus in der Nacht haftet definitiv etwas Grausiges an. Fehlt nur das flackernde Licht an der Decke. Wir passieren einige Türen mit Metallschildern, die besagen, dass nur autorisiertes Personal Zugang hat. Am Ende des Gangs betreten wir einen Raum, dessen linke Wand mit Edelstahlplatten verkleidet ist. Hinter jeder dieser Platten verbirgt sich ein Fach, groß genug, um einen Menschen darin zu deponieren.

»Ich muss dich warnen«, sagt Beau und zieht am Stahlgriff eines der mittleren Schubfächer. »Es ist kein schöner Anblick. Jemand hat den armen Kerl mit einem Pflasterstein oder Ähnlichem bearbeitet. Sein Gesicht ist nur noch Brei.«

Ich nicke. Beau hat mich bereits am Telefon gewarnt, gerade als ich das Flughafengebäude verließ und Jet anrufen wollte, um ihr zu sagen, dass ich mich leicht verspäte. Danach fuhr ich zum Restaurant, stand eine gefühlte Ewigkeit davor und überlegte, was zu tun war … Wie schnell sich alles verändern und das Gefühl der Leichtigkeit von einer dunklen, zähflüssigen Masse verschluckt werden kann! Als Beau das Tuch zurückschlägt, mache ich mich aufs Schlimmste gefasst, trotzdem kann ich nicht verhindern, dass mir bei dem Anblick der kalte Schweiß ausbricht.

»Geht's?«, fragt Beau neben mir.

Ich schlucke die aufsteigende Übelkeit hinunter und nicke erneut. Während ich die Leiche mustere, zwinge ich mich, das Gesicht auszublenden, und konzentriere mich stattdessen auf andere Details. Die schwarz gefärbten Haarbüschel, die vom Schädel abstehen, dazu der gekrümmte rechte Mittelfinger, von dem ich weiß, dass er vor vielen Jahren nach einem Bruch nicht mehr richtig zusammengewachsen ist.

Meine Kehle ist staubtrocken, als ich zum Sprechen ansetzen will, und ich muss mich räuspern. »Das ist Steve Perkins.«

»Der Privatdetektiv, der für dich arbeitet?«

»Ja.«

»Und den du auf diesen Verrückten angesetzt hast?«

»Richtig.« Ich seufze tief. »So wie es aussieht, ist er ihm zu nah gekommen. Wundert mich nicht. Steve war sehr gut in seinem Job.« Es entsteht eine kurze Pause. »Wo habt ihr ihn gefunden?«, frage ich.

»Am Flussufer, nur zehn Minuten von deinem Haus entfernt.« Als ich nichts darauf erwidere, räuspert sich Beau. »Wir werden Perkins' Apartment und sein Büro gründlich durchsuchen. Vielleicht finden wir Hinweise auf seinen Mörder.«

Er holt ein Plastiktütchen hervor, in dem ein Stück Papier steckt.

»Hier ist die Nachricht, die in seiner Hosentasche war.«

Obwohl mich Beau bereits am Telefon über den Wortlaut informiert hat, lese ich den rot geschriebenen Text durch.

> *Jetzt hast du den Bogen überspannt!!! Ein zweites Mal wirst du nicht gewinnen!!! Du verfickter Hurensohn hast nicht mal die Eier, selbst zu handeln, und hetzt mir deinen Bluthund auf den*

Hals? Jetzt endlich habe ich verstanden, wie so ein Abschaum wie du tickt. Und weißt du was? Ich halte mich jetzt auch nicht mehr zurück, du Südstaatensumpfmade!!! Ich werde dir deine Grenzen aufzeigen und dir einen Resthauch von Anstand in deine hässliche Visage brennen!!! Der stinkende Schnüffler war erst der Anfang. Jetzt sind die anderen dran. Rando.

»Ganz schön viele Ausrufezeichen«, murmele ich.

»Und du hast wirklich keine Ahnung, wer dieser Rando sein könnte?«, fragt Beau. »Nicht einmal einen Verdacht?«

»Es könnte jeder sein. Ein angepisster Gegner, der einen Prozess gegen mich verloren hat. Der Verwandte von jemandem, der wegen mir hinter Gittern ist. Ein Mandant, der seine Rechnung als zu hoch erachtet.« Ich fahre mir durch die Haare. »Ich mache den Job schon fast zehn Jahre. In der Zeit habe ich Hunderte von Fällen bearbeitet.«

»Und dir jede Menge Feinde gemacht.«

Ich nicke.

»Aber warum gerade jetzt?«

»Vielleicht ist es jemand, der vor Kurzem aus dem Knast entlassen wurde«, mutmaße ich achselzuckend. »Steve sollte unter anderem in diese Richtung ermitteln.«

»Und? Hat er etwas herausgefunden?«

»Wer weiß«, antworte ich mit Blick auf die Leiche. »Wir wollten uns morgen treffen. Er sagte, er hätte eventuell eine Spur.«

»Hat er irgendwelche Andeutungen gemacht?«

»Leider nein.«

Fluchend klappt Beau das Tuch über Perkins zu und schließt das Schubfach.

»Ich glaube, der Typ ist gebildet«, sage ich nachdenklich. »Denk an die ersten Briefe. Die Art und Weise, wie er sich ausgedrückt hat, und dann diese Schönschrift. Außerdem ist da noch die Sache mit der Südstaatensumpfmade … Ich habe diesen Begriff schon mal gehört, aber ich komme nicht darauf, wo und wann.«

Beau nickt. »Hoffentlich fällt es dir wieder ein. Zumindest könnte es ein Hinweis darauf sein, dass der Kerl nicht von hier stammt. Oder aber er will uns auf eine falsche Fährte locken.«

Der stinkende Schnüffler war erst der Anfang. Jetzt sind die anderen dran.

»Ich will, dass Jet, mein Dad und Evelyn Kaufmann unter Polizeischutz gestellt werden«, sage ich.

»Selbstverständlich.«

»Dad und Evelyn dürfen gern eingeweiht werden, aber nicht Jet.«

Beau hebt überrascht eine Augenbraue. »Nicht?«

»Nein. Denk dir irgendwas aus.«

»Wieso?«

»Jet ist impulsiv und völlig unberechenbar«, antworte ich. »Sobald sie Wind von der Sache bekommt, wird sie mir beistehen wollen. Nachher will sie ihm eine Falle stellen oder etwas noch Verrückteres anstellen. Du kennst sie doch! Solange es dieser durchgeknallte Typ auf mich abgesehen hat, darf sie nicht in meiner Nähe sein. Unter keinen Umständen, verstehst du?«

Beau schaut nachdenklich, dann nickt er. »Ich denke, du hast recht. Schwer zu sagen, wie Jet reagieren würde.«

»Eben. Ich werde die Kanzlei für eine Weile schließen, um Evelyn aus der Schusslinie zu nehmen. Und bitte halte Cheyenne gegenüber dicht, sonst erfährt es Jet. Die beiden haben keine Geheimnisse voreinander.«

Ein beleidigter Blick trifft mich. »Hältst du mich für blöd? Ich kenne meine Freundin, und ihr kleines vorlautes Plappermaul«, entgegnet Beau mit einem zärtlichen Unterton.

»Gut«, sage ich, als wir die Leichenhalle verlassen und zurück zum Eingang marschieren. »Wie geht es jetzt weiter?«

»Ich habe per Eilbeschluss Rando's Revision sperren lassen. Einer unserer IT-Experten ist gerade dabei, den Blog auseinanderzunehmen. Bisher ist es ihm leider nicht gelungen, den Betreiber zu ermitteln. Ansonsten gehen wir der Sache mit Hochdruck nach. In der Zwischenzeit gehst du am besten auf Tauchstation.« Beaus Gesicht hellt sich auf. »Du kannst dich gern in meiner Blockhütte im Bayou Segnette verstecken.«

Ich klopfe ihm auf die Schultern. »Nichts für ungut, Kumpel, ehrlich, aber ich hab's nicht so mit mückenverseuchten Sümpfen und Alligatoren im Vorgarten. Ich ziehe lieber in ein Hotel.«

In Beaus Augen flackert es amüsiert. »Wie du willst.« Dann wird er schlagartig wieder ernst. »Lass mich wissen, wo du absteigst, okay? Und zwar nur mich.«

»Klar.« Es missfällt mir, mich irgendwo zu verkriechen und abzuwarten, bis alles überstanden ist, doch fürs Erste habe ich keine andere Wahl. »Und sag mir Bescheid, solltet ihr bei Steve fündig werden.«

Beau nickt. »Hatte er Familie?«

»Eine Tochter«, antworte ich dumpf. »Sie lebt in Phoenix.«

Beau seufzt. »Scheiße.«

»Ja.«

Schweigend treten wir aus dem Gebäude. Die Nacht ist kalt, in der Ferne hört man das Rauschen der Großstadt.

»Soll ich dich mitnehmen?«, frage ich Beau.

Er schüttelt den Kopf. »Ich bin mit dem Wagen hier, außerdem muss ich noch mit dem Rechtsmediziner reden.«

»Okay.« Wir umarmen uns kurz. »Das Ganze bleibt unter uns, ja?«, fahre ich fort. »Du versprichst es mir. Weder Kane noch Leroy noch jemand anderer darf davon erfahren. Ich darf jetzt niemanden an mich heranlassen, Freunde schon gar nicht. Und pass auf dich auf, Beau!«, füge ich eindringlich hinzu. »Nachher geht dieser Verrückte auf dich los.«

Beau schnaubt. »Das kann er gern versuchen!«

In derselben Nacht packe ich ein paar Sachen zusammen und ziehe ins Maison de La Luz an der Carondelet Street im Business District. Was ich an diesem Hotel schätze, ist, abgesehen von seinem geschmackvollen Interieur, der hohe Sicherheitsstandard. Ohne Keycard oder persönliche Einladung kommt niemand am Concierge vorbei. Nachdem ich mich dort eingerichtet habe, nehme ich am kunstvoll gearbeiteten Mahagonischreibtisch Platz und schalte den Laptop ein. Zunächst informiere ich meine Mandanten, dass ich einige Tage lang nicht erreichbar sein werde, und da an Schlaf eh nicht zu denken ist, beschließe ich, alle Mandantenakten der letzten zehn Jahre durchzugehen. Eine nach der anderen. Als vor meinem inneren Auge Steves breiiges Gesicht wie ein stummer Vorwurf auftaucht, steigt erneut Übelkeit in mir hoch, und ich bestelle eine Flasche Mineralwasser aufs Zimmer. Während ich darauf warte, klicke ich in der Liste den ersten Namen an: Almquist, Veronica.

Vor mir liegt eine lange Nacht.

Fluchtpunkt Las Vegas

Jet

Ich habe den Taxifahrer gebeten zu warten, bin nach oben gegangen, habe mich umgezogen, ein paar Sachen in eine Reisetasche gepackt, meiner Nachbarin einen Zettel unter die Tür geschoben mit der Bitte, die nächsten beiden Tage Manolo zu füttern, dann bin ich nach unten geeilt und wieder ins Taxi gestiegen. »Louis Armstrong International Airport«, habe ich dem Fahrer gesagt und anschließend übers Handy ein Ticket für den nächstmöglichen Flug nach Las Vegas gebucht. Es mag ein feiger Akt sein, trotzdem kann ich nicht anders. Hauptsache, weg von Eric und allem, was mich an ihn erinnert, und wenn es nur übers Wochenende ist! Jetzt befinde ich mich im Anflug auf die ultimative Stadt der Sünde. Es ist ein Uhr nachts, und unter mir erstreckt sich ein Meer von weißen Lichtern im Schwarz der Wüste, durchbrochen von einer bunt glitzernden Girlande. Der Strip. Der Flieger zieht mehrere Schleifen, bevor er östlich davon auf dem McCarran International Airport landet. Ein sanfter Aufprall, Reifenquietschen, ein Ruck, und ich bin da.

In der riesigen Flughafenhalle, wo die Spielautomaten bereits Spalier stehen, herrscht selbst um diese Uhrzeit noch

Trubel, trotzdem entdecke ich den hochgewachsenen Mann sofort, der mit anderen Wartenden hinter der Absperrung steht. Er ist dunkelhaarig mit grünen Augen, trägt unter dem schwarzen Anzug ein graues T-Shirt, das seine muskulöse Gestalt unterstreicht. Eine imposante Erscheinung. Muss er auch sein, schließlich ist er Sicherheitschef in einem der größten Casinohotels auf dem Strip. Auch er hat mich bemerkt, denn sein Mund verzieht sich zu einem Lächeln.

»Willkommen in Vegas, Jet!«, begrüßt er mich herzlich. »Schön, dich zu sehen!«

»Danke, Mike, dass ihr mich Heulsuse so kurzfristig bei euch aufnehmt.«

Als ich ihn vom Flughafen in New Orleans aus angerufen habe, ist jedes meiner Worte von einem heftigen Schluchzen begleitet gewesen. Glücklicherweise habe ich drei Stunden Zeit gehabt, um mich zu fassen.

Mike schnaubt. »Na, hör mal! Das ist ja wohl selbstverständlich, schließlich bist du meine kleine Schwester.«

Ich lächele gerührt. Streng genommen bin ich seine Halbschwester. Unser Vater hat ihn und seine Mom verlassen, als er fünf Jahre alt war. Entsprechend niederschmetternd ist seine Ansicht über Dad, der Zoe und mir immer ein liebevoller Vater gewesen ist. Ich bin davon überzeugt, dass sich Menschen ändern können, doch Mike vertritt eine andere Meinung, also meiden wir das Thema wie der Teufel das Weihwasser. Die Sitzordnung auf der Hochzeit wäre jedenfalls eine echte Herausforderung geworden!

Kurzerhand schnappt er sich meine Reisetasche und lotst mich aus dem Flughafengebäude. Draußen wartet eine weiße Stretchlimousine mit Chauffeur, was mir ein überraschtes Glucksen entlockt.

»Ist das nicht ein wenig übertrieben?«, frage ich.

Mike zuckt mit den Achseln. »Debby hatte gerade Zeit.«

Eine blond gelockte Frau mit asiatischen Zügen und Chauffeursmütze winkt mir vom Fahrersitz aus freundlich zu, was ich mit einem Lächeln quittiere.

»Wie geht's Amy?«, frage ich, nachdem wir hinten Platz genommen haben und die Limousine mit einem kaum hörbaren Brummen losgefahren ist.

Amy ist Mikes Frau.

»Gut«, antwortet dieser. »Sie sitzt momentan am Pokertisch und bespaßt eine Gruppe reicher Japaner. Es macht dir hoffentlich nichts aus, noch ein, zwei Stunden im Tahiti Grand auszuharren. Erst dann machen wir Feierabend.«

»Natürlich nicht! Ich weiß doch, dass hier in Vegas die Uhren anders ticken«, beeile ich mich, zu antworten. »Wie geht's Mike junior?«

»Im Frühjahr kommt er in die Preschool.« Der stolze Vater grinst. »Er kann's kaum erwarten.«

»Wie alt ist er jetzt? Vier?«

Mike nickt, dann entsteht eine etwas längere Pause. »Willst du darüber reden?«, fragt er schließlich.

Ich zucke hilflos mit den Achseln.

»Hängt es mit der abgesagten Hochzeit zusammen?«

»Im weitesten Sinn.«

Mike zieht überrascht die Augenbrauen hoch.

Ich schlucke schwer. »Es ist kompliziert.«

Er tätschelt meinen Arm. »Lass dir Zeit. Wenn du dich aussprechen willst, Amy und ich haben immer ein offenes Ohr. Ansonsten ist Vegas genau das Richtige, um auf andere Gedanken zu kommen.«

Wie aufs Stichwort biegt die Limousine nach links ab auf den Strip. Obwohl ich schon häufiger hier gewesen bin, raubt mir der Anblick jedes Mal aufs Neue den Atem. Das Tahiti Grand ist nicht weit vom Flughafen entfernt, trotzdem legt Debby eine Ehrenrunde ein, wofür ich ihr im Stillen danke.

Während wir die Prachtstraße einmal hoch und runter fahren, sauge ich den Anblick dieser bunten Fantasiewelt in mich auf. Las Vegas ist so ganz anders als New Orleans. Letzteres erweckt den Anschein, als hätte sich ein mystischer Schleier darüber gelegt, Vegas indessen erstrahlt in knalligen Farben, als würde es täglich auf Hochglanz poliert werden. Der Kontrast könnte nicht schärfer sein, dennoch übt die Wüstenstadt eine ebenso große Faszination auf mich aus wie die Stadt, in der ich lebe. Denn auch hier lauern Geheimnisse und vielleicht noch tiefere Abgründe.

Eine gute halbe Stunde später halten wir vor dem Tahiti Grand, einem blau angeleuchteten Hotelkomplex, der mit seinen nach außen gewölbten oberen Stockwerken einer Welle nachempfunden ist. In der Lobby empfangen uns eine grimmig blickende Steinfigur und eine Hula-Tänzerin, die mir mit einem fröhlichen »Iorana« einen Blumenkranz um den Hals legt. Palmen, Sand und bemalte Steinskulpturen bestimmen das Interieur, inmitten eines künstlichen, türkisfarbenen Sees erhebt sich ein Minivulkan, der an die Insel Bora Bora erinnert. Nachdem ich meine Reisetasche an der Hotelrezeption abgegeben habe, durchqueren wir die Shopping-Area, um zum öffentlich zugänglichen Spielbereich zu gelangen. Begrüßt werden wir von einer Armee piepender und blinkender Spielautomaten, an denen Gäste mit erhitzten Gesichtern das Glück herausfordern. Danach gelangen wir zu den Tischen, an denen unter anderem Blackjack und Poker gespielt werden. Knapp bekleidete Kellnerinnen mit Baströckchen und Kokosnuss-Bikinis laufen emsig hin und her, um die Spieler mit Gratisdrinks bei Laune zu halten.

Auch diesen Raum passieren wir, ehe wir einen kleineren Saal erreichen, dessen Tür von einem breitschultrigen Mann im Anzug bewacht wird und in dem lediglich drei Tische stehen. Der Mann nickt Mike zu, als wir an ihm vorbeigehen und den prunkvollen Raum betreten. Es herrscht angespannte Ruhe. Von den drei Tischen ist nur einer besetzt. Vier japanische Männer sitzen dort sowie eine attraktive blonde Frau in einem schwarzen, figurbetonten Abendkleid mit tiefem Dekolleté. Sie hat dunkelblaue Augen und zarte Züge, das lange, glatte Haar trägt sie hochgesteckt, was ihren schlanken Hals betont. Vor ihr auf dem Tisch türmen sich die Jetons, denn Amy Stenton ist nicht nur schön, sondern auch die beste Pokerspielerin von Las Vegas.

Entsprechend stolz ist Mikes Blick, als er sie betrachtet, was mich mit Neid erfüllt. Trotz aller Widrigkeiten haben sich hier zwei Seelenverwandte gefunden. Ihre erste Begegnung stand unter einem denkbar schlechten Stern, denn sie war eine Falschspielerin, er der Mann von der Security, der ihr das Handwerk legte. Am Ende erblickte Mike junior das Licht der Welt.

»Ich muss zurück an die Arbeit«, verkündet Mike senior leise. »Amy müsste hier gleich fertig sein.«

»Alles klar«, flüstere ich. »Danke.«

Lächelnd entfernt er sich, während ich auf einem der gepolsterten Sessel an der Wand Platz nehme. Mike soll recht behalten. Keine zehn Minuten später stehen die Spieler auf, sammeln ihre Jetons ein und verlassen plaudernd den Raum, nicht ohne sich vorher bei Amy bedankt zu haben, die ihnen in der letzten Stunde vermutlich Tausende von Dollars aus der Tasche gezogen hat. Die Frau versteht ihr Handwerk, und zwar in jeder Hinsicht. Kurz nickt Amy dem Mann an der Tür zu, der in den Saal kommt und ihr die Jetons abnimmt, um sie sicher zu verwahren. Mikes Frau ist Angestellte des Tahiti Grand und erhält zwanzig Prozent des Gewinns, der Rest landet im Safe.

»Hallo, Jet!«, begrüßt sie mich mit ihrem leichten britischen Akzent und schließt mich in eine warme Umarmung. Sie duftet nach Rosen. »Ich brauche jetzt was zu trinken. Wollen wir?«

Ich nicke. »Gute Idee!«

Bei einem braun gebrannten Barkeeper mit Lendenschurz und Tätowierungen bestellen wir zwei Margaritas. Während wir auf unsere Drinks warten, fischt Amy ein Kartenspiel aus ihrem Handtäschchen und schiebt es geschickt zwischen ihren Fingern hin und her.

»Angeberin!«, sage ich.

»Ich muss im Training bleiben«, entgegnet Amy mit einem schelmischen Lächeln. »Soll ich dir ein paar Tricks beibringen?«

Ich wehre heftig ab. »Nein, danke! Im Moment habe ich die Nase voll von Karten.«

»Huch!«, entfährt es Amy. »Wieso das?«

Nachdem ich ihr erzählt habe, wie ich in Mister Dunns Laden die Tarotkarte »Der Turm« gezogen habe, grinst sie mich schief an. »Glaubst du etwa an diesen Hokuspokus?«

Ich zucke mit den Schultern. »Schwer zu sagen. Unheimlich ist es allemal.«

»Hör zu«, sagt Amy und beugt sich vor, als würde sie mir ein Geheimnis anvertrauen. »Das Einzige, was bei den Karten von Bedeutung ist, sind die Zahlen. Karten sind reine Mathematik, mehr nicht. Vergiss den ganzen Quatsch mit dem Umbruch oder der Erkenntnis.« Sie schenkt mir ein aufmunterndes Lächeln. »Du hältst dein Schicksal selbst in der Hand.«

Ich seufze traurig, bevor ich ihr mit stockenden Worten erzähle, was mir in den vergangenen Tagen widerfahren ist. Ein Glück, dass der Barkeeper unsere Margaritas bereits auf den Tresen gestellt hat und ich zwischendurch immer wieder einen Schluck nehmen kann. Als ich am Ende angelangt bin, hat sich Amys Stirn in Falten gelegt.

»Puh«, kommentiert sie unverhohlen. »Was für ein Arsch!«

Mein Herz zieht sich schmerzhaft zusammen, und ich nicke.

»Es tut mir leid«, sagt sie leise und drückt meine Hand. Diese Geste reicht aus, damit etwas in meiner Kehle zerplatzt und erneut Tränen über meine Wangen laufen.

»Noch einen, Chris«, höre ich Amy zu dem Barkeeper sagen, während ich versuche, die Fassung zurückzuerlangen.

»Es tut so weh«, stammele ich. »Ich dachte, Eric sei die Liebe meines Lebens.«

Wortlos nimmt sie mich in den Arm. Was soll man, außer leeren Floskeln, auch dazu sagen?

»Meinst du, Sex könnte helfen?«, fragt sie, nachdem sie mich wieder losgelassen hat.

Verblüfft schaue ich auf. »Was?«

»Na ja.« Eine leichte Röte steigt in ihre Wangen, dennoch ist ihr Blick fest. »Ich kenne da ein paar Jungs von den Texas Farm Boys, die sicher nicht abgeneigt wären.«

»Du sprichst von professionellen Strippern?«

Sie nickt. »Im Ernst, Jet, warum sollst du dich nicht ein wenig amüsieren? Der Arsch hat auch keine Sekunde lang gezögert.«

Ich fahre mir durchs Gesicht. »Ich weiß nicht.« Allein die Vorstellung, einen anderen Mann als Eric zu küssen und zu berühren, treibt mir erneut die Tränen in die Augen. Als würde ich meine Mädchenträume mit Füßen treten.

»Okay, okay«, beeilt sich Amy zu sagen, die mein Mienenspiel genau verfolgt hat. »Entschuldige, das war eine blöde Idee. Ich schätze, dafür ist es zu frisch.«

»Schon gut. Du willst ja nur helfen.« Fragend blicke ich sie an. »Würdest du es denn an meiner Stelle tun?«

Ein unsicheres Lächeln legt sich um ihren Mund. »Ich weiß es nicht.«

»Was weißt du nicht?«, ertönt plötzlich eine Männerstimme hinter uns.

»Ob ich mit einem der Texas Farm Boys ins Bett steigen würde, nachdem du mich hintergangen hast«, antwortet Amy, ohne sich umzudrehen.

Mike legt seine große Hand um ihren zarten Hals und presst seinen Mund an ihr Ohr. »Weder das eine noch das andere wird jemals passieren, Baby.«

Mit einem Mal knistert die Luft um uns herum vor sexueller Spannung.

»Ich müsste mal auf die Toilette«, stoße ich hastig hervor. »Wo …?«

Amy zeigt nach rechts auf eine Tür, die von Palmen flankiert ist.

»Alles klar«, sage ich und rutsche von meinem Hocker.

Dass die beiden verliebt sind wie am ersten Tag, ist offensichtlich. Ich frage mich, ob es so schlau war, ausgerechnet hier auf andere Gedanken kommen zu wollen! Auf der Toilette, einem wahr gewordenen Dschungeltraum mit bambusverkleideten Wänden und exotischen Vogelstimmen aus den Lautsprechern, spiele ich kurz mit dem Gedanken, Cheyenne anzurufen. Doch dann entscheide ich mich dagegen. Zum einen ist es schon recht spät, zum anderen fühle ich mich im Moment außerstande, mit jemandem aus Erics Umfeld zu sprechen. Schließlich bin ich hier, um Abstand zu gewinnen. Ich werde Cheyenne auf den neuesten Stand bringen, sobald ich zurück bin. Nachdenklich betrachte ich mein Gesicht im Spiegel. In letzter Zeit scheine ich das häufiger zu machen, als würde sich dort die Lösung all meiner Probleme befinden. Amys Vorschlag ist vielleicht gar nicht so verkehrt. Manchmal bedarf es radikaler Methoden, um Krankheiten auszumerzen oder, wie in meinem Fall, die Symptome einzudämmen. Der Blick im Spiegel wird kämpferisch. Es ist mein verfluchtes Recht, mich zu amüsieren! Eric hat nicht lange gefackelt, bevor er mit Gloria in die Kiste gesprungen ist – nur vierundzwanzig Stunden, nachdem er mit mir geschlafen hat.

»Ich bin dabei!«, verkünde ich Amy kurz darauf. Von Mike fehlt jede Spur.

»Wobei?«, fragt sie mich stirnrunzelnd.

»Die Texas Farm Boys«, antworte ich und zwinge mich zu einem breiten Grinsen. »Also einer reicht mir schon.«

Amy bedenkt mich mit einem ernsten Blick. »Sicher?«

Ich werfe meine Locken zurück. »Ganz sicher.«

»Okay«, antwortet sie lächelnd. »Gehen wir! Die Jungs lassen in der Regel den Abend in der Papeete Lounge ausklingen. Ich habe da einen im Sinn, der dir gefallen könnte: Anthony. Groß, bronzefarbene Haut, tiefblaue Augen und sehr einfühlsam.«

Am Ende ist es nicht Anthony, den ich aufs Zimmer begleite, sondern Cole, ein blonder Hüne mit Bizepsen wie kleine Berge, einem Grübchen in der Wange und einem Bass, der sich tief in deinem Bauch festsetzt.

Am nächsten Morgen wache ich früh auf. Der nackte Mann neben mir schnarcht leise, und als ich sein entspanntes Gesicht betrachte, geschieht es mit einer seltsamen Distanziertheit, als würde ich durchs Schlüsselloch in ein fremdes Schlafzimmer blicken. Lautlos gleite ich aus dem Bett und ziehe mich an. Auf dem Schreibtisch am Fenster reiße ich eine Seite vom Notizblock mit dem Tahiti-Grand-Emblem und schreibe eine Nachricht, die ich auf den Nachttisch lege. *Es war schön. Danke.* Anschließend schleiche ich mich aus dem Zimmer. Meine Worte sind nicht gelogen. Es *war* schön, wenn auch nichts, was ich später meinen Enkeln erzählen werde – würde man seinen Enkeln solche Dinge mitteilen! Cole ist rücksichtsvoll und gründlich gewesen, dennoch weit davon entfernt, in mir ein Erdbeben auszulösen, wie Eric es getan hat. Trotzdem bereue ich diese Nacht nicht, hat sie meinem Selbstwertgefühl doch richtig gutgetan. Cole ist ein echter Kerl mit allem, was dazugehört. Einer, den jede Frau mit gesundem sexuellem Appetit zwischen achtzehn und achtzig gern in ihrem Bett sehen würde. Nach dem Sex habe ich jedenfalls geschlafen wie ein Baby. Angesichts von Erics rücksichtsloser Zurückweisung keine Selbstverständlichkeit. Dafür werde ich Amy ewig dankbar sein.

Draußen auf dem Gang sehe ich auf die Uhr. Es ist kurz nach halb acht. Mike hat mir erklärt, wo ich den Ersatzschlüssel finde, um in ihr Haus zu gelangen, in dem das Gästezimmer für mich bereitsteht – die beiden wohnen außerhalb in Henderson, einer grünen Oase rund zwanzig Kilometer südlich vom Zentrum –, trotzdem zögere ich. Er und Amy sind erst vor vier Stunden ins Bett gegangen, tauche ich jetzt auf, war's das mit ihrem wohlverdienten Schlaf. Also beschließe ich, im Tahiti Grand zu frühstücken und nicht vor Mittag bei ihnen aufzutauchen. Ich werde den Bus nehmen und ganz gemütlich durch die einzigartige Mondlandschaft der Mojave-Wüste tuckern. Vielleicht bringe ich ein paar Striche aufs Papier. Glücklicherweise habe ich stets einen Zeichenblock und Stifte im Gepäck, das immer noch an der Rezeption auf mich wartet.

Nachdem ich mit dem Fahrstuhl ins Erdgeschoss gefahren bin, durchquere ich den Spielerbereich, um eine Treppe nach unten zu nehmen. In den Casinohotels von Las Vegas führen alle Wege zwangsläufig an Spieltischen vorbei, nicht dass versehentlich eine Chance ausgelassen wird. Und tatsächlich sitzen selbst um die Uhrzeit Leute beim Roulette oder an den Pokertischen. In einem Hotel wie dem Tahiti Grand hat Zeit keine Bedeutung, deshalb ist das Selbstbedienungsrestaurant im Untergeschoss rund um die Uhr geöffnet. Hat man morgens um sechs Lust auf Sushi und Sake, wird man hier fündig. Will man um sieben Uhr abends Milchkaffee und frische Croissants, ist auch das kein Problem. Mir gelüstet es nach einem Pilzomelett, schließlich habe ich seit gestern Mittag nichts gegessen, und einer Jumbotasse Kaffee. Nachdem ich mein Essen an der Kasse bezahlt habe, suche ich mir einen ruhigen Tisch an der Wand, von wo aus ich einen Blick auf einen der großen TV-Monitore habe, die überall an der Decke hängen. Gerade bin ich beim letzten Bissen angelangt, als eine Top-News meine Aufmerksamkeit erregt.

> +++ Grausiger Leichenfund am Mississippi-Ufer von New Orleans +++ Privatdetektiv brutal ermordet +++ Pärchen, das die grausam entstellte Leiche findet, erleidet Schock +++

Genervt lege ich die Gabel beiseite und greife nach meiner Tasse. Warum müssen die Medien solche Tragödien zusätzlich aufbauschen? Als wären sie nicht schon schlimm genug! Und ist nicht jeder Mord irgendwie brutal? Muss man es auch noch betonen? Trotzdem kann ich nicht umhin, zurück auf den Monitor zu schauen. Das Foto des Opfers, das in diesem Moment eingeblendet wird, lässt mich so laut aufkeuchen, dass die Familie am Nebentisch wie ein Mann zu mir herübersieht. Das rundliche Gesicht mit den blauen Augen und den schwarz gefärbten Haaren ist mir wohlvertraut. Steve Perkins! Der Mann, der vor Joes Büro herumgelungert hat. *Erics Privatermittler!* In einem ersten Impuls greife ich nach dem Handy, um Eric anzurufen, halte aber gerade noch rechtzeitig inne. Das hier geht mich nichts an! Nicht mehr.

Eric

Fall 73. Green, Justus.

Der bekannte Nachrichtensprecher verklagte seinen Sender, weil er von der Primetime ins Mittagsprogramm verbannt wurde, nachdem bei ihm Aids diagnostiziert worden war.

Der Sender argumentierte mit Umstrukturierungsmaßnahmen, obwohl klar war, dass es sich um Diskriminierung handelte. Zwar war der Sender zu einem Vergleich bereit, die finanzielle Entschädigung wäre beträchtlich gewesen, trotzdem ließ sich Justus Green nicht darauf ein. Vielmehr blieb er bei seiner Forderung, seinen Stammplatz in den Acht-Uhr-Nachrichten zurückzubekommen. Am Ende kam er zu seinem Recht.

Klar, dass der Sender nicht gerade begeistert war, trotzdem ist es höchst unwahrscheinlich, dass der Programmdirektor dermaßen ausrastet.

Müde reibe ich mir die Augen, die Uhr auf dem Laptop zeigt 5.40 an. Durch die zugezogenen Gardinen kann ich sehen, dass es draußen schon dämmert, und ich bin erst beim Buchstaben G. Bei keinem der bisherigen Fälle haben meine Alarmglocken geklingelt. Ich sollte mich ein wenig hinlegen, um hinterher mit klarem Kopf fortzufahren. Kaum habe ich den Gedanken zu Ende gebracht, als aus meinem Handy das gemächliche Saxofon aus »Mike Hammer« erklingt, der gleichnamigen Achtzigerjahre-Serie.

»Beau«, begrüße ich meinen Polizistenfreund. »Gibt's was Neues?«

»Jet ist nicht mehr in der Stadt.«

Mein Herz macht einen derartigen Satz, dass es zwickt. »Wie meinst du das?«

»Der zuständige Kollege sagt, sie hätte die Nacht nicht in ihrem Apartment verbracht, daraufhin hat er die Nachbarn aus dem Haus geklingelt.« Beau stößt ein kleines Lachen aus. »Da kennt er nichts. Bevor du einen Herzinfarkt bekommst, Jet hat ihrer Nachbarin einen Zettel unter die Tür geschoben, damit sich diese bis Sonntagabend um Manolo kümmert …«

»Und weiter?«, dränge ich. Beaus Gemütsruhe kratzt gerade ziemlich heftig an meinem Nervenkostüm.

»Der Kollege hat herausgefunden, dass sie mit dem Taxi zum Flughafen gefahren und von dort aus nach Vegas geflogen ist.«

Erleichterung macht sich in mir breit. »Sie verbringt vermutlich das Wochenende bei ihrem Bruder.«

Um ihre Wunden zu lecken!, geht es mir durch den Kopf, aber ich spreche die Worte nicht aus.

»Da magst du recht haben. Jedenfalls hat sie den Rückflug für Sonntagabend, acht Uhr, gebucht. Ein Kollege wird in der Ankunftshalle warten und sie von da an nicht mehr aus den Augen lassen.«

»Gut«, sage ich und dann nach kurzem Zögern: »Ist sie allein geflogen?«

»Wie meinst du das?«

»Ich will wissen, ob sie allein geflogen ist«, wiederhole ich gereizt.

Mir ist eben der verrückte Gedanke gekommen, dass sie sich womöglich mit Joe versöhnt hat und mit ihm ein romantisches Wochenende in Vegas verbringt. Natürlich habe ich kein Recht, eifersüchtig zu sein, was mich aber nicht davon abhält, vor Anspannung die rechte Faust zu ballen.

»Ja, ist sie«, erlöst mich Beau schließlich. »Eine gut aussehende Single-Frau in Las Vegas, die zu jeder Schandtat bereit ist.«

»Sag mal«, knurre ich. »Macht dir das Spaß?«

»Ein bisschen.«

»Du spinnst doch!«, sage ich stinksauer.

»Hey! Ihr beide wart euch doch einig, dass eure gemeinsame Nacht ein Fehler war. Was regst du dich jetzt auf?«

»Jaja«, brumme ich.

Als wir vor einigen Stunden telefoniert haben, habe ich ihm auf Nachfrage – offenbar weiß die ganze Stadt, dass Jet und ich miteinander im Bett waren! – diese Version der Geschichte aufgetischt. Für den Fall, dass Cheyenne ihn darauf anspricht. Seine Freundin kann sehr hartnäckig sein, und ich traue ihr ohne Weiteres zu, dass sie ihm die Wahrheit aus der Nase zieht.

»Können wir das Thema wechseln?«, frage ich grimmig.

»Gern. Hast du inzwischen etwas Interessantes entdeckt?«

Ich seufze. »Leider nein, aber ich suche weiter.«

»Okay. Melde dich, wenn was ist.«

»Natürlich.«

»Und leg dich für ein paar Stunden aufs Ohr!«

»Hatte ich vor«, antworte ich. »Solltest du ebenfalls tun. Heute ist Samstag. Cheyenne und du, ihr habt sicher Pläne.«

»Trödel- und Kunstmarkt in drei Stunden«, entgegnet Beau, und es klingt so gequält, dass ich widerwillig lachen muss.

Nach dem Gespräch gehe ich kurz unter die Dusche und lege mich nur mit Boxershorts bekleidet aufs Bett. Kaum berührt mein Kopf das Kissen, als auch schon Jets Gesicht vor meinem inneren Auge aufpoppt. Ich fluche lautstark. Die Nase in die virtuellen Akten zu stecken hat mich genau davor bewahrt, aber nun bin ich der Flut an Bildern und Eindrücken hilflos ausgeliefert. Zu allem Überfluss gesellen sich zu den Erinnerungen an unsere gemeinsame Nacht ihr Duft und ihr Lachen. Mein Herz zieht sich schmerzvoll zusammen. Wie ich sie vermisse! Ich wünschte, sie wäre jetzt bei mir, damit ich sie fest an mich drücken kann. Mit der Zungenspitze würde ich die Konturen ihrer wunderschönen Lippen nachzeichnen, meine Nase an ihrer Wange reiben und kleine Küsse auf ihren Hals hauchen. Was sie wohl gerade macht? Ich schätze, sie liegt in ihrem Bett und schläft den Schlaf der Gerechten. Vorausgesetzt natürlich, sie wälzt sich nicht in ihren Tränen und wünscht mich in die tiefste Hölle. Die bloße Vorstellung lässt mein spontanes Lächeln fast augenblicklich erlöschen.

Was glaubst du wohl?, höhnt meine innere Stimme. *Schließlich bist du der Teufel.*

Energisch drehe ich mich auf die Seite. *Ich hatte keine Wahl!*, wiederhole ich wie ein Mantra. *Ich bin eine Gefahr für sie, deshalb kann nur ich sie davor bewahren.* Letztendlich ist es diese Gewissheit, die mich nach einer geschlagenen Stunde in den gnädigen Schlaf gleiten lässt.

Offene Fragen

Jet

Den Blick immer noch auf den Fernsehbildschirm gerichtet, lege ich das Handy beiseite, kann jedoch nicht verhindern, dass die Gedanken in meinem Kopf wie in einer Waschtrommel durcheinanderwirbeln. Soweit ich weiß, war Perkins ausschließlich für Erics Kanzlei tätig. Was, wenn sein Tod etwas mit Eric zu tun hat? Mit einem seiner Fälle? Kurz schließe ich die Augen. Könnte Eric ebenfalls in Gefahr sein? Ich zwinge mich zur Ruhe. Möglicherweise hat der Mord private Gründe. Eifersucht? Aber würde eine Frau einem Mann wieder und wieder einen Backstein aufs Gesicht hämmern? Bis zur Unkenntlichkeit, wie der Moderator im Fernsehen nicht müde wird, zu erläutern? Frauen töten doch eher mit Gift oder Pistole. So heißt es zumindest. Vielleicht schuldete Perkins jemandem Geld, und dieser Jemand wollte ein Exempel statuieren …

Unruhig trommele ich mit den Fingern auf der Tischplatte herum, bevor ich erneut nach dem Handy greife und die entsprechende Kurzwahltaste drücke.

»Sie sprechen mit Beau Lamare«, vermeldet die Mailbox. »Ich bin gerade beschäftigt. Bitte hinterlassen Sie eine Nachricht, ich rufe so schnell wie möglich zurück. Danke.«

Verdammt!

»Hey, Beau, hier ist Jet!«, sage ich mit einem etwas zittrigen Lachen. »Stell dir vor, da bin ich doch in Vegas, denk nichts Böses und sehe im Fernsehen, dass Erics Privatermittler ermordet wurde. Weißt du was darüber? Also, ich frag nur, weil ...« Ja, warum eigentlich? Weil ich mir Sorgen um jemanden mache, der mich wie Scheiße behandelt hat? Plötzlich komme ich mir dumm und hysterisch vor. »Vergiss es! Grüß Cheyenne schön«, murmele ich noch ins Handy, bevor ich den Anruf beende.

Ich leere meine Tasse Kaffee, dann begebe ich mich zur Rezeption, um meine Reisetasche zu holen. Draußen empfangen mich angenehme einundzwanzig Grad, und ich mache mich auf den Weg zur Haltestelle. Während ich auf den Expressbus warte, versuche ich, meinen Kopf von negativen Gedanken zu befreien. Mir stehen zwei wundervolle Tage bevor, in einem schönen Haus mit Pool und Garten und einem zauberhaften kleinen Neffen, der mich auf Trab halten wird. Darauf sollte ich mich jetzt fokussieren!

Mein Handy klingelt. Wider Erwarten ist es nicht Beau, sondern Cheyenne, die mich anruft. Kurz zögere ich. Soll ich rangehen oder nicht? Einerseits will ich nicht dauernd an Eric denken müssen, andererseits ist sie meine beste Freundin. Meine Hand zuckt, um nach dem Telefon zu greifen, als das Klingeln jäh abbricht und die Mailbox anspringt. Damit ist mir die Entscheidung abgenommen worden, und ich ziehe hastig die Hand zurück. Sonntagabend ist immer noch Zeit, mit Cheyenne zu quatschen und alles aufzuklären. Erleichtert sehe ich, dass sich der Expressbus nähert, ein futuristisch aussehendes beigefarbenes Teil mit weiß-blauen Streifen. Im Innern habe ich die freie Auswahl, am Wochenende ist in der Gegenrichtung mehr los, und setze mich in den hinteren Teil. Weil mir nicht nach Zeichnen zumute ist, belasse ich es dabei, aus dem Fenster zu starren.

Nach einer Dreiviertelstunde, während der wir eine zweigeteilte Landschaft in Ocker und Blau durchqueren, erreichen wir die Stadtgrenze von Henderson. Ich habe von unterwegs aus angerufen, um mein Kommen anzukündigen, und als ich vor dem Brown Bear Café an der Hauptstraße aussteige, wartet Amy bereits neben einem dunkelroten Pick-up. Der 89er Dodge Dakota, ein Klassiker, hat einmal Mikes Großvater gehört. In ihrer legeren hellen Leinenhose und der weißen Bluse erinnert mich Amy auf unangenehme Weise daran, dass ich dringend duschen sollte. Die Fahrt zu ihrem Haus führt uns durch das Gewerbegebiet, das mit seinen breiten asphaltierten Straßen und niedrigen Gebäuden nicht sehr einladend wirkt.

»Und? Wie war's?«, fragt mich Amy mit einem verschwörerischen Seitenblick.

»Was?«, frage ich irritiert.

Nun ist es an ihr, überrascht zu schauen. »Cole«, antwortet sie.

»O ja. Richtig!« Ich ringe mir ein Lächeln ab. »War super! Netter Kerl.«

»Aha«, lautet Amys enttäuschter Kommentar.

»Es war alles in allem eine gute Idee, wirklich«, beeile ich mich, zu sagen. »Aber Sex ohne Gefühle …« Ich zucke hilflos mit den Schultern. »Es ist einfach nicht dasselbe.«

Ihre Miene klart auf. »Ich weiß, was du meinst.«

Mit jeder Meile, die wir zurücklegen, verändert sich die Landschaft. Immer mehr Grün setzt sich durch, die Privatgrundstücke nehmen immer größeren Raum ein wie auch die Häuser, die sich darauf befinden. Schließlich bleiben wir vor einer gelben Villa mit blühendem Vorgarten stehen, die von hohen maritimen Pinien gesäumt ist. Als wir aussteigen, kommt uns Mike bereits entgegen. Er trägt Jeans und T-Shirt, an der Hand hält er einen kleinen dunkelhaarigen Jungen in Badehose, der sich bei meinem Anblick losreißt.

»Tante Jet!«, ruft er, und wie immer, wenn ich Mike junior sehe, wird mir ganz warm ums Herz.

Ich breite die Arme aus, und er wirft sich mir an den Hals. »Na, Mikey? Wie geht's meinem allerallerallerliebsten Lieblingsneffen?«, frage ich, worauf er, wie erwartet, eine Schnute zieht.

»Ich bin dein einziger Neffe!«, kommt es energisch zurück.

Und wie jedes Mal zwinkere ich ihn fröhlich an. »Ja, weil ich keinen anderen haben möchte.«

Daraufhin drückt er mir einen Schmatzer auf die Wange. »Spielen wir nachher Ball? Aber vorher machen wir Seifenblasen. Oh, und ich muss dir mein neues Pferd zeigen!«

»Dein neues Pferd?«, frage ich verwundert.

»Steckenpferd«, präzisiert Amy und bedenkt ihren Sohn mit einem zärtlichen Blick.

»Jetzt lass Tante Jet erst einmal durchatmen!«, mahnt Mike seinen Sohn und zieht ihn sanft, aber bestimmt von mir weg. »Hast du Hunger?«, fragt er mich, während wir auf die Haustür zugehen.

Ich lächele. »Ich habe zwar im Tahiti Grand gefrühstückt, aber es ist Stunden her. Eine Kleinigkeit könnte ich schon vertragen.«

»Dann passt es ja«, antwortet er. »Heute Mittag gibt's Kartoffelsalat und gegrillte Scampi.«

»Klingt gut.« Ich wende mich an Amy. »Kann ich vorher ins Bad und mich anschließend umziehen? Ich bin noch nicht dazu gekommen.«

»Natürlich!«, ruft diese peinlich berührt. »Ich hätte daran denken müssen!«

Nachdem ich geduscht habe und in meine Lieblingsjeans geschlüpft bin, zu der ich eine türkisfarbene Tunika aus Chiffon und Flip-Flops trage, gehe ich Mike und Amy zur Hand, die den Tisch auf der überdachten Terrasse decken. Von hier aus hat man einen herrlichen Blick auf die McCullough Range, eine zweitausend Meter hohe Bergkette, die hauptsächlich aus Vulkangestein besteht.

»Er ist ungewöhnlich ruhig«, bemerke ich wenig später beim Essen und weise auf Mikey, der auf seinem Stuhl sitzt und an einer Garnele herumpult.

»Das ist er beim Essen immer«, antwortet Amy schmunzelnd.

»Weil wir ihn nicht von morgens bis abends mit Futter vollstopfen können, damit er Ruhe gibt, überlegen wir, ihm eine kleine Schwester oder einen kleinen Bruder an die Seite zu stellen, die ihn auspowern«, meint Mike.

Ich muss lachen. »Ich bin zwar keine Expertin in Sachen Familie und Kinder, aber denkt ihr wirklich, dass es hier dann leiser zugehen wird?«

Amy schüttelt lediglich den Kopf, aber in ihren Augen funkelt es amüsiert. Offenbar will Mike weitere Kinder.

»Ich finde, das ist einen Versuch wert«, entgegnet der auch prompt.

»Was macht eigentlich die Kunst?«, fragt mich Amy wenig später, die in ihrer Freizeit leidenschaftlich gern malt.

»Ein Galerist in der Julia Street stellt ein Dutzend meiner Bilder aus. Im vergangenen Monat hat er drei Stück verkauft«, sage ich, während ich mir eine zweite Portion Kartoffelsalat auf den Teller lade. »Darunter eines meiner Lieblingsbilder. Das Porträt einer alten Frau, die ein Saxofonmundstück in der Hand hält, um es zu reinigen.«

»Eine Musikerin«, bemerkt Mike. »Das ist ungewöhnlich.«

»Ja. Fand der Käufer anscheinend auch. Er hat das Bild zum vollen Preis gekauft.« Ich lächele fast entschuldigend. »Das ist leider nicht selbstverständlich. Die meisten versuchen, den Preis herunterzuhandeln.«

Amy schüttelt missbilligend den Kopf. »Kunst wird nach wie vor zu wenig honoriert, außer man ist berühmt, dann explodieren die Preise auf perverse Weise.«

Ich zucke die Achseln. »Tja, so ist das. Es gehört zum Künstlerdasein dazu. Aber ich bin schon zufrieden, wenn nur ein einziger Mensch meine Bilder zu würdigen weiß.«

»Du bist zu bescheiden«, entgegnet Mike beinahe unwirsch. »Deine Bilder sind toll!«

»Danke«, sage ich und spüre, wie ich rot werde.

»Hätten wir noch leere Wände übrig, würden wir weitere Bilder von dir kaufen«, sagt Amy.

»Lieb von euch«, antworte ich. Natürlich ist mir aufgefallen, dass sowohl im Eingangsbereich als auch im Wohnzimmer einige meiner Werke hängen. »Aber nicht, dass ihr die Bilder nur dann aufhängt, wenn ich zu Besuch komme, um sie hinterher wieder zu entfernen.«

Daraufhin bricht Mike in lautes Lachen aus. Amy ist hingegen dermaßen eingeschnappt, dass ich sage und schreibe eine Viertelstunde brauche, um sie davon zu überzeugen, dass ich nur einen Scherz machen wollte. Nach dem Essen zerrt mich Mike junior in sein Zimmer, um mir sein neuestes Spielzeug zu zeigen, danach treffen wir uns alle am Pool wieder. Während der kleine Junge im Planschbecken mit sich selbst Ball spielt, döst Mike im Liegestuhl, keine Ahnung, wie er das bei dem fröhlichen Quieken seines Sohnes bewerkstelligt. Amy steckt ihre Nase in ein Buch, ich für meinen Teil hole meinen Block hervor und beginne, zu zeichnen. Eine Bergkette im Hintergrund und davor ein fröhlich spielender Junge. Dabei verliere ich jegliches Zeitgefühl und schaue erschrocken auf, als Mikes Schatten plötzlich auf mich fällt.

»Lust auf einen Eistee?«, fragt er.

»Gern. Danke.«

»Und du, Baby?«, wendet er sich an seine Frau, die in ihr Buch vertieft ist.

Ohne aufzublicken, streckt sie den Daumen hoch, was Mike ein Lachen entlockt. »Ich liebe dich auch«, sagt er.

Amy antwortet nicht, dennoch zucken ihre Mundwinkel verräterisch.

Als Mike mir den Eistee reicht, lege ich den Zeichenblock zur Seite und strecke mich ausgiebig. Wie angenehm es hier ist, beinahe paradiesisch. Zwar ist es bereits wärmer als in New Orleans, aber nicht so heiß, dass man ins Schwitzen geraten würde. *Eigentlich ist der März die ideale Reisezeit für Las Vegas,* fährt es mir durch den Sinn. In diesem Moment fällt mir Cheyennes Anruf wieder ein. Kurz kämpfe ich mit mir, doch dann siegt die Neugier. Ich wühle in meiner Tasche nach meinem Handy und höre meine Mailbox ab.

»Hey, Jet«, ertönt Cheyennes Stimme. »Ich habe gehört, du besuchst deinen Bruder in Las Vegas?« *Nanu, woher weiß sie das?* »Ich dachte, du verbringst das Wochenende mit Eric, aber gut, wahrscheinlich hat der zurzeit andere Dinge im Kopf. Er hat es dir bestimmt erzählt. Sein Privatermittler ist ermordet worden. Ist das der Typ, der Joe beschattet hat? O Mann! Jedenfalls hält sich Beau extrem bedeckt mit Infos, aber ich weiß, dass er deswegen schon ein paar Mal mit Eric telefoniert hat.« Cheyenne senkt die Stimme, und ich kann im Hintergrund Rufe und fröhliches Geklapper hören. Offenbar befindet sie sich irgendwo draußen, vielleicht in einem Café. »Ich habe Beaus letztes Telefonat belauscht«, sagt sie und klingt kein bisschen schuldbewusst. »Er wies Eric an, auf der Hut zu sein, weil sie es vermutlich mit einem Psychopathen zu tun haben.« Just in diesem Moment höre ich Beau, der Cheyennes Namen ruft. »Ich muss Schluss machen!«, haucht sie noch schnell ins Handy. »Wir telefonieren am Montag, ja?«

Psychopath!, kreischt mein Verstand, beruhigt sich aber nach ein paar tiefen Atemzügen wieder und zieht zwei Schlüsse: Eric befindet sich in Gefahr, und Cheyenne weiß nicht, dass unsere ach so verheißungsvolle Romanze bereits wieder der Vergangenheit angehört. Noch einmal spiele ich Mrs Kaufmanns beunruhigenden Bericht über die Drohbriefe in meinem Kopf ab, die Eric in den vergangenen Wochen erhalten hat. Ich hieve mich aus meinem Liegestuhl und entferne mich ein paar Meter vom Pool, um die Kanzlei anzurufen. Zwar ist es Samstag, aber Mrs Kaufmann ist meistens bis mittags da, um in Ruhe Arbeiten zu erledigen, die in der Woche liegen geblieben sind. Nach dreimaligem Klingeln springt zu meiner Überraschung der Anrufbeantworter an.

»Guten Tag! Sie sprechen mit der Kanzlei von Eric Vincent. Anwalt für Strafrecht, Wirtschaftsrecht und Zivilrecht. Unser Büro bleibt bis auf Weiteres geschlossen«, meldet sich eine abgehackte Roboterstimme. »Wenn Sie ein Mandant aus einem laufenden Fall sind, wenden Sie sich mit Ihrem Anliegen bitte direkt an Mister Vincent unter der Ihnen bekannten Handynummer oder E-Mail-Adresse. Allen anderen empfehlen wir unsere werte Anwaltskollegin Sarah Ironside in der Esplanade Avenue, oder aber Sie rufen in ein paar Tagen wieder an. Wir danken Ihnen für Ihr Verständnis und wünschen Ihnen einen schönen Tag.«

Sollte ich bis eben noch Zweifel gehabt haben, dass Cheyenne vielleicht etwas missverstanden hat, so wurden diese soeben ausgeräumt. Die Alarmglocken in meinem Kopf schrillen dermaßen laut, dass ich erst beim dritten Zuruf bemerke, dass Mike junior meine Aufmerksamkeit einfordert. Nachdem ich seinen roten Ball zurück ins Wasser geworfen habe, gerate ich ins Grübeln.

Eric hat mich abserviert, ja.

Auf eine miese Art, wieder ja.

Aber Gefühle lassen sich nun mal nicht erzwingen, und womöglich ist er nach wie vor in Gloria verliebt. Auch wenn es seine Vorgehensweise nicht rechtfertigt. Natürlich weiß ich, dass ich mir sein Verhalten schönrede, aber Eric war fast ein ganzes Leben lang mein Freund. Trotz des Schmerzes und der Demütigung lässt sich meine Sorge nicht einfach abstreifen wie ein altes Hemd. Ich werde ihn anrufen, um mich zu vergewissern, dass alles in Ordnung ist, und mehr nicht! Schon habe ich die Kurzwahltaste gedrückt. Mit wild klopfendem Herzen warte ich, dass er abnimmt. Aber nichts geschieht. Als die Mailbox anspringt, kappe ich die Verbindung. Nach kurzer Überlegung kommt mir eine Idee. Dieser Schritt fällt mir nicht leicht, weiß Gott nicht, aber er ist immer noch besser, als im Ungewissen zu sein. Ich suche im Internet nach einer bestimmten Prozessanwältin aus New Orleans und werde rasch fündig. Diverse Jobprofile mit Foto poppen auf sowie die entsprechenden Kontaktdaten.

»Gloria Fergusson«, meldet sich eine distinguierte Stimme, nachdem ich die Nummer gewählt habe.

Ich atme tief durch. Nur keine Schwäche zeigen. »Hi!«, melde ich mich betont heiter. »Hier ist Jet, eine Freundin von Eric. Vielleicht erinnerst du dich. Wir haben uns auf Leroys Geburtstagsparty kennengelernt.«

»Ich erinnere mich«, kommt es kein bisschen wärmer zurück. »Was kann ich für dich tun?«

Zumindest hält sie sich nicht mit Floskeln auf!

»Ist Eric zufällig bei dir?«, frage ich und kann nicht verhindern, dass mir das Herz bis zum Hals klopft. »Ich muss dringend mit ihm sprechen.«

Ein verächtliches Schnauben ertönt. »Warum sollte der elende Schlappschwanz hier sein?«

Okay, das kommt jetzt überraschend.

»Äh, ich dachte, ihr wärt wieder zusammen«, antworte ich irritiert.

Sie lacht hart und schrill. »Sicher nicht! Selbst wenn er auf Knien angekrochen käme, würde ich ihn nicht zurückhaben wollen!«

Trotz der deutlichen Worte muss ich es genau wissen. »Habt ihr euch denn nicht vor zwei Tagen in New York wieder versöhnt?«

»New York? Was sollte ich da?« Es klingt ungeduldig. »Ich habe Eric seit Wochen nicht mehr gesehen!« Und dann: »War's das? Mein Tag ist ziemlich verplant, und ich will meine wertvolle Zeit nicht damit verplempern, über meinen Ex zu reden.«

»Ja«, beeile ich mich, zu sagen. Je schneller ich die Xanthippe vom Ohr habe, desto besser. »Danke, Gloria.«

Aber da hat sie bereits aufgelegt. Eric scheint ein Experte darin zu sein, verbrannte Erde zu hinterlassen. Gedankenverloren betrachte ich Mikey, der vergeblich versucht, auf seinem schwimmenden Ball zu sitzen. Eric hat mich in Bezug auf Gloria belogen. Aber warum? Warum musste sie als Ausrede herhalten? Es ist ja nicht so, dass er mich auf die Weise geschont hätte, ganz im Gegenteil. Dadurch hat er mich jeglicher Hoffnung beraubt. Mein Herz sackt schlagartig in den Keller. Vielleicht ging es genau darum. Ich sollte mir meine romantischen Mädchenträume endgültig aus dem Kopf schlagen. Unwirsch wische ich mir die Tränen aus den Augen. Keine Ahnung, was für ein Spiel Eric spielt, aber er schuldet mir eine Erklärung! Wenn er dachte, sich so leicht aus der Affäre ziehen zu können, hat er sich geschnitten. Meine Knie schlottern ein wenig, als ich zum Pool zurückgehe.

»Wann fahrt ihr heute zur Arbeit?«, frage ich Amy, die daraufhin von ihrem Buch aufblickt.

»Um vier. Wieso?«

»Könnt ihr mich am Flughafen absetzen?«

Sie zieht überrascht die Augenbrauen zusammen. »Willst du schon wieder zurück?«

»Ich muss.«

»Wegen Eric?«

»Ja. Aber keine Bange! Ich habe nicht vor, ihn anzuflehen, mich zurückzunehmen«, sage ich schärfer als beabsichtigt und klinge wie Gloria wenige Minuten zuvor. »Aber es ist etwas passiert, und ich muss wissen, was es damit auf sich hat.«

Amy runzelt besorgt die Stirn. »Nichts Schlimmes, hoffe ich?«

»Nein, nein«, lüge ich. »Aber ich will die Sache trotzdem so rasch wie möglich klären.«

»Und das kann natürlich nicht bis Montag warten, oder?«, entgegnet Amy mit einem wissenden Lächeln.

Ich schüttele den Kopf. »Ich würde mich die ganze Zeit verrückt machen und könnte meinen Besuch bei euch nicht richtig genießen. Tut mir echt leid wegen der Umstände und allem.«

Amy macht eine wegwerfende Geste. »Ach was! Muss es nicht. Ich verstehe das.«

»Wirklich?«

»Klar, und ich bin sicher, Mike versteht das auch.«

»Tut er«, erklingt dessen Stimme in meinem Rücken.

Erleichtert schaue ich die beiden abwechselnd an. »Danke. Ihr seid die Besten!«

»Wissen wir!«, kommt es unisono zurück, was mich zum Lächeln bringt.

Mikey zu beschwichtigen, bedarf allerdings einer größeren Überzeugungsarbeit und endloser Umarmungen. Am Ende steht er am Gartenzaun mit der Nanny neben sich und winkt uns frenetisch hinterher. Ich musste ihm versprechen, das nächste Mal eine ganze Woche zu bleiben.

Diesmal scheint der Flug kein Ende zu nehmen, und als wir den hell beleuchteten Louis Armstrong International Airport anfliegen, fällt ein Teil der zentnerschweren Last von mir ab. Die Umbuchung meines Tickets ist nicht günstig gewesen, aber das ist es mir wert. Bald werde ich klarer sehen, auch was den Mord an Steve Perkins betrifft. Am Taxistand muss ich nicht lange warten. Kaum stehe ich am Bordstein, als sich ein Wagen nähert. Der Taxifahrer, ein unrasierter Kerl mit Glatze und einem Hundekopf-Tattoo im Nacken, einem Pitbull, wie es aussieht, fühlt sich nicht genötigt, mir zu helfen, also muss ich meine Reisetasche selbst hinten im Kofferraum verstauen. Als ich einsteige, dröhnt mir misstönendes Gekreische entgegen, was wohl Gesang sein soll, dazu harte Gitarrenriffs und ein wild gewordener Drummer. Erinnert mich an die Musik aus »Das Schweigen der Lämmer«, als Clarice beim finalen Showdown Buffalo Bill durch dessen Haus jagt. Zum Glück sind es nur zwanzig Minuten bis nach Hause. Nachdem ich dem Fahrer meine Adresse zugebrüllt habe, düst er los. Wir durchqueren Kenner, doch statt nach Osten auf den Highway abzuzweigen, fährt er geradeaus auf den Williams Boulevard.

»Hallo? Entschuldigen Sie, haben Sie mich auch richtig verstanden? Ich will zum Fontainebleau Drive«, wende ich mich lautstark an den Taxifahrer.

Weil er mich ignoriert, lehne ich mich nach vorn ans Gitter, das den Fahrer von der Fahrgastzelle trennt.

»Hallo?«, wiederhole ich.

Ein mulmiges Gefühl überkommt mich, Perkins' brutales Ende schießt mir durch den Kopf, und mit einem Mal habe ich diverse Filmszenen vor Augen, in denen Todgeweihte vergeblich an der verschlossenen Wagentür zerren und um Hilfe schreien. Und natürlich ist es wie jetzt auch abends oder nachts, und niemand kann sie hören. Meine Hand zuckt zur Klinke, um zu checken, ob die Tür versperrt ist, aber dann halte ich inne. Was soll ich denn tun, wenn sie offen ist? Mich aus dem

Auto werfen, in der Hoffnung, es zu überleben? Als ich der Verzweiflung nah am Gitter rüttele, trifft mich im Rückspiegel ein unwirscher Blick.

»Lassen Sie das!«, fährt mich der Glatzkopf an. »Sonst schmeiße ich Sie aus meinem Taxi.«

Hauptsache, er hält vorher an.

»Zum Fontainebleau Drive geht's da lang!«, entgegne ich und weise hinter uns.

»Ich nehme aber lieber diesen Weg«, lautet die brummige Antwort.

»Aber…«

»Auf dem Highway staut's sich auf Höhe des Lafreniere Park!«, schneidet er mir das Wort ab. »Ich fahre einen Umweg.«

»Alles klar«, murmele ich und lehne mich zurück, obwohl mir der Typ nach wie vor unheimlich ist.

Der lauten Musik zum Trotz ist sein übel gelauntes »Scheißbesserwisser!« nicht zu überhören. Sein Trinkgeld kann er sich echt in die Haare schmieren! Am Ende geht er doch nicht leer aus, denn als wir eine spätere Auffahrt zum Highway nehmen, darf ich den kilometerlangen Stau in seiner ganzen Pracht bewundern. Nachdem wir ans Ziel gelangt sind und ich aus dem Taxi ausgestiegen bin, nuschele ich eine Entschuldigung, was ihn nicht im Mindesten kümmert. Ich habe gerade noch Zeit, meine Reisetasche aus dem Kofferraum zu fischen und die Haube zu schließen, bevor er davonbraust.

Mannomann! Da lobe ich mir Debby und ihre Stretchlimo!

Oben stelle ich mein Gepäck ab, wechsele meine Sneakers gegen schwere Boots und ziehe meine Lederjacke über, dann hole ich meine Honda aus dem Schuppen. Zunächst werde ich Eric einen Besuch abstatten. Sollte er nicht daheim sein, fahre ich weiter zu Beau und zwinge ihn, mir zu sagen, inwieweit der Mord an Steve Perkins Eric betrifft. Es ist Samstagabend, und die Innenstadt und auch das Künstlerviertel platzen aus allen Nähten. Die Autos schleichen Stoßstange an Stoßstange durch die Straßen, während sich die Massen auf den Bürgersteigen entlangschieben. Obwohl ich mich mit dem Bike durch den Verkehr schlängeln kann, benötige ich beinahe vierzig Minuten, bis ich endlich Erics Haus erreiche. Zwar ist sein Wagen nirgends zu sehen, dennoch beschließe ich, nachzuschauen. Man weiß ja nie! Vielleicht ist das Auto in der Werkstatt. Ich stelle mein Bike auf seinem Privatparkplatz ab und betrete den Innenhof.

Während ich die gewundene Treppe hinaufsteige, kommt mir unwillkürlich die Nacht vom Mardi Gras in den Sinn, als Eric und ich Hand in Hand hochgesprintet sind. Mir wird das Herz schwer, gleichzeitig erwacht in mir die Wut. Er ist mir, verflucht noch mal, eine Erklärung schuldig! Oben angekommen, klopfe ich energisch an die Tür. Nichts. Ich lege das Ohr ans Holz, um zu lauschen, dann klopfe ich erneut. Immer noch nichts. Der Vogel scheint ausgeflogen zu sein. Also werde ich zu Beau fahren und ihn nach allen Regeln der Kunst ausquetschen. In Cheyenne habe ich sicher eine willige Helferin. Zu zweit knacken wir ihn, da bin ich sicher! Ungeachtet meines genialen Plans bin ich für einen Moment außerstande, mich von der Stelle zu bewegen. »Ich kenne jedes Detail deines wunderschönen Gesichts, Jet«, hat Eric voller Zärtlichkeit gesagt, genau hinter dieser Tür. »Besäße ich auch nur den Hauch deines Talents, ich könnte es mit geschlossenen Augen zeichnen.« Danach hat er mich fest an sich gepresst und mich zum ersten Mal geküsst. Mühsam schlucke ich die Tränen hinunter, bevor ich meine Füße zwinge, wieder nach unten zu gehen.

Auf dem Weg zum Irish Channel, wo Beau und Cheyenne in einer umgebauten Feuerwache leben, passiere ich den Faubourg Lafayette und den Lower Garden District. Danach fahre ich den Mississippi an der hohen Betonmauer entlang, die

die Stadt vor Überflutungen schützt. Eine schlecht beleuchtete Gegend mit niedrigen Fabriken und Lagerhallen, die um diese Uhrzeit wie ausgestorben ist. Auf halbem Weg beginnt es zu regnen, kurz darauf taucht hinter mir ein einzelner Wagen auf. Er fährt deutlich schneller als ich, deshalb weiche ich zur Seite aus, um ihn vorbeizulassen. Wie erwartet beschleunigt er, aber der Vollidiot denkt nicht daran, sein Fernlicht auszuschalten. Die grellen Strahlen treffen in meinem linken Rückspiegel auf, was mich zwingt, den Kopf abzuwenden. Noch einmal nehme ich Gas weg, um ihn schnellstmöglich loszuwerden. Das Röhren hinter mir schwillt an, als er zum Überholmanöver ansetzt.

Na also, geht doch!

Im selben Augenblick prallt etwas Hartes gegen die Honda, und ich mache einen heftigen Satz nach vorn. Das Arschloch hat mich angefahren! Unter mir gerät das Motorrad ins Schlingern, während ich verzweifelt versuche, es ins Gleichgewicht zu bringen. Doch es ist aussichtslos. Die Reifen verlieren auf dem nassen Asphalt die Haftung, die Honda kippt, und mir bleibt nur ein Sekundenbruchteil, um den Schaden zu begrenzen. Ich entspanne die Arme, die Beine und den Rest des Körpers, wie ich es gelernt habe, und gehe mit der Honda zu Boden, die an den Straßenrand schlittert, wo sie schließlich abrupt stoppt. Obwohl ich nicht schnell gefahren bin, geht mir der Aufprall durch Mark und Bein. Benommen bleibe ich liegen. Hoffentlich habe ich mir nichts gebrochen, aber die Honda hat vermutlich einiges abbekommen. *Ich kriege sie wieder hin! Ich muss!* Sie ist ein Klassiker, und ich liebe sie.

Der Wagen hinter mir stoppt. Eine Tür wird geöffnet, und jemand kommt eiligen Schrittes näher, was mich mit Erleichterung erfüllt. Wenigstens stellt sich der Unfallfahrer seiner Verantwortung! Mühsam versuche ich, auf die Beine zu kommen, als sich klobige Stiefel in mein Blickfeld schieben. Ich schaue hoch. Eine breite Silhouette erhebt sich dunkel in der Nacht, ich kann das Gesicht der Person nicht erkennen.

»Brauchen Sie Hilfe, Miss Stenton?«, fragt eine dumpfe männliche Stimme, als hätte der Sprecher ein Handtuch verschluckt.

Mir stockt das Herz in der Brust. Woher kennt der Typ meinen Namen?

Licht und Schatten

Eric

Nach einer Mütze Schlaf und einem raschen Frühstück habe ich mich zurück an meine alten Fälle gesetzt, um sie weiter durchzugehen. Immer wieder schwirrt mir die Südstaatensumpfmade durch den Kopf. Wo ist mir dieser Begriff schon einmal begegnet? Die Erkenntnis nagt an den Rändern meines Verstandes, was mich wahnsinnig macht. Etwas sagt mir, dass sie der Schlüssel sein könnte. Gegen Abend klopft es an der Zimmertür. Vermutlich ein Hotelangestellter, der mir frischen Kaffee bringt. Ich bin fest entschlossen, auch diese Nacht durchzuarbeiten. Die Zeit rinnt uns durch die Finger, zumal Beau und seine Kollegen bisher nichts gefunden haben, selbst in Steves Unterlagen nicht. Möglicherweise hat der Mörder alle wichtigen Hinweise verschwinden lassen. Steves Leiche wurde am Flussufer entdeckt, dennoch geht die Spurensicherung nicht davon aus, dass er dort getötet wurde. Kampfspuren fanden sich allerdings weder in seinem Apartment noch in seinem Büro.

»Einen Moment!«, rufe ich und strecke mich ausgiebig, bevor ich aufstehe, um die Tür zu öffnen.

Der junge Mann in Livree vor mir hält ein Tablett in den Händen, auf dem er eine Kaffeekanne, eine Tasse, ein silbernes

Milch- und Zuckerservice sowie einen Teller mit Keksen balanciert. Daneben liegt ein weißer Umschlag.

»Darf ich?«, fragt er, und ich trete einen Schritt zur Seite, um ihn vorbeizulassen.

Er steuert den kleinen runden Tisch in der Mitte des Zimmers an, wo er das Tablett abstellt. »Soll ich Ihnen Kaffee eingießen, Mister Vincent?«

»Das mache ich selbst, vielen Dank«, antworte ich. »Was ist das für ein Umschlag?«

»Der ist vorhin für Sie abgegeben worden«, antwortet der junge Mann.

»Vom wem?«

»Das weiß ich leider nicht. Soll ich bei der Rezeption nachfragen?«

»Bitte, ja«, antworte ich, worauf der Hotelangestellte zum Haustelefon geht, um den Anruf zu tätigen.

Während er mit gesenktem Kopf telefoniert, das Gespräch währt nicht länger als eine Minute, betrachte ich den weißen Umschlag argwöhnisch.

»Und?«, frage ich, als der junge Mann zurückkommt.

»Meine Kollegin an der Rezeption meint, es habe sich um einen Mann gehandelt. Er war groß und trug einen Schlapphut und einen Regenmantel, sie hat sein Gesicht nicht gut sehen können, weil der Hut vor Nässe triefte, aber sie schätzt ihn auf Ende dreißig, Anfang vierzig. Nachdem er den Umschlag abgegeben hat, ist er wieder aus dem Hotel geeilt. Um den schönen Teppichboden nicht nasszumachen, hat er gesagt.« Der Hotelangestellte zeigt lächelnd zum Fenster. »Es regnet seit Stunden ziemlich heftig.«

»Wirklich?«

Ich bin so in die Akten vertieft gewesen, dass es mir entgangen ist. Ich könnte nicht einmal sagen, wann genau die Nacht angebrochen ist. Meine Armbanduhr verrät mir, dass es jetzt kurz vor halb elf ist.

»Benötigen Sie sonst noch etwas, Mister Vincent?«

»Können Sie mir Ihre Handschuhe leihen?«, frage ich aus einer Eingebung heraus.

Verblüffung zeichnet sich auf den Zügen des jungen Mannes ab. »Wie bitte?«

»Ihre Handschuhe«, wiederhole ich und zeige auf den Umschlag. »Er könnte Anthrax beinhalten.«

»Was?«, kommt es keuchend zurück.

Ich lächele. »Das war ein Witz. Leihen Sie sie mir trotzdem?«

Der Hotelangestellte schluckt kurz, dann gewinnt seine Professionalität die Oberhand zurück. »Natürlich«, sagt er und zieht seine weißen Handschuhe aus.

Im Maison de La Luz ist der Kunde immer König, ganz gleich, wie extravagant seine Forderungen sind. Nachdem er mir die Handschuhe gereicht hat, streife ich sie über und öffne den Umschlag, in dem ein einzelnes gefaltetes Blatt Papier liegt. Mein Magen verkrampft sich zu einem harten Klumpen, als ich die rote Schrift bemerke, die auf der Rückseite des Papiers durchscheint. In meinem Kopf blitzt Steves verunstaltetes Gesicht auf. Vorsichtig falte ich den Brief auseinander und lege ihn auf den Tisch direkt neben das Tablett, sodass der junge Hotelangestellte, der einen diskreten Abstand wahrt, keinen Blick darauf werfen kann. Ich ziehe die Handschuhe aus, um sie ihm zurückzugeben.

»Alles in Ordnung, Mister Vincent?«, fragt er hörbar besorgt.

»Alles bestens«, lüge ich. »Danke sehr.«

»Gern.« Nichts in der Miene des jungen Mannes lässt darauf schließen, wie schrullig er das Verhalten des Gastes findet.

Nachdem er gegangen ist, atme ich tief durch, bevor ich langsam zu dem Tisch zurückgehe, um mir Randos neue Botschaft durchzulesen.

Hast du wirklich geglaubt, du kannst dich vor mir verstecken, Eric? Falsch gedacht!!! Weißt du, ich dachte, deinem Kumpel das Licht auszublasen, hilft, dir ein Licht aufgehen zu lassen. Damit du endlich Verantwortung übernimmst. Aber dann denkst du vielleicht noch, es ginge gar nicht um dich! Sei ganz beruhigt, ich habe jetzt was Besseres gefunden, noch besser als dein toter Schnüffler-Freund. Machst du dir jetzt in die Hosen, wie er kurz vor seinem Ende? Keine Sorge: Deine Stunde hat noch nicht geschlagen, die des süßen, wohlduftenden Burgfräuleins schon. Man könnte auch sagen: In diesem Moment sehe ich ROT, du Drecksack!!! Rando.

Blinzelnd starre ich auf die Buchstaben, die vor meinen Augen zu verschwimmen begonnen haben. Was meint dieser Verrückte damit? Als mein unsteter Blick auf das Kuvert fällt, setzt mein Herz einen Takt aus. Etwas schimmert durch das weiße Papier. Etwas Rötliches. Ich schnappe mir den Kaffeelöffel vom Tablett, um den Umschlag anzuheben und so lange zu schütteln, bis das, was sich darin befindet, herausfällt. Der Anblick verpasst mir einen Magenschwinger, der mich nach hinten straucheln lässt.

Eine rote Locke.

Das ist nur ein Trick. Jet ist in Vegas. Dieser Irre will mich nur zermürben.

Verzweifelt versuche ich, meine Atmung unter Kontrolle zu bekommen, aber es gelingt mir nicht. Schließlich hat dieser Kerl nicht davor zurückgeschreckt, so lange mit einem Backstein auf Steve einzudreschen, bis dieser tot war. Meine Hand zittert, als ich nach dem Handy greife, um Beau anzurufen. Endlose dreißig Minuten später, in denen ich wie ein verwundeter Tiger im Raum hin und her laufe, trifft er ein. Seine Miene verheißt nichts Gutes.

»Was ist los?«, fahre ich ihn an, kaum dass er über die Schwelle getreten ist.

»Gerade eben ist ein anonymer Tipp bei uns eingegangen«, sagt er. »Es hieß, das Burgfräulein würde im obersten Kämmerlein am Ridgeway Boulevard darauf warten, von seinem weißen Ritter gerettet zu werden.«

Brennende Galle steigt meine Kehle hoch. »Was, verflucht noch mal, meint er mit oberstem Kämmerlein?«

»Wir nehmen an, er spielt auf das Fisherman's Castle an.«

Das Fisherman's Castle ist ein weißes Schlösschen im Irish Bayou, das 1981 von einem Privatmann erbaut wurde und wie die Miniaturausgabe einer mittelalterlichen Burg aussieht. Nach dessen Tod verkaufte es die Familie, und das Schlösschen wechselte mehrfach den Besitzer. Eine Skurrilität zwischen all den Fischerhäusern rundum, aber auch das einzige Gebäude dort, das der verheerende Hurrikan Katrina nicht zerstört hat. Meines Wissens steht es derzeit zum Verkauf.

Ich nicke langsam. »Du hast recht, das muss es sein«, pflichte ich ihm bei. »Wir müssen sofort aufbrechen!«

»Es könnte sich um eine Falle handeln«, gibt Beau zu bedenken. Sein ruhiger Tonfall straft sein aschfahles Gesicht Lügen. »Eine Spezialeinheit ist bereits unterwegs.« Kurz schaut er auf seine Schuhe. »Wir haben's überprüft. Jet ist heute Abend gegen acht Uhr in New Orleans gelandet. Sie ist einen Tag früher als geplant zurückgekommen.«

»Verdammte Scheiße!« Meine Anspannung entlädt sich explosionsartig. Laut fluchend schlage ich mit der Faust gegen die Wand, worauf das dort aufgehängte Bild – ein Stillleben in Blau und Grau – gefährlich ins Wanken gerät.

»Habt ihr ihre Wohnung gecheckt?«, frage ich schwer atmend.

Beau nickt schwach. »Da ist sie nicht.«

Obwohl ich es geahnt habe, sackt mir das Herz noch tiefer in die Hose. »Auf zum Irish Bayou. Sofort!«

»Bist du sicher?«, fragt Beau. »Was, wenn Jet …« Er bricht abrupt ab, beißt sich auf die Unterlippe. »Fuck«, fügt er leise hinzu.

Ich drücke kurz seine Schulter. »Ich bin sicher.«

Unsere Blicke begegnen sich, dann geht ein Ruck durch seinen Körper. »Okay, lass uns fahren!«, sagt er. »Ich packe nur schnell den Brief und die Locke in einen Plastikbeutel. Das war umsichtig von dir, sie mit Handschuhen anzufassen.«

Ich nicke nur.

»Ich lasse die DNA checken. Vielleicht ist die Locke gar nicht von Jet«, murmelt Beau, während er die Hinweise sichert.

Sieht aber verdammt danach aus!, will ich brüllen, bringe aber die Worte nicht über die Lippen.

Fünf Minuten später sitzen wir in seinem Wagen, einem schwarzen 2006er Dodge Ram, und fahren nach Nordosten zum Irish Bayou, einer schmalen Landzunge im Lake Pontchartrain. Rasch lassen wir die pulsierende Stadt hinter uns und dringen ins Naturschutzgebiet vor. Der Mondschein malt ein wildromantisches Bild aus Wolken, Schatten und Licht, dem ich heute Nacht nichts abgewinnen kann. Meine ganze Aufmerksamkeit gilt dem Funkgerät, aus dem im Minutentakt neue Informationen knacken. Als wir endlich beim Fisherman's Castle eintreffen, stehen drei Einsatzfahrzeuge der Polizei davor. In der Nacht ist das Blaulicht, das unheilverkündend über die umliegenden Bäume und Häuser zuckt, schon von Weitem zu sehen. Cops mit Körperpanzerung, Blendgranaten, Stiefeln und Helmen haben vor dem Schlösschen, das wie ausgestorben wirkt, Position bezogen.

»Worauf warten die?«, frage ich Beau, als wir aussteigen.

»Auf grünes Licht vom Einsatzleiter. Die wollen sicher sein, dass der Kerl nicht wild um sich schießt, sobald sie stürmen.«

Ich schlucke schwer. »Verstehe.«

Beau wendet sich an einen dunkelhäutigen Kerl mit stoppeligem Haarschnitt. »Wie ist die Lage, Ed?«, fragt er.

»Der Radarscanner zeigt keine Lebenszeichen an«, antwortet dieser bereitwillig.

»Was nichts heißen muss«, beeilt sich Beau zu sagen. »Der Kerl könnte Jet im Keller festhalten.«

»Unwahrscheinlich«, erwidert Ed, und ich gebe ihm im Stillen recht. Angesichts des sumpfigen Untergrunds verfügen die wenigsten Häuser in New Orleans über einen Keller.

»Netter Versuch, Kumpel«, flüstere ich Beau zu, und als ich seinen Blick auffange, lese ich darin die gleiche Verzweiflung, die sich momentan wie ein Geschwür durch meinen Magen frisst.

»Wir gehen jetzt rein«, verkündet Ed plötzlich und gibt das Zeichen.

Sofort rennen die Cops von allen Seiten auf das Schlösschen zu, ihre Maschinenpistolen im Anschlag.

»New Orleans Police Department!«, ruft einer. »Machen Sie auf!«

Weil keine Reaktion erfolgt, treten zwei der Männer die vordere Tür ein, dann stürmt ein Teil der Meute ins Haus, während die anderen den Hinterausgang sichern. Daraufhin setzt sich auch Beau in Marsch. Ich folge ihm, was ihn veranlasst, sich nach wenigen Metern nach mir umzudrehen. Kurz veranstalten wir einen Wettbewerb im Anstarren, bis er einen resignierten Seufzer ausstößt.

»Bleib hinter mir, okay?«, murmelt er.

Ich nicke.

Wie ein Zombie bewege ich mich auf das grell angeleuchtete Schlösschen zu, das surreal anmutet, zumal außerhalb der riesigen Scheinwerfer alles in Dunkelheit getaucht ist. Würde in dieser Sekunde ein Schuss fallen, weiß ich nicht, ob ich fähig wäre, zu reagieren. Es ist, als hätte mein Verstand den Körper verlassen, der ohne mein Zutun den ihm vorbestimmten Weg geht. Im Gebäude treibt die von draußen hereinbrechende Helligkeit ein perfides Spiel von Licht und Schatten. Hinzu gesellen sich die ruhelosen Lichtpunkte der Taschenlampen, die die Polizisten hin und her schwenken, um auch den hintersten Winkel zu beleuchten. Beau und ich betreten eine Diele, von der einige Räume abgehen. Kurz orientieren wir uns, bevor wir die Holztreppe nach oben nehmen.

Es heißt, das Burgfräulein würde im obersten Kämmerlein am Ridgeway Boulevard darauf warten, von seinem weißen Ritter gerettet zu werden.

Während wir uns den Turm hinaufschleppen, ertönen von überallher Rufe.

»Gesichert!«

»Gesichert!«

»Gesichert!«

Oben angekommen, betreten wir einen runden Raum, in dem mehrere Lichtpunkte zusammentreffen und menschliche Schatten an die Wand geworfen werden. Ein halbes Dutzend Männer steht etwas abseits und starrt auf einen Holzstuhl in der Mitte des sonst leeren Zimmers. Das Herz in meiner Brust schlägt plötzlich wie ein Presslufthammer. Auf dem Stuhl sitzt eine Frau mit einer langen roten Lockenmähne. Sie trägt eine blaue Tunika und Jeans und wendet der Treppe den Rücken zu.

Wir haben Jet gefunden.

Mühsam, als würde ich durch zähen Sirup waten, nähere ich mich dem Stuhl. Mehrere Cops halten ihre Lampen auf die reglose Gestalt gerichtet, während ich sie umrunde. Beim

Anblick das wächsernen Gesichts und der leblosen Augen ist mir, als würde jemand einen Eiszapfen in meinen Schädel treiben. Eine dünne rote Linie verläuft entlang des weißen Halses.

»Was für ein krankes Schwein!«, höre ich einen der Cops sagen.

Eine Welle der Übelkeit schießt siedend heiß in meinem Hals hoch, so rasend schnell, dass ich sie nicht zurückhalten kann. Ich schaffe es gerade noch, mich abzuwenden, bevor ich mich, mit einer Hand an der Wand, übergebe. Zu viel Kaffee, zu wenig Essen. Eine breite Gestalt gesellt sich zu mir und reicht mir mit zitternder Hand ein Papiertaschentuch. Es ist Beau.

»Danke«, krächze ich und wische mir über den Mund, dann starre ich erneut auf den Stuhl.

Die rothaarige Schaufensterpuppe starrt zurück.

Das Gefühl der Ohnmacht weicht einer unbändigen Wut, wie ich sie niemals zuvor empfunden habe. Ein roter Schleier hat sich vor meine Augen gelegt, in meinen Schläfen pulsiert es schmerzhaft.

»Dieser Irre spielt mit uns«, zische ich Beau zu. »Wenn ich ihn erwische, bringe ich ihn um.«

Würde mich mein Polizistenfreund jetzt darauf hinweisen, dass er das nicht zulassen kann oder irgendeinen anderen Bullshit dieser Art, würde ich ihm an die Gurgel springen. Doch er zieht es vor, zu schweigen. Ohne ein weiteres Wort stürme ich die Treppe wieder hinunter. Draußen sauge ich gierig die salzige Nachtluft in meine Lungen.

»Verdammt, Beau! Wo ist sie?«, wende ich mich an meinen Freund, der mir gefolgt ist.

»Wir finden sie, versprochen.«

»Spar dir die Floskeln!«, blaffe ich ihn an, weise mich dann gedanklich zurecht. Jet ist ebenso Beaus Freundin wie meine. »Entschuldige«, murmele ich.

»Glaubst du mir wenigstens, wenn ich dir sage, dass ich alles Menschenmögliche tun werde, um sie zu finden?«, fragt Beau dumpf.

Ich nicke und fahre mir übers Gesicht. Erst da wird mir bewusst, dass meine Wangen tränenbenetzt sind.

Jet

»Wer sind Sie?«, keuche ich, »und woher kennen Sie meinen Namen?«

Der Fremde antwortet nicht, sondern starrt reglos auf mich herunter. Meine Nackenhaare stellen sich auf, jede Nervenzelle in meinem Körper ist in höchste Alarmbereitschaft versetzt, und ein einziges Wort füllt meinen Verstand: GEFAHR. Ohne auch nur eine Sekunde zu zögern, reiße ich meinen linken Fuß hoch und ramme ihn mit aller Kraft dem Mann in den Schritt. Der schwere Stiefel leistet ganze Arbeit. Mit einem Schmerzensschrei klappt der Kerl zusammen wie ein Taschenmesser. Flugs bin ich auf den Beinen und renne zum Wagen, während der Kerl hinter mir ächzt und wüste Flüche ausstößt. Mein rechter Oberschenkel wie auch meine rechte Schulter brennen wie die Hölle, aber ich verdränge den Schmerz. Zum Leiden ist später immer noch Zeit. Beim Auto angekommen, einem dunkelblauen Toyota Sienna, spähe ich durch die offene Fahrertür. Kein Schlüssel! Also laufe ich weiter die Straße entlang, nicht ohne vorher einen Blick aufs Kennzeichen zu werfen. Wegen des strömenden Regens erkenne ich lediglich den Buchstaben B sowie die Ziffern 9 und 5. Ich wage es nicht, einen zweiten Blick zu riskieren, denn der Mann ist inzwischen wieder auf den Beinen und nimmt schnaufend die Verfolgung auf.

Ich schlage einen Haken nach links, renne über einen leeren Parkplatz auf einen gut eineinhalb Meter hohen Zaun zu, hinter dem sich ein Fabrikgelände erstreckt. Dort zwischen den Gebäuden und meterhohen Paletten kann ich mich verstecken und die Cops anrufen. Ich beschleunige, hebe mit einem Satz vom Boden ab, greife nach dem oberen Rand des Zauns und packe ihn mit beiden Händen. Dann klettere ich ein wenig unbeholfen auf die andere Seite. Das letzte Stück überwinde ich mit einem Sprung. Kurz wanke ich, bevor ich mein Gleichgewicht wiederfinde und weiterrenne. Nach wenigen Metern presse ich mich gegen die Blechwand einer Halle, wo ich mit dem Schatten verschmelze. Gerade will ich nach meinem Handy greifen, als ein schwacher Lichtschein über den Zaun huscht. Mir bleibt fast das Herz stehen. Etwas muss mich verraten haben, denn der Fremde schickt sich an, den Parkplatz zu überqueren. Und er hat eine Taschenlampe dabei! Hektisch suche ich den Boden ab, hebe ein langes Stück Holz auf und schlage damit gegen mein linkes Bein, um seine Festigkeit zu prüfen. Mit der provisorischen Waffe in der Hand weiche ich Schritt für Schritt zurück, immer an der Wand entlang und bemüht, kein Geräusch zu verursachen.

Als ich eine Tür erreiche, drücke ich die Klinke herunter, aber zu meinem Leidwesen ist sie abgeschlossen. Mit zusammengekniffenen Augen blicke ich mich um. Das Gelände liegt im Dunkel, und der Regen trübt zusätzlich die Sicht. Trotzdem mache ich gut zwanzig Meter von mir entfernt unförmige Schatten aus, die in die Höhe ragen und gute Verstecke bieten könnten. Im Laufschritt überwinde ich die Strecke, bücke mich unter einer Absperrkette hindurch und gelange in ein Labyrinth aus meterhoch gestapelten Ziegeln, Holzplatten und Betonblöcken. Immer tiefer dringe ich ein, schlage willkürliche Haken und bleibe stehen, um zu lauschen. Nichts. Also wage ich einen erneuten Versuch, den Notruf anzuwählen.

Meine Finger zittern.

»911. Notrufzentrale. Wie kann ich Ihnen helfen?«

»Ein Mann hat mich angefahren«, flüstere ich gehetzt. »Und jetzt jagt er mich.«

»Wo sind Sie?«

»Tchoupitoulas Street, ich verstecke mich auf einem Fabrikgelände«, antworte ich rasch. »Ich weiß nicht, wie es heißt, aber hier steht überall Baumaterial herum. Das Gelände befindet sich gut eine halbe Meile westlich von einer Autowerkstatt. Ich …« Plötzlich nehme ich aus dem Augenwinkel heraus eine Bewegung wahr. »O Gott!«, stoße ich hervor, dann sprinte ich los, das Handy immer noch in der Hand.

»Ma'am, wie ist Ihr Name? Ma'am, hören Sie mich? Ma'am?«, ruft die Frau am Telefon.

Hastig betätige ich die seitliche Stummtaste, lasse das Handy aber eingeschaltet, damit die Polizei es orten kann. Indessen setzt mir der Schatten nach. In der Nacht klingen das Ächzen und die platschenden Schritte in den Pfützen überlaut. Mein Herz rast, und ich spüre meinen Puls in den Schläfen. Trotz der Schmerzen, die wieder aufgeflammt sind, laufe ich, so schnell ich kann, und widerstehe dem Drang, über die Schulter zu blicken. Ich wische mir gerade den Regen aus dem Gesicht, als direkt vor mir etwas auftaucht, das zuvor in der Dunkelheit nicht zu erkennen war. In letzter Sekunde gelingt es mir, dem Metallrohr auszuweichen, das mich zweifellos ausgeknockt hätte. Erleichtert darüber, dass es noch einmal gut gegangen ist, beschleunige ich, pralle aber mit der rechten Stiefelspitze gegen ein Hindernis und stolpere. Fast wäre ich nach vorn gefallen. Mein Magen verkrampft sich. Ich muss konzentriert bleiben. Ein Fehler, und das war's!

Inzwischen hat mein Verfolger die Taschenlampe ausgeschaltet, vermutlich weil sie im dichten Regen nicht viel ausrichtet, ich ihn dafür aber leichter entdecken kann. Ich laufe, schlage Haken und spüre, wie mir langsam die Puste ausgeht. Was, wenn der Kerl weiter vorn auf mich wartet? Hinter der nächsten Palette zum Beispiel? Die Vorstellung katapultiert mich fast an den Rand der Panik, und erneut zwinge ich mich zur Ruhe. Ich muss ein Versteck finden und ausharren, bis die Cops eintreffen. Meine Wahl fällt auf einen Berg Traktorreifen direkt vor mir. Schnell steige ich über das Gummi, was sich wegen der Nässe als gar nicht so einfach erweist. Zunächst werfe ich meine provisorische Waffe nach vorn, dann klettere ich hinterher. In einem der hinteren Reifen mache ich mich klein und warte ab.

Die Minuten vergehen quälend langsam, während ich versuche, ruhiger zu atmen, denn das Rauschen in meinen Ohren macht mich taub für die nahende Gefahr. Nicht aber für die Polizeisirene, die plötzlich in der Ferne ertönt! Ich lausche angespannt. In einer Stadt wie New Orleans hängt dieses Geräusch ständig in der Luft, also muss es nicht zwangsläufig mit mir zusammenhängen. Doch die Sirene nähert sich, wird lauter und lauter. Vor Erleichterung breche ich in leises Lachen aus, während sich meine Tränen mit dem nachlassenden Regen vermischen. Und ich höre noch etwas: das Brummen eines Motors, der angelassen wird, gefolgt von durchdrehenden Reifen.

Das Arschloch verpisst sich.

Trotzdem warte ich, bis die Sirene verklungen ist und das zuckende Blaulicht vor dem Gelände verharrt, ehe ich mich aus meinem Versteck wage. Genau in dem Moment, als ich mich humpelnd in Bewegung setze, hört der Regen auf.

Wenig später sitze ich mit einer Wolldecke um die Schultern auf der Heckklappe eines Krankenwagens, in den Händen halte ich eine dampfende Tasse Tee. Ein Streifenwagen am Rand der Unfallstelle hat die voll aufgeblendeten Scheinwerfer auf meine ramponierte Honda gerichtet, die in diesem Augenblick auf einen Transporter verladen wird.

»Wo bringen Sie meine Maschine hin?«, will ich von dem uniformierten Beamten wissen, der soeben meine Personalien aufgenommen hat und mich nun zum Tathergang befragt. Er ist mittelgroß und schlank, mit asiatischen Zügen, seine Marke weist ihn als Officer Jerry Wu aus.

»In die nächste Motorradwerkstatt.«

»Können Sie sie zu Bruno's Bikerstore in der Banks Street überführen lassen?«, frage ich, obwohl ich die Antwort bereits zu ahnen glaube. »Das liegt in Mid-City.«

Der Cop schüttelt bedauernd den Kopf. »Tut mir leid! Ich fürchte, Sie können sich das nicht aussuchen.«

Ich unterdrücke den Fluch, der mir auf der Zunge liegt. »Wie heißt die Werkstatt, und wo finde ich sie?«

Er nennt mir Namen und Adresse, und ich fasse den Entschluss, mir übermorgen Brunos Ford Transit zu borgen und die Honda abzuholen.

»Also, Miss Stenton, um auf den Verlauf der Tat zurückzukommen«, sagt Officer Wu mit Blick auf seinen Notizblock. »Sie sagen, dass der Mann Sie gekannt hat oder zumindest Ihren Namen?«

»Ja.«

»Können Sie ihn beschreiben?«

Ich verneine, außer dass ich ihn auf eins achtzig schätze und er in der Dunkelheit bullig wirkte. Doch je mehr Details ich dem Cop zu dem Toyota liefere, desto mehr hellt sich seine enttäuschte Miene auf. Fleißig notiert er alles.

»Oh, da fällt mir noch etwas ein!« Für einen Moment schließe ich die Augen, um mich besser zu konzentrieren. »Als ich in den Wagen hineingesehen habe, meine ich, einen Anhänger mit dem rot-weißen Emblem der Chicago Bulls am Rückspiegel gesehen zu haben. Sie wissen schon, das Team aus der NBA.«

Officer Wu nickt zufrieden. »Das ist gut«, sagt er, während er die neue Info aufschreibt. »Ein Anfang. Sonst noch was?«

Nach kurzem Nachdenken schüttele ich den Kopf. »Tut mir leid, nein.«

»Ist Ihnen vielleicht etwas an seiner Aussprache aufgefallen?«

Wieder schüttele ich den Kopf. »Nein, aber er hatte keinen ausgeprägten Südstaatenakzent, was nicht unbedingt etwas heißen muss.«

»Nein, aber das und das Emblem der Chicago Bulls … Wer weiß?« Er lässt den Rest ungesagt. »Werden Sie Anzeige erstatten?«, fragt er abschließend.

»Na und ob!«, antworte ich energisch.

»Gut.« Er klappt seinen Notizblock zu. »Ich würde Sie bitten, in den nächsten Tagen zu uns aufs Revier zu kommen, um eine offizielle Aussage zu machen und Anzeige gegen unbekannt zu erstatten.«

»Alles klar.«

Er nickt mir ein letztes Mal zu, bevor er sich zu seinem Kollegen gesellt. Im Nu ist die Sanitäterin, die zuvor meine Schürfwunden und Prellungen verarztet hat, an meiner Seite, um mir mitzuteilen, dass ich eine Nacht zur Beobachtung im Krankenhaus bleiben soll. Meine Beteuerungen, mir gehe es gut, beeindrucken sie nicht im Mindesten. Als sie meint, ich könnte einen leichten Schock erlitten haben, ergebe ich mich meinem Schicksal. Ich bin mit den Folgen von Motorradunfällen vertraut und weiß, dass damit nicht zu spaßen ist. Weil der Südosten von New Orleans in vielerlei Hinsicht vernachlässigt wird, was leider auch die medizinische Versorgung betrifft, werde ich ins Tulane Medical Center gefahren. Ich hätte es schlimmer treffen können. Das Krankenhaus im Herzen von New Orleans gilt als eines der besten. Die Nacht verbringe ich in einem Dreibettzimmer. Obwohl mir viel durch den Kopf geht, vor allem, dass der Kerl es offensichtlich gezielt auf mich abgesehen hat, schlafe ich wie ein Stein. Nach einer Katzenwäsche in dem winzigen Bad und der morgendlichen Visite, in der mir der Arzt einen stabilen Zustand bescheinigt, steht es mir frei, das Krankenhaus zu verlassen.

In der Cafeteria im Erdgeschoss nehme ich noch ein rasches Frühstück zu mir, bestehend aus einem Kaffee im Pappbecher und einem trockenen Bagel. Zwar befindet sich das 5. Polizeirevier weit entfernt, trotzdem beschließe ich, direkt im Anschluss dort hinzufahren, um die Formalitäten hinter mich zu bringen. Ich nehme die Linie 84 bis zur Claiborne Avenue, die letzten Meter gehe ich zu Fuß. In dieser kargen, aber dicht besiedelten Gegend sticht das lang gezogene, zweistöckige Polizeirevier mit seiner rostbraunen Fassade schon von Weitem hervor. An diesem Morgen ist nicht viel los, und nachdem ich beim Officer vom Dienst mein Anliegen vorgebracht habe, werde ich zu einer Frau geführt, die sich als Detective Lilian Albright vorstellt – eine überdurchschnittlich große, etwas spröde Brünette in den Vierzigern.

»*Detective* Albright?«, wundere ich mich laut, während ich ihrer Aufforderung nachkomme und auf dem Besucherstuhl Platz nehme.

Sie nickt. »Wir stufen Ihren Fall als schwere Straftat ein. Versuchte Freiheitsberaubung oder vielleicht Schlimmeres. Wir haben bereits eine Akte angelegt.« Sie räuspert sich. »Haben Sie eine Ahnung, warum der Mann es ausgerechnet auf Sie abgesehen haben könnte?«

Ich schüttele den Kopf.

»Haben Sie irgendwelche Feinde?«

»Nein, ich bin völlig harmlos«, antworte ich mit einem freudlosen Lächeln. »Ich male Bilder und arbeite in einer Motorradwerkstatt.«

Beim letzten Wort runzelt Detective Albright die Stirn. »Was für eine Motorradwerkstatt?«

War ja klar!, fährt es mir durch den Kopf. Ich werde die Polizistin in ihrem Eifer wohl etwas ausbremsen müssen.

»Bruno's Bikerstore in der Banks Street«, erkläre ich. »Bruno, der Besitzer, ist eine ehrliche Haut und gehört auch keinem zwielichtigen Klub an, wenn das Ihre Sorge sein soll.«

Sie tippt etwas in ihren Computer ein. »Das werde ich checken.«

Tu das!

»Sind Sie schon mal bedroht worden?«, fragt sie weiter, aber bevor ich zu einer Antwort ansetzen kann, klingelt ihr Telefon. »Entschuldigen Sie«, sagt sie und nimmt das Gespräch entgegen. »Aha. Verstehe.« Wieder ein Stirnrunzeln. »Ja, natürlich.«

Nachdem sie aufgelegt hat, steht sie zu meiner Überraschung auf. »Bitte bleiben Sie sitzen, ich bin gleich wieder zurück.«

»Okay«, erwidere ich, doch da ist sie bereits durch die Tür verschwunden.

Um mir die Zeit zu vertreiben, lasse ich meinen Blick durch den Raum schweifen. Der rechteckige Schreibtisch, der Bürosessel, der Aktenschrank, die Regale sowie der Linoleumboden in fröhlichem Schimmelgrün weisen nicht unbedingt auf einen kreativen Innenausstatter hin. Der Ausblick aus dem Fenster ist kaum erbaulicher. Schrecklich! An einem solchen Arbeitsplatz würde ich eingehen wie die Topfpflanze auf dem Fenstersims. Als hinter mir die Tür geöffnet wird, drehe ich mich um in der Erwartung, Detective Albright zu erblicken. Stattdessen tritt Beau über die Schwelle. Sein Anzug wirkt verknitterter als sonst, und die Stoppeln in seinem Gesicht erfordern dringend eine Rasur. Für einen kurzen Moment starrt er mich an, dann reißt er mich aus dem Stuhl in eine Umarmung, die meine Knochen knacken lässt.

»Scheiße, Jet«, murmelt er tonlos. »Wir dachten, wir hätten dich verloren.«

»Verloren?«, nuschele ich in sein Sakko. »Wieso das denn?«

Statt einer Antwort drückt er mich zurück in den Stuhl, dann fährt er sich durch die Haare. »Möchtest du einen Kaffee?«, fragt er.

»Nein danke«, entgegne ich in dem Wissen, dass Cops jeden Kaffee verschandeln, ganz gleich, welches Gerät sie dafür missbrauchen.

Beau nickt, als würde er meine Beweggründe verstehen, zieht den zweiten Besucherstuhl heran und setzt sich. »Seit deiner Landung in New Orleans giltst du als vermisst, Jet. Irgendein Schlaumeier im Krankenhaus hat deine Vornamen verwechselt und dich als Theodora Stenton angemeldet, vielleicht weil er übermüdet war. Deshalb sind meine Anfragen bei den Krankenhäusern erfolglos geblieben. Erst als Detective Albright vor einer Stunde deine Akte im System angelegt hat, wurde eine Übereinstimmung angezeigt.« Seine Mundwinkel kräuseln sich zu einem kleinen Lächeln. »Jetzt bin ich hier.«

Verdattert schaue ich ihn an. »Wer hat mich denn als vermisst gemeldet?«

»Ich.«

»Wieso?«

Er atmet tief durch, dann beginnt er zu erzählen. Eine wahnwitzige Geschichte, die mir das Blut in den Adern gefrieren lässt und in der Eric die Hauptrolle und eine rothaarige Schaufensterpuppe die tragische Nebenrolle spielen.

»Was, glaubst du, sollte das mit der Puppe?«, frage ich, nachdem ich meine Sprache wiedergefunden habe, was gut und gern eine Minute dauert.

»Eine Art Schnitzeljagd, die dieser Verrückte für Eric veranstalten wollte, nehme ich an«, sagt Beau. »Aber du hast ihm einen Strich durch die Rechnung gemacht.«

Ich erwidere sein Lächeln nicht. »Und du hast dich nicht bemüßigt gefühlt, mich zu warnen?«

»Zum einen warst du in Vegas und damit fürs Erste in Sicherheit«, entgegnet Beau. »Zum anderen waren wir uns einig, dass es besser wäre, dich im Unklaren zu lassen.«

»Wer ist wir?«

»Eric und ich«, antwortet Beau widerstrebend.

»Wieso, zum Teufel?« Ich spüre, wie der Ärger in mir zu brodeln beginnt.

»Wir dachten, kennst du erst einmal die Wahrheit, wärst du imstande, etwas Unüberlegtes zu tun, statt dich bedeckt zu halten.« Er lächelt entschuldigend. »Wenn dein Temperament mit dir durchgeht, wirst du unberechenbar.«

Aufgebracht springe ich von meinem Stuhl auf. »Das also denkt ihr von mir?«

Beau neigt den Kopf zur Seite und blickt zu mir hoch, als wollte er sagen: Komm schon, Jet, es ist die Wahrheit, und das weißt du verdammt genau.

Ich öffne den Mund zum Widerspruch, als mir der Grund meiner reflexartigen Rückkehr nach New Orleans einfällt. In meinem Kopf spult sich ein innerer Monolog ab. Ich wollte Eric zur Rede stellen, sicher, aber vor allem hatte ich Angst um ihn. Was wäre gewesen, wenn ich von dem Damoklesschwert gewusst hätte, das über mir schwebte? Wäre ich in Vegas geblieben? Ich klappe den Mund wieder zu. Vermutlich nicht.

»Okay«, murmele ich. »Und was passiert jetzt?«

»Ich würde dir dringend raten, zurück zu deinem Bruder zu fliegen, aber solltest du hierbleiben wollen«, fügt er rasch hinzu, als er meinen ablehnenden Blick auffängt, »bekommst du Polizeischutz.«

Ich nicke. »Habt ihr irgendwelche Spuren?«

Beau schüttelt den Kopf. »Leider nein, aber wir sind dran. Wir kriegen das Arschloch, Jet!« Er drückt mir einen Kuss auf die Wange und steht auf. »Als verantwortlicher Detective übernehme ich ab jetzt. Du kannst gehen, wenn du willst, aber wir werden noch mal in Ruhe miteinander reden müssen. Sehen wir uns morgen im 11. Revier?«

»Klar.«

Er begleitet mich aus dem Büro, bleibt aber stehen, als ich den Ausgang ansteuere.

Überrascht schaue ich ihn an. »Kommst du denn nicht mit?«

Er verneint. »Ich muss noch ein paar Formalitäten erledigen«, erklärt er, dann lächelt er. »Aber keine Sorge: Draußen wirst du erwartet.«

»Cheyenne?«, frage ich, doch Beau schüttelt den Kopf.

»Sie weiß nichts von der ganzen Geschichte, und dabei sollte es erst mal bleiben!«, antwortet er und schiebt energisch das Kinn vor. »Nicht auszudenken, was sie heute Nacht durchgemacht hätte, hätte sie Bescheid gewusst.«

Ich weiß nicht, ob ich gerührt oder sauer sein soll. Diese Südstaatenmachos übertreiben es zuweilen mit ihrer Fürsorge gegenüber ihren Frauen. Wir sind doch nicht aus Zucker! Ich will entsprechend dagegenhalten, aber Beau hat bereits das Nachbarbüro betreten und die Tür hinter sich zugezogen. Kopfschüttelnd gehe ich den Flur entlang zum Ausgang. Draußen blinzele ich gegen die gleißende Sonne an, als über den Vorplatz hinweg graublaue Augen meinen suchenden Blick fesseln. Mein Herz macht einen verräterischen Satz.

Es ist Eric.

Er trägt Jeans, ein weißes Hemd und einen dunkelgrauen Kurzmantel. Sein Körper ist wie ein Bogen gespannt, die Hände hat er tief in den Manteltaschen vergraben. Trotz der Schatten unter seinen Augen und der angespannten Züge sieht er umwerfend aus. Während ich näher komme, tastet mich sein Blick von Kopf bis Fuß ab, bleibt einen Moment an meinem zerfetzten Hosenbein hängen, bevor er sich wieder auf mein Gesicht konzentriert.

»Wie fühlst du dich?« Seine Stimme klingt rau.

»Gut. Woher wusstest du, dass ich hier bin?«, frage ich, nur um genügend Zeit zu haben, das jähe Gefühlschaos in meinem Innern zu ordnen.

»Beau.«

Ich nicke, starre kurz auf meine Fußspitzen, ehe ich den Blick hebe. Seine Augen sind unverwandt auf mich gerichtet.

»Wie geht es Gloria?«, will ich wissen.

Ein Blinzeln. »Äh, gut.«

Ein Schauer überkommt mich, diese Art von perversem Kribbeln, das einen erfasst, wenn man jemanden ein kleines bisschen quälen will. »Ich habe gestern mit ihr telefoniert«, sage ich beinahe triumphierend. »Sie hat mir erzählt, dass ihr euch seit Wochen nicht mehr gesehen habt.« Ich recke kämpferisch das Kinn vor. »Du hast mich belogen!«

»Ich wollte …«

»Was? Mich schneller loswerden?«

Eric fährt sich nervös durchs Gesicht. »Herrgott, Jet! Als ich von Steves Ermordung erfahren habe, wollte ich dich auf Abstand halten, um dich zu beschützen.«

»Hat ja super funktioniert!«, entgegne ich schnaubend.

Prompt verengt sich sein Blick. »Beau hatte schon Polizeischutz für dich beantragt, aber du musstest ja unbedingt nach Vegas fliegen!«

Aufgebracht stemme ich die Hände in die Hüften. »Ach, jetzt bin auch noch ich schuld, oder was?«, rufe ich. Dass eine vorbeigehende Frau uns neugierig beäugt, kümmert mich wenig.

»Das habe ich nicht gesagt!«, entgegnet Eric ebenso laut.

Grimmig starren wir uns an. Unsere Blicke verhaken sich ineinander, während in mir ein Kampf tobt. Ein Teil von mir würde ihn gern dahin schlagen, wo es wehtut, der andere würde sich am liebsten in seine starken Arme flüchten.

»Hättest du mir die Wahrheit gesagt, wäre ich vorsichtiger gewesen«, presse ich hervor. »Du hast mich erst recht in Gefahr gebracht!«

Ich sehe die Wut in seine Augen kriechen. »Wie bitte?«, grollt er leise.

»Du hast mich bevormundet, mir nicht zugetraut, die richtigen Entscheidungen zu treffen, sondern über meinen Kopf hinweg bestimmt!« Ich trete einen Schritt auf ihn zu und senke ebenfalls die Stimme. »Du hast dich wie ein Machoarsch verhalten, Eric.«

Wider Erwarten lösen sich seine Züge, weichen dem Ausdruck von Spott. »Genau deshalb habe ich es für mich behalten, Jet. Weil du ein verfluchter Sturkopf bist!«

Wortlos drehe ich mich um, um ihn wie einen dummen Jungen stehen zu lassen, aber er macht mir einen Strich durch die Rechnung, indem er mich am Arm packt und mich zu sich heranzieht.

»Lass mich los!«, zische ich.

Er krallt seine Finger in mein Haar und zwingt mich, zu ihm hochzusehen. »Hör auf, so zänkisch zu sein«, flüstert er mit einem Lächeln, das in meinem Magen ein wildes Flattern erzeugt.

»Zänkisch?«, ereifere ich mich dennoch. »Das ist so typisch für euch Mä…«

Sein Mund bringt mich zum Schweigen. Einen Atemzug lang leisten meine Lippen Widerstand, werden dann aber weich und nachgiebig, als er an ihnen zu knabbern beginnt. So liebevoll, dass meine Kehle eng wird.

»Ich hatte so eine Scheißangst um dich, Rübenköpfchen«, murmelt er kaum wahrnehmbar an meinen Lippen, und ich kann spüren, wie ein heftiges Zittern durch seinen Körper geht.

Bevor ich etwas sagen kann, verstärkt er den Druck, zwängt meinen Mund auseinander und lässt seine Zunge hineingleiten.

Sanft und rau zugleich. Wir treffen uns mit einem Seufzer, laben uns am Geschmack des anderen. Er vergräbt seine andere Hand in meinem Haar, während ich mich an ihn klammere. Als ein Pärchen laut streitend an uns vorbeigeht, beenden wir den Kuss und lehnen leise keuchend unsere Stirnen gegeneinander.

»Meine Sachen sind voller Dreck«, murmele ich. »Ich habe dein hübsches Hemd schmutzig gemacht.«

Er lächelt nur, hält den Moment ein wenig länger fest. Erst als eine Polizeisirene auf dem Parkplatz kurz aufheult und dann verstummt, gibt er mich frei – um in der nächsten Sekunde meine Hand zu umschließen. Seine Finger sind warm und tröstlich.

»Hast du schon was gegessen?«, fragt er und weist auf den Diner mit dem roten Dach auf der anderen Straßenseite.

»Ich habe in der Cafeteria des Krankenhauses gefrühstückt«, antworte ich.

Erics Augenbrauen schnellen in die Höhe, eine eindeutig missbilligende Mimik.

»Was bist du nur für ein Snob!«, bemerke ich mit einem schiefen Grinsen, gleichzeitig reibe ich meinen Kopf an seiner Schulter.

»Ich bin lediglich um deine Gesundheit besorgt.«

»Schon klar.«

»Also, wie wär's?«, fragt Eric mit verführerisch dunkler Stimme. »Und wenn es nur auf einen Kaffee ist.«

»Glaubst du wirklich, dass der Laden da drüben deinem Anspruch an Kaffee gerecht wird?«, gebe ich lächelnd zu bedenken.

»Hundertprozentig!«, flunkert er unverhohlen, was mich zum Lachen bringt.

Wir überqueren die Straße und betreten den Diner. Das satte Rot des Dachs findet sich in den Sitzmöbeln und Deckenventilatoren wieder. Auch sonst besticht das Restaurant durch warme Farben. Der Kachelboden ist rötlichbraun, die Wand sonnenblumengelb und mit gerahmten Schwarz-Weiß-Fotos übersät, die Alltagsszenen aus dem Viertel zeigen. Der Laden wirkt auf Anhieb sympathisch, und eine Infotafel informiert, dass er sich seit vierzig Jahren in Familienhand befindet. Eric und ich steuern einen Tisch am Fenster an.

»Gefällt mir«, sage ich und setze mich.

»Habe ich mir gedacht«, entgegnet Eric mit zufriedener Miene.

»Ha!«, rufe ich triumphierend. »Da siehst du mal, wie berechenbar ich eigentlich bin.«

Er lacht fröhlich auf. »Aber nur manchmal.«

Ein junger Mann in schwarzer Hose und einem Trikot der New Orleans Saints tritt hinter der Theke hervor, um unsere Bestellung aufzunehmen. Eric ordert für uns beide Kaffee. Jetzt, da sein leidenschaftlicher Kuss auf meinen Lippen langsam verebbt, dringen Beaus Worte zurück in meinen Verstand. Mich fröstelt, und ich bestelle zusätzlich noch ein Glas Cajun Spice Rum.

»Und was hast du jetzt vor?«, frage ich, nachdem ich einen ersten Schluck genommen habe, der sich angenehm warm auf meine überreizten Nerven legt.

»Ich gehe meine ganzen Fälle durch und hoffe, etwas zu finden, das uns auf die Spur dieses Irren bringt.« Eric seufzt. »Es sind verflucht viele, die infrage kommen könnten.«

»Ich kann dir helfen, wenn du magst«, biete ich an.

Er lächelt nachsichtig. »Das Anwaltsgeheimnis muss gewahrt bleiben, Jet.«

»Oh, richtig! Wie dumm von mir.« Ich nehme erneut einen Schluck. »In welchem Hotel wohnst du eigentlich?«

»Im Maison de La Luz.«

Mir entfährt ein entzückter Seufzer. »Ein wunderschönes Hotel.«

Erics Augen schauen grimmig. »Ja. Nur hat mich dieser Verrückte dort aufgespürt, also kann ich genauso gut in mein Apartment zurück.«

»Ist das klug?«, frage ich erschrocken.

»Ich bekomme Polizeischutz. Und …« Er zögert, streicht versonnen über den Rand seiner Kaffeetasse.

»Ja?«

»Wenn du zu mir ziehst, bis die ganze Sache vorbei ist, schlagen die Cops zwei Fliegen mit einer Klappe.« Sein Blick bohrt sich in meinen. »Ich habe mir eine Waffe besorgt, Jet. Die Cops vor dem Haus sind zwar schön und gut, aber ich sichere mich lieber doppelt ab. Solange du bei mir bist, kriegt dich dieser Kerl nicht.«

Ich muss nicht lange überlegen. Die Vorstellung, allein in meinem Apartment darauf zu warten, dass der Killer auftaucht, ist wenig verlockend. »Klingt, als hätte ich keine große Wahl«, antworte ich mit einem kleinen Lächeln. »Aber ich muss vorher nach Hause, einige Sachen holen.«

Erics Gesicht hellt sich auf. »Klar.«

»Und Manolo muss mit.«

»Selbstverständlich.« Eric grinst. »Ich sage nur schnell Beau Bescheid.« Schon zieht er das Handy aus seiner Hosentasche und drückt die Kurzwahltaste. Rasch erzählt er unserem gemeinsamen Freund von unserem Plan, dann folgen ein paar »Ahas«, ein »Okay« und schließlich ein »Wie du meinst«.

»Was ist?«, frage ich, nachdem Eric aufgelegt hat.

»Beau besteht darauf, uns zu eskortieren. Er hat drüben noch ein paar Minuten zu tun und bittet uns, zu warten.«

Die »paar Minuten« stellen sich am Ende als eine geschlagene Dreiviertelstunde heraus, was nicht weiter tragisch ist. Eric und ich nutzen die Zeit, um Pancakes zu bestellen, deren Duft unsere Nasen kitzelt, seit wir den Diner betreten haben. Schweigend machen wir uns über die Leckereien her, genießen einfach nur die Gegenwart des jeweils anderen. Als Beau schließlich im Laufschritt die Straße überquert, ruft Eric nach der Rechnung. Zwei Stunden später stehen wir vor seinem Haus. Während Beau hupend davonfährt, kämpfe ich mich mit meinem kleinen Rollkoffer und Manolos Tragebox aus Erics erst kürzlich angeschafftem BMW 8er Coupé.

»Du hättest dir mal einen vernünftigen Wagen kaufen sollen«, mäkele ich. »Etwas mit mehr Stauraum.«

»Sagt die Frau mit dem Motorrad«, entgegnet Eric unbeeindruckt und nimmt mir den Rollkoffer ab. »Was ist eigentlich mit deiner Honda?«

»Ich werde morgen Bruno anrufen und ihn bitten, sie in meinem Namen abzuholen und in die Werkstatt zu bringen«, erkläre ich, als wir nach oben gehen. »Ursprünglich wollte ich das selbst machen, aber nach dem, was Beau und du mir erzählt habt, lasse ich es lieber.«

»Sehe ich auch so.« Sein energischer, beinahe forscher Tonfall gefällt mir irgendwie.

Drinnen stellt Eric meine Sachen im Gästezimmer ab, während ich Manolo aus seiner Box befreie, was dieser mit einem vorwurfsvollen Miauen kommentiert. Dann fülle ich die mitgebrachten Näpfe mit Wasser und Trockenfutter und platziere sie neben der Küche, wo sie nicht im Weg stehen.

»Vielleicht möchtest du duschen«, sagt Eric, der nun hinter mir steht.

Amüsiert wende ich mich ihm zu: »Dir ist schon klar, wo das gewöhnlich hinführt, oder?«

Sein Blick wandert über mich, und ich spüre augenblicklich dieses gewisse Kribbeln im Bauch. »Eigentlich hatte ich keine Hintergedanken, aber da du das jetzt erwähnst«, antwortet er leise, packt meine Hand und zerrt mich die Treppe hoch.

Ich wehre mich nicht.

Eine überraschende Wendung

Eric

»Ich bin also ein Machoarschloch, ja?«, raune ich ihr zu.

Ihr süßer Duft nach Passionsfrucht steigt mir in die Nase. Sie ist frisch geduscht, und obwohl sie sich abgetrocknet und in einen viel zu weiten Bademantel gehüllt hat, perlen vereinzelte Wassertropfen ihren Hals herab. Ich kann nicht anders, als sie mit der Zungenspitze aufzusammeln, worauf ein Schauer ihre empfindsame Haut überzieht.

»Manchmal schon«, antwortet sie ein wenig kurzatmig.

Ohne von ihrem Hals abzulassen, fahre ich mit einem Finger über ihre feuchten Lippen, die sich unter meiner Berührung bereitwillig öffnen. Ihre samtige Zunge tippt mich fast schüchtern an, was meinem Schwanz, aber auch meinem Verstand einen heftigen Stromstoß verpasst. Heute Nacht habe ich einen Vorgeschmack davon bekommen, wie es wäre, sie für immer zu verlieren! Ich kann gerade so ein gequältes Keuchen unterdrücken. *Sei cool!*, ermahne ich mich. *Lass dir nicht anmerken, wie nah du dran bist, deine Beherrschung einzubüßen. Heute Nacht hältst du die Zügel in der Hand.* So lautet die Regel. Ich werde ihre Sinne betäuben, sie in einen Strudel lustvoller Ekstase ziehen, der sie und auch mich die vergangenen Tage vergessen lässt. Ich schiebe einen weiteren Finger in ihre warme Mundhöhle und verstärke gleichzeitig den Druck meiner anderen Finger auf ihren Kiefer.

»Okay, dann ist jetzt manchmal«, entgegne ich mit rauer Stimme und füge angesichts ihrer Erlebnisse vom Vorabend hinzu: »Wenn du es willst.«

Sie antwortet nicht, aber das Blut steigt ihr in die Wangen, und ihre grünen Augen leuchten auf. Als sie meine Finger hingebungsvoll zu lutschen beginnt, legt sich ein Schauer über meinen Körper, den ich bis in die Fußzehen spüre. Ich wusste es! Wusste, dass sie beim Sex gern die Kontrolle abgibt. Schon bei unserem ersten Mal habe ich so etwas gespürt. Meine kleine, starke Jet liebt es, auch mal die Unterlegene zu sein. Nun, dann will ich sie nicht enttäuschen. Mit meiner freien Hand öffne ich ihren Bademantel und streife ihn ab. Vorsichtig fahre ich über ihre lädierte Schulter, wandere tiefer zu ihren Brüsten, um sie zu massieren.

»Du bist wunderschön«, murmele ich und ziehe meine Finger aus ihrem Mund, um meine Entdeckungsreise mit beiden Händen fortzusetzen.

Ihr Lachen rammt direkt in mein Herz. »Und wie! Vor allem die geschwollene Schulter und die hässlichen Abschürfungen am Oberschenkel.«

Wortlos beuge ich den Kopf, um kleine Küsse auf ebendiesen zu verteilen, was ihr ein Wimmern entlockt.

»Tut es weh?«, frage ich besorgt.

»Nein.« Ihre Stimme ist nicht mehr als ein Hauch.

Meine Küsse wandern nach innen, streichen die Innenseite ihres Schenkels hoch, und ich kann aus dem Augenwinkel sehen, wie sie die Faust ins Laken krallt. Als sie sich zurücklehnt, bewundere ich kurz das Spiel ihrer weichen Brüste mit den dunkelrosa Nippeln, die wie Minibeeren hart abstehen, bevor mein Blick zurück zu ihren Schamlippen fliegt. So feucht und gerötet, gekrönt von ihrem Kitzler, der keck aus seinem Versteck hervorlugt. Mir stockt vor Erregung der Atem in der Lunge, gleichzeitig spüre ich, wie mein Schwanz in der Jeans anschwillt. Was Jet ebenfalls zu bemerken scheint, denn Triumph blitzt in ihren Augen auf.

Na warte!

Zeit, die Gangart zu erhöhen.

»Hast du dir beim Sturz die Knie verletzt?«, frage ich mit samtweicher Stimme.

Sie schüttelt den Kopf.

»Gut.«

Jet

Gut.

Ein einziges Wort aus nur drei Buchstaben, etwas lang gezogen und mit einem durchtriebenen Anstrich vorgetragen, aber es genügt, um das fordernde Pochen zwischen meinen Beinen zu verstärken.

»Spreiz die Knie, und setz dich auf deine Knöchel«, befiehlt er, und es klingt sehr dunkel, und auch ein wenig bedrohlich. »Stell dich nicht so an, Rübenköpfchen«, fügt er amüsiert hinzu, als er meinen vorwurfsvollen Blick auffängt. »Du hockst nicht auf dem harten Marmorboden, sondern auf einer Fünfzehntausend-Dollar-Matratze.«

Als ich nicht sofort antworte, zieht er meinen Kopf nach hinten und bohrt seine Augen in meine. Sein Griff ist fest, aber nicht schmerzhaft.

»Hast du mich verstanden?«

»Ja, Eric«, flüstere ich überwältigt, während ich seinem Befehl nachkomme.

»Schön. Und lass die Hände unten«, ordnet er an. »Wir wollen doch deine Schulter nicht unnötig belasten.« Der süffisante Unterton in seiner Stimme lässt meinen Herzschlag Geschwindigkeitsrekorde brechen.

Nachdem er den Reißverschluss seiner Jeans geöffnet hat, greift er durch den Schlitz seiner engen schwarzen Shorts nach seinem erigierten Schwanz.

»Und jetzt«, sagt er mit funkelnden Augen. »Lehnst du deinen Oberkörper nach hinten ins Kissen.«

Kurz bleibt mir die Spucke weg. *Herrje! Dann liege ich völlig offen vor ihm.* Unsere Blicke treffen sich über die Distanz hinweg, fragend der meine, berechnend der seine, und weil ich nicht sofort reagiere, legt er seine langen Finger um meine Kehle und presst mich ins Kissen. Das Wissen um das, was gleich folgen wird, lässt mich vor Verlangen erschauern. Keuchend verfolge ich jede seiner Bewegungen. Wie er sich seiner Jeans entledigt, aber die Shorts anbehält. Wie er sich mit gespreizten Beinen über mich hockt und Hand an sich legt. Er reibt sein Fleisch, langsam und genüsslich, drückt die samtige Spitze wieder und wieder nach vorn, während mein Hals immer trockener wird. Gierig fahre ich mir über die Lippen. Ich bin so scharf auf ihn, dass mir tatsächlich ein Wimmern entschlüpft.

»Nun mach schon!«, knurre ich ihn an, was ihn dazu veranlasst, tadelnd die Augenbrauen zu heben.

»Oder bist du nicht Manns genug?«, füge ich hinzu, aber diesmal spricht nicht der Frust aus mir, sondern reine Provokation. Ich will ihn aus der Reserve locken, das Raubtier in ihm wecken.

Was mir perfekt gelingt.

Seine Augen verengen sich, ehe er sich nach vorn beugt, meinen Hinterkopf packt und mir seinen Schwanz zwischen die Lippen drückt. Wie berauscht atme ich den schwülen Geruch seiner Männlichkeit ein, gleite mit meiner Zunge langsam den

Schaft entlang. Feurige Begierde jagt durch mein Blut. Ich will mehr von ihm, also presse ich mich ihm entgegen, um ihn tiefer aufzunehmen. Sein Schwanz füllt meinen Mund aus, und ich genieße das heiße Pulsieren seines Fleischs gegen meinen Gaumen. Ich lasse ihn ein Stück hinausgleiten, oder besser gesagt, er lässt zu, dass ich es tue, und kreise mit der Zunge um die Spitze. Er schmeckt warm und salzig, und ich schlecke ihn voller Hingabe ab, als wäre er eine Gourmandise aus dem Café du Monde. Dann schiebe ich ihn wieder in meinen Mund, kralle meine Fingernägel in seinen Hintern und drücke seinen Unterleib gegen mein Gesicht. Er tadelt mich nicht, dass ich meine Hände benutze, stattdessen entringt sich aus seiner Brust ein dunkles Stöhnen. Ein animalisches Geräusch, das mich erbeben lässt.

Ohne von ihm abzulassen, schaue ich zu ihm hoch. Unsere Blicke treffen sich, und er nimmt die Aufforderung dankend an. Sein Becken bewegt sich schnell vor und zurück, als er seinen Schwanz in mich rammt. Meine Lippen ziehen sich enger um ihn, saugen voller Hingabe, und als er zuckt, türmt sich in meinem Schoß ein Tsunami auf. *Gleich ist es so weit!* Sein Griff um meinen Kopf verstärkt sich, presst ihn rhythmisch auf seinen Schwanz, während ich meine rechte Hand zwischen meine verschwitzten Oberschenkel schiebe, um meinen geschwollenen Kitzler zu massieren. Es bedarf nur wenig, damit ich komme. Als würde ich in eine Steckdose greifen, durchlaufen heftige Schauer meinen Körper. Mein Zucken und dumpfes Keuchen sind es wohl, die Eric das letzte Quäntchen Zurückhaltung kosten. Aufbäumend und mit einem lauten Stöhnen ergießt er sich in meine Kehle. Ich schlucke schnell, bevor er eine weitere Ladung abfeuert, stärke mich an seiner Lust. Hinterher bettet er meinen Kopf auf das Kissen und streichelt zärtlich meine Wangen.

»Uff«, stößt er mit einem schiefen Grinsen hervor und lässt sich neben mich fallen.

»Wer hätte gedacht, dass sich unter den teuren Anzügen ein solches Ferkel verbirgt?«, necke ich ihn, nachdem ich wieder zu Atem gekommen bin. »Autsch«, entschlüpft es mir dann jedoch, als ich meine Beine ausstrecke und das Blut zu zirkulieren beginnt.

Wie um sich zu entschuldigen, küsst mich Eric sanft auf die Lippen. Seufzend kuschele ich mich an ihn, worauf er einen Arm um mich legt. Sein Herz schlägt hart und regelmäßig. Eine Weile liegen wir schweigend da, bis ich die Stille unterbreche.

»Ich mag es, wenn du dominant bist«, sage ich leise.

Ein amüsierter Blick unter schweren Lidern trifft mich. »Ach wirklich?«

Ich nicke. »In mir steckt, wie es aussieht, irgendwo tief drin ein kleines devotes Mädchen.«

Er stößt ein kehliges Lachen aus. »Ja, und ich weiß auch genau an welcher Stelle.«

Zur Strafe grabe ich meine Zähne in die Muskeln seiner Schulter. Er gibt ein heiseres Geräusch von sich, und ehe ich mich versehe, liege ich auf dem Rücken. Dann zieht er seine Shorts herunter und beugt sich mit einem durchtriebenen Blitzen in seinen graublauen Augen über mich.

»Lass uns das noch mal konkret analysieren«, sagt er und schiebt sich zwischen meine gespreizten Beine.

Als er sich in mir zu bewegen beginnt, umschlinge ich ihn mit allem, was ich habe. »Ab jetzt passen wir aufeinander auf, ja?«, flüstere ich in sein Ohr.

»Ja, mein Herz.« Sein weiches Haar kitzelt meine Schläfe, als er den Kopf neigt, um mich zu küssen.

Nachdem wir uns geliebt haben und meine Welt in tausend Stücke zerborsten ist, um sich nur langsam wieder zusammenzufügen, schlafen wir eng umschlungen ein.

»Lust auf ein paar Austern?«, fragt mich Eric Stunden später mit hinter dem Kopf verschränkten Armen.

Ich komme gerade aus dem Bad, wo ich mich ein wenig frisch gemacht habe.

»Du kriegst wohl nie genug, was?«, entgegne ich lachend.

Echtes Erstaunen legt sich auf sein Gesicht. »So habe ich das nicht gemeint«, antwortet er und schüttelt tadelnd den Kopf. »Jet, Jet, Jet! Egal, was ich sage, du denkst immer gleich an Sex.« Hitze steigt mir in die Wangen, was ihn grinsen lässt. »Meine Frage war harmlos. Wenn du Appetit darauf hast, lasse ich uns zwei Dutzend Austern aus dem St. Roch Market liefern. Was hältst du davon?«

Ich sinke zurück auf das Bett. »Gute Idee. Wie wär's, wenn wir direkt dort essen würden? Ich mag die Atmosphäre.«

Erics Miene wird ernst. »Wir sollten keine unnötigen Risiken eingehen.«

»Oh, richtig!« Meine Laune verdüstert sich schlagartig. »Das hatte ich ganz vergessen.« Tatsächlich hatte ich es für einen Moment.

Er legt mir den Arm um die Schultern. »Beau kriegt den Mistkerl zu fassen, da bin ich sicher! Und in ein paar Tagen ist der Spuk vorbei.«

Mein mattes Lächeln scheint ihn nicht sonderlich zu überzeugen, denn er beschließt seine Worte mit einem zärtlichen Kuss. Dann ist er mit einem Satz aus dem Bett.

»Ich geh die Austern bestellen!«, ruft er fröhlich.

»Tu das«, antworte ich, die Augen auf seinen nackten Hintern gerichtet, der verblüffende Ähnlichkeit mit zwei prallen Nektarinenhälften aufweist. Knackig und saftig zugleich.

Ach du Schande!, fährt es mir durch den Kopf. *Er hat recht. Ich bin ein Sexmaniac, oder besser gesagt ein Ericmaniac!*

Später sitzen wir an einem kleinen runden Tisch auf der efeuberankten Galerie mit Blick auf den Innenhof, wo Manolo herumstolziert und sein neues Revier absteckt. Für romantische Stimmung sorgen die einzelne Kerze zwischen uns sowie die beiden Laternen auf jeder Seite des Torbogens. Weil der März uns angenehm milde Temperaturen beschert, tragen wir, ganz dekadent, nur unsere Unterwäsche und darüber seidene Morgenmäntel. Wir sind eben dabei, das zweite Dutzend Austern mit scharfem Dressing in Angriff zu nehmen – dazu trinken wir kalifornischen Rosé –, als die Titelmelodie von »Mike Hammer« durch das Apartment schallt.

»Das ist Beau«, sagt Eric und schiebt seinen Stuhl zurück.

»Mike Hammer? Ehrlich jetzt?«, bemerke ich amüsiert.

»Wieso nicht?« Eric steht auf. »Der raubeinige Macho mit Hut und Schnauzer passt perfekt zu Beau.«

»Hast du für uns alle so abgedrehte Klingeltöne?«, will ich wissen.

»Klar! Ist es Kane, ertönt die Titelmusik von ›Crocodile Dundee‹, bei Leroy ist es ›Miami Vice‹.«

Ich breche in Lachen aus. »Du bist ein echter Achtzigerjahre-Fan! Und was ist mit mir?«, rufe ich ihm hinterher, als er hineingeht.

»›Drei Engel für Charlie‹!«, lautet die Antwort.

Ich kringele mich immer noch, als sich Eric das Handy ans Ohr hält. Während er Beaus Worten lauscht, umwölkt sich seine Stirn, dann verschwindet der heitere Ausdruck schlagartig aus seinem Gesicht.

»Was?«, platzt es aus ihm heraus, und ich kann seine unterdrückte Wut hören.

Sicherheitshalber gieße ich uns Rosé nach.

»So ein verfluchter Scheißkerl!«, tobt Eric.

Nun zittert meine Hand doch ein wenig, als ich die Flasche wieder abstelle. Das Telefonat währt nicht lange, und kurz darauf kehrt Eric zum Tisch zurück. Seine Miene als finster zu bezeichnen, ist noch untertrieben.

»Beaus IT-Kollege ist auf etwas Interessantes gestoßen«, beginnt er und nimmt einen großen Schluck aus seinem Glas, ehe er weiterredet. »Wie du weißt, hat dieser Rando öffentlich auf seinem Blog gegen mich gehetzt. Jetzt rate mal, wer in den letzten drei Wochen diesen Dreck regelmäßig kommentiert hat und ihn über den Blog-Messenger weiter aufgestachelt hat.«

Ich zucke mit den Achseln.

»Kleiner Tipp: Sein Nickname lautet ›Mister-Entertainer971‹«, sagt Eric mit giftigem Unterton.

»Sollte mir das was sagen?«, frage ich ein wenig ungeduldig.

»Allerdings. Es ist Joe.«

Begriffsstutzig starre ich Eric an. »Joe? Welcher Joe?«

»Joseph Gobert, dein Ex-Verlobter.«

Eisiges Entsetzen durchfährt mich. »Was?«, presse ich nach einer gefühlten Ewigkeit mühsam heraus. »Aber ich verstehe nicht.«

Meine Gedanken rotieren. Seit drei Wochen, hat Eric gesagt … Und drei Wochen ist es her, seit ich Joe von Rando und den Drohungen erzählt habe. Ich überlege. Und ja, ich habe ihm auch den Namen des Blogs genannt.

»Es begann damit, dass er behauptet hat, ich wäre eine Gefahr für all das, was ihm lieb und teuer wäre«, sagt Eric. »Wie ein Geier würde ich darauf lauern, ihm bei der ersten Gelegenheit seine Desdemona zu rauben.«

»Desdemona? Die Figur aus ›Othello‹, die am Ende erwürgt wird?«, frage ich ungläubig.

Eric nickt. »Er hat Rando sogar ein Foto von dir geschickt«, erzählt er, und ich kann sehen, wie in seiner Wange ein Muskel zuckt.

»Was?«, keuche ich.

»Ja.«

Ich brauche einen Moment, um mich zu sammeln. »Aber wieso?«, murmele ich schließlich. »Zu der Zeit waren wir noch verlobt. Damals haben wir Joe keinen Grund zur Eifersucht geliefert.«

»Wahrscheinlich hat ihm unsere Freundschaft nicht gepasst, und er hat mehr dahinter vermutet.«

Ich nicke. Dass ich wegen unserer bevorstehenden Hochzeit keine Luftsprünge gemacht habe, war mehr als offensichtlich. Gewaltsam dränge ich die aufkeimenden Schuldgefühle zurück. Ich habe Joe niemals vorsätzlich verletzen wollen.

»Letzten Mittwoch wurde es dann richtig übel«, erzählt Eric weiter. Seine Züge verhärten sich, was durch das indirekte Licht noch betont wird. »Nachdem du die Hochzeit abgesagt hast, hat er sich auf dem Blog ausgekotzt. Sprach davon, dass ich ein mieses Schwein sei und ihm seine Braut direkt vor dem Altar weggeschnappt und damit sein Leben zerstört hätte. Ich müsste dafür bestraft werden und so weiter und so fort.«

Ein Schauer durchfährt mich. »Ich kann nicht glauben, dass Joe so etwas Ungeheuerliches getan hat«, sage ich leise und schüttele den Kopf. »Er hat so souverän reagiert, als ich die Verlobung gelöst habe. Er hat es mir leicht gemacht.«

»Zu leicht, wie es aussieht.«

Ich nicke matt.

»Beau ist der Ansicht, dass Joes letzte Nachricht vom Mittwoch Rando in seinem Denken und Handeln bestärkt hat«, sagt Eric, den starren Blick auf die Tischdecke gerichtet. »Gut möglich, dass sie sogar den Ausschlag gab. Bei Rando ist eine Sicherung durchgebrannt, und als Steve ihm zu nahe kam, hat der seinen ganzen Hass abgekriegt.«

»Joe hat sicher nicht gewollt, dass es auf diese Weise eskaliert«, murmele ich.

Erics Kopf ruckt hoch. »Willst du ihn etwa verteidigen?«, fragt er scharf.

»Nein, natürlich nicht«, beeile ich mich, zu sagen. »Ich meinte nur …«

»Was?«

Ich antworte nicht, weil mein Kopf wie leer gefegt ist. Joes Verhalten ist dermaßen verabscheuungswürdig und grotesk, dass mir schlichtweg die Worte fehlen.

»Nach allem, was er über Rando wusste, musste ihm klar sein, dass der nicht untätig bleiben würde«, presst Eric zwischen zusammengebissenen Zähnen hervor. »Wahrscheinlich hat er gehofft, den verhassten Rivalen bequem und vor allem für immer loszuwerden! Schon mal daran gedacht?« Außer sich steht er auf, sein Stuhl scharrt über den Boden. »Die Cops sind unterwegs zu Joe. Hoffentlich wird ihm der Prozess wegen Beihilfe zum Mord gemacht, und der Drecksack verrottet in einer Zelle!«

Mit langen Schritten verlässt Eric die Galerie, während ich verzweifelt versuche, einen klaren Gedanken zu fassen.

In dieser Nacht schlafen wir zwar im gleichen Bett, machen aber keine Anstalten, uns zu lieben. Denkt Eric wirklich, ich würde für Joes Verhalten auch nur den Hauch von Verständnis aufbringen? Natürlich tue ich es nicht. Aber jeglicher Vorstoß, die Sache zu klären, prallt an seiner versteinerten Miene ab, und ich kenne ihn gut genug, um zu wissen, dass er mitunter genauso stur sein kann wie ich. Ich stoße einen leisen resignierten Seufzer aus. Morgen früh wird er sich beruhigt haben. Eine Weile liege ich so da, regungslos, bevor ich, von seiner duftenden Wärme angezogen, Zentimeter für Zentimeter näher an ihn heranrücke. Wie sich herausstellt, dauert es bis zur Aussöhnung nicht bis zum morgigen Tag. Sein Arm legt sich schwer um mich und drückt mich an sich, dann haucht er mir einen Kuss auf die Schläfe.

Kurz darauf bin ich eingeschlafen.

Am nächsten Morgen rufe ich Bruno an, um ihm in knappen Worten die Lage zu erläutern.

»Klar kümmere ich mich um deine Honda, Mädchen« und »Heißt das, du bleibst die ganze Woche weg?«, lauten seine anschließenden Kommentare.

»Ich lasse dich wirklich ungern hängen«, sage ich ehrlich zerknirscht in dem Wissen, dass das Geschäft derzeit brummt. »Im Notfall komme ich natürlich vorbei.«

»Mit den Bullen, die dir am Arsch kleben?«, knurrt mein Boss. »Bloß nicht! Die vergraulen mir noch die Kunden!«

Vielleicht habe ich mich doch getäuscht, was Brunos blütenweiße Weste anbelangt.

Obwohl die Situation alles andere als angenehm ist, freue ich mich darauf, mich eine ganze Woche lang dem Malen zu widmen. Eric ist an diesem Montagmorgen früh aufgestanden und sitzt bereits seit Stunden im Wohnzimmer vor dem Rechner, mit einem Kaffee, der kalt geworden ist. Also brühe ich ihm neuen auf und mache mir gleich eine Tasse mit.

»Und? Wie sieht's aus?«, frage ich, nachdem ich den Kaffee auf dem niedrigen Tisch abgestellt habe.

Eric hat es sich auf dem Sofa gemütlich gemacht, er trägt Shorts und dazu ein dunkelblaues T-Shirt. Als er vom Laptop aufschaut, entdecke ich einen Ausdruck von Entschlossenheit in seinem Blick.

»Ich habe fünf vielversprechende Kandidaten«, sagt er und klopft mit der flachen Hand neben sich aufs Polster. Eine Aufforderung, die ich nur zu gern annehme. »Vier Männer und eine Frau.«

»Eine Frau?«, rufe ich überrascht. »Der Typ, der mich auf der Tchoupitoulas Street zu Fall gebracht hat, war definitiv nicht weiblich.«

»Schon klar, aber die Frau ist über achtzig und würde sich nicht selbst die Hände schmutzig machen. Was ist?«, fragt Eric amüsiert nach. »Glaubst du vielleicht, kranke Hirne seien ausschließlich uns Männern vorbehalten?«

»Mmm«, kommentiere ich mit vielsagender Miene, worauf er mich zu sich zieht, um mich zünftig zu küssen.

»Also, wo waren wir?«, fragt er hinterher lässig, als wäre nichts gewesen, während mir immer noch das Blut in den Ohren rauscht. »Ach ja, fünf Kandidaten. Da wäre, wie bereits erwähnt, Audrey Grandjean. Der Fall liegt drei Jahre zurück. Es ging um eine gefälschte Baseball-Sammelkarte von Jackie Robinson, die Grandjean für siebenhundertfünfzigtausend Dollar von meinem Mandanten erstanden hat. Die Frau beschuldigte ihn des Betrugs, obwohl er angenommen hatte, die Karte sei echt. Am Ende konnte ich beweisen, dass mein Mandant tatsächlich nichts von der Fälschung gewusst und sich auf das Gutachten eines renommierten Sachverständigen verlassen hatte. Audrey Grandjean war deswegen ziemlich angepisst! Sie war nicht nur siebenhundertfünfzigtausend Dollar ärmer, sondern besaß darüber hinaus eine Karte, deren Materialwert gerade mal fünfzig Cent betrug.« Eric lehnt sich zurück. »Dann Philip Hammer. Die Angelegenheit liegt zwei Jahre zurück. Er ist im betrunkenen Zustand auf Bahngleise gefallen, hatte allerdings einen Schutzengel, denn als der ankommende Zug ihn überfuhr, verlor er lediglich seinen rechten Fuß. Er wollte auf Schadensersatz klagen, aber wir haben den Fall verloren …«

»Was?«, unterbreche ich Eric spöttisch. »Es gibt auch Fälle, die du verlierst?«

»Der Mandant wurde zu gierig«, erwidert der unbeeindruckt. »Und hat es sich mit dem Richter verscherzt. Danach ging Hammers Leben den Bach runter, und natürlich hat er mir die Schuld gegeben.«

Während Eric redet, nippe ich an meinem Kaffee. *Wirklich gut, dieser hawaiianische Kona!*

»Als Nächstes haben wir Daniel Mélancourt, einen Bauunternehmer, der einer prominenten Instagram-Influencerin nachstellte. Er sollte für eineinhalb Jahre ins Gefängnis, aber ich konnte einen Vergleich erwirken. Er kam mit mehreren Monaten Psychiatrie davon.«

»Eineinhalb Jahre Knast? Wäre das nicht ein bisschen hart gewesen?«

Eric schüttelt den Kopf. »Eigentlich nicht. Er ist in ihr Haus eingebrochen und hat auf ihr Kopfkissen onaniert. Der Fall liegt fünf Jahre zurück.«

Ich verziehe angewidert das Gesicht. »Da konnte er ja froh sein, glimpflich davongekommen zu sein.«

»Anfangs schon, aber nach ein paar Wochen rief er mich aus der Psychiatrie an und behauptete, ich hätte ihn in die Hölle geschickt.«

»Aha.«

»Der vierte Kandidat heißt Enrique Valdez. Vor sechs Monaten ging er in einer Bar grundlos auf meinen Mandanten los, einen Countrymusik-Star, und prügelte ihn krankenhausreif.«

»Grundlos?«, hake ich mit erhobenen Augenbrauen nach.

Eric zuckt mit den Achseln. »Okay, gut. Valdez ist mexikanischer Abstammung und wurde von meinem Mandanten rassistisch angegangen.«

»Und wie ging's weiter?«

»Valdez bekam eine Bewährungsstrafe. Warum er unter meinen Top 5 gelandet ist, willst du wissen?«, nimmt er meine Frage vorweg. »Der Kerl ist extrem cholerisch und hat mir mehrmals gedroht.«

Ich nicke. »Vertrittst du den Mandanten noch?«

Eric lächelt. »Nein.«

»Gut.«

»Als Letzten habe ich Roger Macfadyen auf der Liste, ein ziemlich hässlicher Fall von häuslicher Gewalt, der vier Jahre zurückliegt. Macfadyen hat seine Frau jahrelang misshandelt, bis sie endlich den Mut fand, ihn zu verlassen. Aber er stellte ihr nach, trotz einstweiliger Verfügung ließ er sie nicht in Ruhe. Nachdem er ihr auf einem Supermarktparkplatz aufgelauert und sie gewürgt hatte, kam er für ein Jahr ins Gefängnis, wo er eine Therapie gemacht hat.«

»Und? Hat die Therapie geholfen?«

»Keine Ahnung, aber dass ich seine Frau dazu ermutigt habe, sich zur Wehr zu setzen, hat er mir ziemlich übel genommen.«

»Was ist inzwischen aus ihr geworden?«, will ich wissen.

»Sie hat ihren Namen geändert und ist weggezogen.« Eric lächelt. »Sie ist vor ihm sicher.«

Ich seufze. »Gut. Warum hast du dich ausgerechnet auf diese fünf eingeschossen?«, frage ich anschließend.

»Zum einen verfügen sie alle über eine höhere Schulbildung, zum anderen sind sie keine Südstaatler. Denk nur an die Bemerkung mit der Südstaatensumpfmade.« Eric zählt die einzelnen Namen an seinen Fingern ab. »Grandjean ist Frankokanadierin, Hammer stammt aus Arkansas, Mélancourt ist aus San Francisco, Valdez stammt wie schon gesagt aus Mexiko, genauer gesagt aus Veracruz, und Macfadyen ist waschechter Detroiter.«

»Keiner von ihnen ist aus Chicago«, sage ich im Hinblick auf das rot-weiße Emblem im Toyota, der mich gerammt hat.

Eric schüttelt den Kopf. »Ich habe nach Verbindungen gesucht, die nach Chicago führen, aber nichts gefunden, trotzdem scheinen mir diese fünf am aussichtsreichsten. Das Emblem könnte Zufall sein.«

Ich nicke. »Was, wenn das mit der Südstaatensumpfmade nur eine Ablenkung ist und es sich doch um jemanden von hier handelt?«

»Ist mir auch schon durch den Kopf gegangen«, antwortet Eric. »Aber irgendwo muss ich ja anfangen.«

Wieder nicke ich. Ein kurzes Schweigen entsteht.

»Valdez scheint mir der schwächste Kandidat zu sein«, mutmaße ich schließlich laut. »Die Sache mit dem weißen Ritter und dem Burgfräulein passt so gar nicht.«

»Du hast ihn nicht erlebt. Er hat sich aufgeführt wie ein wild gewordener Bulle.« Eric legt eine kleine, wirkungsvolle Pause ein. »Ich hätte vielleicht erwähnen sollen, dass Valdez Geschichtslehrer ist.«

»Klar. Das ändert natürlich alles.« Nachdenklich tippe ich mir auf die Unterlippe. »Aber warum gerade jetzt? Bis auf Valdez liegen die Fälle Jahre zurück.«

»Initialzündung?«, mutmaßt Eric mit einem Achselzucken. »Irgendein Ereignis, das diese Reaktion ausgelöst hat? Der Tod einer geliebten Person, der Verlust des Jobs, das Ende einer Beziehung … Es kann viele Gründe geben.«

»Verstehe. Und wer ist dein heißer Favorit?«

»Alle fünf. Deshalb habe ich sie ausgewählt. Ihnen traue ich ein solches Verhalten am ehesten zu.«

»Also auch einen Mord?«, frage ich und kann nicht verhindern, dass mir ein Schauer über den Rücken läuft.

»Auf jeden Fall! Ich schicke Beau die Namen, vielleicht haben wir ja Glück«, sagt er, während er die entsprechende Mail schreibt.

»Und was unternehmen wir in der Zwischenzeit?«

»Letzte Woche habe ich ein Massageöl aus Samoa gekauft, das ich gern an dir ausprobieren möchte«, antwortet Eric im gleichen geschäftigen Tonfall und klickt auf die Sendetaste. Dann klappt er den Deckel seines Laptops zu.

»Was? Jetzt?«, rufe ich überrascht.

»Ja.« Er hebt den Kopf, und seine Augen funkeln mich an. »Oder hast du etwas anderes vor?«

»Äh …«

Sein Mund verzieht sich zu einem Lächeln. »Schön.« Er beugt sich vor und küsst mich. »Nicht weglaufen«, flüstert er an meinen Lippen.

Würde mir nicht im Traum einfallen.

Während er nach oben eilt, strecke ich mich auf dem L-förmigen Sofa aus, auf dem locker fünf Personen Platz finden. Als er mit dem Öl und einem Handtuch zurückkommt, habe ich eine, wie ich hoffe, verführerische Pose angenommen. Ein Arm hängt lässig an der Seite vom Sofa herab, der andere ruht hinter meinem Kopf. Ich trage ein weites T-Shirt und Jogginghosen, was es ihm leicht macht, an das Gewünschte zu kommen. Ohne viel Aufhebens hockt er sich auf mich und schiebt seine warmen Hände unter mein Oberteil, um sich eingehend meinen Brüsten zu widmen. Gleichzeitig knabbert er an meinem Hals, wo er allerdings nicht lange verweilt. Mir stockt der Atem, als er mit seinen grausamen Lippen über meine rechte Brust fährt, den Nippel umfasst und ohne Vorwarnung zu saugen beginnt. Fest und süß zugleich. Stöhnend winde ich mich unter seiner Berührung, doch er denkt nicht daran, den Griff zu lockern. Ich kann spüren, wie die empfindliche Spitze in seinem Mund anschwillt und hart wird. Mit einem zufriedenen Laut widmet er sich ebenso hingebungsvoll der anderen Brust. Mein Rücken wölbt sich, die Hitze seiner Hände auf meiner nackten Haut durchdringt jede Pore …

Als sich unvermittelt »Mike Hammer« in mein leises Stöhnen einklinkt, hält Eric inne. Unsere Blicke begegnen sich.

»Das ging aber fix«, flüstere ich etwas atemlos.

Ohne von mir abzusteigen, macht sich Eric lang, um nach dem Handy zu greifen, das auf dem Tisch liegt.

»Ja?«, meldet er sich mit angespannter Stimme.

Während er Beaus Worten lauscht, mustere ich sein Gesicht. Die schmalen graublauen Augen unter langen Wimpern, die sinnlichen Lippen, das energische, aber nicht zu kantige Kinn, die Fältchen um Augen und Mund, die sich immer mehr vertiefen. Einen verwirrenden Moment lang starre ich ihn an, bis ich begreife, dass er lächelt.

»Danke, Beau«, sagt er noch, dann beendet er das Gespräch. Mit triumphierender Miene blickt er auf mich herunter. »Ein Gutes hatte es, dass der Kerl dich angefahren hat«, erklärt er. »Und dass du dir Teile des Kennzeichens gemerkt hast. Wir haben einen Treffer gelandet!«

Er hält inne.

»Jetzt mach's nicht so verflucht spannend!«, herrsche ich ihn an. »Wer ist der Verrückte?«

»Daniel Mélancourt.«

Ich rufe mir in Erinnerung, was mir Eric erzählt hat. »Der Stalker, der sich auf dem Kopfkissen deiner Mandantin einen runtergeholt hat?«

»Genau der. Der Kerl wohnt zur Miete in einem abbruchreifen Haus im Parish St. John the Baptist. Sobald die hiesigen Cops einen Durchsuchungsbefehl haben, stürmen sie.« Er stockt und schlägt sich mit der flachen Hand gegen die Stirn. »Jetzt weiß ich wieder, wo ich den Ausdruck Südstaatensumpfmade schon mal gehört habe! Kurz nach seiner Einweisung hat er mich aus der Psychiatrie angerufen und mich als solche bezeichnet.« Erics Miene verdüstert sich. »Verflucht! Warum ist mir das nicht früher eingefallen?«

Sanft berühre ich seinen Arm. »Mach dich deshalb nicht fertig! Wir wissen jetzt, wer er ist. Er kann nicht mehr aus dem Schatten heraus agieren. Das ist gut.«

Erics Stirn glättet sich. »Du hast recht. Dieser Wichser wird für das büßen, was er Steve und dir angetan hat.«

»Und dir«, ergänze ich leise.

»Ach, und noch etwas. Sie haben heute in der Früh Joe aus dem Bett geholt und ins Revier geschleift. Er wird seit

Stunden verhört.« Ein böses Lächeln legt sich um Erics Mund. »Hoffentlich behalten sie ihn gleich dort.« Entschlossen greift er nach der Flasche mit dem Öl. »Aber jetzt genug von diesem kranken Scheiß! Lieber widme ich mich deinem wundervollen Körper.«

»Wenn es denn unbedingt sein muss«, antworte ich mit einem theatralischen Seufzer, der Eric veranlasst, meinen vorlauten Mund mit seinen Lippen zu maßregeln.

Mein Herz frohlockt. Bald ist dieser ganze Albtraum vorbei!

Atempause

Jet

»Sag mir endlich, was los ist!«, skandiert Cheyenne durch den Hörer. »Beau führt sich schlimmer auf als George R. R. Martin vor der Ausstrahlung der achten Staffel von ›Game of Thrones‹. Er macht mich kirre mit seiner Geheimnistuerei!«

»Super Timing«, entgegne ich gut gelaunt. »Ich habe vor fünf Minuten den Zeichenblock beiseitegelegt.«

»Erzähl mir nichts vom Zeichnen, Jet!«, brummt meine beste Freundin, was mich zum Lachen bringt.

Sie seufzt hörbar erleichtert. »Dir geht es anscheinend gut.«

»Ja«, antworte ich, während ich in die Küche gehe, um mir Wasser einzuschenken. »Wieder.«

»Okay. Was ist passiert?«, fragt Cheyenne, und ich sehe sie förmlich vor mir, wie sie sich auf ihrer Couch langmacht, die nackten Füße auf der Lehne.

Mit dem Glas in der Hand schlendere ich meinerseits zum Sofa, um es mir gemütlich zu machen, was Manolo veranlasst, miauend das Weite zu suchen. Vor gut einer Stunde ist Eric nebenan in die Kanzlei gegangen, um an einem dringenden Fall zu arbeiten. Ich kann also frei reden.

»Nach unserer gemeinsamen Nacht hat mich Eric am Telefon abserviert und gemeint, er hätte sich mit Gloria versöhnt …«, beginne ich.

»Was?«, ruft Cheyenne durchs Handy. Das begleitende Rascheln verrät mir, dass sie sich abrupt aufgerichtet hat.

»Ja, aber nur, um mich zu beschützen.«

»Vor wem? Ihm?« Cheyenne klingt zunächst verärgert, dann besorgt. »Nichts für ungut, Jet, ich weiß, dass ihr befreundet seid. Aber wenn Männer solche hanebüchenen Gründe anführen, sind es in der Regel faule Ausreden.«

»Diesmal nicht«, entgegne ich ernst. »Leider.«

Eine kurze Pause entsteht, in der Verblüffung mitschwingt.

»Ich bin ganz Ohr«, sagt Cheyenne schließlich.

»Ich habe dir doch mal erzählt, dass Eric Morddrohungen erhält«, sage ich. »Inzwischen hat sich herausgestellt, dass die von einem ehemaligen Mandanten stammen, der vor Jahren in der Psychiatrie war. Die Cops sind gerade dabei, sein Haus zu durchsuchen.«

»Sehr gut!«

»Das ist nicht alles.« Mein Blick wandert zu Manolo, der die Treppe nach oben stolziert, um, wie ich vermute, das Bett in Beschlag zu nehmen. »Eric hat vor ein paar Wochen einen Privatdetektiv engagiert, der den Verfasser der Drohbriefe aufspüren sollte. Leider ging die Sache nicht gut aus.« Ich stocke. »Am Freitag wurde er am Flussufer tot aufgefunden. Jemand hatte ihn übelst zugerichtet …«

»Du sprichst doch nicht etwa von dem armen Kerl, dem das Gesicht zertrümmert wurde?«, fragt Cheyenne mit zittriger Stimme. »Im Fernsehen haben sie über nichts anderes geredet.«

»Doch. Genau den meine ich.«

Cheyenne keucht. »Wer hat ihn getötet? Der Typ mit den Drohbriefen?«

»Ja. Er hat mir eine Nachricht zukommen lassen, in der er …« Auf der Suche nach den richtigen Worten geraten meine Gedanken kurz ins Schwimmen, doch letztlich komme ich zu dem Schluss, dass ich sie durch nichts abschwächen kann. »Er kündigte an, dass ich sein nächstes Opfer werden würde. Zur Veranschaulichung hat er Eric eine rote Locke geschickt«, füge ich leise hinzu.

»O Gott, o Gott!«, entfährt es Cheyenne. Und dann: »Ist die Locke von dir?« Ich kann die unterdrückten Tränen in ihrer Stimme hören.

»Keine Ahnung. Das DNA-Ergebnis ist noch nicht da. Beau meinte, es kann Tage dauern, bis wir es wissen.«

»Wenn die Locke echt ist, dann …« Cheyenne schluckt vernehmlich. »Dann ist dir dieser Verrückte verflucht nahe gekommen.«

Eisige Finger kriechen über meinen Rücken. »Ich weiß. Das ist der Grund, warum mich Eric von sich gestoßen hat. Er wollte mich aus der Schusslinie bringen.«

»Oh gut!« Cheyenne stößt hörbar die Luft aus. »Es hat funktioniert.«

Wieder rasen meine Gedanken. Soll ich ihr wirklich alles erzählen? Schließlich will ich sie nicht unnötig beunruhigen.

»Hat es doch, oder?«, ertönt es prompt in meinem Ohr.

Ich seufze. Cheyenne wird die Wahrheit über kurz oder lang eh herausfinden. Besser sie erfährt sie jetzt von mir, ihrer besten Freundin, als später von Beau. Andernfalls erwartet mich ein Anschiss, der sich gewaschen hat.

»Nicht ganz«, murmele ich.

»Was? Also ehrlich, Jet! Mach es nicht so verflucht spannend!«, schimpft Cheyenne, die sich anscheinend von ihrem Schock erholt hat. »Ich kriege hier fast einen Herzinfarkt.«

»Entschuldige.«

Ohne mich in Details zu verlieren, erzähle ich ihr von dem Unfall, den anschließenden Ereignissen und auch von Joes unrühmlicher Rolle. Die Schimpftirade, in der sich Cheyenne hinterher ergeht, würde selbst einem Seemann die Röte ins Gesicht treiben.

»Ein Glück, dass du schnell geschaltet hast und dich retten konntest! Das hätte schlimm ausgehen können«, sagt sie abschließend, und ich kann hören, wie sie einen großen Schluck von was auch immer zu sich nimmt.

Ich unterdrücke ein Zittern. »Hätte es.«

»Eric und du habt euch also wieder versöhnt?«

»Ja.«

»Gott sei Dank!« Es raschelt erneut, und ich vermute, dass sich Cheyenne wieder langgemacht hat. »Warst du inzwischen in seinem Geheimzimmer?«

Ich bin über den abrupten Themenwechsel so verblüfft, dass ich mir ein »Huch?« nicht verkneifen kann, ehe ich verneine.

»Wieso nicht?«

»Es hat sich nicht ergeben«, erkläre ich.

»Okay, aber du bleibst dran, ja?«

Ich muss lachen. »Hat dir eigentlich schon mal jemand gesagt, wie schrecklich neugierig du bist?«

»Klar!«, antwortet Cheyenne, und ich höre den Stolz in ihrer Stimme. »Beau meint, ich würde einen klasse Cop abgeben.«

»Stimmt«, antworte ich. »Vielleicht wäre das was für dich. Du würdest in der Uniform bestimmt heiß aussehen.«

»Bist du verrückt?«, ertönt es ehrlich empört aus dem Hörer. »Du weißt doch, wie ich Cops hasse!«

»Ich weiß«, entgegne ich belustigt. »Bis auf den einen.«

»Ja«, erwidert Cheyenne seufzend. »Bis auf den einen«, wiederholt sie inbrünstig. »Beau fasst den Scheißkerl!«

»Da bin ich sicher.«

Wie engagiert mein Polizistenfreund aus Kindheitstagen ist, zeigt sich bereits am frühen Abend, als er auf der Türschwelle steht und mit einem USB-Stick herumwedelt.

»Eine Videoaufnahme von der Hausdurchsuchung, um die ich die Kollegen gebeten habe«, erklärt er uns, nachdem er eingetreten ist.

»Und?«, fragt Eric, der für heute seine Arbeit beendet hat und ein Glas Scotch in der Hand hält. »Haben sie was gefunden?«

Beau reicht ihm den Stick. »Seht selbst!«

Wenige Augenblicke später haben wir uns um Erics Computer versammelt, der auf dem Esstisch steht, und blicken gebannt auf den Bildschirm.

»Das ist Mélancourts Haus im Parish St. John the Baptist«, kommentiert Beau, als die abgeblätterte, rissige Fassade eines zweistöckigen Hauses mit verwildertem Vorgarten sichtbar wird. An den Rändern sind eine Handvoll Cops in Uniform und Zivil zu sehen. Die Kamera bewegt sich auf die Haustür zu, ein breiter Rücken schiebt sich vor die Linse, danach ertönt ein energisches Klopfen.

»Polizei!«, ruft der dazugehörige Mann. »Machen Sie auf, wir haben einen Durchsuchungsbefehl!« Als nichts geschieht, wiederholt er seine Aufforderung, dann gibt er einem uniformierten Kollegen das Zeichen, die Tür aufzubrechen.

Daraufhin gelangt die Kamera in einen Vorraum mit Schuhschrank und Garderobenständer, an dem eine Tweedjacke und ein Regenschirm hängen. Immer von der Kamera begleitet, dringen die Polizisten in einen langen Flur vor, auf den sich mehrere Zimmer öffnen. Links führt eine schmale Treppe nach oben. Während die Polizisten ausschwärmen, bewegt sich die Kamera langsam den Gang entlang, fängt die gerahmten Bilder an der fleckigen Wand ein. Landschaftsaquarelle und Schwarz-Weiß-Fotos von Vögeln. Durch die offenen Türen werden eine Küche, ein Gästezimmer, ein Bad sowie ein Wohnzimmer sichtbar, das zugleich als Büro dient. Die Einrichtung in Orangerot samt Ballonlampen aus Reispapier wirkt überraschend gemütlich, wenn auch aus der Mode gekommen. Nichts, was auf einen Psychopathen hinweisen würde. Augenfällig ist nur die überproportionale Anzahl von Vogelbildern an den Wänden und das Fernglas auf einem Regal im Wohnzimmer. Wenn Mélancourt nicht gerade Leute bedroht und tötet, betätigt er sich offenbar als Hobby-Ornithologe.

Für einen Moment bleibt die Kamera auf einem jungen Kerl im Jeanshemd kleben, der sich an einen wackeligen Schreibtisch setzt und den dort befindlichen Computer einschaltet.

»Ich muss das Passwort knacken, das kann ein bisschen dauern«, erklärt er, bevor er sich wieder dem Rechner zuwendet.

Daraufhin entfernt sich die Kamera, um über die Treppe nach oben zu gelangen, wo sich hinter einer kleinen Diele ein Schlafzimmer mit angeschlossenem Bad befindet. Auch hier sind die Cops dabei, alles auf den Kopf zu stellen. Der Raum – Teppichboden, Vorhänge, Bettzeug – ist in einem dunklen Grauton gehalten, der Kleiderschrank birgt die übliche Ansammlung von Anzügen, Hemden, Shirts, Pullovern und Schuhen. Erleichtert stoße ich die Luft aus. Keine blutigen Messer, Äxte oder abgetrennte Körperteile.

»Hat jemand irgendwo eine Leiter gesehen?«, erklingt plötzlich eine Männerstimme.

Die Kamera schwenkt zurück in die Diele, wo einer der Cops nach oben zeigt, und folgt der Handbewegung. In der weißen Holzdecke ist ein Quadrat mit Griff eingelassen. Eine Klappe zum Dachboden. Ich spüre ein leichtes Kribbeln, als sich die feinen Härchen in meinem Nacken aufrichten. Unwillkürlich schlinge ich die Arme um meinen Oberkörper. Was uns da oben wohl erwartet? Warme Hände legen sich auf meine Schultern und drücken mich an einen Männerkörper, der Schutz und Sicherheit verheißt. Kurz schließe ich die Augen und genieße Erics tröstliche Nähe.

»Ja, hier!«, antwortet jemand, eine Leiter in der Hand. »Sie stand hinten in der Ecke.«

Daraufhin klettert einer der Männer nach oben, öffnet die Klappe und schiebt sich durch die Öffnung auf den Dachboden. Ein Licht geht an, ich tippe auf eine Taschenlampe, dann hört man schabende Geräusche, als würden schwere Gegenstände über den Boden geschleift werden. Ein dumpfer Knall, dann ein Fluch. Der Mann hat sich den Kopf angeschlagen. Dann wieder die schleifenden, schabenden Geräusche. Wie gebannt starre ich auf das klaffende Loch in der Decke. Eine Ewigkeit scheint zu vergehen, bis der Cop wieder die Leiter heruntersteigt. Mit einem Ausdruck des Bedauerns wendet er sich seinen Kollegen zu.

»Nichts«, erklärt er, während er sich den Staub von der Hose abklopft. »Nur Kartons mit Weihnachtsschmuck, alten Kinderbüchern und Schallplatten.«

»Und Spinnweben«, ergänzt der Typ mit der Kamera, dessen Hand kurz zu sehen ist, als er auf die rechte Schulter seines Kollegen zeigt, worauf dieser rasch über die Stelle wischt.

»Auch das«, antwortet der Cop. »Soweit ich das einschätzen kann, war da oben ewig keiner mehr.«

Ich schwanke zwischen Erleichterung und Enttäuschung. Erleichterung, weil nichts entdeckt wurde, das mir schlaflose Nächte bescheren wird. Enttäuschung, weil die Durchsuchung bisher fruchtlos geblieben ist. Zum ersten Mal überfällt mich der schreckliche Verdacht, Mélancourt könnte ungestraft davonkommen, weil ihm nichts nachgewiesen werden kann.

»Keine Bange«, flüstert mir Eric ins Ohr, der offenbar Gedanken lesen kann. »Die haben was gefunden. Wenn nicht, hätte Beau etwas gesagt.«

»Leute, kommt mal her!«, ruft just einer der Männer. Er klingt aufgeregt. »Ich habe hier was.«

Das Was entpuppt sich als eine niedrige Tür in der Rückwand des Kleiderschranks, und ich bin froh, als sich Erics Arme noch fester um mich schließen. Denn hinter der Tür verbergen sich auf geschätzten fünf Quadratmetern die Beweise für Daniel Mélancourts seelische Abgründe. Auf einem Tisch liegen Blätter mit rot geschriebenem Text – anscheinend hat Mélancourt die mittelalterlich anmutende Handschrift unzählige Male geübt. Die Wand ist mit einer Stadtkarte von New Orleans sowie Schnappschüssen von Eric, Mrs Kaufmann und Steve Perkins vollgepflastert. Und von mir. Schockiert starre ich auf eine Serie von mehreren Fotos. Ich in meinem lilafarbenen Megara-Kleid und mit kunstvoller Frisur, lachend, während mich ein großer, breitschultriger Teufel durch die Menge bugsiert. Auf einem der anderen Fotos sitzen Eric und ich auf einer Treppe und essen Shrimps Malacca mit Reis. Auf einem dritten rennen wir lachend durch den Regen.

Ich spüre, wie mir das Blut aus dem Gesicht weicht. »Mein Gott!«, krächze ich. »Er ist uns an Mardi Gras gefolgt.«

»Sieht ganz so aus«, antwortet Eric hinter mir, und ich kann die kalte Wut in seiner Stimme hören.

In diesem Augenblick friert das Bild auf dem Computer ein, und ich blicke fragend zu Beau, der das Video angehalten hat und gerade dabei ist, den USB-Stick auszustöpseln.

»Den Rest fasse ich für euch zusammen«, erklärt er. »Dem IT-Experten der Polizei ist es gelungen, Mélancourts Rechner zu knacken. Wir haben den Beweis, dass Daniel Mélancourt der Betreiber von Rando's Revision ist. Auch wissen wir, warum er erst jetzt, nach fünf Jahren, aktiv geworden ist. Nachdem er als Bauunternehmer keine Aufträge mehr erhielt, ging es mit ihm bergab. Er versuchte sich als freiberuflicher Immobilienmakler, mit mäßigem Erfolg, wurde manisch, bekam laut seiner Ex-Frau immer häufiger Tobsuchtsanfälle. Sein Hass auf die Welt wurde stetig größer. Zunächst verlor er sein Haus, dann verließ ihn seine Frau. Die Scheidung wurde vor zwei Monaten rechtskräftig. Das gab wohl den Ausschlag.«

»Die Initialzündung«, bemerkt Eric finster.

Beau nickt. »Auf der Festplatte seines Computers haben wir noch etwas gefunden.« Als sich die Miene unseres Freundes weiter verfinstert, krampft sich mein Magen zusammen. »Dieser Irre hat Steve Perkins' Todeskampf aufgezeichnet. Ich könnte mir vorstellen, dass er vorhatte, dir die Aufnahme zu schicken, Eric, sobald …«

Er hält inne.

Mein Puls beginnt zu rasen, während der Kloß in meinem Hals die Größe einer Männerfaust zu haben scheint. »… er mich entführt hätte«, beende ich leise den Satz.

Beau antwortet nicht, doch sein Blick spricht Bände. Im selben Augenblick graben sich Erics Finger schmerzhaft in mein Fleisch, und ich kann spüren, wie ein Beben durch seinen Körper läuft.

»Dieses kranke Schwein!«, presst er zwischen zusammengebissenen Zähnen hervor. »Wenn ich ihn zu fassen bekomme, dann …«

»Keine Sorge«, unterbricht ihn Beau. »Daniel Mélancourt wird landesweit per Haftbefehl gesucht. Wir haben die Medien informiert. Der Mord an Perkins hat die Öffentlichkeit schockiert, deshalb haben wir entschieden, sie in die Suche einzubeziehen. Sein Haus wird überwacht, er kann nicht zurück, hat nur das, was er bei sich trägt. Ihm wird das Geld ausgehen, und sobald er seine Kreditkarte benutzt, haben wir ihn.«

Mit wenigen Schritten ist Beau am Fernseher, wo er nach der Fernbedienung greift, um das Gerät einzuschalten.

»Der Wichser ist auf allen Kanälen«, erklärt er weiter, während er durch die Sender zappt.

Tatsächlich poppt die Fahndungsmeldung als Breaking News überall auf. Schließlich landet Beau bei CNN. Der Moderator, ein bekanntes Gesicht mit künstlicher Bräune und akkuratem Seitenscheitel, verkündet mit ernstem Blick die Neuigkeit.

»Der mutmaßliche Mörder von Steve Perkins, einem Privatermittler aus New Orleans, der vor drei Tagen am Ufer des Mississippi tot aufgefunden wurde, befindet sich derzeit auf der Flucht. Die Polizei hat ihn als Daniel Mélancourt identifiziert, einen 34-jährigen Immobilienmakler aus dem Parish St. John the Baptist, der vor fünf Jahren wegen Stalking in eine Psychiatrie eingewiesen wurde. Das NOPD bittet Sie um Ihre Mithilfe. Daniel Mélancourt ist ein Meter achtundsiebzig groß, schlank, hat kurze braune Haare, grüne Augen und ein kleines Muttermal rechts über der Oberlippe.« Ein Foto wird eingeblendet, und mir kommt unwillkürlich in den Sinn, wie harmlos und durchschnittlich der Mann aussieht. Ich habe den Gedanken kaum zu Ende gebracht, als der Moderator vom Bildschirm verschwindet, um einem stattlichen Mann mittleren Alters in Uniform Platz zu machen. »Der Gesuchte könnte versuchen, sein Aussehen zu verändern«, erklärt der Polizeipräsident vor einem Pulk von Journalisten, worauf das Fahndungsfoto in weiteren Varianten aufpoppt. Mélancourt mit Glatze und Brille; Mélancourt mit Glatze und Vollbart; Mélancourt mit dichtem Haar und Schnurrbart; Mélancourt mit dichtem Haar, Bart und Brille. »Der Mann ist gefährlich und psychisch labil. Versuchen Sie nicht, ihn selbst zu fassen«, sagt der Polizeipräsident mit eindringlichem Blick. »Sobald Sie ihn sehen, rufen Sie die Polizei an. Unternehmen Sie sonst nichts. Ich danke Ihnen!« Den anschließenden Ansturm von Fragen ignoriert er, indem er sich von den Mikrofonen wegdreht. Schon erscheint das Gesicht des Moderators zurück auf dem Bildschirm. »Und nun zu dem schweren Unfall, der sich auf der Interstate 94 ereignet hat …«

Beau drückt auf die Fernbedienung, und der Fernseher wird schwarz. »Mélancourt kann sich nirgendwo verstecken. Wir kriegen ihn!«, betont er noch einmal. »Seid trotzdem auf der Hut, okay? Der Polizeischutz bleibt vorerst bestehen, bis wir ihn haben.«

Meine Gedanken rasen. »Ich könnte vielleicht als Köd…«

»Nein!«, feuern Eric und Beau gleichzeitig ab.

Verblüfft über die heftige Reaktion wandert mein Blick zwischen den Männern hin und her. Während Beau fast amüsiert wirkt, funkelt mich Eric böse an.

»Wieso nicht?«, hake ich nach. Je intensiver ich darüber nachdenke, desto mehr erwärme ich mich für diesen Einfall. »So locken wir ihn aus der Reserve.«

»Vergiss es, Jet!«, sagt Beau in seiner gelassenen Art. »Das ist eine beschissene Idee.«

»Was habe ich dir gesagt?«, wirft Eric unwirsch ein.

»Tja, Kumpel«, entgegnet Beau mit einem schiefen Grinsen und klopft ihm auf die Schulter. »Sieh zu, dass du sie unter Kontrolle hältst.«

»Wie bitte?«, echauffiere ich mich, aber dieser Feigling von Beau ist schon zur Tür hinaus. Erstaunlich, wie flink sich dieser sonst so behäbige Mann plötzlich bewegen kann.

»Keine Angst!«, ruft ihm Eric hinterher. »Sie wird das tun, was ich ihr sage.«

Beaus Gelächter auf der Treppe schallt mir immer noch in den Ohren, als ich zu Eric herumwirbele.

»Schau nicht so sauertöpfisch!«, sagt der ungerührt. »Ich koche uns jetzt was. Wie wär's mit Jambalaya?«

»Dein Jambalaya kannst du dir in die Haare schmieren! Außerdem bist du ein lausiger Koch«, schnauze ich ihn an. »Kanes schmeckt tausendmal besser.«

Statt einer Antwort kommt Eric langsam auf mich zu. In meinem Magen flattert es gewaltig, was mich in diesem Moment ärgert. Er sieht aber auch verflucht gut aus in seinem hellen Hemd und der beigefarbenen Leinenhose, zumal er barfuß ist und die Ärmel hochgekrempelt hat, was ihm etwas Draufgängerisches verleiht.

»Ich bereite es mit Chorizo zu«, sagt er, während er näher kommt.

Ich liebe Chorizo!

»Pah!«, entgegne ich und recke kämpferisch das Kinn.

»Dazu gibt es diese kleinen süßen Zwiebeln, die so herrlich auf der Zunge zergehen.« Erics Stimme ist wie Karamell, und obwohl mir das Herz bis zum Hals schlägt, schleudern meine Augen wütende Blitze in seine Richtung. Dumm nur, dass sie wirkungslos an ihm abprallen. »Ich verwende dieses spezielle Olivenöl aus Italien«, raunt er, sein Gesicht dicht an meinem. »Da kann Kane einpacken.«

Sein wundervoller Duft steigt mir in die Nase, und ich befürchte, dass meine Beine jeden Moment einknicken. Du lieber Himmel! Eric zieht wirklich alle Register. Dieser gewaltigen Charmeoffensive habe ich außer einem verächtlichen Schnauben nichts entgegenzusetzen, und als seine Zungenspitze über meine wild pochende Halsschlagader streicht, bin ich verloren.

»Aaargh«, bringe ich mühsam zustande. »Von mir aus, dann eben Jambalaya!«

Mit einem Lachen löst sich Eric von mir und geht Richtung Küche, die rechte Hand zum Victoryzeichen gehoben. Am Ende des Tages entpuppt sich sein Jambalaya als spektakulär, aber vermutlich bin ich in dieser Sache nicht ganz objektiv.

In den darauffolgenden Tagen bleibt Daniel Mélancourt trotz intensiver Fahndung unauffindbar, als wäre er vom Erdboden verschluckt worden. Zwar gehen Tausende von

Hinweisen bei der Polizei ein, denen nachgegangen wird, doch neunundneunzig Komma neun Prozent davon verlaufen im Sande. Wie Beau uns erklärte, ist das die Schattenseite einer Großfahndung über die Medien. Zwischenzeitig ist auch das DNA-Ergebnis der roten Locke eingetroffen. Das Haar stammt nicht von mir, und obwohl es letztlich keinen Unterschied macht, finde ich die Vorstellung tröstlich. Mein Bild »Aufbruchsstimmung« habe ich beendet, doch zurzeit weigert sich meine Muse hartnäckig, mich zu küssen. Deshalb habe ich beschlossen, zwei-, dreimal die Woche in Brunos Werkstatt zu arbeiten. Mich in dieser Sache durchzusetzen, war nicht einfach! Ich musste Eric und Beau hoch und heilig versprechen, mich dort niemals allein aufzuhalten. Kein Problem, meinte Bruno, Hauptsache, niemand mit Marke würde an meinem Rockzipfel hängen.

Angesichts der Tatsache, dass seine Mitarbeiter riesige Kerle mit Tattoos und finsteren Mienen sind, war Eric einigermaßen beruhigt. Ich werde mich hüten, ihm zu erzählen, dass die Jungs einen butterweichen Kern haben und zu den warmherzigsten Menschen zählen, denen ich je begegnet bin. Einer pflegt zu Hause seine bettlägerige Oma, ein anderer hat eine Handvoll herrenloser Kätzchen adoptiert, und ein dritter hilft am Wochenende in der Suppenküche aus. Trotzdem würden sie keine Sekunde zögern, ihre Fäuste oder Schraubenschlüssel einzusetzen, sollte ich in Gefahr geraten. Meine Honda haben die Jungs jedenfalls wieder perfekt hinbekommen, und ich kann es kaum erwarten, damit eine Runde zu drehen, sobald alles vorüber ist.

Inzwischen habe ich noch mehr Kleidung und Gegenstände aus meinem Apartment geholt und mich bei Eric häuslich eingerichtet. Natürlich nur vorübergehend. Manolo scheint es im Warehouse District zu gefallen, vielleicht, weil er für ihn um Längen aufregender ist als das ruhige Wohngebiet im Norden der Stadt. Überraschenderweise fühle ich mich hier ebenfalls pudelwohl, was nicht nur mit Erics Gegenwart zusammenhängt. Der Kontrast zwischen dem quirligen Treiben tagsüber und der beschaulichen Ruhe, die mit der Dämmerung einhergeht, hat es mir angetan. Als wäre abends die Straße mit einem magischen Bann belegt, der neue Geräusche, Düfte und Farben zum Leben erweckt. Umso verblüffender meine fehlende Inspiration. Ich schätze, Mélancourts übergroßer Schatten blockiert meine Kreativität, was mich jedoch nicht daran hindert, die Zeit mit Eric zu genießen. Er hat mittlerweile seine Tätigkeit in der Kanzlei wiederaufgenommen, wobei er von Mrs Kaufmann unterstützt wird, die weiterhin von zu Hause aus arbeitet.

Dreieinhalb Wochen vergehen.

Dreieinhalb Wochen, in denen wir unserem Alltag nachgehen, unsere Mahlzeiten gemeinsam auf der Galerie einnehmen und beim Liebesspiel nicht nur uns, sondern auch immer mehr von unseren Sehnsüchten und Träumen entblößen. Eric und ich kennen uns schon lange, uns verbindet eine enge Freundschaft, dennoch betraten wir Neuland, als wir Liebende wurden. Weil unser Bewegungsradius eingeschränkt ist, bekommen wir regelmäßig Besuch von unseren Freunden. Von Kane und Eli, die kurz vor der Niederkunft steht, von Leroy und Jewel, die viel von ihrer Tätigkeit beim St. Bernard Project, einer Wohltätigkeitsorganisation, zu berichten hat, und natürlich von Beau und Cheyenne. In dieser Zeit erhalte ich zwei Anrufe von Joe, der von mir die Absolution erhalten will. Von wegen »es tue ihm leid« und »er habe nie gewollt, dass so etwas geschieht«. Ich würge ihn jedes Mal ab. Mir fehlt jegliches Verständnis für sein Verhalten, und meine Zuneigung für ihn ist Verachtung gewichen.

Nachdem die Polizei Steve Perkins' Leiche freigegeben hat, wird sie auf dem Friedhof von St. Vincent de Paul beerdigt. Unter den wachsamen Augen des Gesetzes erweist ihm Eric die letzte Ehre. Schmerz und Schuldgefühle überziehen seine Züge an diesem regnerischen Morgen, die selbst meine Küsse nicht wegzuwischen vermögen. Dennoch verblasst mit jedem Tag, der vergeht, der Albtraum »Daniel Mélancourt« immer mehr zu einer Erinnerung.

Bis zu diesem Sonntag im April.

Die Frühlingssonne bringt mich dazu, die Wäschespinne auf der Galerie aufzustellen. Der Innenhof ist von Wärme erfüllt, vor dem tiefblauen Himmel hebt sich der rote Backstein des Nachbarhauses wie gebrannter Ton hart ab. Begleitet vom Rascheln des Efeus und dem Flügelschlag einer Taube, wiegen sich Büschel von violetten Glyzinien im Wind. Ein Bilderbuchtag! Unwillkürlich muss ich lächeln, als ich von drinnen das Rauschen der Dusche vernehme. Höchste Zeit, Frühstück zu machen! Gestern war Eric dran, heute bin ich an der Reihe. Gerade schicke ich mich an, ein paar Orangen aufzuschneiden, um sie anschließend auszupressen, als jemand klopft. Fest und energisch. Stirnrunzelnd lege ich das Messer beiseite, wische mir die Hände an einem Geschirrtuch ab und gehe zur Tür. Da vor dem Haus nach wie vor ein Streifenwagen steht, öffne ich, ohne einen Blick durch den Spion zu werfen. Umso überraschter bin ich über die kleine, etwas kompakte Frau in dem dunkelblauen Kostüm und der hellen Bluse, die vor mir steht und unter deren Jacke sich deutlich eine Waffe abzeichnet. Flankiert wird sie von zwei uniformierten Cops. Die blauen Augen in dem dunklen Gesicht schauen ernst, als mir die Frau ihre Polizeimarke entgegenstreckt.

»Detective Olivia Bennett«, stellt sie sich vor. »New Orleans Police Department. Ist Eric Vincent zu Hause?«

In dem Moment fällt bei mir der Groschen. »Sie sind Beaus Partnerin!«, rufe ich erfreut und reiche ihr die Hand. »Schön, endlich Ihre Bekanntschaft zu machen.«

Detective Bennetts Händedruck ist kurz, aber fest. »Sie müssen Jet sein«, entgegnet sie freundlich, wenn auch ein wenig reserviert.

»So ist es. Kommen Sie doch herein!«, fordere ich die Besucher auf, die sich nicht zweimal bitten lassen.

»Sind Sie wegen Daniel Mélancourt hier?«, frage ich Olivia. »Gibt's was Neues?«

Sie nickt. »Deshalb müssen wir mit Mister Vincent sprechen.«

»Gut«, antworte ich. »Bitte warten Sie einen Moment. Ich sage ihm Bescheid.«

»Danke.«

Hastig gehe ich nach oben ins Badezimmer, wo Eric dabei ist, sich abzutrocknen. Ich unterdrücke den Impuls, mit meinen Fingern durch seine feuchten Haare zu fahren. Keine Ahnung, warum, aber beim Anblick der verwuschelten Strähnen geht mir jedes Mal das Herz auf. Vielleicht weil er sonst immer geschniegelt und gestriegelt ist, was selbstverständlich auch für seine Frisur gilt. Ob mir meine Gefühle ins Gesicht geschrieben stehen? Der träge Blick, den er mir unter schweren Augenlidern hervor zuwirft, sorgt jedenfalls dafür, dass mir kurz die Luft wegbleibt.

»Bist du hier, um mir Gesellschaft zu leisten?«, fragt er mit rauchiger Stimme und zeigt auf die Duschkabine. »Ich kann gern noch mal …«

»Die Polizei wartet unten!«, unterbreche ich ihn rasch, bevor ich ihm noch das Handtuch von den schmalen Hüften reiße.

Verwunderung legt sich auf seine Züge. »Was wollen die?«

»Beaus Partnerin ist hier, um mit dir über Daniel Mélancourt zu sprechen. Es gibt wohl Neuigkeiten. Sie hat zwei uniformierte Beamte bei sich«, füge ich hinzu, worauf Eric die Stirn runzelt.

»Warum ist Beau nicht selbst gekommen?«, will er wissen.

Ich zucke mit den Achseln. »Heute ist Sonntag, vielleicht hat er frei.«

»Okay, sag ihr, dass ich gleich komme.«

»Mache ich«, antworte ich, bevor ich meine Arme um seinen Hals lege und ihn sanft küsse. »Hoffentlich dauert es nicht so lang.«

Sein leises Lachen jagt kleine Stromstöße durch meinen Körper. »Das hoffe ich auch, Rübenköpfchen.«

Als ich wieder nach unten gehe, stehen die drei Cops mit ernsten Gesichtern im Wohnzimmer herum. In mir keimt zum ersten Mal der Verdacht auf, dass die Neuigkeit, die Detective Bennett bereithält, keine gute sein könnte.

»Er kommt«, sage ich an alle gerichtet, während sich in mir Nervosität breitmacht. »Möchten Sie etwas trinken? Einen selbst gepressten O-Saft vielleicht?«

Gemeinschaftliches Kopfschütteln.

Fieberhaft zermartere ich mir das Hirn nach einem Gesprächsthema, aber mir will nichts einfallen. Indessen füllt sich die Luft im Raum mit immer mehr Spannung, und so atme ich erleichtert auf, als Eric kurz darauf die Treppe herunterkommt. Er trägt eine lockere Hose und ein blaues Polohemd. Seine Füße stecken in Slippern. Fröhlich blickt er in die Runde.

Wie ich sein Lächeln liebe!

»Guten Morgen!«, sagt er freundlich. »Hallo, Olivia! Schön, Sie zu sehen, ist eine Weile her. Ich hoffe, Ihrer Familie geht es gut?«

Mir sackt das Herz in die Hose, als die Züge der Angesprochenen zu Stein werden, was Eric ebenfalls nicht verborgen bleibt, denn seine ausgestreckte Hand erstarrt mitten in der Bewegung.

»Eric Vincent«, verkündet Olivia mit ausdrucksloser Stimme. »Sie sind verhaftet.« Erst jetzt bemerke ich die Handschellen in ihren Händen. »Sie haben das Recht zu schweigen. Alles, was Sie sagen, kann und wird vor Gericht gegen Sie verwendet werden. Sie haben das Recht, sich einen Anwalt zu nehmen. Wenn Sie sich keinen leisten können, wird Ihnen einer gestellt.«

Einen Augenblick lang herrscht vollkommene Stille. Ich spüre, wie von einem Punkt in meinem Hinterkopf aus eisige Kälte auf meinen Körper übergreift. Auch Erics Lächeln ist zu einer Maske gefroren.

»Was wird mir zur Last gelegt?«, erkundigt er sich überraschend ruhig.

»Der Mord an Daniel Mélancourt.«

»Mélancourt ist tot?«, fragt Eric. Nichts in seinem Gesicht oder Tonfall lässt auf seine Gefühle schließen.

Olivia nickt, aber bevor sie den Mund aufmachen kann, platzt es aus mir heraus. »Das ist doch völliger Schwachsinn!«, rufe ich. Das Herz schlägt so hart in meiner Brust, dass es schmerzt. »Ich will sofort mit Beau sprechen! Warum ist er nicht hier?«

»Jet«, unterbricht mich Eric leise, so leise, dass seine Stimme kaum wahrnehmbar ist, dennoch bringt sie mich augenblicklich zum Verstummen. »Es liegt sicher ein Missverständnis vor. Ich kläre das, und heute Abend bin ich wieder zu Hause. Versprochen«, fügt er mit einem kleinen Lächeln hinzu, während ihm die Handschellen angelegt werden.

Mit brennenden Augen beobachte ich, wie er von den beiden Uniformierten nach draußen bugsiert wird, dann wirbele ich zu der einzigen verbleibenden Person herum, der ich meine Gefühle entgegenschleudern kann.

»Wie können Sie so etwas tun?«, blaffe ich Olivia an und spüre, wie Tränen der Wut, aber auch der Angst meine Augen füllen. »Eric wäre niemals in der Lage, jemanden zu ermorden.«

Ein Ausdruck des Bedauerns huscht über ihr Gesicht. »Es tut mir leid, Jet, wirklich«, murmelt sie, bevor sie sich zum Gehen wendet.

Heftig blinzelnd starre ich auf die Haustür, die sie leise hinter sich geschlossen hat, ehe ich zum Telefon haste, um Beau anzurufen. Er schuldet uns, verflucht noch mal, eine Erklärung!

Den Hals in der Schlinge

Eric

In dem Streifenwagen riecht es nach Kaffee und Minzkaugummi, wofür ich dankbar bin, weiß ich doch aus Erfahrung, dass es schlimmer hätte kommen können. Die beiden Uniformierten haben vorn Platz genommen, Olivia und ich sitzen auf der Rückbank. Während wir nach Osten fahren, zieht das sonntägliche Stadtleben unbeeindruckt an uns vorbei. Eltern mit ihren aufgekratzten Kindern auf dem Weg zum Zoo oder ins Kino, Straßenmaler, die ihre Staffeleien aufstellen, verliebte Paare, die sich für teures Geld auf dem Jackson Square fotografieren lassen, um anschließend im Café du Monde einzukehren. Und natürlich Touristen aus aller Welt, die zum French Quarter strömen, als gäbe es dort Freibier. Ich komme mir vor wie einer dieser Besucher aus »Jurassic Park«, die das Dinosauriergehege in einem elektrischen Fahrzeug durchqueren. Mehr Beobachter als Beteiligter. Irgendwie surreal.

Besorgt bin ich trotzdem nicht, obwohl die Gerechtigkeit in unserem Rechtssystem nicht immer zwangsläufig als Siegerin hervorgeht. In erster Linie bin ich erleichtert, dass dieser elende Mistkerl von Mélancourt tot ist und damit Jet und alle, die mir nahestehen, außer Gefahr sind. Und ich bin neugierig. Wie kommt die Polizei auf die Schnapsidee, ich könnte ihn ermordet haben? Etwas müssen sie haben, sonst hätten sie keinen Haftbefehl gegen mich erwirken können. Mehr als vage Indizien können es aber nicht sein. Wahrscheinlich hat der immense Druck von oben sie zum Handeln genötigt, und zufällig war ich zur Stelle. Der perfekte Verdächtige. Je schneller diese Sache aufgeklärt wird, umso besser.

»Wo ist Beau?«, frage ich, als wir in die Zielstraße einbiegen. Die imposante ockerfarbene Fassade des 11. Reviers hebt sich bereits von Weitem ab.

»Er wurde wegen Befangenheit vom Fall ausgeschlossen«, antwortet Olivia, ohne zu zögern. »Sie beide sind schließlich Best Buddies.«

Ich nicke. Ergibt Sinn. »Welche Beweise haben Sie gegen mich?«, versuche ich mein Glück, obwohl ich die Antwort bereits ahne.

»Das erfahren Sie schon früh genug«, kommt es wie erwartet zurück.

Im 11. Revier herrscht wie immer Hochbetrieb, und nachdem ich von meinem Recht Gebrauch gemacht und eine überaus fähige Kollegin angerufen habe, werde ich in den einzigen noch leeren Verhörraum geführt. Der fensterlose Raum sieht genauso aus, wie unbescholtene Bürger ihn von Filmen und Serien her kennen, Spiegel und graue Wandfarbe inklusive. Mehrere Minuten lang sitze ich auf dem harten Besucherstuhl und starre Löcher in die Luft, während ein uniformierter Polizist an der Tür Wache hält und keinen Mucks von sich gibt. Als Olivia schließlich den Raum betritt, hält sie in den Händen zwei dampfende Kaffeebecher, unter den Arm hat sie eine Akte geklemmt. Mit einem knappen Nicken weist sie den Beamten an, sich zu entfernen, bevor sie Kaffeebecher und Akte auf dem blank polierten Tisch abstellt und auf dem Stuhl gegenüber Platz nimmt.

»Kaffee?«, fragt sie und schiebt mir einen der Becher rüber.

Beim Anblick der teerähnlichen Substanz winke ich dankend ab.

»Wie Sie wollen«, kommentiert Olivia schulterzuckend, dann streckt sie die Hand nach dem Aufnahmegerät auf dem Tisch aus und sieht mich fragend an. »Bereit?«

Zwar könnte ich darauf bestehen, nur in Anwesenheit meiner Anwältin loszulegen, doch ich verzichte darauf. Zum einen bin ich mir keiner Schuld bewusst, zum anderen bin ich neugierig, was die Polizei vorzubringen hat. Statt Olivias Frage zu beantworten, hebe ich die gefesselten Hände. »Müssen die hier sein?«

»Vorschrift.«

Ich nicke. Auch diese Erwiderung habe ich erwartet, trotzdem war es einen Versuch wert. Wie es aussieht, darf ich nicht mit einer Vorzugsbehandlung rechnen. Als ob Anwälte bei der Polizei je eine solche genießen würden! Beinahe muss ich lachen. Olivia drückt indessen auf die Starttaste des Aufnahmegeräts und beginnt zu sprechen.

»Dieses Verhör wird aufgezeichnet. Heute ist Sonntag, der 4. April, es ist zehn Uhr vierunddreißig. Ich bin Detective Olivia Bennett. Zur Vernehmung geladen ist …«

Geladen ist gut.

»Eric Vincent«, beende ich den Satz. Das Prozedere ist mir wohlbekannt, obwohl es sich ungewohnt anfühlt, die Hauptfigur in diesem Kammerspiel zu sein. Ungewohnt, aber irgendwie auch reizvoll. Eine Erfahrung mehr, die mir in meinem Beruf zugutekommen wird.

»Ich beginne jetzt mit der Vernehmung. Mister Vincent, wissen Sie, warum Sie hier sind?«

»Ich stehe im Verdacht, Daniel Mélancourt ermordet zu haben«, gebe ich bereitwillig Auskunft.

»Korrekt. Und was sagen Sie dazu?«

Mir liegt eine flapsige Antwort auf den Lippen, doch die Erfahrung hat mich gelehrt, dass sie abgesehen von einem Moment der Genugtuung kontraproduktiv wäre.

»Dass ich es nicht war«, erwidere ich.

Kurz blättert Olivia in ihrer Akte, was, wie ich wohl weiß, nur Show ist. Als guter Detective hat sie alle relevanten Fakten im Kopf.

»Wo waren Sie vorgestern Nacht zwischen ein und drei Uhr?«, fragt sie und blickt auf.

»Meinen Sie die Nacht von Freitag auf Samstag?«

»Ja.«

»In meinem Bett.«

»Kann das jemand bestätigen?«

Unwillkürlich muss ich lächeln. »Janet Stenton.«

»Sie meinen, Ihre Freundin?«

Meine Freundin.

Ein berauschendes Gefühl breitet sich in mir aus, das am treffendsten als Glück beschrieben werden kann. Ausgerechnet hier und jetzt. Schon verrückt! Nur mit Mühe kann ich verhindern, dass mein Lächeln breiter wird.

»Ja«, antworte ich.

»Sonst noch jemand?«

»Fragen Sie doch die beiden Polizisten, die die ganze Nacht über draußen vor meinem Haus Wache gehalten haben. Die hätten wohl mitbekommen, wenn ich mich hinausgeschlichen hätte, meinen Sie nicht?«, kontere ich und kann diesmal die Häme in meiner Stimme nicht unterdrücken.

Mein Versuch, Olivia den Wind aus den Segeln zu nehmen, bringt nicht den gewünschten Erfolg, denn statt Unsicherheit steht ihr ein Hauch von Überheblichkeit ins Gesicht geschrieben. »Halten Sie mich nicht für naiv, Mister Vincent«, sagt sie kühl. »Sie hätten über die Galerie im Innenhof ins Nachbargebäude gelangen können, um von dort ungesehen zu verschwinden.«

»Sicher«, entgegne ich gelassen. »Wenn ich in der Lage wäre, auf einer Strecke von gut fünf Metern einen zwanzig Zentimeter breiten Sims zu überwinden.«

»Seien Sie nicht so bescheiden!« Sie mustert mich mit hochgezogenen Augenbrauen. »Sie sind ein sportlicher Typ, oder leiden Sie etwa unter Höhenangst?«

»Das nicht«, antworte ich. »Aber ich muss Sie enttäuschen, Detective. Zurzeit bin ich alles andere als fit angesichts der Tatsache, dass ich zu Hause festsitze und nicht wie sonst mehrmals die Woche laufen oder rudern gehen kann.«

»Ich weiß«, antwortet Olivia, und zum ersten Mal zucken ihre Mundwinkel ehrlich amüsiert, worauf ich mich ernsthaft frage, was ihr Beau alles über mich erzählt hat. Ich werde mit der alten Plaudertasche ein ernstes Wort reden müssen!

»Kennen Sie die St. Patrick's Church?«, fragt Olivia, die wieder die kühle Maske der Professionalität aufgesetzt hat.

»Natürlich.«

Die katholische Kirche im neogotischen Stil ist eines der ältesten christlichen Bauwerke der Stadt und befindet sich nur zehn Minuten Fußweg von meinem Haus entfernt.

»Gehen Sie häufiger dorthin?«, will Olivia wissen.

»Ich bin nicht sonderlich gläubig, wenn Sie das meinen.«

»Gestern am frühen Morgen wurde Daniel Mélancourt am Fuß des Glockenturms zerschmettert aufgefunden«, erklärt sie.

Es dürfte kein hübscher Anblick gewesen sein. Der quadratische, mittelalterlich anmutende Turm misst knapp sechzig Meter.

»Ist er gesprungen?«, frage ich unschuldig.

»Wir gehen davon aus, dass er gestoßen wurde.« Kaum merkliche Pause. »Und zwar von Ihnen.«

Ich lehne mich demonstrativ zurück. »Endlich wird's interessant! Ich fing schon an, mich zu langweilen«, entgegne ich sarkastisch. »Wissen Sie eigentlich, wie absurd diese Behauptung ist?«

»Ich bin es, die hier die Fragen stellt, Mister Vincent.« Beaus Partnerin bleibt völlig cool, ein echter Profi. »Sie leugnen also, für Daniel Mélancourts tödlichen Sturz verantwortlich zu sein?«

»Ja«, antworte ich klar und deutlich.

»Auf dem Dach wurden Schuhabdrücke gefunden, die auf ein Gerangel zwischen zwei Männern hindeuten. Eine Schuhgröße weist auf das Opfer hin, die andere auf Sie.« Olivia bohrt ihre blauen Augen in meine. »Sie haben doch Schuhgröße 10?«

Mir entfährt ein verächtliches Schnauben. »Das ist Ihr Verdachtsgrund? Schuhabdrücke in meiner Größe? Das kann nicht Ihr Ernst sein!«

Ich bin froh, dass Olivia es sein wird, die sich wegen dieser lächerlichen Anschuldigung verantworten muss, und nicht Beau.

»Sie leugnen also nach wie vor, in der Nacht vom zweiten auf den dritten April bei der St. Patrick's Church gewesen zu sein und Daniel Mélancourt über die Zinnen gestoßen zu haben?«

»Ja, das tue ich«, entgegne ich nun doch ein wenig genervt.

»Wie erklären Sie sich dann, dass wir Ihre Fingerabdrücke auf der Jacke des Toten gefunden haben? Genau auf Schulterhöhe?«, lässt Olivia ihre Bombe platzen.

Wie? Noch mehr Abdrücke?, müsste ich ihr voller Hohn entgegenschleudern, aber ich bin dazu nicht in der Lage. Ihre Worte haben die Wucht eines Baseballschlägers, der mir über den Schädel gezogen wurde. Entgeistert starre ich die Polizistin an, die ihre Genugtuung kaum verhehlen kann.

»Was?«, stoße ich schließlich hervor.

Womöglich habe ich doch Grund zur Sorge. Und wie zum Teufel sind sie an meine Fingerabdrücke gekommen? Dann fällt es mir wieder ein. In meiner Sturm-und-Drang-Zeit habe ich an einer Antikorruptions-Demo teilgenommen, die ein wenig aus dem Ruder gelaufen ist. Ich wurde, wie viele andere auch, festgenommen. Die Cops ließen uns eine Nacht in der Zelle schmoren, bevor sie uns am nächsten Tag gehen ließen. Damals fasste ich den Entschluss, Jura zu studieren. Während ich nun nach einer Antwort ringe, die ein wenig gewiefter daherkommt als ein asthmatisch hervorgebrachtes »Was?«, öffnet sich die Tür hinter mir, und eine energische Frauenstimme ertönt:

»Ab sofort sagt mein Mandant kein Wort mehr!«

Sarah Ironside, meine Retterin in schimmernder Robe.

Mit einem zugegeben etwas blassen Lächeln drehe ich mich zu der gedrungenen Frau mit den kurzen schwarzen Haaren und der Hornbrille um.

»Dein Timing ist wie immer perfekt, Sarah«, sage ich.

Jet

Beau ist am Telefon überaus entgegenkommend und erklärt, dass Eric dringend verdächtigt wird, Daniel Mélancourt vom Glockenturm der St. Patrick's Church gestoßen zu haben. Der Schock trifft mich wie ein Blitz. Ich kenne die Kirche, befindet sie sich doch nur wenige Straßen von hier entfernt, und erst jetzt, während ich Beaus Worten lausche, wird mir bewusst, dass der Glockenturm dem Turm auf der Tarotkarte ähnelt, die ich in Mister Dunns Laden gezogen habe. Für ein paar Sekunden schließe ich die Augen und rufe die beiden Bauwerke ab. Als ich sie in Gedanken wie zwei Folien übereinanderlege, keuche ich überrascht auf. Es handelt sich um ein und dasselbe Bauwerk! Da ist keine Hexerei im Spiel, rede ich mir ein, schließlich wurde der Glockenturm fertiggestellt, als Marie

Laveau neunundreißig Jahre alt war. Warum sollte der Turm nicht als Vorbild für eine Tarotkarte gedient haben?

Trotzdem: Sollte Eric angeklagt werden, wäre es für uns zwei ein Einschnitt, der brutaler nicht sein könnte. Ich erinnere mich gut an die beiden herabstürzenden Personen auf der Karte.

Ein Mann und eine Frau.

»Wie kommen die Bullen auf die absurde Idee, Eric könnte ein Mörder sein?«, wettere ich, wohl wissend, dass mir Beau in dieser Situation den Ausdruck »Bulle« nicht übel nehmen wird.

»Abgesehen von Schuhabdrücken auf dem staubigen Boden, die auf einen Kampf hinweisen, wurden auf Mélancourts Jacke Erics Handabdrücke gefunden, die die Mordtheorie stützen.«

Verständnislos starre ich ins Leere, und meine Finger, die den Hörer umklammert halten, kribbeln so heftig, dass ich Mühe habe, ihn nicht fallen zu lassen.

Wie zum Teufel sind Erics Handabdrücke dorthin gelangt?

»Es sind erdrückende Indizien, zugegeben, aber sie beweisen noch lange nicht, dass Eric der Täter ist«, beeilt sich Beau, hinzuzufügen, weil ich nichts sage.

Während ich den Kopf schüttele, kommt es mir vor, als tauche ich aus dem Untergrund langsam an die Oberfläche. »Wäre nicht das erste Mal, dass jemand nur aufgrund von Indizien verurteilt wird«, murmele ich.

Eine lange Pause tritt ein. Fast wünsche ich mir, Beau würde mir irgendwelche schwachsinnigen Gegenargumente auftischen, aber er tut es nicht.

»Und jetzt?«, frage ich irgendwann leise.

»Jetzt ist es an Erics Anwältin, seine Unschuld zu beweisen.«

»Wer ist sie? Kennst du sie?«, frage ich, während ich nervös auf und ab laufe. »Ich muss sie irgendwie unterstützen.«

»Ihr Name ist Sarah Ironside. Ich bin sicher, dass sie dich schon sehr bald kontaktieren wird. Schließlich bist du Erics Alibi.«

Bevor ich etwas sagen kann, mischt sich eine resolut klingende Frauenstimme aus dem Hintergrund ein.

»Cheyenne will mit dir sprechen«, erklärt Beau.

Keine Sekunde später habe ich sie an der Strippe. »Ich bin's!« Sie muss Beau den Hörer förmlich aus der Hand gerissen haben. »Ich kann ja behaupten, ich hätte während der Tatzeit mit Eric telefoniert«, zischt sie verschwörerisch ins Telefon.

»Zwei Stunden lang?«, erwidere ich. »Außerdem checken die Cops die Anruflisten.«

»Ich habe von einem Prepaidhandy aus angerufen?«, schlägt Cheyenne hoffnungsvoll vor, und wäre die Lage nicht so verzweifelt, würde ich lachen.

»Sie werden feststellen, dass Eric nicht telefoniert hat, weder von seinem Handy noch von seinem Festnetz aus.«

»Dann hat er eben auch ein Prepaidhandy benutzt«, murmelt Cheyenne, und diesmal kann ich mir ein Schmunzeln nicht verkneifen.

»Das beweist keineswegs, dass er nicht auf dem Dach war.«

»Verflixt!«

Im nächsten Moment hat sich Beau das Telefon wieder gegriffen. »Hör bloß nicht auf meine verrückte Freundin!«, sagt er in einem Tonfall, der zwischen Strenge und Heiterkeit schwankt. »Bleib lieber bei der Wahrheit, alles andere würde Eric nur schaden.«

»Aber irgendwas müssen wir doch tun«, presse ich mühsam heraus, während ich gegen das Gefühl der Hoffnungslosigkeit ankämpfe. Inzwischen bin ich stehen geblieben und starre traurig auf den halb gedeckten Frühstückstisch.

»Wir finden einen Weg, Erics Unschuld zu beweisen«, sagt Beau nachdrücklich.

Prompt erklingt Cheyennes zustimmender Ruf hinter ihm.

Tränen treten mir in die Augen, die ich energisch fortwische. »Jemand versucht, ihm den Mord in die Schuhe zu schieben«, stoße ich hervor.

»Sieht, verflucht noch mal, danach aus!«, brummt Beau, dessen professionelle Haltung nun doch ins Wanken gerät.

»Könnte es Joe sein, der an Eric Rache nehmen will?«, frage ich, obwohl mir der Gedanke abwegig erscheint. Andererseits hat Joe nicht einen Moment gezögert, einen hasserfüllten Psychopathen aufzupeitschen.

»Habe ich schon überprüft. Inoffiziell natürlich«, antwortet Beau. »Er hat ein handfestes Alibi für die betreffende Nacht.«

»Okay«, bemerke ich seltsam erleichtert. Mit einem rachsüchtigen Mistkerl verlobt gewesen zu sein, ist das eine, aber mit einem Killer? Mir schaudert bei der Vorstellung. »Was, wenn Daniel Mélancourt gar nicht der Urheber der Briefe war und auch nicht der Mörder von Steve Perkins? Was, wenn ihm das alles vom wahren Täter untergejubelt worden ist?«

Ich kann fast hören, wie Beau ins Grübeln gerät. »Du meinst, der große Masterplan, um Eric am Ende des Tages ins Gefängnis zu bringen?«, fragt er schließlich nach.

Ich schlucke schwer. »Ja.«

»Hmm … Möglich wär's. Wenn, war dieser Jemand verflucht gründlich.«

»Ja, oder?«, entgegne ich leise.

»Ist dir schon mal in den Sinn gekommen, dass Eric schuldig sein könnte?«, fragt Beau. »Rein hypothetisch natürlich.«

»Nein!«, antworte ich energisch und wider besseres Wissen. Mir ist der Gedanke tatsächlich durch den Kopf geschossen, wenn auch nur für eine Hundertstelsekunde. »Eric wäre nicht fähig, jemanden zu töten.«

»Jeder ist in der Lage, einen Menschen zu töten, Jet«, erwidert Beau sanft. »Vor allem, wenn man eine Person beschützen will, die man liebt. Aber Eric wäre nicht so blöd gewesen, seine Handabdrücke am Tatort zu hinterlassen. Er ist Anwalt, nicht irgendein verfickter Anfänger!«

»Warum fragst du mich das dann?«, entgegne ich verschnupft.

»Entschuldige«, gibt Beau hörbar zerknirscht zurück. »Ich habe nur laut nachgedacht.«

»Sieh's ihm nach, Jet!«, ertönt Cheyennes Stimme im Hintergrund. »Manchmal ist er so feinfühlig wie ein Neandertaler!«

Obwohl Beau die Sprechmuschel mit der Hand bedeckt, kann ich seine Antwort hören. »Ich zeige dir gleich, wozu ein Neandertaler fähig ist, Mädchen!«

Mit ein paar aufmunternden Worten beendet er das Telefonat. Es klingelt erneut, kaum dass ich aufgelegt habe. Der Anrufer ist Kane. Danach folgt Leroy. Im Verlauf der Gespräche lassen es sich Amy und Jewel nicht nehmen, mir ebenfalls ihre Unterstützung zuzusichern. Schlechte Nachrichten verbreiten sich schnell, dennoch bin ich unsagbar froh, zu wissen, dass alle geschlossen hinter Eric stehen.

Wie Beau prophezeit hat, erscheint Sarah Ironside wenig später auf der Matte – leider mit schlechten Neuigkeiten im Gepäck.

»Erics Antrag auf Kaution wurde abgelehnt«, erklärt sie, während ich ihr Kaffee einschenke. »Der Richter sieht Fluchtgefahr, außerdem ist Mord nicht gerade eine Bagatelle. Eric bleibt in Haft.«

Meine Welt, die in der letzten Stunde gerade so zusammenhielt, bricht krachend zusammen – gemeinsam mit meiner Selbstbeherrschung.

Mir entfährt ein lautes Schluchzen, und ich verschütte Kaffee auf den Tisch. Fast fluchtartig stürze ich in die Küche, um einen Lappen aus der Spüle zu holen und die Lache zu entfernen. Hinterher lasse ich mich mit einem leise hervorgebrachten »O Gott!« auf den Stuhl gegenüber plumpsen.

Die Anwältin, ich schätze sie auf Anfang fünfzig, lässt sich angesichts meines Ausbruchs nicht aus der Ruhe bringen und rückt ihre Hornbrille zurecht. »Tut mir leid, Miss Stenton.«

»Nennen Sie mich bitte Jet!«, erwidere ich matt. »Kann man denn da gar nichts machen?«

»Ich fürchte, nein.«

Niedergeschlagen fahre ich mir übers Gesicht. Ich bemerke nicht, wie Sarah Ironside einen Block aus ihrer überdimensionalen Aktentasche hervorkramt und aufschlägt, bis sie mir die Frage nach dem Alibi stellt.

»Sie können bestätigen, dass Eric in der betreffenden Nacht von eins bis drei bei Ihnen war?«

»Natürlich!«, entgegne ich so rigoros wie möglich.

»Ganz sicher?«, hakt die Anwältin nach. »Haben Sie auf die Uhr geschaut?«

»Äh, na ja, ich habe geschlafen. Aber ich hätte wohl mitbekommen, wenn Eric aufgestanden wäre«, schiebe ich hektisch hinterher.

Sarah verzieht bedauernd das Gesicht. »Das ist ein recht schwaches Alibi.«

»Ich … ich war auf der Toilette«, lüge ich in meiner Verzweiflung. »Es war gegen zwei, da bin ich mir sicher.«

Die Anwältin schaut mich aus zusammengekniffenen Augen an. »Tatsächlich?«

Ich nicke eifrig. »Ja.«

»In Ordnung«, antwortet sie und vermerkt meine Aussage in ihrem Block. »Das ist besser als nichts, auch wenn es für Eric ein Kinderspiel gewesen wäre, sich vor oder nach zwei Uhr aus dem Haus zu schleichen, um zur St. Patrick's Church zu gehen. Es sind gerade mal acht Minuten Fußweg, ich hab's gecheckt.«

Ich beiße mir auf die Unterlippe. Vielleicht hätte ich behaupten sollen, dass wir uns die ganze Nacht geliebt haben, doch so oder so wird der Staatsanwalt meine Aussage zerpflücken. Ich habe genug Gerichtssendungen im Fernsehen gesehen, um es zu wissen.

»Woher kennen Eric und Sie sich?«, frage ich, nur um mich von der Vorstellung abzulenken.

»Von der Universität«, antwortet Sarah Ironside. »Ich war seine Dozentin in Strafrecht.«

»Ah«, sage ich, während ich mir den Kopf zerbreche, wie ich das Gespräch fortführen soll.

Aber die ältere Frau kommt mir zuvor, indem sie ihren Block zuklappt. »Das war's fürs Erste«, sagt sie und steht auf. »Ich melde mich, sobald ich etwas Neues habe.«

»Was werden Sie unternehmen?«, frage ich rasch, bevor sie durch die Tür verschwindet.

»Ich werde nach Zeugen suchen, die eventuell in der Nacht etwas gesehen haben, außerdem werde ich Mélancourts Umfeld checken. Möglicherweise hatte er Feinde, die es auf ihn abgesehen hatten, idealerweise jemanden mit Schuhgröße 10. Etwas, das ausreicht, um auf begründeten Zweifel zu plädieren.« Sie weist auf ihre unberührte Tasse. »Danke für den Kaffee.«

Nachdem Sarah Ironside gegangen ist, fühle ich so etwas wie Hoffnung in mir aufkeimen. Erics Anwältin scheint nicht der gesellige Kaffeetantentyp zu sein, dafür wirkt sie kompetent und zu allem entschlossen. Sie bekommt Eric wieder frei. Ganz sicher. Schweren Herzens schleppe ich mich nach oben, wo ich mich voll bekleidet und mit angezogenen Beinen aufs Bett lege und mein Gesicht in Erics Kopfkissen vergrabe. Während ich seinen Duft einsauge, rinnen mir heiße Tränen über die Wangen und benetzen den Stoff.

Ein Strohhalm

Jet

Am nächsten Morgen bin ich gerade dabei, in meine Stiefel zu steigen, als Mrs Kaufmann mit einem Käsekuchen in der Hand hereinschneit. Kein Geheimnis scheint vor ihr sicher. Sie weiß nicht nur von der Verhaftung ihres Chefs, sondern auch, dass ich heute Vormittag Eric im Gefängnis besuchen will. Den Käsekuchen hat sie für ihn gebacken. Wir plaudern eine Weile und leisten uns gegenseitig Beistand, wobei Mrs Kaufmann sehr deutlich zum Ausdruck bringt, wie froh sie darüber ist, dass ich meine Verlobung gelöst habe. Zum Abschied zieht sie mich in eine warme, mütterliche Umarmung.

»Er kann sich glücklich schätzen, eine Frau wie Sie an seiner Seite zu haben«, sagt sie leise und wischt sich verstohlen über die Augen. »Grüßen Sie ihn herzlich von mir.«

Das städtische Gefängnis von New Orleans liegt zentral, zwischen Mid-City und Business District, eine mehrstöckige Festung, in der gut zweitausend Insassen untergebracht sind. Den Weg dorthin lege ich mit meiner wiederhergestellten Honda zurück, die ich auf dem Parkplatz an der Ostseite abstelle. Beim Anblick des Stacheldrahtes und der grauen Betonmauern stößt mir der Morgenkaffee sauer auf, und ich will mir gar nicht vorstellen, wie es sein muss, tagein, tagaus in dieser Beengtheit und Kälte zu leben. Am Fuße des steinernen Wachturms harrt ein Dutzend Menschen aus, hauptsächlich Frauen mit Kindern. Kaum habe ich mich zu ihnen gesellt, als sich das Tor summend öffnet. Schweigend, und ohne einander eines Blickes zu würdigen, betreten wir den Bereich, überqueren einen kleinen Hof und marschieren auf ein Gebäude zu, vor dem ein pfeilförmiges Schild mit dem Hinweis »Besucher« steht. Je näher ich der Tür komme, desto mehr wächst meine Beklemmung. Zeitweise glaube ich, keine Luft zu bekommen, doch der Blick auf die Kinder an den Händen ihrer Mütter hat eine heilsame Wirkung.

Wenn sich ein Fünfjähriger zusammenreißen kann, packe ich das auch.

Drinnen werde ich durchsucht und abgetastet. Helm, Handy und Schlüssel werden mir abgenommen, der Käsekuchen bekommt ein paar Einstiche, anschließend reihe ich mich in die Schlange ein, um mich ins Besucherbuch einzutragen. Alles geschieht unter den stechenden Blicken der Aufseher in den dunkelblauen Uniformen. Meine Hand zittert, als ich in der Besucherspalte meinen Namen und in der Spalte »Häftling« Erics Namen schreibe. Danach übernimmt ein Uniformierter mit Glatze, der uns durch einen langen Flur geleitet. An seinem Gürtel hängt ein riesiger Schlüsselbund, dessen Klirren bei jedem Schritt von den Wänden widerhallt. Ich bin hier der Herrscher, leg dich nicht mit mir an, scheint das Geräusch sagen zu wollen. Wir passieren eine schwere Stahltür, dann noch eine, bevor wir einen überraschend hellen Raum betreten. Ein zweiter Aufseher gibt uns per Handzeichen zu verstehen, dass wir an den freien Tischen Platz nehmen sollen, also setze ich mich auf einen harten Plastikstuhl am Rand und stelle den Kuchen ab. Durch eines der vergitterten Fenster kann ich den asphaltierten Hof sehen und dahinter eine Art überdimensionalen Käfig, in dem einige Männer in orangefarbenen Overalls Basketball spielen.

Während wir warten, macht sich Geschäftigkeit breit. Die Frauen überprüfen ihre Frisuren in den Fensterscheiben, die Kinder rutschen nervös auf den Stühlen hin und her. Bis sich die Tür auf der gegenüberliegenden Seite öffnet und alle aufblicken. Ich schätze, in diesem Moment schlägt nicht nur mir das Herz bis zum Hals. Die Männer tröpfeln einzeln in den Raum, mit suchenden Blicken und dem Anflug eines Lächelns, das breiter wird, sobald sie ihrer Familien oder Freunde ansichtig werden. Unwillkürlich richte ich mich auf und fahre mir durch die Haare. Gleich erscheint Eric auf der Türschwelle, mit einem warmen Ausdruck in den Augen, der mich beruhigen soll, und einem Witz auf den Lippen, wie unvorteilhaft die Farbe Orange für einen Mann ist.

Mein Lächeln erstirbt jedoch, als einer der beiden Wärter die Tür schließt und sich mit gespreizten Beinen davor aufbaut, die Daumen in den Gürtel gehakt. Die Botschaft ist eindeutig. Meine Gedanken rasen. Liegt ein Missverständnis vor, oder habe ich versehentlich Erics Namen in die falsche Spalte eingetragen? Meine Knie schlottern, als ich aufstehe, um den Mann danach zu fragen.

Doch dieser kommt mir zuvor. »Sind Sie Jet Stenton?«, ruft er quer durch den Raum. Von Privatsphäre hält er offenbar nicht viel, was mich in einem Gefängnis nicht wirklich überraschen sollte.

»Ja«, antworte ich mit dünner Stimme.

»Eric Vincent ist heute unpässlich«, erklärt der Aufseher. »Versuchen Sie es in ein paar Tagen noch mal.«

Unpässlich?

Die Flut von Schreckensbildern, die auf mich einstürzt, schnürt mir für einen Moment den Hals zu. Ich räuspere mich, um nachzufragen, doch der Aufseher hat seine Aufmerksamkeit bereits auf jemand anderen gerichtet.

»Hey, wahrt gefälligst Abstand!«, blafft er ein Paar an, das Anstalten macht, sich zu umarmen.

Außer mir mache ich einen Schritt auf ihn zu. »Was meinen Sie mit unpässlich?«, rufe ich. »Geht es Eric gut?«

»Nicht in diesem Ton!«, grollt der Wärter. Seine rechte Hand ist vom Gürtel gerutscht und hat sich gleich daneben auf den langen Schlagstock gelegt.

Ich atme mehrmals tief durch, um mich zu beruhigen. Ich mag impulsiv sein, aber nicht dumm. »Können Sie ihm wenigstens den Kuchen geben?«, frage ich.

Statt zu antworten, richtet das Arschloch seinen kalten, stechenden Blick auf mich, ohne ein Wort zu sagen. Indessen verrät ein kaum wahrnehmbarer Luftzug hinter mir, dass sein glatzköpfiger Kollege bereitsteht, mich in den Schwitzkasten zu nehmen. Zähneknirschend greife ich nach dem Kuchen und hebe beschwichtigend die freie Hand, während ich aus dem Raum geleitet werde. Schneller als ich »Fickt euch ins Knie!« sagen kann, stehe ich wieder draußen vor dem Tor.

Meine Augen brennen. *Was haben sie mit Eric gemacht?*

Eric

Die Stille ist vollkommen, durchbrochen wird sie lediglich von einzelnen Flüchen oder Schreien aus den anderen Zellen. Albträume, vermute ich. Ich bekomme die ganze Nacht kein Auge zu, und während ich darauf warte, dass der Morgen dämmert und der Schließer die Tür öffnet, starre ich auf die Unterseite der Pritsche über mir. Mein Zellengenosse heißt Pete, ein schmächtiger Typ mit einem Bart, der ihm bis zur Brust reicht, und dessen Alter unmöglich zu schätzen ist. Wenn ich seinen Worten Glauben schenken darf, sitzt er seit drei Jahren. Nach dem Grund habe ich nicht gefragt. Als ich den Kopf zur Seite wende, rümpfe ich die Nase. Das Kissen riecht unangenehm, wie auch die Wolldecke. In einem Anflug von Galgenhumor unterdrücke ich ein Lachen. Was habe ich erwartet? Das Ritz-Carlton? Zum wiederholten Male schließe ich die Augen und sehe Jets hübsches Gesicht vor mir, als ein nahes Geräusch mich aufhorchen lässt. Jemand macht sich an der Zellentür zu schaffen.

Der Schließer? Jetzt schon?

Ein Blick aus dem Fenster verrät mir, dass es zu früh ist. Zwar stiehlt sich bereits graues Licht durch die Gitter ins Innere, aber es kann nicht später sein als fünf Uhr, fünf Uhr dreißig. Ehe sich die Tür mit einem leisen Quietschen öffnet, bin ich auf den Beinen. Ich lasse meine Augen hin und her huschen, doch außer einer Bibel und einem Plastikbecher befindet sich in meiner Reichweite nichts, womit ich mich verteidigen könnte. Kurz überlege ich, mich in die Ecke zwischen Stockbett und Schrank zu quetschen, entscheide mich aber dagegen. Wer immer durch die Tür kommt, verfolgt keine guten Absichten, und dort säße ich in der Falle. Je mehr Spielraum ich habe, desto besser kann ich mich zur Wehr setzen, sollte ich angegriffen werden. Aber wer weiß, vielleicht ist es auch nur ein Aufseher, der es nicht erwarten kann, mir zu sagen, dass meine Unterbringung nur ein großes Missverständnis ist!

Ein unförmiger Schatten schiebt sich in die Zelle. Ich kneife die Augen zusammen, während der Umriss deutlichere Konturen annimmt. Es ist ein Mann in Gefängniskluft. Da sich meine Pupillen in den vergangenen Stunden den schlechten Lichtverhältnissen angepasst haben, erkenne ich im Halbdunkel ein feistes Gesicht mit Segelohren. Mein Herzschlag beschleunigt sich, als ich das dünne, hässliche Lächeln bemerke. Ich wäge meine Möglichkeiten ab. Aber nicht schnell genug. Mit einem Satz springt der Mann auf mich zu und rammt mich frontal, worauf wir beide gegen die Wand knallen und zu Boden gehen. In meiner rechten Schulter explodiert der Schmerz, und ich höre Pete etwas murmeln.

»Ruf den Aufseher!«, brülle ich, doch mein Zellengenosse dreht sich wortlos auf die Seite, mit dem Gesicht zur Wand.

Ich komme nicht mehr dazu, ihn lautstark zu verfluchen, denn mein Angreifer hämmert mir die Faust in den Magen. Keuchend krümme ich mich zusammen, finde jedoch die Kraft, mich wegzurollen, als er noch einmal zuschlagen will. Ehe er einen weiteren Versuch starten kann, schnellt mein Fuß nach hinten und trifft ihn mitten ins Gesicht. Ich höre ihn vor Schmerz heulen, was mir ein böses Lächeln entlockt. Ich bin zwar kein geübter Kämpfer, weiß mich aber dennoch zu wehren. Kane und Beau, zwei waschechte Jungs aus dem Bayou, haben mir in meiner Jugend ein paar Tricks beigebracht, die mir nun zugutekommen. Schnell bin ich wieder auf den Beinen, aber auch mein Angreifer hat sich wieder aufgerafft und fixiert mich aus kleinen, fiesen Augen. *Eine hirnlose Kampfmaschine,* ist die Bezeichnung, die mir in diesem Moment durch den Kopf schießt.

»Ich mach dich alle, du verfickter Anwalt!«, zischt der Typ, dem ich offenbar den einen oder anderen Zahn ausgeschlagen habe.

»Wir werden ja sehen, wer hier wen alle macht!«, kontere ich mit einem warmen, fast erotisch anmutenden Kribbeln der Genugtuung in meinem Bauch.

Verblüffend, wie schnell die niedrigen Instinkte in einer solchen Situation die Oberhand gewinnen! Grunzend stürzt er sich erneut auf mich. Ich hole aus, um ihm meine rechte Faust auf die Nase zu hämmern, doch das Segelohrgesicht weicht meinem Treffer geschickt aus und tritt mir seitlich gegen das Knie. In meinem Kopf explodiert der Schmerz. Als ich zusammenklappe, gibt er mir noch einen Schlag in die Nieren mit, und ich sacke zu Boden. Im langsam heller werdenden Dämmerlicht, das durch das vergitterte Fenster scheint, erkenne ich etwas in seiner Hand. Ich blinzele, um klarer sehen zu können. Eine zu einer Waffe gespitzte Zahnbürste!

Scheiße!

Die jähe Panik droht, mich zu überwältigen. In diesem Moment muss ich an Jet denken und reiße mein unversehrtes Knie in die Höhe, um es dem Mistkerl zwischen die Beine zu rammen. Der stößt einen Schrei aus und lässt die provisorische Waffe fallen. *Danke, Rübenköpfchen, für die Anregung!* Mit der Fußspitze stoße ich gegen die Zahnbürste und befördere sie außer Reichweite. Danach will ich aufspringen, doch mein Angreifer tritt mir das Bein weg, und ich stürze nach hinten. Als ich mit dem Hinterkopf auf dem harten Betonboden aufschlage, trübt sich meine Sicht erneut. Benommen schüttele ich den Kopf. Die wenigen Sekunden reichen aus. Schon sitzt mein Gegner auf mir und rammt mir seine Faust ins Gesicht, wieder und wieder. Ich schmecke Blut, *viel Blut,* und mir wird klar, dass ich mich soeben im Überlebensmodus befinde. Der Kerl wird mich umbringen, wenn ich ihn nicht davon abhalte! Jets Gesicht erscheint vor meinem inneren Auge. Nach so vielen Jahren haben wir endlich zueinandergefunden. Ich lasse nicht zu, dass dieser stinkende Wichser alles zerstört!

Dieser Gedanke ist es, der mir die Kraft verleiht, die heransausende Faust zu blocken und ruckartig nach links zu drehen. Es knackt, als der Knochen bricht. Das Segelohrengesicht stößt einen grunzenden Laut aus, hält sich die Hand und strauchelt zur Zellentür, aber jetzt habe ich, im wahrsten Sinne des Wortes, Blut geleckt. Ich rappele mich auf, überwinde die Entfernung in nur zwei Schritten und greife mir die gespitzte Zahnbürste. Dann stürze ich dem Kerl hinterher und ramme sie ihm in den unteren Rücken. Er heult wie ein Tier auf und flüchtet aus der Zelle, mehr kriechend als gehend. Diesmal haste ich ihm nicht nach. Nicht Großherzigkeit lenkt mein Handeln, sondern die schlichte Tatsache, dass ich am Ende bin.

»Danke für deine Hilfe, Pete«, presse ich hervor, bevor ich stöhnend zu Boden gehe.

Kaum habe ich den Satz ausgesprochen, als draußen im Gang schnelle Schritte laut werden.

»Was ist hier passiert?«, höre ich kurz darauf einen der Aufseher brüllen.

Ich lege den Kopf in den Nacken, um ihn ansehen zu können, was meine Wirbelsäule mit einem schmerzhaften Knacken kommentiert. »Schätze, Anwälte sind hier nicht besonders beliebt«, krächze ich.

Der Gefängnisarzt, ein Mittfünfziger mit erstaunlich femininen Zügen, aber hartem Blick, bescheinigt mir eine Gehirnerschütterung, diverse Prellungen und eine angeknackste Rippe. Auf der Krankenstation wird mein Oberkörper bandagiert, und ich bekomme Medikamente gegen die Schmerzen. Sie behalten mich zwei Tage dort, die ich vorwiegend mit Grübeln und Schlafen verbringe, bevor ich in meine Zelle zurückgebracht werde.

»Siehst echt beschissen aus«, begrüßt mich Pete oben auf seiner Pritsche. »Tut mir leid, Kumpel«, fügt er hinzu, als ich nicht antworte. »Aber für einen Kerl wie mich lautet die erste Überlebensregel: nicht einmischen.«

Weil ich seine Beweggründe nachvollziehen kann, hake ich die Sache ab, zumal er gegenüber der Gefängnisleitung meine Version der Geschehnisse bestätigt hat. Die Frage, die mich vielmehr beschäftigt, ist, wie mein Angreifer – sein Name ist Ron, wie ich inzwischen weiß – an den Zellenschlüssel gekommen ist. Kurz darauf wird Sarah zu mir durchgelassen, die beteuert, alles Menschenmögliche zu unternehmen, um mich schnell wieder freizubekommen. Obwohl sie ein Vollprofi ist, kann ich die Ratlosigkeit in ihrem Blick sehen. Bisher ist ihre Suche nach Zeugen erfolglos geblieben, niemand hat etwas gesehen oder gehört, aber sie verspricht, nicht aufzugeben. Auch meine Freunde seien nicht untätig, erklärt sie, und würden auf eigene Faust ermitteln. Es gefalle ihr zwar nicht, aber sie ließen sich nicht aufhalten. Angesichts meines lädierten Zustands kündigt sie an, einen Eilantrag zu stellen, damit ich in einen Zellenblock verlegt werde, wo es »weniger wild zugeht«. Beinahe muss ich lachen. Gibt es so etwas überhaupt?

Am darauffolgenden Tag, meinem vierten in Haft, steht mir beim Frühstück die nächste Herausforderung bevor. Während ich mit meinem Tablett einen der Tische ansteuere, bemühe ich mich um eine selbstbewusste Haltung, den Blick geradeaus gerichtet, ohne ihn auf jemand Bestimmten zu richten. Zum einen soll sich niemand provoziert fühlen, zum anderen will ich, trotz der aufgeplatzten Oberlippe und der hässlichen Färbung unter dem rechten Auge, nicht den Eindruck eines Punchingballs erwecken, an dem sich jeder Idiot austoben kann. Bevor ich mich setze, nicke ich den drei anderen am Tisch zu, dann nehme ich meinen Porridge in Angriff. Dabei stelle ich mir vor, er sei mit Blaubeeren, Kokos und Zimt verfeinert. Ich bin gerade dabei, meine Tasse mit Pfefferminztee an die Lippen zu führen, Kaffee meide ich hier wie die Pest, als sich ein Baum von einem Kerl vor mir auf der anderen Seite des Tischs aufbaut. Er misst mindestens eins neunzig, seine Haut hat die Farbe von Ebenholz, und seine Muskeln ähneln kleinen Gebirgen. Sekundiert wird er von zwei nicht minder beeindruckenden Typen mit finsteren Gesichtern. Innerlich stöhne ich auf, als meine Tischnachbarn unaufgefordert ihre Tabletts schnappen und das Weite suchen.

»Ich habe gehört, du hast der Mistratte Ron den Arsch aufgerissen«, sagt der Baum mit einem Brummen in der Stimme, das vermutlich noch im Erdkern zu hören ist.

Ich nicke mit ausdrucksloser Miene. Cool bleiben, heißt die Devise.

»Nicht schlecht für einen Anwalt«, fügt der Baum hinzu und nimmt mir gegenüber Platz. Die Bank unter seinem Gewicht ächzt.

»Danke.«

»Aber wenn dich die richtig harten Typen erst mal in die Mangel nehmen, wird's für dich nicht ganz so glimpflich ausgehen.«

Ohne mich aus den Augen zu lassen, schnappt er sich von meinem Tablett einen von drei Brownies und stopft ihn sich in den Mund.

»Ich bin Frankie D.«, erklärt er, nachdem er das süße Backwerk hinuntergeschluckt hat.

Da er offenbar eine Reaktion erwartet, sage ich einfach nur: »Okay.«

»Ab jetzt stehst du unter meinem Schutz.«

Ich spüre, wie mir die Züge zu entgleisen drohen. Mit allem habe ich gerechnet, nur damit nicht.

»Wieso?«, frage ich.

Obwohl er offensichtlich nicht vorhat, mir ein neues Gesicht zu verpassen, wächst mein Unbehagen. Welche Gegenleistung erwartet er für seinen »Schutz«? Ich kann nur hoffen, dass es sich um juristischen Beistand handelt.

»Erinnerst du dich an Lenny Durant?«

Ich nicke. Ein kleiner Dealer, dem eine fünfzehnjährige Haft drohte, nachdem ihm ein Polizist dreißig Gramm Marihuana untergeschoben hatte. Ab einer bestimmten Drogenmenge erhöht sich die Gefängnisstrafe drastisch. Wer mit fünfzig Gramm Crack erwischt wird, kann lebenslang verknackt werden. Deshalb vermeiden es die Dealer, größere Mengen bei sich zu tragen. Lenny mag kein Chorknabe sein, aber eine solche drakonische Strafe hatte er nicht verdient. Ich habe ihn pro bono vertreten und mit Steves Hilfe nachgewiesen, dass er hereingelegt worden war. Weil die Sache seitens des Police Department unter den Teppich gekehrt wurde, kam es erst gar nicht zum Prozess.

»Lenny ist mein kleiner Bruder«, erklärt Frankie D., worauf ich mich zusammenreißen muss, um kein erleichtertes »Scheiße, Mann!« auszustoßen und mir gleichzeitig den Angstschweiß von der Stirn zu wischen.

Wer weiß, vielleicht überlebe ich die nächsten achtundvierzig Stunden im Knast ja doch!

»Alles klar«, gebe ich gedehnt zurück, schließlich habe ich einen Ruf zu verlieren.

Frankie D. nimmt sich den zweiten Brownie von meinem Tablett. Ich werde den Teufel tun, ihn daran zu hindern.

»Ich frage mich, wie Ron an den Schlüssel zu meiner Zelle gekommen ist«, sage ich und blicke mein Gegenüber fest an.

Dieser bricht in ein kurzes, aber amüsiertes Lachen aus. »Soll das ein Witz sein, Anwalt? Es gibt hier genügend Aufseher, die für einen guten Blowjob alles tun würden. Und Ron ist ein Virtuose auf der Flöte.« Kaum merkliche Pause. »Habe ich zumindest gehört.«

»Vincent!«, ertönt eine herrische Stimme plötzlich hinter mir. »Sie haben Besuch!«

Ich seufze innerlich. Das Frühstück kann ich heute wohl vergessen. Ich schiebe Frankie mein Tablett mit dem letzten Brownie rüber, was er mit einem breiten Grinsen quittiert, das von einem Ohr zum anderen reicht. Anscheinend habe ich einen Freund fürs Leben gefunden.

Ich hätte wissen müssen, dass mich Jets Anblick im Besucherraum wie ein Tiefschlag in den Bauch treffen würde, und dennoch bleibt mir für einen Moment die Luft weg. Unter einer kurzen Jeansjacke trägt sie ein knielanges geblümtes Kleid, dazu ihre Lieblingsboots, ihre wunderschönen Locken fallen ihr offen über die Schulter. Sie hat sogar etwas Lippenstift aufgelegt, in einem hellen Orangeton. Als sie mich bemerkt, flackert ihr Blick, trotzdem versucht sie, sich ihren Schrecken nicht anmerken zu lassen. Ein kleines tapferes Lächeln legt sich um ihren Mund, so süß, dass es sich wie ein Messer in mein Herz bohrt.

»Du hast gebacken?«, frage ich lächelnd und zeige auf den Schokoladenkuchen, der vor ihr auf dem Tisch steht.

»Der ist von Mrs Kaufmann.«

Ich setze mich. »Oh gut!«

Eine Falte bildet sich zwischen ihren Augenbrauen. »Was soll das bitte heißen?«

»Nichts für ungut, Rübenköpfchen«, sage ich, während ich meine Füße überkreuze, um nicht aufzuspringen und über ihren kleinen verkniffenen Mund herzufallen. Mehr als Händchenhalten ist hier im Besucherraum nicht gestattet. »Aber deine Backkünste sind eher bescheiden.«

»Wie dein Jambalaya!«

»Lügnerin! Ich weiß, dass er dir geschmeckt hat!«

»Schuldig, Euer Ehren«, bekennt sie schmunzelnd.

Unsere Blicke versinken ineinander, und ich bedecke ihre Hände, die flach auf dem Tisch liegen, mit meinen.

Sie seufzt. »Wie geht es dir, Eric?«

»Du müsstest den anderen sehen«, entgegne ich mit einem schiefen Grinsen.

Erzürnt versucht sie, mir ihre Hände zu entziehen. »Hör auf mit den dämlichen Sprüchen!« Ihre Augen schießen grüne Pfeile auf mich. »Das ist nicht witzig!«

»Im Ernst, Jet«, antworte ich. »Ich habe ihm zwei Zähne ausgeschlagen, und für geraume Zeit wird er in einen Beutel pinkeln.«

»Wirklich?« Ihre Miene hellt sich auf, als hätte ich ihr einen Strauß Rosen überreicht, und ich muss lachen. Ein befreiendes Gefühl!

»Ja.«

»Gut«, erwidert sie sichtlich zufrieden. »Wer war der Kerl? Warum hat er dich angegriffen?«

Ich zucke mit den Schultern. »Allgemeiner Hass auf Anwälte? Hohes Aggressionspotenzial? Ein mickriger Schwanz? Wer weiß das schon?«

»Was genau ist passiert?«

»Jet, die Sache ist gut ausgegangen. Mehr brauchst du nicht zu wissen«, antworte ich sanft. »Wir haben nicht viel Zeit. Mich interessiert mehr, wie es dir geht.«

»Super!«, antwortet sie zu schnell. »Sarah hat über die Zeitungen und sozialen Netzwerke einen Aufruf gestartet, um Zeugen zu finden, aber …«

Sie bricht ab.

»… bisher hat sich niemand gemeldet«, beende ich für sie den Satz.

Sie schüttelt bekümmert den Kopf.

»Mach dir keine Sorgen, Jet«, sage ich leise und rücke mit dem Gesicht näher an die Tischmitte heran, worauf sie meinem Beispiel folgt, als wäre sie mein Spiegelbild. »Ich vertraue Sarah. Sie bekommt das hin.«

»Hoffentlich«, murmelt Jet.

»Noch fünf Minuten!«, dröhnt die Stimme des Aufsehers durch den Raum zu uns herüber und danach in mein Bewusstsein.

Noch fünf Minuten.

So wenig Zeit für so viele Fragen.

»Bist du inzwischen zurück in deine Wohnung?«, will ich wissen und bedaure es, kaum dass ich die Worte ausgesprochen habe.

Jet wird blass um die Nase. »Hätte ich sollen?«

Was hat dich nur geritten, du Vollidiot?, verfluche ich mich innerlich. *Warum muss ich mir aus der Flut von Fragen ausgerechnet diese aussuchen?* Hast du ein neues Bild angefangen? Arbeitest du wieder bei Bruno? Wie geht es Manolo? Das wären Fragen gewesen, die ich hätte stellen wollen, und nicht »Bist du inzwischen zurück in deine Wohnung?«

»Nein, nein!«, beeile ich mich, zu sagen, und erlaube mir ein, wie ich hoffe, warmes Lächeln.

Jet richtet ihren Blick auf unsere Hände. Ich fühle, wie ihr rechter Daumen zärtlich über meine Handfläche streift. »Ich dachte mir, es sollte jemand da sein, wenn du heimkommst«, flüstert sie.

Mein Hals schnürt sich schlagartig zu, als würde eine unsichtbare Faust zudrücken. »Ich … Ich …«, krächze ich, doch Jet kommt mir zuvor.

Ihr huschender Blick inspiziert den Raum, dann ruckt ihr Gesicht vor, und sie drückt mir einen Kuss auf die Lippen. »Ich liebe dich, Eric«, murmelt sie, so leise, dass ich ihre Worte mehr spüre als verstehe.

»Die Zeit ist um!«, verkündet der Aufseher.

Schon ist sie von ihrem Stuhl aufgesprungen, als fürchte sie, zu weit gegangen zu sein. Wir lächeln uns an, ehe sie sich zum Gehen wendet. Ich sehe ihr nach, bis sie hinter der Tür verschwunden ist. Obwohl sie mich nur kurz berührt hat, ist es, als hätte sie mir einen Stempel aufgedrückt, und in diesem Moment weiß ich, dass das lodernde Gefühl auf meiner Haut und in meinem Herzen niemals vergehen wird.

Jet

Ich liebe dich, Eric.

Endlich habe ich es über die Lippen gebracht. Unwillkürlich muss ich lächeln, obwohl mir zum Weinen zumute ist.

»Sie müssen ihn freibekommen, Sarah!«, sage ich eindringlich in den Telefonhörer.

Die Anwältin gibt ein zustimmendes Geräusch von sich. »Es muss uns irgendwie gelingen, zu beweisen, dass er in der Nacht vom zweiten auf den dritten nicht auf dem Dach war. Das hat oberste Priorität.«

Nachdenklich schaue ich auf meine freie Hand, dorthin, wo vor wenigen Stunden Erics Hand gelegen hat. Noch immer glaube ich, die Wärme seiner Haut zu spüren. Der Kloß in meinem Hals scheint minütlich zu wachsen.

»Ich werde von Tür zu Tür gehen und die Leute fragen, ob sie etwas gesehen oder gehört haben«, verkünde ich.

»Das haben wir doch schon versucht, Jet«, antwortet Sarah, wobei mich der sicher gut gemeinte mütterliche Tonfall in ihrer Stimme ärgert. »Gebracht hat es nichts. Man stößt bei den Menschen dort auf Granit.«

»Trotzdem!«, entgegne ich. »Ich muss etwas tun, sonst werde ich wahnsinnig.«

»Versuchen können Sie es ja!«, sagt Sarah nach kurzem Zögern. »Vielleicht haben Sie mehr Glück als meine Ermittlerin«, fügt sie hinzu, und ich weiß nicht, ob sie es ernst meint oder mich nur aufmuntern will.

Dessen ungeachtet mache ich mich am selben Nachmittag auf den Weg in die Camp Street. Als ich an der St. Patrick's Church vorbeigehe, komme ich nicht umhin, zu dem Turm hinaufzublicken, der pfeilgleich in den Himmel ragt. Denk daran, was Amy in Vegas gesagt hat. *Du hältst dein Schicksal selbst in der Hand.* Noch immer umspannt das gelbe Absperrband der Polizei die kleine Grünfläche neben dem Haupttor. Dort, wo Daniel Mélancourt aufgeschlagen ist. Schaudernd wende ich mich ab, um die Straße in Augenschein zu nehmen. In direkter Nachbarschaft reihen sich mehrstöckige Häuser in Rot, Gelb und Blau mit bodentiefen Fenstern aneinander, vor denen europäische Luxusautos stehen. Ich seufze. Nun weiß ich, woher Sarahs Skepsis stammt. Und tatsächlich komme ich bei den gut situierten Bewohnern kein Stück voran. Entweder ist niemand daheim, oder sie halten mich für eine aufdringliche Reporterin und schlagen mir die Tür vor der Nase zu. Etwas weiter in der Straße, wo die Häuser nicht mehr ganz so schmuck daherkommen, erklärt sich der eine oder andere schließlich bereit, mit mir zu reden. Allerdings sind die Informationen dürftig und liefern keine neuen Erkenntnisse. Nach zwei Stunden, in denen ich mir den Mund fusselig geredet habe, gelange ich schließlich zu einem Mietshaus mit Kinderwagen und Fahrrädern im Treppenhaus. Hoffnungsvoll arbeite ich mich von oben nach unten, aber auch hier bringe ich nichts Relevantes zutage.

Im Erdgeschoss angekommen, klingele ich an der Tür, auf der der Familienname »Harden« steht, höre es drinnen läuten und frage mich, ob Sarah vielleicht doch recht hat und das hier reine Zeitverschwendung ist. Nicht mehr als die Beschäftigungstherapie einer Verzweifelten. Hinter der Tür geschieht einige Sekunden nichts, schließlich werden schlurfende Schritte laut, kurz wird der Spion schwarz, dann öffnet sich die Tür. Im breiter werdenden Spalt taucht zunächst ein junges Männergesicht mit blonden Krauselocken auf, gefolgt von einem Metallica-T-Shirt, Jogginghosen und dem Duft von Grillhähnchen.

»Was geht?«, fragt der Krauskopf, während er mich ungeniert abcheckt.

Meine Güte, der Kerl ist mindestens zwölf Jahre jünger als ich.

»Hi! Mein Name ist Jet. Mich interessiert, ob du in der Nacht von Freitag auf Samstag etwas mitbekommen hast, als der Mann vom Glockenturm gefallen ist«, leiere ich meinen Text herunter, wobei ich die Formulierung »gestoßen wurde« bewusst vermeide. »Hast du vielleicht gesehen, wie er aufs Kirchengelände gelangt ist?«

»Bist du Reporterin?«, will mein Gegenüber wissen und lehnt sich gegen den Türrahmen, was wohl lässig aussehen soll.

»Nein. Ich ermittle in eigener Sache«, antworte ich vielsagend und dennoch vage.

Der Krauskopf wirkt beinahe enttäuscht. »Ich habe nix mitgekriegt«, antwortet er trotzdem, während mich erneut Mutlosigkeit übermannt. »Wusstest du, dass der tote Wichser erst am nächsten Morgen aufgefunden wurde?«

Ich nicke matt.

»Wie groß ist die Wahrscheinlichkeit, dass man aus solcher Höhe nicht auf der Straße aufklatscht, sondern in einem Gebüsch landet, wo man unentdeckt bleibt?« Er lacht. »Ist schon verrückt, oder? Ich finde jedenfalls, man sollte demjenigen, der ihm das Licht ausgeblasen hat, einen Orden verleihen.«

»Ja, klar … danke trotzdem«, entgegne ich resigniert und will mich abwenden, doch der Typ redet weiter.

»Das war vielleicht 'ne heftige Nacht! Erst der Tote vom Turm, dann die Sache in der Girod Street.«

»Welche Sache?«, frage ich mehr aus Höflichkeit.

»Hast du denn nix mitgekriegt?«, fragt der andere verwundert.

Ich schüttele den Kopf. Meine Gedanken kreisten in den letzten Tagen ausschließlich um die Frage, wie Erics Unschuld bewiesen werden kann.

»Zwei Blocks von hier entfernt gab's eine Geiselnahme mit allem Pipapo. Die Bullen waren da und auch die Presse. Da ging's rund!«

»Aha.«

Der junge Mann, der sich von meiner kurz angebundenen Art nicht entmutigen lässt, plappert munter weiter. »Ein voll bekiffter Typ ist mit einer Schrotflinte in die Next Whiskey Bar gestürmt, einen ziemlich hippen Laden, der erst vergangenen Monat aufgemacht hat. Der Idiot wollte die Tageseinnahmen einsacken, aber er kam zu spät.« Mein Gegenüber wiehert. »Das Geld war schon abgeholt worden. Als die Bullen mit viel Gedöns anrückten, hat der Typ die Panik gekriegt und die letzten Gäste und das Personal als Geiseln genommen.«

Dramatische Pause.

»Und? Wie ging's weiter?«, frage ich, weil er es offensichtlich von mir erwartet.

»Die haben verhandelt, es ging ewig hin und her, bis die Bullen genug hatten und den Laden gestürmt haben.« Der Krauskopf gefällt sich anscheinend in der Rolle des Erzählers. »Sie haben den Typen überwältigt. Zum Glück wurde niemand verletzt oder getötet.«

»Gott sei Dank«, antworte ich mechanisch. In Gedanken bin ich schon bei der nächsten Wohnungstür.

»Die Schrotflinte stammt wohl noch aus dem letzten Jahrhundert. Sie war völlig verrostet und hatte eine Ladehemmung«, erklärt der junge Mann und bricht erneut in lautes Lachen aus, als hätte er soeben einen Riesenwitz gemacht.

»Ah, okay … Also ich …«

»War trotzdem ziemlich abgespaced.« Mein Gegenüber ist einfach nicht zu bremsen. »Die vielen Blaulichter, die Reporter mit ihren Mikros im Scheinwerferlicht. Sieht man nicht alle Tage, selbst in New Orleans nicht. Da kreiste sogar der Hubschrauber eines lokalen Nachrichtensenders wie ein Aasgeier über unseren Köpfen …«

Als der Typ nach Luft holt, ergreife ich meine Chance. »Danke, aber ich muss weiter!«, grätsche ich energisch dazwischen.

Ich nicke ihm freundlich zu und trete einen Schritt von der Tür weg, was er mir nicht übel zu nehmen scheint, denn er zuckt lediglich mit den Schultern, murmelt ein »Okay, mach's gut« und schließt die Tür. Seufzend setze ich mich in Bewegung. Wieder ein Griff ins Klo! Ich bin gerade zwei Schritte weit gekommen, als ich wie angewurzelt stehen bleibe. Mein Puls rast. Ich mache auf dem Absatz kehrt und klingele erneut an der Tür mit dem Namen »Harden«.

»Sorry, ich wieder«, sage ich mit einem, wie ich hoffe, entwaffnenden Lächeln, als der Typ auf der Schwelle erscheint und mich mit mäßigem Interesse anstarrt. »Weißt du zufällig, um wie viel Uhr der Hubschrauber aufgetaucht ist?«

Selbstzufriedenheit spiegelt sich auf den Zügen meines Gegenübers wider. »Klar! Das kann ich dir sogar ziemlich genau sagen.« Er öffnet die Tür etwas weiter. »Keine Ahnung, wann der Kerl mit der Schrotflinte den Laden betreten hat, aber richtig interessant wurde es gegen halb eins, als die Bullen anrückten. Kurz danach kamen die Pressefuzzis. Gegen halb drei wurde der Typ abgeführt. Der Hubschrauber war fast die ganze Zeit da oben und hat live berichtet.«

»Danke«, entgegne ich mit vor Aufregung bebender Stimme. »Dieser Hubschrauber … weißt du vielleicht, von welchem Sender er war?«

»Puh!« Mein Gegenüber kratzt sich ausgiebig die Kopfhaut. »Da stand irgendwas von Channel und dann noch eine Zahl. 4 oder 6 oder 12? Schwer zu sagen.«

Obwohl die Angabe ungenau ist, ist sie ein wichtiger Anhaltspunkt. Es mag erstaunlich klingen, aber so viele TV-Sender mit Channel im Namen gibt es in New Orleans nicht. Neun, um genau zu sein.

»Super, vielen Dank!«, sage ich.

»Gern wieder.« Der Krauskopf zwinkert mir ein letztes Mal zu, ehe er die Tür schließt.

In meinem Kopf jagt ein Gedanke den anderen! Ich weiß, dass ich mich an einen Strohhalm klammere, aber die Girod Street ist keine vierhundert Meter Luftlinie von der St. Patrick's Church entfernt. Mit ein wenig Glück hat der Hubschrauber etwas Interessantes eingefangen, vor allem, wenn er permanent

Schleifen geflogen ist! Draußen auf der Straße fische ich nach meinem Handy und rufe Sarah an. In knappen Worten bringe ich sie auf den neuesten Stand, worauf sie verspricht, ihren Assistenten darauf anzusetzen. Keine fünfzehn Minuten später ruft sie zurück.

»WOS-TV Channel 7«, verkündet sie triumphierend.

»Wow!«, entschlüpft es mir. »Das ging ja schnell.«

»Der Sender hat das Video auf seine Website hochgeladen.«

Mein Herzschlag beschleunigt sich. »Und? Ist der Glockenturm zu sehen?«

Sarah lacht freudlos. »Es handelt sich um einen zehnminütigen Zusammenschnitt der dramatischsten Momente«, erklärt sie, und ich spüre, wie mir die Schamesröte in die Wangen steigt. Es war eine wirklich dumme Frage. »Wir müssten uns die gesamte Aufnahme anschauen.«

»Und? Können wir das?«

»Ich habe eben mit dem zuständigen Redakteur gesprochen. Er faselte etwas von Pressegeheimnis und Wahrung der Privatsphäre.« Sarah stößt ein abschätziges Schnauben aus. »Ausgerechnet. Ohne richterlichen Beschluss würde er gar nichts tun, meint er.«

»Und jetzt?«

»Es gibt eine Richterin, die mir noch einen Gefallen schuldet. Ich werde sie aufsuchen. Allerdings …«

»Was?«

Sarah räuspert sich. »Nehmen Sie mir die Bemerkung nicht übel, Jet, aber sollte sich herausstellen, dass Eric doch auf dem Turm war und wir es praktisch schwarz auf weiß haben, wird es für mich verflucht schwer, ihn freizubekommen.«

»Wie können Sie denken, dass …«

»Ich muss auf alle Eventualitäten vorbereitet sein.«

»Und was heißt das jetzt?«, flüstere ich.

»Bevor ich die Richterin aufsuche, sollten wir zuvor einen inoffiziellen Blick auf das Material werfen, nur um sicherzugehen.«

»Eric war nicht auf dem Dach«, gebe ich zurück, kann das leise Zittern in meiner Stimme jedoch nicht ganz unterdrücken.

»Keine Bange, Jet! Wir kriegen das hin«, entgegnet die Anwältin energisch.

Nachdem sie aufgelegt hat, suche ich in meiner Kontaktliste Beaus Nummer heraus, um ihn anzurufen, doch etwas in meinem Kopf hindert meinen Finger daran, das grüne Telefonsymbol zu drücken. Furcht? Zweifel? *Eric ist unschuldig!*, wiederhole ich stumm wie ein Mantra, aber es hilft nichts. Sarah hat recht. Angenommen, er war doch da oben, *was nicht heißen muss, dass er Mélancourt hinuntergestoßen hat,* schiebe ich den Gedanken hastig dazwischen, liefern wir ihn ungewollt ans Messer. Verflucht! Ich balle so fest die Fäuste, dass sich meine Nägel ins Fleisch bohren.

Wir müssen einen Weg finden, uns die Aufnahme vorab anzusehen!

Luftige Höhen

Jet

Zu Hause oder genauer gesagt in Erics Apartment rufe ich auf dem Computer die Seite von WOS-TV Channel 7 auf und entdecke besagtes Video. Wie Sarah bereits erwähnt hat, ist darauf nichts zu sehen, das für uns von Bedeutung wäre. Trotzdem wird aus dem Zusammenschnitt ersichtlich, dass der Hubschrauber von allen Seiten aus aufgenommen hat und zwangsläufig mehrere Schwenks gemacht hat. Ich kann mir nicht vorstellen, dass die Kamera dabei immer wieder ein- und ausgeschaltet wurde. Während ich lustlos in meinem selbst gemachten Gurkensalat stochere – in den letzten Tagen habe ich kaum etwas gegessen –, klicke ich mit der anderen Hand auf gut Glück durch die Website des Senders. News, Programm, Live-TV, Wetter, Sport, Events. Unter der Rubrik »Hintergründe« poppt ein Foto auf, das mich innehalten lässt. Zu sehen ist die gigantische, an Solarpanels erinnernde Fensterfront des Rathauses. Aber nicht das Gebäude erregt meine Aufmerksamkeit, sondern die platinblonde Reporterin, die mit dem Mikro in der Hand davorsteht und die Bürgermeisterin interviewt.

Nachdenklich starre ich auf das feine Gesicht mit den auffallend blauen Augen. Die Frau kenne ich doch! Mein Blick schweift zu der Bildunterschrift. *Lily Mendez in Aktion. Die investigative Journalistin befragt Bürgermeisterin Cantrell zu den neuesten Sanierungsmaßnahmen im Osten der Stadt.*

Lily! Natürlich! Leroys alte Flamme!

Hastig lege ich die Gabel beiseite, schnappe mir das Handy und drücke eine Kurzwahltaste.

»Sag mal, Leroy«, bringe ich mein Anliegen vor, nachdem dieser sich gemeldet hat. »Erinnerst du dich an Lily Mendez?«

Ein gequältes Stöhnen ist die Antwort. »Klar erinnere ich mich an sie. Wieso fragst du?«

»Habt ihr noch Kontakt?«

»Zum Glück nicht. Die Frau ist ein Aas«, erwidert Leroy.

»Kannst du nicht wieder mit ihr anbändeln?«, frage ich dennoch.

»Hast du nicht zugehört?«, fragt Leroy hörbar irritiert. »Außerdem bin ich verheiratet. Sehr glücklich, möchte ich betonen.«

»Weiß ich doch«, entgegne ich. »Aber es geht um Eric. Ich bin echt verzweifelt.«

»Kommt die Anwältin nicht weiter?«, fragt Leroy, und ich höre die Besorgnis aus seiner Stimme.

»Nein.« Kurz erläutere ich die Situation. »Wenn du es Jewel erklärst, wird sie es bestimmt verstehen. Es reicht, wenn du mit dieser Lily einen trinken gehst.«

»Ich weiß nicht, Jet. Wir sind nicht gerade im Guten auseinandergegangen.«

»Du bist Erics einzige Chance, Leroy!«, rufe ich, zugegeben eine Spur dramatisch, aber ich würde alles tun, um meine große Liebe aus dem Gefängnis zu bekommen.

»Okay, Jet. Ich tue mein Bestes. Ich will ja auch, dass Eric rauskommt. Aber es wird verflucht schwer.«

»Hast du denn nichts gegen diese Reporterin in der Hand? Etwas, womit du sie erpressen kannst?«, frage ich halb im Scherz.

Ich bin wirklich verzweifelt.

»Hmm … Da wäre vielleicht etwas.«

»Echt?«, frage ich ehrlich überrascht und voller Hoffnung.

»Ja. Sie hat diese eine sexuelle Vorliebe, die, käme sie ans Licht …« Den Rest lässt er ungesagt.

»Was?«, frage ich begierig.

»Ich melde mich wieder, Jet«, entgegnet er, ohne auf meine Bemerkung einzugehen. Seine Stimme klingt fest und bestimmt, als hätte er einen Plan.

Ehe ich mich bedanken kann, hat er aufgelegt, und mit einem Mal überkommt mich die Lust auf einen Gurkensalat mit einer Schnittlauch-Senf-Soße und frisch aufgebackenes Brot. Denkbar wäre dazu gebratener Fisch.

Die beiden folgenden Tage stellen sich als die längsten meines Lebens heraus, weil ich gefühlt nichts anderes tue, als auf mein Handy zu starren. Die einzige Abwechslung besteht darin, es ans Ladegerät anzuschließen. Gut, vielleicht übertreibe ich ein wenig. Nebenbei arbeite ich in Brunos Werkstatt, besuche Eric im Gefängnis, dessen Verletzungen zum Glück schnell verheilen, und muss Manolo, der den Hausherrn offenbar schmerzlich vermisst, häufiger als üblich hätscheln. Am Abend des zweiten Tages kommt gegen halb sieben endlich der ersehnte Anruf. Aber nicht Leroy ist am anderen Ende, sondern die Reporterin höchstpersönlich.

»Ich habe gehört, Sie interessieren sich für unsere ungekürzten Aufnahmen vom zweiten auf den dritten«, sagt sie mit einem biestigen Unterton. »Wir geben die auf keinen Fall raus! Aber Sie können gern einen Blick darauf werfen. Kommen Sie um acht zum Hinterausgang unserer Zentrale.« Sie nennt mir die Adresse, die ich eifrig mitschreibe. Mein Gefühl sagt mir, dass sie diese bei Nachfrage nicht wiederholen wird. »Seien Sie pünktlich!«, spuckt sie noch heraus, dann legt sie auf.

Leroys Taktik ist aufgegangen. Ich schiebe mein schlechtes Gewissen beiseite und kontaktiere Sarah. Eine Stunde später erscheinen wir am besagten Treffpunkt. Ich bin mit dem Motorrad gekommen, Sarah mit dem Taxi. WOS-TV Channel 7 ist in einem fünfgeschossigen Bau untergebracht, der an die schnöden Büro- und Verwaltungsgebäude aus den Siebzigern erinnert. Obwohl wir etwas zu früh dran sind, öffnet sich die schwere Metalltür bereits nach wenigen Minuten. Wie eine Lichtgestalt steht die weiß gekleidete Lily Mendez mitten in einem hell erleuchteten Flur und winkt uns ungeduldig hinein.

»Folgen Sie mir!«, sagt sie ohne ein Wort der Begrüßung und stürmt mit zackigen Schritten davon.

Ihre Absätze klacken überlaut auf dem Betonboden, während Sarahs Schuhe starke Kontrapunkte setzen. Du lieber Himmel, man wird uns noch in Florida hören! Zwar weiß ich nicht, ob unser Handeln illegal ist, jedoch wäre mir wohler, würden die beiden Frauen nicht einen auf »Lord of the Dance« machen. Warum können sie nicht, wie ich, praktische und vor allem *leise* Boots anziehen? Andererseits ist Lily Mendez diejenige, die ein Risiko eingeht, nicht wir. Trotzdem fällt die Anspannung erst von mir ab, als wir die Treppe nach oben nehmen und ein Stockwerk betreten, in dem Teppichboden ausliegt. Auf unserem Weg zu wohin auch immer kommen wir an der Studioregie vorbei. Das weiß ich deshalb, weil genau das auf der Tür steht. Durch die Scheibe kann ich einen rechteckigen Raum erkennen, in dem die Plätze tagsüber wahrscheinlich voll besetzt sind. Jetzt aber sehe ich nur zwei Personen vor dem Dutzend Bildschirme, einen Mann und eine Frau, die geradeaus starren und uns nicht bemerken.

»Wo wollen wir hin?«, frage ich Lily Mendez einige Augenblicke später. Wir sind eben nach rechts abgebogen und gehen über die Treppe erneut eine Etage höher.

»Ins Archiv«, antwortet sie kurz angebunden, ohne innezuhalten.

»Die Aufnahmen sind bereits im Archiv?«, wundere ich mich.

Die Journalistin zuckt mit den Achseln. »Das Fernsehgeschäft ist schnelllebig.«

Anders, als ich es erwartet habe, stellt sich das Archiv nicht als verstaubtes Kabuff am Ende eines dunklen Ganges heraus, sondern als ein großer, heller Raum mit Regalen, Schränken und einem Pult mit mehreren Monitoren. Ohne ein weiteres Wort zu verlieren, setzt sich Lily Mendez davor, schaltet den Computer an und sucht die fragliche Aufnahme heraus, bevor sie einen Knopf auf der Tastatur drückt. Kurz flackert einer der Monitore, dann erscheint ein Standbild, das mit Zeit- und Datumsangabe versehen ist. Zu erkennen sind eine hell erleuchtete Straße bei Nacht aus der Vogelperspektive, eine Bar, mehrere Streifenwagen und ein Halbkreis aus Schaulustigen, die einen natürlichen Wall um das Drama bilden, das sich dort abspielt.

»Mit der Maus spulen Sie vor und zurück, mit dem Trackball zoomen Sie heran«, erklärt die Journalistin an niemand besonderen gerichtet. »Wenn Sie den Schnelldurchlauf benutzen, drücken Sie entsprechend häufiger. Sie haben eine halbe Stunde«, zischt sie noch, dann steht sie unvermittelt auf und rauscht aus dem Raum.

»Reizend«, kommentiert Sarah.

Es ist das erste Wort, das sie sagt, seit wir das Gebäude betreten haben. Da sie die Ältere von uns beiden ist, überlasse ich ihr den Stuhl und bleibe hinter ihr stehen. Nachdem Sarah den Startknopf gedrückt hat, schauen wir wie gebannt auf den Monitor. Alles gerät in Bewegung: die Bar, die Streifenwagen, die Gaffer. Mal füllen sie das Bild aus, mal sieht man sie von links, mal von rechts. Aus den Monitorlautsprechern ertönen die Rotorengeräusche und die übertrieben aufgeregten Kommentare des Reporters am Mikro, dessen Aufgabe es ist, die Fernsehzuschauer bei der Stange zu halten. Als Sarah mehrmals drückt, beginnt die Aufnahme zunächst in zweifacher, dann in dreifacher Geschwindigkeit zu laufen. Schon nach wenigen Sekunden spüre ich, wie Übelkeit in mir aufsteigt, was daran liegt, dass der Hubschrauber natürlich nicht auf der Stelle verharrt, sondern sich schwenkend und sich neigend durch die Luft bewegt, sich mal höher, mal tiefer positioniert, um anschließend wieder eine Schleife zu drehen. Dächer ziehen rasend schnell vorbei, ein Parkplatz in Schieflage, umkippende Häuser, ruckartig fahrende Autos.

»Oh Mann«, stöhne ich und schließe kurz die Augen.

»Am besten, wir wechseln uns ab«, sagt Sarah und schluckt hörbar. »Eine Minute ich, eine Minute Sie. Ich fange an.«

»Alles klar.«

Sobald ich an der Reihe bin, konzentriere ich mich darauf, den Bewegungen zu folgen, und nach dem fünften Durchgang gelingt es mir, mich zu orientieren, zumal der Hubschrauber immer wieder die gleichen Schleifen dreht. Der schwach beleuchtete Parkplatz befindet sich ungefähr in der Mitte zwischen Bar und Glockenturm, der sich bisher außerhalb des Kamerabildes befand.

»Stopp!«, rufe ich, als der Hubschrauber plötzlich ein Stück weiter nach rechts fliegt. Auf dem Bildschirm nicht mehr als zwei, drei Zentimeter, doch es genügt, um die St. Patrick's Church einzufangen.

Sarah reagiert sofort, und das Bild friert ein. Mein Herzschlag beschleunigt sich. Das spitze Dach und auch der Turm sind nicht beleuchtet, dafür aber die Mauern, was der Kirche in der Nacht ihren charakteristischen Zug verleiht.

»Nun wissen wir, worauf wir achten müssen«, sagt Sarah und zoomt den Turm heran.

Er ist leer.

Mist!

»Weiter«, sage ich ungeduldig. Ein Blick auf die Uhr verrät mir, dass die Hälfte der Zeit rum ist.

Es dauert noch sieben Minuten, bis der Turm erneut am äußersten Rand erscheint. Nicht mehr als ein viereckiger Schatten, der nach nicht einmal zwei Sekunden wieder aus dem Bild rutscht.

»Warte!«, rufe ich und duze Sarah in der Aufregung. »Ich glaube, ich habe etwas gesehen. Kannst du zurückspulen?«

Während sie die Maus betätigt, neigt sich ihr Kopf nach vorn, und auch ich beuge mich vor, um besser sehen zu können.

»Da!«, rufe ich. »Ist da nicht etwas auf dem Turm?«

Der Turm mit den Zinnen ist zwar nur zur Hälfte erkennbar, doch es ist der Teil, der nach vorn zeigt, Richtung Straße. Geschickt hantiert Sarah mit dem Trackball, und als das Bild klarer wird, saugen wir synchron die Luft laut ein. Eine Person befindet sich auf dem Turm. Jemand, der Anstalten macht, über die Zinnen zu steigen. Die Zeitanzeige signalisiert 2.11 Uhr.

»Das Gesicht ist schwer zu erkennen«, sage ich mit bebender Stimme.

»Nur keine Panik«, entgegnet Sarah ruhig, wofür ich ihr dankbar bin.

Das Letzte, was wir jetzt brauchen können, ist noch jemand, der kurz vor dem Nervenzusammenbruch steht. Denn das tue ich. In meinen Ohren rauscht ein ganzer Ozean, und mein Herz droht, mir aus der Brust zu springen. Während sich Sarah mit den Funktionen vertraut macht, schaue ich unauffällig auf die Uhr. Noch drei Minuten. *Komm schon!* Dann klickt die Anwältin diverse Icons am unteren Rand an, und das Bild wird heller und gleich darauf kontrastreicher. Das Gesicht auf dem Bild gewinnt an Kontur. Die Haare, die Augen, der Mund … Ein Schwindelgefühl überkommt mich, das dieses Mal nicht mit der ruckelnden Aufnahme zusammenhängt. Der Mann auf dem Bildschirm ist Daniel Mélancourt! Und er ist allein! Im Schnelldurchlauf sehen wir uns die nächsten Minuten an, doch der Hubschrauber kehrt nicht mehr zum Turm zurück.

»Die Zeit ist um!«, verkündet eine weibliche Stimme in unserem Rücken, gerade als auf dem Monitor die Cops die Bar stürmen.

Während ich zusammenzucke, dreht sich Sarah seelenruhig in ihrem Stuhl um. Der Triumph sprüht aus ihrem Blick. »Gibt's hier einen Drucker?«

Draußen vor dem Gebäude fällt die Anspannung von mir ab, und ich falle ihr in einer spontanen Geste um den Hals.

»Entschuldigung«, sage ich hinterher, kann aber nicht verhindern, dass ich breit grinse.

Sarah hebt lächelnd die Augenbrauen. »Wofür? Wir haben wirklich allen Grund zur Freude.«

»Das Bild reicht doch für einen berechtigten Zweifel, oder?«, frage ich und zeige auf ihre Tasche, wo sie den Ausdruck verstaut hat.

Sie nickt. »Wie es aussieht, wurde Daniel Mélancourt nicht ermordet, er hat sich aus eigenem Antrieb in den Tod gestürzt. Zwar wird die Staatsanwaltschaft versuchen, zu argumentieren, dass Eric wenige Sekunden danach dort hätte auftauchen können, um Mélancourt, der lediglich die Aussicht genießen wollte, hinunterzustoßen.« Sarah lacht kurz auf. »Aber das ist natürlich Schwachsinn. Kein Richter wird sich darauf einlassen.«

»Aber was ist mit den Abdrücken?«

Sie zuckt lässig mit den Achseln. »Die Schuhabdrücke beweisen gar nichts. Schuhgröße 10 haben Millionen von Amerikanern, und Erics Handabdrücke auf der Jacke könnten auf andere Weise dorthin gelangt sein.«

»Darüber habe ich auch nachgedacht«, sage ich. »Mir ist heute Morgen etwas eingefallen …« Ich schüttele den Kopf. »Dass ich nicht schon früher darauf gekommen bin, aber ich war die Tage wie gelähmt.«

»Was? Spuck's aus!« Ungeduld zeichnet sich auf Sarahs Zügen ab.

»Eric muss Mélancourt versehentlich berührt haben. Die Fotos in seinem Haus zeigen, dass er an Mardi Gras ebenfalls im French Quarter war, zur selben Zeit wie wir. Bei dem Durcheinander wäre es für ihn ein Leichtes gewesen, Körperkontakt zu haben. Gut möglich, dass ihn Eric bei der Polonaise an den Schultern gepackt hat, oder vielleicht war er einer der Typen, die um uns herumgetanzt sind. Außerdem hat Eric immer wieder Leute zur Seite geschubst, die uns den Weg blockiert haben.« Ich überlege kurz. »Und dann gab es noch den Charlie Chaplin …«

»Charlie Chaplin?«

»Ja. Er hat versucht, mich zu küssen, und Eric hat ihn weggestoßen.«

Sarahs Blick ist nachdenklich. »Die schwarze Jacke, die Mélancourt zum Zeitpunkt seines Todes getragen hat, hätte ohne Weiteres Teil einer Charlie-Chaplin-Verkleidung sein können. Sie kam mir eh seltsam vor. Hinten zu lang und irgendwie auch altmodisch. Sie passte nicht zum Rest.«

Mir stockt der Atem. »Denkst du, Mélancourt hat Selbstmord begangen und es absichtlich so aussehen lassen, als wäre es Eric gewesen?«

Sarah nickt beinahe feierlich. »Das denke ich.«

»Aber das ist doch …«

»Krank? Ja, in der Tat.«

»Aber hätte Mélancourt den Hubschrauber nicht hören müssen?«, spiele ich den Advocatus Diaboli. »Hätte ihn das nicht von seinem Plan abbringen müssen?«

»Hubschraubergeräusche in einer Stadt wie New Orleans?«, kontert Sarah. »Das ist nichts, was großartig auffällt, denk nur an die Polizeihelikopter, die dauernd über der Stadt kreisen. Und selbst wenn: Es kostet Überwindung, den eigenen Mord zu inszenieren, und ist erst einmal der Entschluss gefasst … Eine solche Aktion verschiebt man nicht so leicht wie einen Zahnarzttermin.«

»Was ist mit den Schuhabdrücken?«, frage ich weiter, um wirklich jedes Argument auszuschließen. »Die muss Mélancourt selbst platziert haben. Dazu brauchte er ein zweites Paar Schuhe, aber auf dem Turm wurden keine gefunden.«

Wieder zuckt Sarah mit den Schultern. »Wahrscheinlich hat er sie über die Mauer geworfen, und jetzt liegen sie irgendwo auf einem Dach oder im Gebüsch.« Ihr schmaler Mund verzieht sich zu einem breiten Grinsen, wie ich es bei ihr niemals für möglich gehalten hätte. »Selbst wenn die Schuhe nicht mehr auftauchen, habe ich genügend Argumente in der Hand, um Eric rauszuhauen. Das wird ein Kinderspiel!«

Ein Kinderspiel zwar, trotzdem dauert es drei Tage, bis die Staatsanwaltschaft die Aufnahme gesichtet hat und die Klage fallen lässt. Es gießt wie aus Eimern, als ich an diesem Samstagmorgen im Schatten des Wachturms stehe, umgeben von Stacheldraht und grauen Betonmauern. Doch jetzt ist mein Herz leicht wie eine Feder. Ganz untypisch für mich habe ich eine Stunde im Bad verbracht, um mich zu schminken, zu frisieren und mich dreimal umzuziehen. Am Ende habe ich eine aufreizende rote Bluse angezogen und dazu hautenge schwarze Jeans, in denen ich nicht einmal auf die Honda steigen könnte, sowie hochhackige Schuhe. Als sich das Gefängnistor knarzend öffnet und Eric in den grauen Regen tritt – er trägt die gleichen Sachen wie am Tag seiner Verhaftung –, könnten mich keine zehn Pferde zurückhalten. Auf meinen viel zu hohen Absätzen trippele ich ihm entgegen, während der rote Regenschirm fröhlich auf und ab hüpft, und werfe mich in seine Arme. Wie gut er sich anfühlt! So warm und fest und wohlduftend. Als sein Körper leise erbebt, begreife ich mit einiger Verzögerung, dass er lacht.

»Eine filmreife Szene, das muss ich schon sagen«, spottet er, und um seine Augenwinkel bilden sich unwiderstehliche Fältchen.

Die Verletzungen in seinem Gesicht sind fast verheilt, dafür ziert ein Bart sein Kinn, den ich mit dem Zeigefinger nachzeichne.

»Noch ein paar Tattoos, und du kannst bei Bruno anfangen«, ziehe ich ihn auf.

»Tun es auch ein paar blaue Flecken auf dem Sixpack?«, entgegnet Eric lachend, worauf ich meine Lippen auf seine drücke.

Unser Kuss ist lang und zärtlich, während der Regenschirm uns von der grauen Außenwelt abschottet.

»Ich hatte furchtbare Angst, dich zu verlieren«, flüstere ich. Meine Gefühle drohen, mich zu überwältigen.

Mit der Nasenspitze fährt Eric liebevoll über meine Schläfe. »Ist doch alles gut gegangen, mein Herz.«

»Ja. Wir sollten eine Party für Leroy geben.«

»Unbedingt.« Er lächelt. »Du siehst übrigens wahnsinnig sexy aus.«

»Purer Zufall«, antworte ich frech.

Bevor er etwas entgegnen kann, hupt es hinter uns, und wir lösen uns widerwillig voneinander.

Unser Taxi ist da.

Nachdem wir hinten Platz genommen haben, nennt Eric die Adresse, und der Wagen fährt los. Meine Finger sind mit seinen verflochten, eine Weile sagen wir nichts, sondern genießen einfach die Gegenwart des anderen. Dann fällt mein Blick zufällig nach vorn auf den Fahrer, und ich stöhne unwillkürlich auf. Ein Bullterrier-Tattoo im Nacken.

»Ich muss dich warnen«, flüstere ich Eric ins Ohr. »Wir haben den knurrigsten Taxifahrer der ganzen Stadt erwischt.«

»Wirklich?«, entgegnet er genauso leise und lässt seine freie Hand unter meine Bluse gleiten. »Das kann uns egal sein, wir haben ja uns.«

Ich seufze, als sich seine Finger langsam vortasten, den seitlichen Saum meines BHs berühren und sich unter den zarten

Stoff schieben. Angespannt beiße ich mir auf die Unterlippe, was ihm natürlich nicht entgeht. Sein brennender Blick heftet sich auf meinen Mund, den ich einen Spalt weit öffne, worauf er mich seine heiße Zunge spüren lässt. Nur mit Mühe unterdrücke ich ein Stöhnen, als sich seine Hand zwischen meine Schenkel schiebt …

»Hey! Kumpel!«, ruft eine mürrische Stimme vor uns. »Mir ist klar, dass sich bei dir 'ne Menge Druck aufgestaut hat, die rausmuss, aber nicht in meinem Taxi, kapiert?«

Wir fahren auseinander, wie zwei Teenager, die beim Fummeln erwischt worden sind. Während ich nicht weiß, ob ich lachen oder vor Scham im Boden versinken soll, gibt Eric ein lässiges »Alles klar, Boss!« zurück.

Ein Brummen ist die Antwort.

Den Rest der Fahrt werfen wir uns verstohlene Blicke zu, berühren uns zaghaft und schenken uns immer wieder ein kleines Lächeln. Alles unter dem wachsamen Auge im Rückspiegel, was die sexuelle Spannung zwischen uns nur noch weiter aufbaut. Zu Hause angekommen, scheuchen wir Manolo aus dem Bett und fallen angekleidet übereinander her.

»Dein Bart kitzelt beim Küssen«, keuche ich.

Eric ist gerade dabei, meine Bluse aufzuknöpfen, während ich mich revanchiere, indem ich den Reißverschluss seiner Hose öffne.

»Soll ich ihn dran lassen? Was meinst du?«, fragt er.

»Mach, wie du denkst.« Flugs habe ich ihm die Hose über den Hintern gezogen. »Du gefällst mir, egal, ob mit oder ohne Bart.«

»Klasse! Ich wollte mir schon immer einen ZZ-Top-Bart wachsen lassen.«

»Untersteh dich!«, rufe ich empört, rolle ihn auf den Rücken und setze mich breitbeinig auf ihn.

Lachend lässt er mich gewähren. Er fühlt sich hart und heiß an, und ich kann der Versuchung nicht widerstehen, eine

Hand in seinen Schritt zu legen. Ohne meinen Blick von seinem Gesicht zu lösen, streichele ich ihn, erfreue mich an der Lust, die seine Augen verdunkelt, und an der pulsierenden Kraft unter meinen Fingern. Mit einer kurzen und, wie ich finde, coolen Bewegung der Schultern entledige ich mich meiner Bluse. Schwer atmend nestelt Eric am Bund meiner Hose, aber weil sie zu eng ist, muss ich von ihm ablassen, um sie selbst auszuziehen. Zwar will ich nicht zu viel Zeit damit verplempern, trotzdem gebe ich mir alle Mühe, es lasziv aussehen zu lassen. Mein Plan scheint aufzugehen, denn als sich Eric ungeduldig seiner Boxershorts entledigt, ragt sein Schwanz kühn hervor. Der Anblick beschert mir eine ausgedörrte Kehle, und ich lecke mir über die Lippen, was ihm prompt ein Stöhnen entlockt.

Alles läuft wie am Schnürchen, bis ich auf die irrwitzige Idee verfalle, mit meinem halb nackten Hintern vor seinem Gesicht zu wackeln, während ich mir gleichzeitig die Hose über die Oberschenkel ziehe. Ich verheddere mich im Stoff, verliere das Gleichgewicht und kippe schreiend zur Seite wie ein nasser Sack. Erics beherztem Eingreifen ist es zu verdanken, dass ich nicht neben dem Bett lande, sondern quer über seinem Bauch. Sein Lachen jagt tausend Stromstöße durch meinen Körper.

»Untersteh dich«, brumme ich.

»Entschuldige«, kommt es zurück, doch es klingt kein bisschen reumütig.

Also beschließe ich, ihm eine Lektion zu erteilen. Mit dem Vorsatz, seine Nippel ein wenig zu quälen, ziehe ich ihm das Polohemd über den Kopf. Doch beim Anblick der vielen blauen Flecke muss ich schlucken.

Planänderung!

Sachte streiche ich mit den Fingerspitzen über seine Brust und neige den Kopf, um die lädierten Stellen zu küssen.

»Besser?«, frage ich hinterher und hebe den Blick.

»Viel besser«, antwortet er mit heiserer Stimme.

Im Nu hat er mir aus der widerspenstigen Hose geholfen, bevor den Slip das gleiche Schicksal ereilt. Seine emsigen Finger widmen sich nun meinem BH, den er öffnet und mir langsam von den Schultern streift. Lächelnd hebt er den Kopf, um meine nackten Brüste zu liebkosen und die Nippel mit der Zunge zu bearbeiten. Aus meinem Mund erklingt ein wollüstiges Stöhnen. Als ich meine Hand um sein festes Fleisch lege, werde ich mit einem heftigen Zucken seines Körpers belohnt. Eine Woge der Zärtlichkeit brandet in mir auf, und ich packe seinen Kopf, um ihn wild und leidenschaftlich zu küssen. Seine Lippen sind heiß und fest.

»Ich liebe dich«, flüstere ich.

»Ich liebe dich auch, Rübenköpfchen.«

Lächelnd senke ich erneut den Kopf, züngele an seinem Oberkörper hinab bis zum Bauch und erfreue mich an seinen harten Muskeln, die sich unter meinen Liebkosungen zusammenziehen. Übermütig puste ich in seinen Nabel.

»Hey!«, kommt es leise zurück. »Puste lieber mal …«

Weiter kommt er nicht, denn sein Schwanz ist bereits in meinem Mund. *Männer sind manchmal so langsam im Denken!* Gemächlich lecke ich über die Eichel, küsse sie, vibriere mit der Zunge an ihr, beiße sanft zu, verschlinge sie.

»Jet!«, protestiert Eric keuchend, während ein heftiger Schauer durch seine Muskeln läuft. »Ich will nicht gleich in der ersten Minute mein Pulver verschießen.«

Schon hat er mich gepackt und auf seinen Schoß gesetzt. Flüssige Hitze durchströmt meinen Unterleib, als er beginnt, mich mit kurzen, festen Bewegungen zu stoßen. Zugleich umfasst er meine Brüste, knetet und streichelt sie, und die ganze Zeit über hält er seinen Blick auf mich gerichtet. Ein dunkler, wilder Blick, der meinen Atem flacher werden lässt. Dann steigert er das Tempo, bewegt seine Hüften unter mir hart und schnell, sodass meine Brüste auf und ab hüpfen und ich mich auf seine

Schultern stützen muss. Als seine rechte Hand zwischen uns gleitet, richtet sich jedes Härchen an meinem Körper auf. Sein Daumen reibt an meinem Kitzler, worauf sich alles in mir ruckartig zusammenzieht. Ich biege den Rücken durch, giere nach mehr. Eric zeigt indessen keinerlei Ermüdungserscheinungen. Er stößt und hämmert mit der Wucht eines Kriegers. Sein Schwanz ist zum Bersten prall. Ich schreie, stöhne, erbebe, kralle meine Finger in seine Schultermuskeln. Ich kann nicht klar denken und empfange jeden seiner Stöße mit einem kehligen Laut, während sich unsere schwitzenden Leiber vereinigen. Mit einer Hand massiert er weiter meinen Schoß, mit der anderen krallt er sich in meiner Schulter fest. Noch einmal stößt er hart zu, und ein Zittern überfällt mich. Ich brenne lichterloh, stehe kurz davor, die Kontrolle zu verlieren.

»So gefällst du mir«, sagt er und zieht meinen Kopf zu sich hinunter.

Seine Zunge bohrt sich in meinen Mund, erforscht meinen Rachen. Mein Unterleib pulsiert, ich stehe unmittelbar vor der Eruption. Dann ist sie da, die erlösende Berührung. Ich spanne mich an, krümme die Zehen und stürze im freien Fall in die Tiefe. Meine Glieder erbeben, und mein Herz rast, als mich der Orgasmus mit aller Macht packt. Währenddessen steigert Eric erneut das Tempo, saugt wenige Sekunden später den Atem scharf ein und erstarrt. Sein Schwanz zuckt, die Sehnen seitlich an seinem Nacken treten hervor, und als er sich in mir entlädt, vermischt sich unser Stöhnen zu einem Duett der Ekstase. Wie verzaubert blicke ich in sein entrücktes Gesicht, bis seine Lust abebbt und er aus luftigen Höhen herunterkommt. Als er mich anlächelt, das Lächeln eines engelhaften Teufels, geben meine Knie nach, und ich schmiege mich an ihn. Den Kopf berge ich in seiner Halsbeuge. Er schlingt seine Arme um mich, und so liegen wir eine Weile reglos da, bis sich unsere hämmernden Herzen wieder beruhigt haben.

»Lust auf ein Glas Chardonnay?«, fragt er irgendwann und drückt mir einen Kuss auf die Nasenspitze.

»Gern.«

Ich habe das Wort kaum ausgesprochen, als er auch schon aus dem Bett springt. Mit hinter dem Kopf verschränkten Armen pfeife ich ihm hinterher, was mir ein breites Grinsen und einen Handkuss einbringt. Seufzend kuschele ich mich in sein Kissen und atme seinen Duft ein. Unermessliches Glück droht, meinen Brustkorb zu sprengen.

»Ich habe dich schrecklich vermisst«, murmele ich, als Eric mit gefüllten Gläsern zurückkommt.

»Ich war doch nur zwei Minuten weg«, entgegnet er schelmisch grinsend.

»Du weißt, was ich meine.«

Eric stellt die Gläser auf dem Nachttisch ab und legt sich neben mich. »Ja, ich weiß«, sagt er ernst und küsst mich.

»War es sehr schlimm?«

Er zuckt mit den Schultern. »Es ging, aber ich war auch nur ein paar Tage dort. Die Vorstellung, Monate oder Jahre hinter Gittern zu verbringen, ist beängstigend.«

Eric reicht mir meinen Wein, und wir lassen unsere Gläser leise gegeneinander klirren, die Blicke ineinander verschmolzen.

»Warum, glaubst du, hat er das getan?«, frage ich gedämpft, bevor ich einen kleinen Schluck nehme.

Eric weiß sofort, worauf ich anspiele. »Er wurde landesweit gesucht, konnte nirgendwohin, saß in der Falle. Er sah wohl keinen Ausweg mehr und hat in seiner Verzweiflung einen letzten Racheplan ersonnen, um mich ein für alle Mal zu vernichten. Da kam ihm die Jacke mit meinen Fingerabdrücken gerade recht.« Er nimmt ebenfalls einen Schluck, aber einen großen. »Es hätte ja auch fast geklappt.«

Ich schaudere. »Er muss dich unglaublich gehasst haben. Eric.«

»Ja.«

»Wie furchtbar!«, murmele ich.

Eric stellt sein Glas ab und umfasst sanft mein Gesicht. »Lass uns nicht mehr über ihn reden«, sagt er eindringlich.

»Nie wieder.«

»Nie wieder.«

Wir besiegeln den Pakt mit einem Kuss, seine Lippen schmecken kühl und nach Wein.

»Ich habe einen Vorschlag, den ich dir gern unterbreiten möchte, Rübenköpfchen«, sagt er ernst, ganz der Anwalt.

Versonnen streichele ich seine Wange. »Der da wäre?«

»Könntest du dir vorstellen, für immer hier zu wohnen?«

Meine Augen brennen vor Rührung, doch ich versuche, mir nichts anmerken zu lassen. »Vielleicht, aber nur unter zwei Bedingungen.«

Erics Augenbrauen schießen in die Höhe. »Ich höre.«

»Manolo muss mit!«

In einer theatralischen Geste fasst er sich ans Herz. »Hältst du mich für ein Monster? Natürlich muss er mit.«

»Gut.« Ich richte mich auf und blicke ihn streng an. »Und bevor wir endgültig einziehen, will ich wissen, was sich in deinem Geheimzimmer verbirgt. Ich möchte schließlich nicht, dass Manolo einen seelischen Schock davonträgt.«

Eric bricht in Lachen aus. »Meinetwegen, du stures Frauenzimmer!«

Am Ende des Tages betrete ich tatsächlich das Allerheiligste, das so ganz anders ist, als ich es mir ausgemalt habe. Und ja, ich verdrücke dabei auch ein Tränchen.

Ein kurioser Vorfall

Jet

In den nächsten Tagen bereite ich den Umzug vor. Ich kündige mein altes Apartment, was mir nicht leichtfällt, schließlich habe ich schöne Jahre dort verbracht. Aber ich tausche Eiche und Pekannussbaum gegen wunderschöne Glyzinien, Efeu und eine Pappel, außerdem bekommt meine Honda ein trockenes Zuhause in einem der leer stehenden Lagerräume im Erdgeschoss, gleich neben einer neuen kleinen Motorradwerkstatt, in der ich herumtüfteln kann. Eric hat die Kanzlei wieder geöffnet, sodass Mrs Kaufmann aus ihrem Exil zurückgekehrt ist und wieder hinter dem Empfang thront. Die Öffentlichkeit ist darüber unterrichtet worden, dass Eric als Mordverdächtiger galt. Dass dies erst jetzt geschah, zeigt, dass die Staatsanwaltschaft sich ihrer Sache doch nicht so sicher war, wie sie es gern gehabt hätte. Als Fox News über den Fall berichtet, können wir uns vor besorgten Anrufen kaum retten. Auch Mike und Amy melden sich, also erzähle ich ihnen die ganze Geschichte. Im Anschluss muss ich ihnen versprechen, sie mit Eric zu besuchen, sobald der Rummel vorüber ist.

Leider stellt sich heraus, dass sich der Schatten von Daniel Mélancourt nicht so leicht abschütteln lässt, wie wir es gehofft haben. Denn obgleich die Anklage gegen Eric fallengelassen wurde, haftet der Mordverdacht wie ein Makel an ihm. In den ersten Tagen nach seiner Rückkehr wenden sich viele Mandanten von ihm ab. Das weiß ich von Mrs Kaufmann, während Eric diese Tatsache mit keinem Wort erwähnt. Auch wenn er seine Sorgen vor mir verheimlicht, ertappe ich ihn immer häufiger dabei, wie er mit ernster Miene seine Papiere durchgeht und Kalkulationen vornimmt. Es zerreißt mich, ihn so zu sehen, zumal ich ihm nicht helfen kann. Es bleibt zu hoffen, dass er schnell wieder neue Mandanten gewinnt, um die Lücken zu füllen.

Heute Abend veranstalten wir zu Leroys Ehren eine Party, die Eric hoffentlich für ein paar Stunden seine Probleme vergessen lässt. Zu diesem Zweck haben wir bei einem Cateringservice ein mexikanisches Büfett in Auftrag gegeben. Neben Enchiladas und Tacos gibt es Churros und andere Leckereien. Dazu reichen wir Bier und natürlich Champagner. Schließlich muss Leroys Heldentat gebührend gewürdigt werden. Musikalisch untermalt wird das Ganze mit fröhlichen Klängen aus Lateinamerika. Nichts soll diesen Abend trüben. Der Plan geht auf, wie die Geräuschkulisse aus klirrenden Gläsern, Stimmengewirr und Gelächter beweist – und die Tatsache, dass das Büfett keine Sekunde verwaist bleibt. Das Wetter spielt ebenfalls mit, und durch die offenen Türen und Fenster weht eine milde Brise zu uns herein, veredelt durch den süßen Duft der blühenden Glyzinien.

Obwohl wir uns alle in Schale geworfen haben – ich selbst trage das moosgrüne ärmellose Kleid, das ich im Pêche angehabt habe –, schweift mein Blick immer wieder zu Eric. Er trägt einen maßgeschneiderten grauen Anzug, dazu ein weißes Hemd und schwarze italienische Schuhe. Die Haare hat er lässig nach hinten gekämmt, sein Kinn ist glatt rasiert. *Zum Glück hat er mit dem ZZ-Top-Bart nicht Ernst gemacht!* Eine elegante und zugleich markante Erscheinung, bei deren Anblick mir ein schwärmerischer Seufzer entschlüpft.

Meiner!, schießt es mir durch den Kopf, und ich muss leise lachen.

»Was ist los?«, fragt Eli, die sich neben mich gestellt hat. In ihrem hellblauen Kleid und mit dem weizenblonden Zopf sieht sie zauberhaft aus.

»Ich schwelge wie ein pubertierendes Mädchen, nur weil Eric in die Küche gegangen ist, um Eis zu holen«, antworte ich.

Eli lacht ihr helles mädchenhaftes Lachen. »Das kenne ich. Geht mir mit Kane genauso.«

»Was geht dir mit mir genauso?«, fragt dieser, als er sich uns mit zwei Gläsern nähert.

»Ach nichts«, antwortet Eli zwinkernd und nimmt das Glas Orangensaft entgegen, das Kane ihr reicht.

»Weiberkram, also«, sagt er mit einem gespielten Knurren und legt liebevoll einen Arm um seine Frau, deren Bauch seit unserem letzten Treffen weiter gewachsen ist.

»Schön, dass ihr euch wieder vertragen habt«, bemerke ich spöttisch.

»Ging ganz fix«, entgegnet Eli.

Streng blicke ich die beiden an, die mit der Miene von Unschuldslämmern zurückschauen, sodass ich erneut lachen muss.

»Wann ist der Geburtstermin?«, wechsele ich das Thema.

»Am 5. Mai«, antwortet Kane mit einem Funkeln in den Augen.

»Und? Wisst ihr schon, was es wird?«

Elis Wangen erröten. »Wir lassen uns überraschen.«

Eine Weile plaudern wir über blau-rosa gestreifte Tapeten und den Vorteil aufgeteilter Elternzeit, bevor sie sich zurückziehen, damit sich Eli auf der Couch etwas ausruhen kann. Mein Blick begegnet Jewels, die mit einem Teller Enchiladas auf mich zu schlendert. In dem lachsfarbenen Hosenanzug, der einen scharfen Kontrast zu ihren pechschwarzen Haaren erzeugt, strahlt sie diese Art von unnahbarer Eleganz aus, die nur wenigen Frauen vergönnt ist.

»Weißt du eigentlich, worin Lily Mendez' sexuelle Vorlieben bestehen?«, frage ich sie.

Sie hebt lächelnd eine Augenbraue. »Natürlich. Leroy und ich haben keine Geheimnisse voreinander.«

Verständlich angesichts ihrer gemeinsamen Vergangenheit.

Ich schiebe mich näher an sie heran. »Verrätst du es mir?«

Ihre grauen Augen funkeln. »Nein.«

»Ach komm schon«, bettele ich.

Sie schüttelt unbeeindruckt den Kopf.

»Verdammt!«, fluche ich frustriert.

»Frag Leroy!«, schlägt sie vor.

»Habe ich schon, aber er will es mir nicht sagen«, motze ich wie ein kleines Kind, worauf Jewel in lautes Lachen ausbricht.

In diesem Moment springt mich Cheyenne von hinten an. »Was ist los?«

»Jewel ist verschwiegen wie eine Auster«, maule ich.

»Wundert dich das?«, entgegnet Cheyenne. »Sie kann nicht anders, sie war bei der CIA.«

»Eben«, antwortet Jewel und knufft mich gutmütig, bevor sie sich mit ihrem Teller wieder verzieht.

»Ende gut, alles gut, was?«, fragt Cheyenne gut gelaunt, die getreu dem Motto des Abends »Latin Fever« eine rote Hose und einen schwarzen Bolero trägt. Um ihre braunen Haare hat sie ein buntes Tuch gebunden.

»Ja«, sage ich, doch mein Lächeln fühlt sich leicht verkrampft an, was meine beste Freundin glücklicherweise nicht zu bemerken scheint. Ich will ihr nicht von Erics Schwierigkeiten erzählen. Wenn er es mir gegenüber schon nicht zugibt, wird er nicht wollen, dass unsere Freunde davon erfahren. »Gestern habe ich ein neues Bild begonnen«, wechsele ich rasch das Thema. »Nein, kein Turm«, füge ich lächelnd hinzu. »Sondern Mister Dunns Porträt vor dem Hintergrund einer leeren, regennassen Straße.«

»Wurde auch Zeit, dass du ihn darauf ansprichst!«, sagt Cheyenne.

»Woher wusstest du, dass ich ihn malen wollte?«, frage ich verblüfft.

»Das haben mir die Karten verraten«, antwortet sie mit einem frechen Grinsen.

Ich verdrehe demonstrativ die Augen, kann mir dennoch ein Schmunzeln nicht verkneifen. Ehe ich etwas sagen kann, werde ich von hinten gepackt und gegen einen festen wohlduftenden Körper gedrückt. Für ein paar Sekunden schließe ich die Augen, genieße Erics Nähe mit allen Sinnen.

»Wie geht's meiner atemberaubenden Nixe?«, fragt seine raue Männerstimme in meinem Ohr, was Cheyenne veranlasst, mit einem Lächeln den Rückzug anzutreten.

»Gut«, antworte ich und kuschele mich an ihn. »Nixe. Das gefällt mir. Könnten wir das Rübenköpfchen nicht dadurch ersetzen?«

»Niemals!«, kommt es mit so viel Vehemenz zurück, dass ich lachen muss.

Mein Herz zieht sich vor Liebe zusammen, und ich drehe mich um, um über seine Wange zu streichen. Wie ausgelassen er sich gibt, Witze reißt, Leroy wiederholt auf die Schultern klopft, dafür sorgt, dass die Gläser gefüllt sind … Eric präsentiert sich gern als Frohnatur, selbst wenn es in seinem Leben nicht zum Besten steht. Sein Dad meinte einmal zu mir, sein

Sohn würde es verabscheuen, andere mit seinen Problemen zu belasten. Stattdessen würde er alles in sich hineinfressen.

»Was ist los?«, will Eric wissen, der in meinem Blick offenbar die Veränderung bemerkt hat.

Zum Glück bleibt mir die Antwort erspart, denn in diesem Moment ertönt ein lauter Ruf.

»Hey! Schaltet mal den Fernseher an!« Es ist Beau, der lautstark um unsere Aufmerksamkeit buhlt.

»Wieso?«, fragt Eric irritiert.

»Tu es einfach. CNN.« Beaus bernsteinfarbene Augen funkeln. »Eine witzige Geschichte! Ich habe eben durch einen Kollegen davon erfahren«, fügt er grinsend hinzu und wedelt mit seinem Handy herum.

Schon habe ich mir die Fernbedienung geschnappt. Ein Knopfdruck, und auf dem riesigen Flachbildschirm erscheint das bekannte Gesicht mit der künstlichen Bräune und dem Seitenscheitel.

Ein echtes Déjà-vu.

»Bei einer Wahlveranstaltung in Alabama ereignete sich gestern ein kurioser Vorfall«, erklärt der Moderator, während im Hintergrund das Bild eines Politikers auf der Bühne vor einem Meer aus Fahnen eingeblendet wird. »Senator Burgess hielt eine Rede vor dem Space & Rocket Center in Huntsville, als gegen Ende seiner Ansprache ein mit Helium gefüllter Ballon über die Bühne schwebte. Zum Glück war der Secret Service sofort zur Stelle, um den Ballon zu sichern. Doch hing daran kein Sprengstoff oder Ähnliches, sondern ein Sneaker der Größe 10.« Kurze dramatische Pause, um die Info sacken zu lassen. »Um einen terroristischen Akt auszuschließen, wurde der Schuh untersucht. Zur Überraschung aller wurden darauf Fingerabdrücke von Daniel Mélancourt gefunden, der wegen Mordes landesweit gesucht wurde, bevor er unter geheimnisvollen Umständen vom Glockenturm der St. Patrick's Church in New Orleans in den Tod stürzte. Wir berichteten. Was es mit diesem Schuh auf sich hat, wird derzeit von der Polizei untersucht. Wir halten Sie in jedem Fall auf dem Laufenden …«

Wie ein Mann wenden wir uns fragend Beau zu, der uns mit einem breiten Grinsen bedenkt. »Die Sohlenprofile stimmen mit den Fußspuren auf dem Dach überein«, erklärt er. »Das, liebe Freunde«, er verbeugt sich, »ist der endgültige Beweis, dass unser Eric hereingelegt werden sollte.«

»Also hat Mélancourt die Sneakers angezogen und absichtlich Spuren hinterlassen, um den Eindruck zu erwecken, auf dem Dach hätten sich zwei Männer aufgehalten«, rufe ich. Das Herz schlägt mir vor Aufregung bis zum Hals. »Wie wir es vermutet haben.«

»Exakt.«

»Und entsorgt hat er sie, indem er sie an Ballons befestigt hat, die mit Helium gefüllt waren?«, fragt Cheyenne ungläubig nach.

»Das war sicherer, als sie vom Dach zu werfen«, antwortet Beau nickend. »Mélancourt musste damit rechnen, dass die Kollegen die Gegend absuchen. Hätten sie die Schuhe gefunden, wäre sein schöner Plan hinfällig gewesen.«

»Wow! Ziemlich clever«, rutscht es Jewel heraus. »Entschuldige, Eric, so war das nicht gemeint«, fügt sie hastig hinzu.

Eric lächelt, und zum ersten Mal seit Tagen lese ich in seiner Miene nichts als Freude. »Schon gut, Jewel. Du hast recht. Das *war* clever.«

»Aber nicht clever genug«, entgegne ich triumphierend.

»Nein«, sagt er, und sein liebevoller Blick weckt erneut die Schmetterlinge in meinem Bauch. Die armen Geschöpfe kommen einfach nicht zur Ruhe!

»Darauf stoßen wir an!«, vermeldet Leroy, der sich bereits anschickt, eine Flasche Champagner zu entkorken.

Niemand protestiert.

»Jetzt bist du voll und ganz entlastet«, sage ich Stunden später zu Eric, nachdem unsere Freunde nach Hause gegangen sind, und stelle vorsichtig die Champagnergläser in die Spülmaschine. »Keiner kann dir mehr an den Karren pissen!«

Ich keuche überrascht auf, als Eric seinen Arm um meine Taille legt und mich an sich presst. »Wer pisst mir denn an den Karren, kleiner Frechdachs?«

»Diese treulosen Tomaten von Mandanten!«, echauffiere ich mich.

»Woher …« Er stöhnt leise. »Mrs Kaufmann. Natürlich.«

»Sei nicht böse auf sie!«, erwidere ich. »Sie hat es nur gut gemeint.«

Als er mich fester an seine Brust drückt, kann ich seinen kräftigen Herzschlag spüren. »Falls es dir ein Trost ist: Sollten die treulosen Tomaten zurückkommen wollen, werde ich sie dorthin schicken, wo der Pfeffer wächst«, raunt er mir ins Ohr.

»Bravo! Vergiss diese Idioten!«

Eric vergräbt sein Gesicht in meinem Haar. »Ach, Jet«, murmelt er. »Ein Mann kann sich keine bessere Frau wünschen als dich.«

Plötzlich schlägt mein Herz hart und unregelmäßig in der Brust, wie ein flatternder Vogel im Käfig. Übelkeit steigt meine Kehle hoch. Missverständnisse und Ungesagtes waren die Steine, die wir uns selbst in den Weg gelegt haben, und ohne die Hilfe unserer Freunde hätten wir möglicherweise nie zueinandergefunden. So etwas darf nie wieder geschehen. Keine Geheimnistuerei mehr.

Lass es gut sein!, ruft meine innere Stimme panisch. *Es ist gerade alles so perfekt. Dein Traum ist endlich wahr geworden. Du bist mit deiner großen Liebe zusammen. Mach's nicht kaputt!*

Aber wenn ich jetzt nicht den Mut finde, diese eine Sache aus der Welt zu schaffen, werde ich es vielleicht niemals tun. Und dann wird es immer zwischen uns stehen.

Tu's nicht!

»Eric?«

Ich hebe den Kopf, um ihm in die Augen zu sehen.

Sein schönes Gesicht lächelt auf mich herunter. »Ja, Rübenköpfchen?«

»Ich muss dir etwas gestehen.« Meine Stimme droht wegzubrechen, und ich räuspere mich.

»Was?« Seine Augen sind voller Liebe.

Oh Mann!

»In der Nacht, als ich in Vegas war …« Ich atme tief durch, während ich nach den richtigen Worten suche. »… da habe ich vielleicht etwas Dummes getan. Aber ich war auch echt verzweifelt!«

Eric zieht kurz die Stirn in Falten, dennoch erlischt sein Lächeln nicht »Du weißt doch, wie es heißt, Jet: Was in Vegas passiert, bleibt in Vegas.«

»Ja, aber …«

Er legt einen Finger auf meine Lippen. »Nichts aber.« Sein Blick ist intensiv. »Das ist mein Ernst. Selbst wenn du eine Sexorgie gefeiert hast, hat es nichts mit uns zu tun. Es gehört der Vergangenheit an, und die wollen wir ein für alle Mal ruhen lassen.«

»Wow«, hauche ich und muss schwer schlucken. »Du bist der großartigste Mann, den ich kenne.«

»Ich weiß.«

Seufzend schlinge ich meine Arme um seinen Nacken, um ihn zu küssen. Was zärtlich beginnt, entwickelt sich zu einem feurigen Tanz unserer Lippen.

»Hat es sich gelohnt?«, raunt Eric zwischendurch in mein Ohr.

»Was?«, keuche ich.

»Vegas.«

Ich muss lächeln. »Nein.«

»Gut«, antwortet Eric und lächelt zufrieden.

Epilog

Die barfüßige Frau mit den langen roten Locken starrt gebannt auf die blaue Tür, den seidenen Morgenmantel hat sie um ihren schlanken Körper gewickelt. Der attraktive blonde Mann an ihrer Seite ist ebenfalls barfuß und lediglich mit einer dunkelgrauen Jogginghose bekleidet. Der Schweiß auf seinem nackten Oberkörper ist bereits getrocknet, doch zeugen seine verwuschelten Haare davon, dass das Paar vor Kurzem dem Bett entstiegen ist. Die Wangen der Frau sind leicht gerötet, ihr Herzschlag hat sich beschleunigt. Was verbirgt sich hinter der Tür? So schlimm kann es doch nicht sein, oder doch? Plötzlich erschauert sie. Was, wenn eine Seite des geliebten Mannes neben ihr enthüllt wird, die besser im Verborgenen geblieben wäre? War seine Warnung vielleicht doch ernst gemeint? Sie hatte sie für einen Scherz gehalten. Innerlich ruft sie sich zur Ordnung, schließlich kennt sie ihren Freund lange genug, um zu wissen, dass er, obgleich Anwalt von Beruf, ein gutes Herz hat. Trotzdem gelingt es ihr nicht, die Nervosität abzuschütteln. Ganz im Gegenteil. Die Spannung steigert sich sekündlich, bis ins Unerträgliche. Als er den oberen Türrahmen abtastet und kurz darauf einen Schlüssel in der Hand hält, schnaubt sie überrascht.

»Wirklich?«, entfährt es ihr. »Dort bewahrst du ihn auf? Hätte ich das nur vorher gewusst!«

Wortlos steckt der Mann den Schlüssel ins Schloss, gerät dann aber ins Zaudern und wendet sich ihr zu. Über sein Gesicht hat sich eine leichte Röte gelegt, die sie vollends entwaffnet. Ihr Freund ist doch tatsächlich verlegen!

»Na los!«, zieht sie ihn liebevoll auf, obwohl sie vor Neugier fast platzt. »Trau dich!«

Nachdem er den Schlüssel im Schloss umgedreht und anschließend die Tür geöffnet hat, macht er einen Schritt zur Seite, um ihr den Vortritt zu lassen. Beim Anblick, der sich ihr bietet, schnappt sie hörbar nach Luft. Auf alles ist sie vorbereitet gewesen, nur nicht darauf. Während sie sich langsam vorwärts bewegt, lässt sie den Blick durch den Raum schweifen. Er ist hoch und geräumig und wird von großen Fenstern erhellt, durch die jetzt die Frühlingssonne flutet. Abgesehen von ein paar leeren Regalen, gibt es keine Möbel. Dafür hängen an den Wänden mehr als ein Dutzend Gemälde. Die hübsche Frau in dem Morgenrock entdeckt das kleinformatige Bild einer Mohnblume, an dem sie sich mit fünfzehn Jahren versucht hat, ebenso den farbenprächtigen Sonnenaufgang über dem Lake Pontchartrain, den sie kurz vor ihrer Hochzeit gemalt hat. Auch die alte Frau mit dem Saxofonmundstück hat einen Ehrenplatz erhalten.

»Mein Gott, Eric«, haucht sie. Wie betäubt geht sie zu der Mohnblume und berührt sie sachte, als könnte diese jeden Moment ihre Blüten verlieren. »Das Bild hatte ich doch weggeworfen, weil ich dachte, es sei zu schlecht.«

»Ich weiß«, antwortet ihr Freund, der sich keinen Millimeter gerührt hat. »Ich habe es aus dem Müllcontainer gefischt.«

»Aber …« Sie zeigt auf die Bilder. Der Anblick macht sie schwindlig. »Warum versteckst du sie hier?«

Langsam, fast zögerlich betritt er den Raum. »Damit man mich nicht für einen durchgeknallten Fan hält.«

Die Rührung schnürt ihr den Hals zu. »Du bist ein durchgeknallter Fan.«

Sein brüchiges Lachen verrät, dass es auch für ihn ein bewegender Moment ist. »Ich denke, Marcia würde sich über der Couch im Wohnzimmer gut machen, was meinst du?«

»Marcia?«, fragt seine Freundin überrascht nach.

Eine leichte, überaus reizende Röte steigt dem Mann erneut ins Gesicht. »Die alte Musikerin mit dem Saxofonmundstück. Ich habe sie so getauft. Entschuldige.«

»Du musst dich nicht entschuldigen«, beeilt sich die junge Frau zu sagen. »Ich finde, es ist ein wunderbarer Name für sie.«

Sichtlich erleichtert schlingt ihr Freund seine Arme um sie und stützt sein Kinn auf ihrem Kopf ab. »Ich habe Jeanne Fontenot deine Bilder gezeigt. Sie war begeistert und möchte deine Porträts in ihrer Galerie ausstellen.«

»Was?« Mit einem leisen Kreischen wirbelt die junge Frau herum. »*Die* Jeanne Fontenot?«

Er nickt lächelnd.

Ihre Hände fliegen zu ihren Wangen. »Oh mein Gott! Sie gehört zu den bedeutendsten Galeristen des Landes. Erst kürzlich erschien ein Artikel über sie im ›People‹-Magazin.« Sie schüttelt den Kopf. »Ich kann es kaum fassen. Was für eine Ehre!«

»Nein, Jet«, widerspricht ihr Freund mit einem ernsten Unterton. »Es ist für sie eine Ehre, dich ausstellen zu dürfen.«

»Süß von dir, das zu sagen, Eric, aber es ist andersherum, glaub mir. Jeanne Fontenot ist eine ganz große Nummer in der Kunstszene.« Sie küsst ihn stürmisch. »Wie soll ich das je wiedergutmachen?«

»Och«, entgegnet er und knabbert an ihrem Ohrläppchen. »Da würde mir einiges einfallen.«

Lachend befreit sie sich aus seiner Umarmung, um sich noch einmal umzublicken. Die Fensterfront, das Oberlicht, der großzügige Schnitt. »Weißt du was? Der Raum wäre das perfekte …«

»Atelier?«, beendet er den Satz lächelnd.

Überrascht sieht sie ihn an. »Ja.«

»Das ist mir auch schon in den Sinn gekommen.«

»Wirklich?«

Er nickt. »Als ich eingezogen bin, um ehrlich zu sein.«

Mit nachdenklich geneigtem Kopf schaut sie ihn an. »Ich habe mich immer gefragt, warum du ausgerechnet hierher ins Künstlerviertel gezogen bist.«

»Ich schätze, mein Unterbewusstsein hatte eine feste Vorstellung, was meine Zukunft betrifft.« Er verzieht die Lippen zu einem scheuen Grinsen. »Oder mein Herz. Such es dir aus.«

In einem melancholischen Anflug fährt die junge Frau mit dem Finger über den Rahmen eines Gemäldes, das einen verwitterten alten Leuchtturm zeigt. »Warum hast du in all den Jahren nie einen Vorstoß gewagt, Eric?«, fragt sie leise.

»Habe ich doch!«

Sie wendet sich von dem Bild ab, um ihm ins Gesicht zu blicken. »Jetzt hör aber auf! Du meinst doch nicht etwa die Sache damals in der Mall?«

»Das war nicht nur die Sache in der Mall«, ereifert er sich. »Ich habe mehrmals versucht, mit dir etwas zu unternehmen! Aber entweder hast du darauf bestanden, dass die anderen mitgehen, oder aber eine deiner Freundinnen hat angerufen und alles zunichtegemacht.« Seine graublauen Augen funkeln vor Empörung. »Wie das eine Mal, als ich all meinen Mut zusammengenommen habe, um dich zu diesem neuen Italiener einzuladen. Da hat diese dämliche Mary-Ann angerufen, weil sie mit ihrem Freund Krach hatte, mal wieder, und das war's dann mit dem gemeinsamen Essen!«

»Ab…«

»Dafür habe ich dir ein paar Jahre später ebenfalls die Tour vermasselt«, sagt er weiter, ohne ihren Einspruch zu beachten. »Weißt du noch, dein Date mit diesem Typen kurz nach deiner Scheidung?«

Blinzelnd sieht sie ihn an. »Andy Summerville, meinst du? Was für ein Desaster!«

»Genau der. Erst sprang sein bescheuerter Hummer nicht an, weil ein Kabel ›locker‹ war.« Als der blonde Mann Gänsefüßchen in die Luft malt, bewundert sie das Spiel seiner Muskeln ebenso wie das herrlich böse Glitzern in seinen Augen. »Und dann, nachdem er es hinbekommen hat und ihr losgefahren seid, hat sich im Wagen ein bestialischer Gestank verbreitet. So schlimm, dass dir schlecht wurde und er dich zurück nach Hause fahren musste.« Der hochgewachsene blonde Mann grinst triumphierend. »Ich hatte ein verwestes Kaninchen unter der Lichtmaschine versteckt.«

Halb schockiert, halb amüsiert, starrt die junge Frau ihren Freund an. »Du hast mein Date sabotiert?«

»Ja.« Er bedenkt sie mit einem herausfordernden Blick. »Ich habe wenigstens etwas unternommen!«

»Ich doch auch! Ich habe versucht, dich zu küssen«, antwortet sie und weiß nicht, ob sie seinen knackigen Hintern treten oder ihn zurück ins Bett zerren soll. Vielleicht beides. »Das eine Mal auf Petes Party, als du mich knallhart abgewiesen hast!«

»Du hattest fünf Tequila intus!«, entgegnet er empört. »Glaub mir, die Versuchung war da, aber mein Dad hätte mir die Ohren langgezogen, hätte ich die Lage ausgenutzt.«

Ihre Blicke fechten einen feurigen Kampf aus, dann werden die Züge der jungen Frau weich. »Ach, Eric«, seufzt sie schließlich. »Warum hast du niemals gesagt, wie es in dir aussah?«

Entsetzt starrt er sie an, als hätte sie von ihm verlangt, am helllichten Tag nackt auf dem Jackson Square zu tanzen. »Bist du irre? Ich war viel zu schüchtern.«

Sie prustet los. »Du und schüchtern?«

»Was dich angeht, schon«, entgegnet er leise.

Während sie einen Schritt auf ihn zugeht, bannt sie seinen Blick mit ihren grünen Augen, dann legt sie die Hände um seinen Nacken, zieht seinen Kopf zu sich hinunter.

»Ich liebe dich, Eric Vincent«, flüstert sie an seinen wundervollen Lippen.

»Und ich liebe dich, Janet Theodora Stenton.«

»Uuuh«, antwortet sie mit einem gespielten Schaudern. »Ich frage mich, was meine Eltern geritten hat, mir diesen Namen zu verpassen. Apropos Eltern: Weiß dein Dad eigentlich, dass wir zusammen sind?«

»Natürlich.« Er haucht einen Kuss auf ihren schönen langen Hals. »Ich habe es ihm direkt in der Nacht von Mardi Gras erzählt, während du geschlafen hast.«

»Was?« Sie bricht in Lachen aus. »Ich hätte dich niemals für ein solches Papasöhnchen gehalten.«

Er zuckt lässig mit den Achseln. »Bin ich auch nicht, aber ich wusste, dass es meinen Dad glücklich machen würde.«

»Und? Hat es das?«

»Und wie.« Mit zwei Fingern fährt er über ihre Taille. »Weißt du, was mich jetzt glücklich machen würde?«

»Was denn?« Kokett wirft sie ihre Haare zurück.

»Eine gute Tasse Kaffee«, antwortet er und weicht lachend ihrem Fußtritt aus.

Nachwort

Liebe Leserin, lieber Leser,
ich hoffe, euch hat die Geschichte von Jet und Eric gefallen. Endlich haben die beiden zueinandergefunden. Mir hat ihr Umgang miteinander gefallen, der so vertraulich und voller Wärme ist. Auch in diesem vierten und letzten Band der Reihe habe ich mir einige künstlerische Freiheiten erlaubt. Die Beschreibung des Gefängnisses, in dem Eric sitzt, sollte man nicht für bare Münze nehmen. Ich musste Realität mit Fiktion mischen, schließlich kann ich – zum Glück – nur mutmaßen, wie es im Innern aussieht. Das Fisherman's Castle im Irish Bayou befindet sich inzwischen wieder in Privatbesitz, aber aus dramaturgischen Gründen war es natürlich spannender, es unbewohnt zu lassen. Auf der Claiborne Avenue gibt es tatsächlich einen Diner, allerdings rund vierhundert Meter vom Polizeirevier entfernt und nicht schräg gegenüber, wie ich es im Roman

dreist behaupte. Und die Einrichtung sieht in Wirklichkeit völlig anders aus. Last but not least sind der WOS-TV Channel 7 und alles, was damit zusammenhängt, pure Erfindung.

Eine kurze Anmerkung für all diejenigen, die es nicht wissen: Mike und Amy, das Paar aus Las Vegas, sind alte Bekannte und die Hauptfiguren meines früheren Romans »Spiel mit Risiko«. Ich konnte einfach nicht widerstehen, sie mit einzubeziehen. Wenn es schon um Glück, Schicksal und Karten geht, kommt man an Las Vegas nicht vorbei. Habe ich eigentlich schon erwähnt, dass ich ein großer Fan dieser Stadt bin? Aber das ist eine andere Geschichte.

Für mich und auch für euch heißt es nun Abschied nehmen vom Fünf-, inzwischen Achtköpfigen Drachen und der faszinierenden Metropole New Orleans. Es gäbe noch so viele Geschichten zu erzählen, trotzdem wird es für mich Zeit, weiterzuziehen. Ich bin wie ein Nomade, den es nie sehr lange an einem Ort hält. Dafür gibt es zu viel Neues und Spannendes zu entdecken und ans Licht zu bringen! Was nicht heißt, dass ich nicht vielleicht eines Tages an den Mississippi zurückkehre.

Wohin es mich als Nächstes verschlägt, steht noch nicht ganz fest. Ein paar Ideen habe ich natürlich schon. Mehr dazu erfahrt ihr beizeiten auf meinem Blog, auf Facebook oder Instagram. Wenn ihr in Zukunft auf dem Laufenden bleiben wollt, zu Veröffentlichungen, interessanten Neuigkeiten oder Aktionen, lege ich euch meinen Newsletter ans Herz. Und keine Sorge: Ihr werdet nicht wöchentlich oder gar täglich zugemüllt, denn ein bisschen Zeit braucht es schon, um ein Buch zu schreiben.

Zum Schluss noch eine Bitte: Sollte euch »Liebe am Abgrund« gefallen haben, bitte empfehlt das Buch weiter oder schreibt dazu ein paar Worte bei Amazon oder Lovelybooks.

Ich danke euch und wünsche euch und euren Familien eine schöne Zeit!

Eure Amélie Duval

Danksagung

Es gibt so viele Menschen, denen ich danken möchte, nur leider ist zu wenig Platz dafür. Zunächst möchte ich meinen LeserInnen danken, die jedes meiner Abenteuer mitmachen und mir die Treue halten. Ganz gleich, was geschieht. Euch verdanke ich es, dass ich meinen Traum leben darf. Mein besonderer Dank geht wieder an meine Mädels vom »Inner Circle« für ihre Unterstützung und ihren regen Zuspruch! Autoren, die dazu neigen, allein in ihrem stillen Kämmerlein zu sitzen, brauchen das wie die Luft zum Atmen, um auch in schwierigen Zeiten weiterzumachen. Außerdem danke ich meinen Freunden bei Facebook und Instagram. Danke, dass ihr an der Entstehung und Verbreitung meiner Geschichten regen Anteil nehmt und mir mit euren persönlichen Nachrichten und Anregungen immer wieder das Gefühl gebt, auf dem richtigen Weg zu sein.

Mein großer Dank gilt dem Team von Amazon Publishing für die großartige Zusammenarbeit, ganz gleich, ob es sich ums Lektorat, um die Gestaltung des wunderschönen Covers oder ums Marketing handelt. Ohne die Argusaugen des Lektorats würde Jets Leben jetzt den Bauch runtergehen, und Eric hätte sich in seinem Büro verwanzt. Was für eine furchterregende Vorstellung!

Last but not least danke ich meiner Familie und meinen Freunden für ihren Beistand.

Printed in Poland
by Amazon Fulfillment
Poland Sp. z o.o., Wrocław

91667849R00188